U0953434

译文纪实

AMERICAN SHAOLIN

Matthew Polly

[美] 马修·波利 著

陈元飞 译

少林很忙

上海译文出版社

“一个男人，哪怕都二十五岁了呢，仍然会时不时地想象，在合适的情况下，自己能成为这个世界上最为恶劣的、最卑鄙无耻的家伙——要是我去中国的寺庙里修习武艺，狠狠地学上十年功夫；要是我打破常规，不走寻常路，把自己的生命全身心投入到卑鄙的作恶当中去……那会是什么样子呢?”

——尼尔·斯蒂芬森①《雪崩》

“吃亏学乖代价高，
笨汉非此学不到。”

——中国传统谚语

① 尼尔·斯蒂芬森（Neal Stephenson，1959—　），出生于美国马里兰。史蒂芬森曾经做过计算机编程员，非常了解电脑网络和黑客生活，是“后赛博朋克”（postcyberpunk）科幻小说的领军人物，同时，他也为《连线》等杂志撰写科技文章。虽然，他很早就开始写小说，但是直到1992年《雪崩》出版之后，才一炮走红，一举确立了科幻小说大师的地位。——译者

目　录

第三部 起　步

第四部 学　徒

第五部 弟　子

序　幕

1993 年 7 月

"低棋也有神仙着。"

——王应奎[①]《柳南随笔》

① 王应奎（1683—?），清代学者。字东溆，号柳南，今江苏常熟市人。——译者

那天夜里，直到那场较量开始前，少林寺还是很平静的。

法国摄影师皮埃尔正在少林武术中心的餐厅款待几位武僧和少林寺的“外来团”。“外来团”包括两个本周恰好在此游览的挪威人，以及两个美国籍少林弟子——约翰·李和我。一家法国杂志安排皮埃尔来少林寺拍些僧人的照片，我便安排我的朋友兼武艺指导德清和尚、成浩和尚还有严师父给他摆了几个姿势。拍照非常成功，于是皮埃尔邀请我们所有人共进晚餐。

我们围坐在餐厅中央那张大桌子周围。这家餐厅是由政府出资修建的，反映了他们在建筑方面的品味：大而无当，结构混乱，方方正正，非常死板。整间餐厅有高中的篮球馆那么大，刚建成三年，就已经有些破败了，通常只有午餐时间才有人光顾——大批的游客通常都是白天来少林寺游览参观，这里举世闻名，是禅宗和武术的发源地。那天晚上，除我们之外只有一桌客人——六个中国男人坐在三十米开外的另一张餐桌上。十几个女服务员在一旁无所事事，争论着第二天应该由谁负责做早餐。

我们已经完成了这顿饭的敬酒环节，期间大家再三互相致意，都被灌了不少白酒（白酒是一种中国酒，由粮食酿造而成，就像是把日本清酒、威士忌和液体洗涤剂混在了一起，对消化系统有很大的刺激性）。我们刚刚开始吃饭，另一桌的女服务员就走了过来，在德清和严师父耳边低语了些什么。

德清听后立刻变得怒气冲冲，脸涨得通红。我在这儿九个月了，逐渐和他成为密友。他情绪极易波动，对此我已习以为常，可我还从没见过他如此生气。

“他真的说想切磋一下？”德清问道，手中紧紧握着酒杯，看样子随时都可能把酒杯捏碎似的，“就是要挑战我们喽。”

“哪个人？”严师父问。

服务员指向另一张桌子，其中一人向我们举杯示意。作为一个中国人，他算是个大块头了，将近一米八，一百六七十斤的样子。他戴着一副厚厚的眼镜，这在中国农村并不多见。

“他姓吴，”服务员说，“说是从天津来的武术大师，那些是他的弟子。”

“太不给我们面子了，”德清说道，“简直一点儿面子也不给我们！”

德清仍在怒气冲冲地嚷嚷，皮埃尔这时用英文问我：“发生了什么事？”

“那桌的吴大师，他想要‘切磋’一下——就是向我们挑战，来一场比赛，”我说，“他想和少林高手过过招，看看哪一派更高明，谁的武功更强。”

"那这些和尚为什么这么生气?"皮埃尔问,"他们是功夫大师,不就是干这个的吗?"

"他们几乎从不与人过招。大多数情况下,他们就是练练功,教教偶尔来访的外国人,或是给游客们表演,"我说道,"挑战赛并不常见,我也就看过一次。跑到其他门派的地盘上,公开要求较量,这实在是太无礼了,根本没把别人放在眼里。"

"那就让我和他过过招,"德清继续说道,"我一定要打死他!"

严师父按住德清的手,"让我想想。"

严师父为人谨慎,深谋远虑;德清则天真率直,大大咧咧。严师父二十五岁了,比十九岁的德清和他师兄都要年长,于是德清不说话了。严师父的脸是功夫片里标准的恶棍脸,极其丑陋,让人过目难忘。他一副倒八字眉,颧骨突出,皮肤黝黑,上面满是痤疮。我挺喜欢他的。但在他身边时我还是小心翼翼的。

至少那晚之前一直如此。

严师父双眼空洞地目视前方。他得考虑少林寺的声誉,再加上有个法国记者在场,这就让事情变得更加复杂了。过去三年里,少林和尚在欧洲四处巡演,很受欢迎。皮埃尔的摄影作品配文刊发也会为少林摇旗呐喊,有很大的助力,所以严师父不得不考虑少林寺的国际声誉。

德清是我的良师益友,看着他怒火中烧,我觉得自己总该说点儿什么。

"我来跟他较量。"我主动请缨。

我当然不是认真的,只是客气一下罢了。在中国,不管你是真情还是假意，都要在表面上做做样子。那不过是表现我和他们同仇敌忾的一种姿态罢了，总得展示一下我的团队精神吧；而且我知道，严师父是绝不可能真的让我去迎敌的。少林寺人才济济，高手如云，他们正值壮年，而且都已有十年乃至更长时间的武功修为。至于我，虽然训练了九个月，充其量也就算是个初学者。再说，我不过是个“老外”——这是对外国白人的一种礼貌的称呼。

假意应承之后，我挥手示意服务员过来给大家轮番倒酒。

我扭头发现严师父正看着我，脸上微微露出笑意。

“包默思，”严师父叫道，他用的是我的中文全名马修（默思）·波利（包），“你先和他打。”

德清简直不能相信自己的耳朵。

“他不能先上场，”德清反对，“我是他的老师，我先打。”

还有些话德清没明说，这也是不言而喻的——他认为自己是最好的武术大师（我们几乎每个人都这么想）。严师父让我们这个团队的一流好手靠边站，却让我这个根本不入流的门外汉冲锋在前。

我内心的慌乱恐惧肯定流露到了脸上，因为严师父一边回应着，一边笑得更明朗了，一脸的老谋深算，“不，还是让这个老外先和他打。”

德清没打算就此罢休。

“你不能让他先打，要是输了怎么办？这可事关少林的声誉和脸面啊。”

严师父端起一杯白酒，一饮而尽。

“就是因为考虑到少林的脸面，我才要这么做。如果是一个老外输了，那没有人会觉得丢脸，因为大家都知道老外并不擅长功夫。而这样我们就有机会研究那个傻蛋的把式和套路，你就更容易战胜他了。但是如果老外赢了，那么少林寺就会更有面子，因为这说明少林武功出神入化，甚至连老外弟子都能打败中国其他门派的高手。”

他们争论的同时，我感到无边的恐惧探入体内，抓住了我的五脏六腑，捏得粉碎，让我的勇气荡然无存，然后又像猎人现场给他捕获的猎物包扎一样让我恢复了原样——当然，那只是空空的躯壳，一具行尸走肉罢了。我站起身来，心虚得不行，满心里都是逃跑的冲动，直到我发现一桌人都在看着我。

“我得去趟洗手间，马上回来，”我失魂落魄地朝自己的酒杯摆了摆手，“喝得太多了。”

我努力克制自己逃跑的冲动，尽可能平和地溜达到餐厅外面，跑到屋后的厕所——在中国农村那儿通常就是用水泥做的旱厕，其实就是个大粪坑。我在那个五谷轮回之所里蹲了几分钟，脑子飞快地想着逃离这种处境的各种可能。假装受伤？直接消失？遗憾的是，没有哪种办法能让我不丢脸，无论怎么样，临阵脱逃都会让我颜面尽失，不仅如此，我的老师们也会颜面扫地，这一切我可都得考虑明白——尽管我在中国才待了不到一年时间，但他们的价值体系已经深入我心，我没法再打退堂鼓了。

我满怀希望地回到餐桌上，还存着一线希望，兴许严师父改主意了呢。

遗憾的是没有。

"包默思，我已经决定了，"严师父眼里闪烁着期许，脸上又有些幸灾乐祸的笑意，"一刻钟之后，你和吴大师在训练大厅较量。"

"一刻钟之后?"我傻眼了。

"咱们去吧。"严师父说。

少林寺作为一个旅游中心，是由河南省政府在 1989 年建成的。整个少林武术中心包括一家餐厅、一家廉价旅馆、一座员工的双层公寓和一个主体综合区。综合区里有几间办公室、两个供学徒使用的训练大厅，还有一个演出大厅——专供游客付费观看少林和尚展示武艺。恍惚中，我和德清正前往主体综合区。为了给我点儿精神支持，他引用了他最喜欢的武术格言："我不怕遇到练习过一万种腿法的对手，但害怕遇到只将一种腿法练习了一万次的强敌。"

还没进训练大厅，我就听到里面人声鼎沸；进去之后我发现，短短几分钟之内，切磋的事儿就已经传得沸沸扬扬了。整个大厅挤满了武术中心的员工、少林和尚，还有许多村子里的农民——他们是一群不用电话通知也能很快聚集到一起的人。这可是正儿八经的对决场面——一个外国人和一个北方武术大师的挑战赛。观众们群情激奋，拭目以待，大家都已经闻到了血腥味。

吴大师正和几个弟子在训练大厅的一角说着什么，旁边一侧的墙上是一面大镜子，不过已经有几处破裂，另一侧的墙上竖着一张巨大的绿色垫子，是表演时用的。我注意到，两个挪威佬拿出了他们全套的摄影装备，正在支起三脚架。让他们给我那可能被打开花的屁股来个永恒的特写——这可绝对没门！我能预想到，他们会拿这段视频在欧洲武术界来个巡演：美国人的失败。所以我用英语跟他们解释说，在中国拍摄一场挑战赛是很无礼的。然后他们就把摄影机拿开了。我还有心思撒谎，这是个好兆头。

而搞定皮埃尔可就不那么简单了。他是个暴力迷，之前在塞尔维亚和科索沃战争中做摄影记者，他这次来少林寺拍照是希望能与曾经的战地摄影一刀两断。这种紧张的场面皮埃尔见得多了，他曾经用自己的钢头军靴踢碎了一个粗鲁无礼的香港商人的玻璃橱窗——这也是他最引以为豪的经历。这会儿，他正指着那双靴子设法让我相信那一切，以便让我说服和尚们，允许他取代我来和吴大师对决。

“马修，我会抓住那家伙的脖子，把他的头拽下来，用我的膝盖好好招呼他，”皮埃尔说着拍了拍他的膝盖，“然后，我就用这双靴子踢他。看到这双靴子了吗？我会狠狠地踢他的屁股。”

我舒展着自己僵硬的双腿，尽量对他视而不见。

“你告诉他们让我和他打，”他说，“我要用这双靴子踢他，你瞧这鞋尖儿，我会直接踢到他屁股上。”

“皮埃尔，你不是这儿的学徒，”我说，“更不是少林弟子，而我是。他们不会让你跟他打的。”

很不幸，这是真的。我越来越恐慌，感觉自己头重脚轻，耳朵里也一直嗡嗡作响，经久不息。

“但我会用靴子踢他，”他接着说，“直接踢他的屁股。”

“皮埃尔，这是不可能的。好了，我得准备好上场了。”

“但我会踢……”

我转向约翰·李，希望能寻求到一点儿来自美国同胞的支持，以对付这个古怪的法国人。

约翰仍像一年前做高中橄榄球后卫那样，棒球帽下的脑袋在我和皮埃尔之间来回扭动，他那肌肉发达的身躯向外挪了一下，脸上挂着大大的微笑，如同兄弟般随和，说道："皮埃尔，老哥，冷静点儿，哥们儿。"

在房间另一头，我看到严师父和吴大师好像正在商量着什么。我听不到他们在说什么，但我看到吴大师扶了扶眼镜，摇了摇头。

严师父向我走来。"你知道什么是挑战比赛吧？"

我不确定地摇了摇头。

"差不多，"我说，"大概知道点儿。"

"挑战赛是有规矩的。"他歪过头去看看吴大师，厌恶地翻着白眼。

严师父绷着脸，怒火中烧，身体紧绷着，好像一不小心就会爆发出来，狠狠地击打敌人。我尽量避免直视他的眼睛。所有和尚中，严师父是最不会掩饰内心想法的人——特别是在头脑并不完全清醒的时候，要是你不小心冒犯了他，他很有可能一瓶子打爆你的头。虽然他并不是一肚子坏水，但绝对算得上是老谋深算。

他向我靠近，压低了声音，这样就只有我能听到他在说什么。

"去他娘的，"他低吼道，"跑到我们的地盘上来撒野，太不给我们面子了！这样的打斗没规矩！你要把他打趴下，听懂了吗？打趴下！"

严师父又走了回去，立刻转换成裁判员的角色，挥动双手召集对决双方相互走近。我和吴大师走向大厅中央，在离对方大概一米半左右时，我们俩站住了。

他摆出猫一样的站姿，重力集中在右脚上，左脚轻盈地悬在前方，这可是个防御性很强的姿势。他的手像水车一样在身前慢慢打圈。厚厚的眼镜下，一双黑色的眼睛紧紧地盯住我。

我摆出中国散打标准的开打姿势——面对吴大师，身体与之成四十五度角，左腿向前，重心按四六开的比例分布在前腿和背部，左手握拳在前，右手举起护住下巴。我试图放松身体，用意识强迫自己不再踮着脚尖跳跃，因为这种跳跃会被看成是一种紧张的表现。

吴既比我重又比我强壮，有着像农民般健壮结实的身躯，但我比他高，手脚能触及更远的地方，这至关重要，因为他摆成防御性的姿势，丝毫没有要先进攻的意思。

对阵双方数据比较

“白人的希望”波利		“天津大师”吴
21 岁	年龄	30 岁左右
192 cm	身高	178 cm
70 cm	臂长	63 cm
70 kg	体重	84 kg 左右

我努力让自己的头脑保持清醒。我在来少林之后跟别人进行过格斗比赛，但这是第一次真正的对决——穿着休闲服，没有规则——这是我之前从来没参加过的。

严师父拍手示意比赛开始，接着就退了下去。毕竟，他根本就不想当这个裁判，就看我们俩到底能打成什么样儿了。

第一部　流　浪

1992年9月

"人到难处才见心。"

——传统中国谚语

1　第一步

许多人都有自己的心声。我也有，在我心里装着一张清单，上面列着自己要做的事儿。既然我是一个悲观主义者，那么这张清单就叫做“马修的毛病”吧。每当我身陷自我感觉良好的危机时，这张清单就会浮现在脑海中。

我十五岁时，清单是这么写的：

马修的毛病

1. 愚昧无知
2. 胆小懦弱
3. 还是个男孩，没有成为男人
4. 对异性没有吸引力
5. 思想迷茫，不知要走向何方

“愚昧无知”之所以位于清单之首，是因为那年夏天，在家乡堪萨斯州首府托皮卡市当地的鲍德斯书店里，我买了一本《纽约书评》，想试着读读。可即便是一边读一边查字典，我也丝毫理不清那本书的头绪。我读不懂参考文献，理解不了上下文的关系，更搞不懂像“fin de siecle①”之类非英语单词的意思，而几乎在所有评论中都时不时地会突然出现这样的外文词组。我发现，在整个人类的知识世界中，不少人相互谈论的事情，我都完全不懂，这让我很恼火。

我研究了许多作家的传记。他们大多是来自精英高校的教授。于是我又回到鲍德斯书店，买下了诸如《如何写一篇能获得大学青睐的文章》、《申请报考常春藤[②]》、《如何恶补SAT[③]》等类似标题的书。所有书中提出的建议我都照做了。整个夏天我都在拼命地往脑袋里灌知识。我读了《战争与和平》并写了短评。秋天回到高中时，我创办了西班牙语俱乐部，这样一来我既能成为俱乐部的主席，又证明了我的领导潜力。

这一招挺管用。我被普林斯顿大学录取了。

大学三年级的秋天，我完成了些许有关尼采对海德格尔影响的阐述研究，又参加了一个康奈尔·韦斯特[④]的哲学研究班，这时，我意识到自己终于能真正明白我说出来的话到底是什么了。完成这一切之后，我自豪地仰在椅子上，这时，清单又一次在我脑海里出现了：

马修的毛病

1. 愚昧无知（已搞定!）

2. 胆小懦弱

---

① 法语词汇，作为名词，意为（法国等在文艺方面表现强烈颓废倾向的）（19）世纪末；作为形容词，意为世纪末的，颓废的。——译者

② 常春藤联盟（Ivy League），美国东北部在学术上和社会上享有盛名的8所高等学府。原指始于1970年代的校际橄榄球比赛体育联盟的成员。这些学校分别是哈佛大学、耶鲁大学、宾夕法尼亚大学、普林斯顿大学、哥伦比亚大学、布朗大学、达特茅斯学院和康奈尔大学。——译者

③ SAT，全称Scholastic Aptitude Test，学习能力倾向测验。美国高中生申请大学时要参加的标准化测验。——译者

④ 康奈尔·韦斯特（Cornel West，1953—　），非裔美国哲学家，学者，作家，活动家，公众知识分子，美国民主社会活动家。——译者

3. 还是个男孩，没有成为男人

4. 对异性没有吸引力

5. 思想迷茫，不知要走向何方

我沉浸在成功的喜悦中：我已经改正了第一个毛病，高兴得不得了。我只是个大三学生，但上大学的目的已经达到了，我完成了上大学的任务。

这种感觉持续了几个星期，接着清单又一次浮现在我的脑海中：

马修的毛病

1. 胆小懦弱

2. 还是个男孩，没有成为男人

3. 对异性没有吸引力

4. 思想迷茫，不知要走向何方

我又回到了那有点儿令人沮丧的起跑线。但是现在，我能看到希望了。我已经找到了通往快乐的道路。我所要做的就是除去清单上剩下的几项，然后就能永远高枕无忧了。

刚上大学时，我最初专注的就是要去掉自己的"愚昧无知"，我也曾努力去除自己的另一个毛病"胆小懦弱"——这一点从小学起就位居"马修的毛病"清单榜首。我从大一那年就开始上功夫课了，因为九岁时我看了大卫·卡拉丁的《功夫》重播，此后我就不再是原来那个我了。卡拉丁饰演的角色凯恩身上有一半的亚裔血统，是个少林武僧，他早期游荡在美国西部，行侠仗义，除暴安良，伸张正义。尽管我感觉他有点儿古古怪怪，甚至是无依无靠，但是他简直帅呆了、酷毙了。每当我重读自己最喜欢的幻想小说——《指环王》和《沙丘》系列时，我都会把自己想象成作品中主人公的伙伴，在脑海里将他们的故事重写。在故事里，我总是拥有超级的少林功夫。

对功夫的痴迷让我对中国文化产生了浓厚的兴趣。大二时，我选修了中国文化史，并爱上了道教哲学家庄周。他是我读过的唯一一个有幽默感并且喜欢宇宙诡秘的宗教思想家。他的学说后来影响了禅宗的产生。不久，我又对禅宗产生了狂热的兴趣。我极其虔诚地沉溺于这一切，甚至报名中文课以便能读到有关庄子和禅宗的经典原著。

尽管做了这么多阅读，并在语言学习上投入了大量精力，可我并没有太多时间投入到功夫学习上。到大三那年春天，我依然不能完全保护自己，一如三年前刚上大学那会儿。每当受到人身威胁时，我仍然会心惊胆战；每当听到有人怒吼，我的第一直觉还是赶紧寻找快速撤离的出口。一有风吹草动，我就跑得无影无踪。

所以我决定，吸取以前改掉“愚昧无知”的经验，用相同办法来去除自己“胆小懦弱”的毛病。想想吧，我进入了这么一个严谨而著名的学术研究机构，该机构专门教育年少无知的人，经过几年的努力之后，我不再觉得自己是个白痴了。现在我所需要的就是再找个高水平的专门机构，把像我这样骨瘦如柴、不足百斤的胆小鬼变成一个蛮横的恶棍。如果正好也是宗教机构的话，那我在此过程中可以顺便把“思想迷茫”这一毛病改掉。

围绕这一目的，冥冥中整个宇宙似乎对我的一生进行了一系列至关重要的重新排列：我碰巧读到了马克·萨尔兹曼的传记《铁与丝》，讲述的是一个耶鲁毕业生在中国跟着一个功夫大师学习武术的故事，于是我也有了自己的主意。

我去找顾教授，他是我知道的唯一一个来自中国大陆的教授。

“我想去中国学习功夫和禅宗。”我用中文说道。

他严肃地看着我问道，“你是想学真正的功夫，还是只是想找点乐子?”

“我当然是想学真功夫啊。”

“你怕‘吃苦’吗?”顾教授问。

那是中文俚语，意思是“历经磨难，受罪”。

“不怕。”我说了谎，脸上忍不住露出了微笑。萨尔兹曼在中国学习功夫时，也被问及了同样的问题，而且，他也给出了同样的答案。

“那你得去少林寺。”他说。

他继续说着学功夫得多么辛苦，而我又得多么勤奋，但是我压根就没听进去。他一说“少林寺”，我心中就已经同意了，并开始对那个地方神往起来。

作为禅宗和功夫的发源地，少林寺其实应该算是我这两个迷恋对象的滥觞。但之前我并不相信它真的存在，总感觉少林只是往昔的神话传说，就像说到了武术上的卡米洛特①一样。当我听说少林寺目前确实存在时，感觉就好像命运在向我招手。我绝对确定，那就是我训练和学习的最佳去处。

不幸的是，除了我和顾教授，没人认为这种异想天开是个好主意。我的朋友认为，我不过是三分钟热度，到最后一

---

① 卡米洛特（Camelot），英国传说中亚瑟王的宫殿所在之地。这就相当于说“到了武术方面的圣殿”。——译者

刻肯定会改变主意。其他的教授则怀疑我声称要去中国实际上是在以某种隐晦的方式求助。大三结束后，我回到堪萨斯，把计划告诉了我的父母，他们也极力反对。

他们确实有理由心存疑虑。那可是1992年，中国作为下一个超级大国成为《时代》周刊和《新闻周刊》的封面故事还是后来的事儿，中国经济发展取得了举世瞩目的成就、速度远远超过世界其他国家的状况也还没发生。1992年，中国的国际形象是一个共产党执政下的贫穷国家——就在仅仅三年前的天安门广场上，还发生了动乱。在世界范围内来看，中国不过是另一个朝鲜，只不过人口多点，还能吃得上饭，形象也稍好点儿。

我妈妈总是把孩子的幸福安康放在第一位，于是她哭了起来。

“你不会发生什么不测吧，”她问道，“他们专杀你这个年龄的男孩子。”

“他们不杀外国人。”

“万一他们把你关进监狱，折磨你，逼你招供呢?”

“妈妈，你说的是越南。”

“我们可不认识那边的什么人，能帮你逃出来。你会被困在那儿的，永远困在那儿!”

一开始，我爸爸想说服我，因为作为一个医生，他很自豪自己是个理性的人。鉴于他娶的女人已经听风就是雨了，所以，理性也的确是他唯一的选择。

“我在医院和一些中国的外科医生交谈过，”一天，他跟我说，“他们说中国大陆并不安全。”

“他们当然这么说，他们是台湾来的。这就像是问迈阿密的古巴人[①]，问他们怎么看菲尔德·卡斯特罗。”

“他们说台湾有很多关于佛教和功夫的教学。”

“是，”我说，“但那不是少林寺。”

“这太疯狂了，你都不知道少林寺在哪儿啊。”

他说的有一定道理。顾教授也不知道少林寺在哪儿。没有哪本有关中国的旅游书上标明了它的位置。中国大使馆的官员因为我的这个问题，已经挂了我三次电话。并且当时阿尔·戈尔还未发明因特网[②]，我当然没法搜索到“少林寺”。（而今，在谷歌地图上，五秒钟都不到就能找到它的位置。）

说句公道话，如果我真的专注于解决这个问题的话，我可能早就找到少林寺的位置了。但对我来说，少林寺的神秘位置就是我的兴奋点之一。我决定坐飞机到中国，四处打听，直到找到知道答案的人。这是我喜爱的小说中主人公必经的过程。说不定我会偶遇一个老婆婆，她会给我一个有魔力的神器，能在旅途中助我一臂之力。

“我不明白你为什么不去台湾，”我父亲接着说，“你可以去教英语。”

“任何人都可以去台湾教英语。那证明不了什么。”

“但是如果你去一个穷得都请不起你教英语的国家，你怎么赚钱呢？”

“我没打算教英语啊。我要是一天教八个小时英语，怎

---

① 迈阿密位于美国佛罗里达州的东南角，地理位置上与古巴隔海相望，是美国本土最接近古巴的一个城市，所以那里有很多从古巴逃过来的人。——译者

② 戈尔 2000 年与小布什竞选总统时为自己辩护说，因特网之所以诞生是有他协助，由此留下这一遭人讽刺的说法。——译者

么能学好功夫呢?”

他最终没了耐心，败下阵来。

“那我倒要看看你怎么支付旅途的各种费用,”他说，“反正我不会给你钱。”

“我有大学基金。”

“那是我的钱。”

“但在我名下。”我低头看着地板说。

我知道自己破釜沉舟、无路可退了。

此后，父亲好长一段时间都没有跟我说话。接下来的几天，我偶尔会撞见他用一种原始的男性目光盯着我，充满了怀疑：这真是我的儿子吗?

我不能责怪父亲。可以说，一个男人能有多么老实正派、工作努力，我父亲就有多么老实正派、工作努力。他出身贫寒，为了能让孩子过上好点儿的日子，他努力上了大学，后来又就读医学院。然而，在所有这些付出和牺牲之后，在把自己那个信仰天主教、喜欢物理、数学和安·兰德文选的古怪儿子送去美国最好的高等教育机构之后三年，他又得到了什么样的回报呢？他的儿子成为了一个自由主义者、一个宗教研究专业人士（而非医学院的预科生!)、一个佛教徒。这一切足以让一个信仰敬畏上帝、喜欢里根①的父亲彻底伤心。

我想跟他解释一切，但羞于启齿。我怎么能告诉父亲，

---

① 里根（1911—2004），美国第40任总统（1981—1989），也是美国史上年龄最大的总统，被称为最伟大的沟通者，同时，对外政策上由战略防守改为战略进攻，全面对抗苏联，反对共产主义。——译者

我一直是那些恃强凌弱的坏家伙喜欢欺负的男孩？我怎么能告诉父亲，在儿时的操场上，除了一般的游戏之外，“把马修打出屎来”一直是一项常规活动？我怎么能告诉父亲，我从来没有奋起反抗过？我怎么能告诉父亲，甚至在若干年之后——在人们会以为任何正常人长大后便可以摆脱这些阴影时，只消一声怒喝，我还是会像一只受尽虐待的巴甫洛夫试验犬一样吓得浑身发抖？我怎么能告诉父亲，儿时操场上的那些欺辱仍然像梦魇般走进我的梦乡，并且挥之不去？我怎么能告诉父亲，我已经受够了那种望风而逃、被坏孩子追打的经历？我又怎么能告诉父亲，我已经不能再忍受曾经的那个自己了？不，还是让他认为我是个娇生惯养、忘恩负义的小混蛋吧，这至少比让他认为我是个懦夫要好。

我向普林斯顿大学请假——表面上是要为我的毕业论文进行为期一年的调研——并开始为我的旅程作准备。

9月的第一天，我妈妈独自一人带我去了堪萨斯的城市机场。我上飞机时，她哭了。

而我面带微笑、热切期待地踏上了自己的梦想之旅。

2　移途迷失

我在大学学习了三年普通话，结果却发现实际上我并不会说中文，这让我大吃一惊。但在北京着陆并在机场坐上出租车的那一刻之前，我都一直有相当的把握，认为自己会非常适应。

我把一张用英文和中文写着“喜来登长城饭店”的卡片交给了出租车司机，然后用我自以为地道的中文跟他说：“我要去这里。”然后，他就用一种我听不懂的语言说个不停。我好不容易才打断了他。

“对不起，”我说，“我的中文不是很好，请你说慢点儿行吗？”

但他好像没听到，于是我又试着打断他。可他又一次无视我的存在。他继续叽里呱啦地说，我也继续茫然无所知，不知道他讲了什么。

这下我慌了，所有对外界的感觉和自信瞬间全部消失，大脑里一片恍惚，就连政府刚刚建成、连接城市和机场的崭新笔直的公路都丝毫没有注意到，也几乎没看到收费站和新站台，甚至没听到身边那个一直唠叨不停的司机在说话。我所能听到的，就是脑海里平静的咒骂声：“你这个蠢货！”一遍又一遍，无休无止。

从我在堪萨斯的城市机场登机算起，到现在已经二十六个小时了。时差就像超强劲的大麻一样侵蚀着我——我的身体又稠又重，大脑完全失去了方向感，疑问重重。我在哪儿？这是中国吗？我是不是在成田机场转机时坐错了飞机？

我摇下车窗，感觉一片茫然。

出租车在一个高架桥下的通道前停下，红灯亮了，一辆满载金属碎片的木制牛车慢悠悠地停在了我们旁边。就在这时，一辆黑色奔驰呼啸而过，绕过牛车，停在了前面。（不久我便知道这是为政府高官准备的高级轿车。）那头牛被汽车尾气惹恼了，用头顶了奔驰的后备厢。绿灯亮了，奔驰司机和驾牛车的农民仍在吵吵嚷嚷，纠缠不清。我们开车走了。

在避开了这场交通事故之后，我们上了另一条街道，穿过外墙，就到了喜来登长城饭店的大门口。付了车费后，我迫不及待地下了出租车，喜来登长城饭店门口一个身着金扣红衣的门卫用僵硬刻板的英语对我说："Wurcome①。"

"你会说中文吗?"我用普通话问他。

"你的中文儿很好嘛。"他用北京口音的普通话跟我说——"儿"化音特别重。

终于用得上我的中文了，我激动得难以抑制，一下子抱住了他。片刻之后，我才感到有些尴尬，于是松开了他。

为了缓和气氛，我说："我的出租车司机不说中文。为什么呢?"

---

① 实际上是 welcome，意思为"欢迎光临"。因门童英文不好，发音不标准，所以写成 wurcome。——译者

他向车里瞥了一眼。

“他不是北京人，大概是南方人吧。这儿的每个人都说不同的方言。我在上海时，那儿的人说的话我一个字儿也听不懂。但又有什么办法呢？人们现在非常自由，可以到处乱窜，乱啊，”他说，“简直太乱了。”

就这样，我解决了第一个、也是我意料之外的问题。我确实是在中国，而且我也知道怎么说中文，尽管说得吞吞吐吐，也就是小学六年级的水平。我一下子如释重负，但第二个让人畏惧的任务又来了——在如此广阔的国家，我要找到少林寺。

门卫提着我的包穿过五星级的喜来登饭店的大理石大厅，我问他，“你知道少林寺在哪儿吗？”

“什么在哪儿？”他问。

“少林寺。”我又说了一次，尽量发对声调。

汉语是一种带声调的语言，一些汉字读起来一样，但发出四种不同声调时会有不同的意义：一声是平调，二声是升调，三声先降后升，四声是降调。比如，这个句子：“mā mà mǎ mā?”意思是：“妈骂马吗？”一年级的中国学生要么用脑袋、要么用手指比划，以此发出正确的声调：班上一半的学生看起来像摇头娃娃，另一半则像小人国里管弦乐队的指挥。

“哪儿？”他又问了一遍。

我信心尽失，用手指摆了个耐克的标志，表示三声[1]的

---

① 实为四声，这里可能是作者汉语水平有限，误以为读三声。当然，“少”为多音字，既可以读三声，也可以读四声，但意思不同。此处应读四声，但原文作者误读成了三声，所以可能造成了别人的误解。——译者

“少”（字面意思是“年轻”），又将手指向上抬，表示二声的“林”（森林）。“少……林。”他还是没明白，于是我又尝试了一种不同的方法：

“你知道功夫吧。”我说着摆了几个似是而非的打拳动作。

“噢，少林寺。你想学功夫？”他笑了，“少林寺嘛，我不确定。我想它应该被毁了吧。”

我心里一沉。

“被毁了？你什么意思？”

“就是不存在了，”他说，“你想去参观长城吗？我有个朋友是导游。”

我在大厅中央呆住了，脑袋里满是离开这儿之后的其他选择。普林斯顿的秋季学期已经开始了；我得等到春季才能再入学。那我就得回到托皮卡和我父母住在一起。这可是我和他们激烈抗争之后才争取到的中国之行啊，回去肯定没有好果子吃。我还得找份工作把钱挣回来。我已经花了多少钱了？机票花了一千四百美元，办签证花了五十美元，出租车用了十美元。在我改签之前，我至少得住一两天，每晚一百一十美元。

想回头已经不可能了，即使那儿除了烧焦的建筑废墟之外什么也没有，我也要去少林寺看看。

“不，我不想看长城。”我告诉他。

直到那一刻，我依然一直在努力，想将我的开支控制在最低范围内。这时，帮我把旅行袋搬到房间的门卫问我，是否愿意帮他把当地的钞票换成美元。

“我表妹是个很勤奋的学生，你明白的，”他解释道，

“她已经被一所美国大学录取了。可她只有人民币，她需要一些美元。你能帮个忙吗？”

对应于其发明的纸币，中国有两种货币：人民币和外汇券[①]，只有后者才可以在中国银行兑换成美元。所以外汇券具有很多功能，是一种基本的财政预防手段，能防止当地百姓在金融上崇洋媚外（私存美元、日元、法郎），产生永远离开本国的强烈欲望。因为人民币不是可兑换的通用货币，所以，一个中国的百万富翁离开国家之后就会变成乞丐。但是，由于老外数量的增加和黑市规模的扩大，这种防护措施已经不起作用了。对于中国人来说，每个外国人都是可以行走的货币兑换点。继“hallo[②]”之后，“Shanja mahnie[③]？”是我最常听到的蹩脚英语。

当时，我并不太明白这种做法。我所知道的就是外汇券和人民币的比例应该是1比1。政府管理的中国银行里，外汇券和美元的汇率是5.7比1。我的新朋友——门卫提议按照6.5比1的汇率用人民币换美元。这可是笔好买卖。换两

---

① 外汇券（FEC，foreign exchange currency），全称中国银行外汇兑换券，俗称“外汇兑换券”、“外汇券”，为中国银行发行，曾在中华人民共和国境内流通，特定场合使用，面额与人民币等值的一种特定货币。1980年4月1日，中国开始发行外汇券。1995年1月1日，外汇券最终退出市场。在这十五年间，中国实行了非常独特的双货币制度。自1980年代起，越来越多的中国居民开始走出国门，他们需要外汇券来换美元。对外汇券和美元的强烈需求直接催生了整整一代倒汇者——俗称“黄牛”。整个80年代和90年代初期，外国人在北京或者其他中国主要旅游城市听到的最多的招呼也许是“换钱吗？换钱吗？”——译者

② 实为hello，因发音不准成了“hallo”，“你好”的意思。——译者

③ 实为“Change money”，意为“换钱吗”。但由于中国人不懂英文，只是模仿发音，所以发音不准，成了“Shanja mahnie”。——译者

百美元行吗？

当然可以。

那天下午，我一直坐在那儿盯着美国有线电视新闻网(CNN)，时差让我的大脑一片混沌，感觉非常累，又睡不着，我极度疲惫，一动也不想动。另一个门卫、一个女服务员，还有两个中层管理者来找我，理由都惊人地相似——他们都有格外优秀的亲戚需要美元去国外留学。几个星期后，我的怀疑与日俱增，四处打听之下，我才发现黑市的实际汇率是 8.2 比 1。1986 年保罗·泰洛科斯乘火车游览中国之后，最终这样描写中国人，说他们"总是可以欺骗老外"。六年后的今天，以中国人的精明，当然不会当着我的面说这句话，但却依旧如故。泰洛科斯认为这句话也是对外国人一种故意的侮辱，尽管他知道这并不完全准确，但从我的遭遇来看，的确如此。我在谈判桌上简直是个白痴，丝毫没有意识到自己已经被别人摆了一道。

当然，说句公道话，这些酒店工作人员跟我交易的汇率还是比中国银行的要高。中国还有一句谚语，"鱼从头开始烂"。

第二天早上，我去了天安门广场，那儿也是世界上最大的公共广场，是一个由政府所立的纪念碑、纪念馆等建筑所环绕着的开放式中枢地带，就是一个灰色大理石版本的华盛顿国家广场。广场北接通向紫禁城的天安门城楼，上面挂着唯一的装饰物——一副巨大的两层楼高的毛泽东肖像——那就是中国的林肯纪念堂了。西边是人民大会堂，那是全国人大代表开会的地方——相当于美国的国会大厦圆厅。东边是中国国家博物馆——相当于美国的史密森尼学会总部的大楼——史密森尼古堡。

今天的天安门前，四处都是拍照的中国大陆游客，他们大多带着一个小孩。(1979 年，为了控制人口增长，政府制定了相当严格的政策：一个家庭只能生一个孩子。) 正当我闭目养神的时候，忽然听到了一声枪响。

我一下摔倒在地，双手抱头四处张望，以为天安门又像 89 年那样发生了动乱。嘭！又是一声枪响。我找到了枪声的位置——原来是一辆北京出租车逆火[①]了。

我双膝着地跪在那儿，抬头发现自己和一个穿着开裆裤学走路的小孩脸对脸，他像一只宠物一样毫无节制地当街哗哗地小便，还没发育成熟的小弟弟在微风中摇晃着。他聚精会神地盯着我，好像在判断我是哪种生物——毕竟我有大大的鼻子，在他看来可能和一般人不一样，而且四肢着地。我笑了，他抠了抠他的小鼻子。我拍了拍身上的灰尘，站了起来，感觉自己的尊严荡然无存。男孩的父母是一对来首都参观的农民，他们也笑了笑。那位父亲裹着一件军大衣，他把手中的相机朝着我，并扬了扬眉毛。我点了点头。接着他指了指一旁我曾趴在那儿的空地，暗示他想重新照一张我满是恐惧的照片。我没有同意。

我决定去问路，手中拿着《福多尔在中国》那本书，我走向一名公安（或者是一名陆军军官），然后打开了书中中国地图的那一面。

“打扰一下，你能告诉我少林寺在哪儿吗？”我用普通话

---

① 逆火也称回火（backfire），混合气过稀，或者点火系统出现问题时，容易出现逆火现象，往往伴随着排气筒的爆炸声。——译者

问道。

他没理我，眼睛直直地盯着前方。

“对不起，我中文不是很好，”我说，尽量清楚地发音，“请你告诉我少林寺在哪儿好吗？”

他一动不动。我想自己恐怕又念错了声调，于是又用手比划了几个功夫的动作。

“你知道功夫吗？”

还是没反应。但是一个高高瘦瘦的老外在一名人民解放军警卫旁挥舞着拳头，倒是引来了一群围观者，大多是老头老太。

“你想干吗？”其中一个已有几缕银丝的老太太友好地问我。

他们都很高兴发现了这么有趣的事儿，回家后他们就可以告诉朋友们了。

我指着中国地图问道：“你们知道少林寺在哪儿吗？”

“哎呀，”她说，“嗬，这老外的中国话说得真好。”

“哦，不，还不够好，”我说着低下了头，“还差得很远。”

“瞧瞧，这老外还挺谦虚。”她继续跟其他人聊着天，好像我不在那儿似的。其他人都赞同地点了点头。

其中一位男士赞许地说：“他的中国话说得比大山还好呢。”

这引起了一场争论。后边的一位女士反对道：“这老外中国话说得是好，但还没到大山那水平。”

就这样他们争论了一会儿。后来我才知道“大山”是加拿大人马克·罗斯韦尔的中国名字，1988 年他来中国教英语。他中文非常好，特别擅长相声——一种传统的喜剧对话形式，富于押韵和典故。中国电视综艺节目经常邀请他当演员和主持人。第一次亮相后，他便成了中国大陆的名人，他的中国话也成了老外说中国话的黄金标准，每个老外的中文通常都会被拿来与他比较，而且往往落败。我也不能例外，我很快就会慢慢意识到，大山是每个居住在中国的外国人生命中的毒药。

最后，我打断了他们。“那么少林寺在哪儿呢？”

“哦，它在河南。”第一个说话的女士指着地图中心说。

我瞬间感觉如释重负，“也就是说，少林寺在那儿，是吧？”

她盯着我，“过去在那儿，它已经被毁了。”

“你确定？”

“打仗的时候被日本鬼子毁了。”

我感觉自己的腹部好像重重地挨了一下。但就在我转身离开时，人群中的另一个老太太挽救了我脆弱的神经。

“你说什么呢？少林寺已经重建了。我侄子去年还去旅游了呢。”

“不，日本鬼子把它毁了。”第一个说话的女士坚持道。

“那是福建省的南少林。河南的北少林政府已经重建了。”

“老奶奶，”我指着手中的中国地图，问道，“我怎么才能去那儿呢？”

她在地图上用手指从北京到河南省会郑州划了一条想象中的线，然后说，“火车。”

“对不起，”我说，“我不知道你说的那个词是什么意思。”

她笑了，然后发出全世界通用的火车声“酷酷酷酷”，人们都笑了。

我用尽自己所有的词汇，一再地感谢她，然后立马叫了一辆出租车。

北京的街道又宽又直，连接了一连串的同心环路。整个人类历史中出现过的所有交通运输工具都在上面跑着——马、驴子、牛、拖拉机、卡车、欧洲豪华轿车等等等等，几乎涵盖了一切。但是第一次逛马路时，倒是自行车吸引了我的眼球，它们大多是1950年代的报童款式的老旧自行车，前面有个篮子，颤颤巍巍的，这股移动大军一窝蜂似的穿插流动在成百上千移动的行人和轿车之间，像一群鸟儿一般。在开回酒店的途中，出租车司机在车来车往的道路交通中穿梭，往来的车流、人流非常密集。每当有骑自行车的人突然拐弯时，我就会屏住呼吸，觉得这肯定会导致多米诺骨牌似的接连碰撞，最终让整个自行车队都倒下。但每到最后关头，却总是能化险为夷。

“你做出租车司机多长时间了?”我在等红灯的时候问他。

“嘿，你中文很好嘛。”

“不，不是很好。”

“不，不，你说得挺好。你知道大山吗?”

“我听说过他。”

“他是加拿大人。你是哪国人?”

“美国。”我回答。

"美国是个不错的国家，很强大。"

"不，也就是个平均水平。"

"哦，不，美国好极了，不像中国。中国不行，太落后了。"

"但是你们发展很快。"我说。

"不够快，我们还得五十年才能赶上美国。"

"但是在经济方面，中国的发展比美国快多了。"我说，心想自从邓小平改革开放、中国经济腾飞之后，中国在过去十年里已经是两位数的 GDP 增长值了。

"你是说只有经济方面增长快啊，"他领会了我的意思，说道，"你不觉得政治方面也在进步吗?"

"没觉得。"

"唉。"他叹了口气便不说话了。

我这才注意到他的反光镜上挂着毛泽东的袖珍肖像，翻转时，我看到另一面是周恩来的肖像——他是共产主义的英雄，也是 1970 年代中美两国建立友好关系的关键人物。

我沉默了一会儿，不知道自己是否应该继续往下说。

"你怎么看那些事儿?"我问。

我预计他会闪烁其词，或者他可能都根本不清楚那些事儿。但是，他的话让我大吃一惊。

"我觉得那些大学生太蠢了，他们应该很聪明啊，嗨，这些大学生真是!"

"你是什么意思?"

"他们知道什么是民主？他们知道怎么管理政府？中国五千年的历史中，从来都没有过民主。就凭这些愚蠢的大学生，还想革命？他们想要民主？放屁!"他骂道，"简直是放屁!”

1990年代早期，不到百分之五的中国学生上了大学，所以他们是精英中的精英，但并不是所有人都喜欢他们。

我又说：“但是自由很好啊……”

“自由？我们怎么得到自由？革命吗？革命是不会带来自由的。革命会带来混乱。混乱会带来什么？饥饿！谁会饿死？不是那些大学里不懂事儿的毛孩子，是穷人！穷人会饿死的!”

“但是你不觉得有更多的政治自由更好吗?”

“政府给了我们经济开放的权利，人们越来越富有。作为回报，我们就不应该再自寻烦恼，要求政府政治开放。”

我靠在座位上。这不是我想的那样。

“你们不想两者都要吗?”我问。

“中国有句话，‘慢慢来’。瞧瞧俄罗斯，它以前是中国的老大哥，它告诉我们应该做什么。接着你们美国人跑去告诉他们，政治和经济开放得同时兼顾。他们现在怎么样？现在，俄罗斯女孩儿都跑来中国做妓女了。现在，我们是老大。”

剩下的路程中我们再也没说话。

接下来的两年里，我问了许多中国人，包括一些北京的大学生，我问他们怎么看那场事件，听到的基本上都是相同的回答，尽管通常大部分人对那些游行示威者没有那么蔑视。他们告诉我，这场示威活动太草率了，中国还没有为民主作好准备。

“乱”是中国语言中最会引起恐慌的词了，考虑到这个国家的历史，尤其是20世纪的历史，大概也就是如此吧。

所以人民和政府达成了一个不言而喻的社会契约：政府会帮助人民脱离贫穷，作为回报，人民服从政府的统治。

那在人民富裕之后呢？我会这么问。通常，大部分中国人只是耸耸肩，“谁知道呢？”但是我遇到的一个商人却玩世不恭、妙语惊人：“你买不到爱情，但你可以买到自由。”

3 睡美人

中国人为了逃离贫穷，甘愿放弃自由，北京火车北站就是一个活生生的例子：这儿看起来一贫如洗，就像是战争之后的难民营。等火车的游客队伍延伸到了北站之外几百米的区域。很明显，一些农民为了等票露宿街头好几天了。到处都是老太太、怀孕的妇女和小孩，那些小孩只穿着一件衣服，在潮湿的石板地上垫一张硬纸板，想法儿躺在上面打盹。

我带了一个睡袋，以防我像《功夫》里的凯恩那样，得在少林寺外露营一段时间才能获准进入。面对不得不睡在火车站之外的可能性，我的整个探险历程如同梦魇一般开始了。

手中拿着护照和返程机票，我犹豫地拨弄着我的旅行袋，畏畏缩缩地走向一位农民老太太，她看起来应该是排在队伍末尾，我问道，"我能站你后面吗？"

"不，"她说着指向大厅的另一头，"老外在那边（排队）。"

我穿过混乱的队伍，终于挤进了大楼。整个火车站是个庞大的哥特式建筑，上面是巨大的拱形天花板。那儿有几十个售票处，每一处的队伍都排到了大楼外面。我问一个年轻小伙哪儿能买到去郑州的车票，心想不同的目的地可能在不同的地方买票。

他指着大厅的另一边。顺着他指的方向看过去，我这才发现在遥远的车站那一侧有两个售票窗口，只有几个人站在前面。我用尽浑身解数一边推挤冲撞一边道歉，横穿了二十几支排队买票的队伍，终于突破重围，到了那两个窗口前面。我知道我找对地方了，因为这列队伍里全是像我一样的外国背包客。

原来，在中国坐火车旅行的买票队伍分为三种。农民排在最便宜的硬座票队伍里。没有指定的座位，他们得挤进带有木制长椅的车厢里占座。许多人选择在走廊里待着，坐在他们的包上。另一等级是单独分配的硬卧票。硬卧车厢里有一系列含有六张床的开放式房间，每边墙上架有三张床。最高等级的是软卧票，大致相当于美国或欧洲的卧铺车：独立的私人房间，里面有四张床。这一头的售票口只卖软卧票，价钱大概是硬座票的十倍，而且需要用外汇券。我付了大约三十美元买了一张八小时通宵到郑州的车票，心里松了一大口气。只要不排在硬座的队伍里等上好几天，花多少钱我都愿意。

在颠簸的火车上，一晚上的睡眠断断续续，让我本就颠倒的生物钟更加混乱不堪。我带着严重的时差感混混沌沌地走出了郑州火车站。那是早晨六点钟，我巴不得找个地方再睡上一觉。

河南是位于国家中部的内陆农业省份，郑州是河南省的省会。按中国的标准来说，它是一个小城市，仅有二百万人口。因为远离大海，这儿并没有铺天盖地的外商投资——而在中国的东南沿海，那些外商正大量投资，改变着中国的沿海地区，并带来大量的外国人。

当地人发现，就在他们身边，竟然多了个老外，都感到很惊奇。一些小孩指了指我，然后跑开；不少女人笑了笑，然后尴尬地扭过头去；不少男人冲我“哈喽！哈喽！”地喊，就好像我是个名人，忽然出现在了他们普通人中间。一位男士叫住了我，并和我拍了张照片。拍照时我咧着嘴笑，后来我意识到旁边的男人面部表情僵硬，直直地站在那儿。中国人拍照时都不笑。

郑州阴沉沉的，而且很脏。由于污染严重，天也黑乎乎的，一副要下雨的样子。围绕着广场的水泥大楼笼罩在沙砾尘土之中。这是一个和我一样亟须洗澡的城市。火车站周围全是旅馆，大多数都约有十层楼那么高。我选了一家亮着霓虹灯，而且中文名字伴有英文翻译的宾馆——绿屋旅馆，满以为双语的门面说明它比其余那些宾馆要好。可一走进去，我就发现自己大错特错。绿屋旅馆表面上像它的名字一样给人一种翠绿色的感觉，可一进屋就全不一样了，宾馆前台登记员发现一个外国人按响台钟时并没有露出应有的笑容。他嘟嘟囔囔、骂骂咧咧地填写了外宾必填的表格，好像这额外耗费了他大量时间，让他无法享受甜蜜的生活似的。其实，多填的那张表格是为了能更好地追踪我们。我用外汇券付了宾馆费用。

他递给我一张纸，上面潦草地写着804。

“钥匙呢?”我问。

他挥手让我走，“问楼上要。”

到八楼，我停下了脚步，发现每层楼上都有一个管钥匙的女孩——她的工作就是给客人开门。计划经济有两个目标，一定要让人有工作，不管这个工作岗位的设立有无必要(懒惰是资产阶级的温床)；确保每个人都要盯住其他人。管钥匙的女孩就是实践这两个目标的完美例子，这样，每层楼上都有一个盯梢的。邓小平在毛泽东 1976 年逝世后执政，开始着手改变这一切，他试图将计划经济慢慢转变成市场经济，逐渐实现市场化。他的口号是“改革”和“开放”。因此，钥匙女孩的存在与否恰恰就是一根很好的指针，指示出改革开放的春风是否吹到了某处或吹到了什么程度。北京喜来登酒店是一家中外合资企业，在那儿我直接领取了自己的钥匙卡。

我这层的钥匙女孩从各方面看上去，都像是一个二十几岁的城里人。乌黑油亮的秀发落在肩上，略微丰满的脸庞显得很亲切，但面无表情。她身材苗条，穿着一件白色薄衬衣和一条中长裙。我低头看她的胸牌，上面有她的中文名字和英文翻译：月月。

突然发现自己面前站着一个外国男人，这让她有些紧张。她的手微微有些发抖，我笑了笑，并用中文告诉她我的房间号。

“哎呀，你会说中文!”她喊着，惊讶地捂着嘴。

“只会一点儿。”

“你的中文太棒了!”

“比大山还好吗?”

她双手并到一起。“你是大山的朋友吗？他很有名的!”

“不。”我说。

她显然有些失望。我真的开始恨那个家伙了。

她帮我打开门，给了我一个泡茶用的热水瓶。我给她小费，她挥手拒绝，“收小费违反规定。”

她犹豫了一会儿，给我倒了杯茶。然后，她又犹豫了一会儿，给自己也倒了杯茶，决定和我聊一聊。

我坐在椅子上，也希望能简单地聊几句。她坐在床上。

“你来自哪个国家？”

“美国。”

“美国是个很好的国家，非常强大，不像中国。”

“但是中国发展很快。”我说。

“不，还不够，再过七十年才行。”

“我听说只要五十年就够了。”

“谁告诉你的？”

“北京的一个出租车司机。”

“嗯，北京不一样，那儿要富裕得多，不像这儿，我们这里很穷。”

我打了个哈欠。月月愣住了，处在两难的境地，她不知道自己现在是应该遵从她的职责离开，还是应该按照自己的意愿继续跟我聊天，给自己无聊的工作以慰藉。最终，她还是决定留下来。

“你为什么来郑州？”她问。

“我要去少林寺学功夫。”

“真的吗？我弟弟就在少林寺学功夫。”

我一下子清醒了。终于可以确认，少林寺现在仍在训练弟子。

“我明天就得去，”我说，“怎么去那儿最方便？”

“明天就得去？你为什么不在郑州待几天看看风景呢？”

“什么风景？”

“这里有黄河。”

“我必须去少林寺。你能告诉我去那儿最好的方法吗？”

“明天早上八点有去少林寺的观光巴士。”她叹了口气，有些失望。我们啜了口茶，彼此好一会儿都没有看对方。“你知道功夫是中国发明的吗？”她问我。

“是的，我知道。”

“中国的文化源远流长。”

“是，确实是。”

我们又一次陷入沉默。

“你知道少林的历史吗？”

“不知道。”

于是月月给我讲述了少林寺的历史。

少林寺建于公元492年。当时的中国皇帝发现，他最宠信的佛教僧人之一，印度僧人跋陀，喜欢在与世隔绝、远离朝廷的地方冥想。那时朝廷位于洛阳——在今天郑州以西三百二十公里的地方。于是，皇帝就在位于洛阳和郑州中间的嵩山山脉中，寻了一个草木丛生的山谷，为跋陀建了一所寺庙。跋陀是少林寺的第一位方丈，不久，那里就聚集了一批僧人。

如果不是另一位印度佛教传教士达摩——梵文叫菩提达摩——在公元525年的到来，那么少林寺的存在可能不会引起很大的重视，不过是一个无名的僧人团体的居住地罢了。根据一些流传的故事版本，少林寺方丈拒绝达摩加入少林。

具体的理由无从得知，但据说是达摩与人相处的行为方式欠妥。他无视梁武帝的善行（建寺庙、出版经文、支持僧人团体），认为他个人对佛教的献身（梁武帝是个素食主义者，经常祈祷，参加佛教仪式，着僧侣袍）没有精神价值，这让虔诚的梁武帝大为恼火，于是他不得不离开了南朝，因为当时中国被分为南北两个政权。

在遭到方丈的拒绝后，达摩爬到高出少林寺六七百米的嵩山上，进了一个仅坐得下两人的山洞里，立誓不开悟绝不离开。五百年后的经文记载，九年之后他才实现了自己的目标。他冥想时的强度极大，以至于他的形象都被烙在了山洞的岩壁上。直到今天，还有一块上面画有他容貌的石头坐落在少林寺。他毛发浓密、眼睛又圆又凸——有传说他割掉了眼皮，这样就不会在冥想时睡着了。为了坚持自残的宗旨，据说他的第一个徒弟慧可，砍掉了右臂来证明自己虔诚的献身。

达摩下山后便成了少林的方丈，他教导其他僧人，冥想是开悟的关键。就像他对梁武帝的看法一样，他不认为宗教仪式和善行会对寻求开悟的人有什么帮助。事实上，这些可能会成为开悟的阻碍，因为这容易令寻求开悟的人变得更加自负和骄傲。完全的走出自我只有通过从早到晚的打坐冥想才能实现——僧人们追求实现大脑的完全空白。他的学说成了佛教禅宗的基础。

但达摩很快就发现了一个问题：连续几天除了坐着什么事也不做，会令僧人的肌肉软弱无力（类似的问题许多当今的白领应该非常熟悉）。他的解决方法是引入一套十八招健身体操。这种健身训练法最终发展成了功夫，所以功夫被认为是中国发明的。

不管是中国发明了功夫，还是功夫最初在别处发展（印度，也可能是希腊），然后又被带到了中国。反正有一点很明确，武术激起了少林和尚的兴趣，而少林和尚又激起了中国的兴趣。少林寺是第一个发展自家武术套路的知名佛教寺院——这是很不寻常的一种宗教，其和平主义的教义堪与基督教教友会①反对暴力的教义相比肩。

宗教组织能发展成这样，无疑是一种异类，究其原因，最普遍的解释应该就是自我防卫。当时中国的政治一片混乱，一个坐落在山上、与世隔绝的寺庙，对于一群四处游荡的土匪来说，简直就是一个诱人的目标。武僧的传统大概就是起源于那些卫戍人员保护寺院的责任吧。为了便于传授，他们将个人的武打技巧连贯成几套动作或把式。久而久之，护卫人员同僧人之间的相互影响将这些武术套路仪式化，成为一种动态的冥想，将现实与精神、武功与艺术结合起来。

6 世纪时，有许多派别争夺皇权。其中一派的领头人是恶名昭彰的军阀王世充。为了成就大业，他绑架了大唐皇子李世民。这是他的第一个错误。他的第二个错误是洗劫少林寺。据说，十三个少林僧人（可能更多）闯进了他的兵营，用高超的武艺打败了卫兵，杀了王世充，并且解救了皇子李世民——他之后成为了唐朝的第二位皇帝。李世民即位后，在他颁布实施的第一批法令中，授予了少林寺额外的土地，

---

① 教友会（Quakers），又称公谊会或贵格会，基督教的教派，既无任何正式仪式又无固定教义，强烈反对暴力与战争，主张和平主义和宗教自由。——译者

并赐予和尚可以吃肉喝酒的皇家特权，使少林寺成为中国唯一一所不吃素、能喝酒的佛教寺院。（今天和尚们都开这么一个玩笑：唐太宗因少林寺的营救，福祚绵长，多活了好多年，那少林和尚们得到了什么好处呢？唐太宗允许和尚们喝酒吃肉，反而缩短了少林僧人的寿命。早知如此，还不如不救呢！）皇帝为他自己建立了陆军军校，由这些因宗教而禁欲的人组成。他们忠心于他，并且不会因为妻儿的牵绊而影响作战。那些专攻功夫的僧人便被称为武僧，而那些仍旧专门投身于佛教修行的则被称为文僧。

在接下来的一千多年里，少林和尚成了中国人民的英雄。他们甚至打击过蒙古侵略者和日本海盗。少林寺是反抗外族统治者（特别是清朝的满人）侵略的基地。它也是整个中国的武术发展中心，习武者来少林练功，少林僧人在其他地区传教。它也是第一个武术特权地。第二个少林寺建在福建省。也有证据显示还有其他的少林寺。12 世纪时日本和尚在少林求学，把禅宗学说和武术带了回去。二者的结合对日本人的生活产生了显著的影响，可以说直到明治时期，日本整个国家就是一个大的少林寺。少林甚至激发了其对手——道教的武当派发明了自己的武打套路来挑战少林功夫。武当弟子因其剑术而闻名（周润发在《卧虎藏龙》中就曾饰演一个武当弟子），而少林和尚则因他们的棍棒——一种不那么血腥的武器而闻名。

其实，月月的历史课可没那么好，不可能达到如此精确、包罗一切的程度。她接受的正式教育到八年级就结束了，而我在中国充其量就是个早熟的孩子。我研究了好几年才拼凑出少林寺的早年历史——大都由高僧的助手在事件发生几百年后所撰，其中虚虚实实，也很难说得清。

我们的谈话继续进行：

“少林和尚曾经抗击过日本鬼子。”

“对不起，‘鬼子’是什么意思？”

“你知道‘强盗’吗？”

“很抱歉，‘强盗’是什么意思？”

“偷东西的人。”

“哦，对，对，盗贼。”

“所以‘鬼子’就是盗贼，坐船来的盗贼。”

“哦，海盗。明白了。”

她对少林的了解程度终于超出了我的中文词汇界限，我们的讨论陷入了沉寂。她似乎有些绝望。在后来的谈话中，我的理解总是滞后，往往在讨论完这个话题，而下一个话题又说了两句时，我才能勉强跟上。总是如此，让我的头很疼。我伸了伸懒腰表示已经很累，或许应该结束谈话了。她叹了口气，眼睛斜视着地板，脖子向一侧歪着。

“怎么了？”我问。

“没什么。”说着她又叹了口气，头向后仰着，喉部凸出。

我想着换个话题，于是问她：“你觉得你的工作怎么样？”

她又一声叹息。

我试探着说：“一般般？”

“哦，你知道我的心。”她摸了摸胸口。

直到那一刻我依然没有起身。她期待着上演一场浪漫的爱情喜剧，一位神秘的国际达人邂逅一个工薪阶层女孩，这个可爱的女孩有金子一般的心。他应该即刻去俘获她的芳心，而不是昏昏欲睡。问题是我们的志趣并不相投。我是一部探索片的主演：一个美国青年孤身来到异域，克服层层障碍，获得骄人技艺，学会人生的重要一课，最终成长为真正的男子汉。她寻求的是爱情；而我在寻找我的尤达大师。她需要的是救赎；而我需要的是休息。

我清了清嗓子，“呃，嗯，是的，我可能得休息一下了。明天去少林寺的大巴是什么时候?”

我又听到一声叹息。“上午八点。”

“好的，嗯，那么，我应该七点左右起床。我最好现在休息一下。我该怎么安排电话叫醒服务?”

“我会叫你的。”她终于拖拖拉拉地走出了我的房间。

“谢谢你，谢谢你，谢谢。”我说。

在汉语里，你要想努力地表现礼貌，就永远不能只说一次——那听起来太敷衍了事。你至少得说上三次。

我脱衣上床，终于有机会考虑一下我当前的窘况了，还真是讽刺啊。过去三年间，我读了禅宗和其他神秘的经文，越读越痴迷。我开始相信，冥冥之中，可能是由某种神灵召唤我走进宗教生活。为了测试这个可能性，在中国刚一着陆，我就私下里发誓，决定禁欲。我的目标是个人的完全转型。这只是一种简单的精神物理过程：个人改变就是在一段足够长的时间内施加足够的压力：改变＝压力×时间^2。而现在，还不到一个星期，旅途中就充满了严峻的考验。可能等我到了少林寺，这一誓言就会发挥效力了吧。

电话响了。接起电话，我听到一首歌，《爱上一个不回家的人》。这是众多娇滴滴的东亚流行曲调的一种，使空气中充满了空中补给合唱团金属乐的味道。我正想搞清楚这是电话系统的故障，还是有什么人在跟我恶作剧，这时，我听到了月月在电话里笑。

“你喜欢这首歌吗？”

“对，对，对，是的，还好。呃，这首歌还不坏。”

“我爱死这首歌了。”

“好，好，好，”我说，“好吧，那么，是你设置了我的叫醒电话，是吗？”

她叹息道，“是的。”

“谢谢你，谢谢你，谢谢。”

那天晚上我梦见我坐在少林寺的大门外，寺庙与世隔绝，在山上饱受寒风的侵袭。我敲打大门，守卫让我走开。几个月过去了，大门终于开了。我走进去，发现自己竟然站在空中。我尖叫着掉了下去。

我挣扎着睁开了眼睛，发现一个女人俯身站在我旁边。她是护士吗？我在医院？我的生物钟仍然很混乱，过了好一会儿，我才辨认出来，那是月月。我环视了一下房间，一时间不知道自己到底在哪儿。晨曦透过窗帘的缝隙，钻了进来。

“早上好。”我说。

“早上好。”她格格地笑着。

“是你。”

我低头看了一眼，还好，下半身盖着床单，衣服在角落的椅子上，她的出现让我很窘迫。

“是，是我。我跟同事换了班，这样我就白班连夜班，整整一夜没睡，以免耽误事，目的就是要确保按时叫醒你。”

这会儿，我不仅感到窘迫，甚至有一种负罪感。

我努力冲她挤出一丝微笑，“你工作很努力，你老板应该提拔你。”

她又格格地笑了，探身向前，离我更近了，“你皮肤真白。”

“我长时间待在图书馆里。”

“那么白，真好看。”她说着，贴得更近了。

对于身高一米九二、体重不足一百四十斤、脸色苍白的我来说，“皮包骨头”并不为过。不少女士已经用若干词描述过我的身体了——“形销骨立的骷髅头”、“鸟腿儿”、“埃塞俄比亚的白化病人”。“好看”一词用在我身上，我可从来没听过。她是在嘲笑我吗？那时我还不知道，在中国，即使你的皮肤是苍白的，也比棕褐色的漂亮，因为这表示你很富有，不必像农民一样在室外的太阳底下劳作，晒得黝黑。

“你喜欢白皮肤？”

“很好看，不是吗。”她的脸几乎贴在了我的脸上。这一刻，她欣喜若狂，一个女孩所有的祈祷即将成真。

我能跟她说些什么呢？难道说：问题不在你，在我……因为……我发誓要禁欲？

不能再这么拖下去了，我得赶快行动。我从床上跳起来，用白床单紧紧包裹着下身，迅速坐进角落的椅子里，单脚跳着蹬上牛仔裤，套上衬衣后才转身过去。

“我已经迟到了。”我匆匆穿上剩下的衣服。

我离开房间的时间之短简直可以破纪录，月月一直尾随在后。我一直在按电梯的按钮，月月垂头丧气地跟了过来，似乎心有不甘。

“听着，等我回来游览郑州时，我会来这儿住，我们会再见面的。”我说。

她笑了。

我走进电梯，转身跟她挥手道别。

当她意识到我在撒谎时，脸一下子沉了下来。

“你不会回来了。”她说。

电梯门关上了。

我确实不会回来了。

4 功夫世界

连接郑州、洛阳乃至少林寺的公路原本可能是为了疏通河南省内的物流和人流，但实际上，该公路是为飙车比赛而精心设计的竞技场。公路是四车道，但没有哪个司机会占用机动车道以外的那两条外车道。所以当他们想要超车时——这种情况司空见惯，因为各种各样的车辆，从拖拉机到半拖挂车，夹杂在机动运输车辆的队伍里，速度各不相同——他们会用对面反方向的机动车道来超车，特别是在拐弯或上坡时。

我们的大巴正开上一个比较高的陡坡，这时，司机决定超过一辆三轮拖拉机，这台“车”用一根木杆拉动着两个后轮行驶，掌舵的司机坐在后面控制着拖拉机。与此同时，我们后面的一辆大众也觉得这是超过我们这辆大巴的好时机。我们的大巴上了逆行的机动车内道；那辆大众也迅速上了逆行的机动车外道。三个孤注一掷的乡巴佬都决定铤而走险。为了安全起见，三个司机都按响了喇叭，但是紧接着其他的喇叭声也响了起来，在中国的马路上每个人都有节奏地按响了自己的喇叭，但这只能徒增不和谐的噪音。当我们接近坡顶时，一辆“敞篷”的拉煤货车突然从对面出现，直直地开向我们的大巴。就在千钧一发之时，货车司机没有其他选择，为了避免与我们相撞，只能选择逆行，在最后一刻进入了我们这边的外车道，避免了一场惨痛的伤亡。但另一方面，在飙车的胆量上，他明显露怯了，不如我们这边三个并驾齐驱的“赌命”司机胆大。

“你不要命了吗!”拉煤的货车司机冲我们喊。

在中国，这是开车时最常听到的咒骂，非常精确地概括了驾驶情况。

在这条河南的公路上，大巴预计要走二个小时，可这条飙车的死亡之路还没走到一半，我的右腿就开始疼了，因为我知道，各种车辆连环相撞的恶性事故，几乎每周都有。我一直疯狂地用右脚踩着地板上幻想出来的刹车踏板，曾几何时，我在美国开车时，我父亲坐在副驾驶上就做过同样的事儿。

中国人通常用“落后”这个词形容某些特定的思想，也用来形容国内某些特定部分的经济状况。当我们驶进河南腹地之后，我才明白“落后”的真正含义：现实中每前进一步，经济都要后退一步，距离富裕发达的沿海地区越来越远，经济也就愈加落后。水泥已不多见，瓦块堆砌的“建筑”随处可见。城市里商务休闲装变成了农民的粗棉布衣服，他们蹲在公路边抽着烟，呼吸着过路汽车排出的尾气。每隔三十分钟左右，我们就会路过一个小镇，一个比一个穷。

到达少林寺之前的最后一站是登封，大巴在这里停下来，车上的人下来吃午饭。很难真正判断，这里最令人沮丧的到底是什么：是覆盖了城镇的木炭污垢，市民脸上沮丧的表情，还是布满街道的垃圾？我开始认为登封是中国最无法拯救的藏污纳垢之地，四处是死一般的沉寂，毫无希望，一望便知，即便此地发生了集体自杀事件也不会让人感到意外。这儿简直太可怕啦！

登封坐落在嵩山山脉的基部。嵩山是中国的阿巴拉契亚山脉——这儿四处是郁郁葱葱的低矮丘陵，以及极度贫困，应该算是该地的两大特色。从这儿到少林寺需要走过两条蜿蜒的小路，大约半个小时才能到达。当我们拐过最后一个弯，到达目的地时，发现一个十七八米高的少林武僧铁铸雕像，守卫在通往少林村的大门前，还有一条向西的路，尽头是个山谷，周围环绕着五座山峰，是条绝路。

我本以为少林寺是一所与世隔绝、孤零零的寺院，暴露在风吹日晒之中。但想象和现实中见到的全然不同：轿车和旅游大巴堵在通往停车场的大门前。几十家小饭馆密密麻麻排在路的两边，都是些简陋的危房，四处都是裂缝的水泥和支离破碎的灰泥。还有几十家屋顶是波浪状石棉瓦的小屋，专门贩卖功夫饰品。驴车在停车场的门口等着招揽买卖，拉游客去相距八九百米外的寺院。那儿有更多当地企业家编造出来的创造性景点：一架二战中用过的拉货飞机，上面的标语说这是毛泽东乘过的第一架飞机；滑雪缆车可以带游客到某座山的山顶，在那里可以打机枪；或者能看见一具至今已有两千年的木乃伊，其实不过是只死猴子。这所孤独的寺院已经变成铺天盖地、席卷一切的世俗旅游景点，功夫世界就是卖点和噱头，它成了一个低价的艾波卡特中心①。

① 艾波卡特中心，迪士尼世界的艾波卡特中心（Epcot Center），是一个蕴藏着科技性、娱乐性，老少咸宜的游乐园区，是按照想象中未来世界的样子设计的。但也有不少人认为这里粗制滥造、只为赚钱，是旅游消费的陷阱。——译者

对于游客来说，所有骗局中的例外是六七个名字相似的私人功夫学校——少林功夫大学、少林武术学院、少林武术和功夫学校等等等等。这些机构总共训练着一万多名十几岁的中国男孩，还有少数女生。每人一年要交大概一百美元，全天候学习功夫，一年十个月，每周六天。校服是带有学校标志性色彩的慢跑服——就像电影《龙争虎斗》里面的场景一样——成群的学生穿着红色、黄色或是蓝色的套装，分散在挤满道路的成千上万游客中。学生们个个骨瘦如柴，满面尘土，手里握着各式各样的武器——木棒、锡制的刀剑、不是很尖的矛。在公路南边，也就是山谷外八九百米处，几百个服装色彩一致的学生在硬邦邦的土地上操练着传统少林招式。一位师父透过扩音器有节奏地咆哮着，学生们跟着口令做出下一个动作。

我买了一张老外的门票（价格是中国人的十倍），进了门，也就真正进入了少林村，几个自以为是的警务人员戴着超大的墨镜把守在大门边，显得很滑稽。我彻底震惊了。少林和尚就住这儿？

我混在中国游客中，从村子大门走了八九百米，终于到了少林寺的入口。庭院和通往寺庙的大门——上面挂着“少林”两个汉字——正如我期待的那样。我之前在功夫电影里也见过。原来，无数香港电影摄制组会来少林寺待上一两天，在“少林”标志下的大门前取景，为的就是保证这一要素的真实。当我走近大门时，一个电视摄制组正好在拍摄少林寺的大门；镜头中，一个有魅力的台湾记者举着麦克风讲述有关少林的往事，与此同时，旁边的制片助理正百般劝说旁观的游客们不要靠近。

我跟随一个旅游团穿过整个寺庙。以当代中国的标准来看，这座寺庙建得相当节制，大概有几个橄榄球场那么大，由大约十几个庭院组成，还有几个比真人大一些的佛像雕塑、几间禅房和几个摆出各式功夫动作的木制武僧雕像。寺里几乎所有一切都是近期重建的，在“文化大革命”的蹂躏之后，政府为了增加旅游收入而大费脑筋，这也算是部分成果吧。寺院里最令人印象深刻的就是旧训练馆里的石头地板。传统的少林功夫中有各式各样跺脚、顿脚的招式。几个世纪以来，世世代代的少林和尚都在踩击石块地板，跺出了两排巨大的脚印，形成大西瓜形状的凹痕——这些残迹是少林武僧一千五百年来献身于追求完美功夫的明证。

但我更关注的是创造这些残迹的人。和尚们在哪儿？我四处搜寻。寺院里有许多游客和导游，还有卖饮料和点心的农民，甚至有换外汇的人，但就是没有和尚。我顺原路返回，心里愈发忧虑。我绕了半个地球找到这儿，却发现寺庙里什么都有，偏偏没有我要找的人。两个小时的搜寻徒劳无功，我开始气喘如牛。如果这事不成的话，我只能夹着尾巴回家了。

我游荡着走出少林寺，心情十分沮丧。西面是紧临少林寺的另一个著名景点——塔林。它的历史可以追溯到一千年前，是少林寺的墓地。许多方丈和少林英雄的骨灰就被埋在塔（或浮屠塔）下。那些塔又高又窄，是一种用砖和石头精心打造的直立建筑。塔的高度和规模要看它们建于何时，也要看这位僧人的重要程度。我四处游荡，试着读了读碑上的名字。在少林电影中，和尚们经常在这些佛塔顶上跳来跳去和敌人作战。少林和尚真正遗留下来的，似乎只有骨灰了。

"阿弥陀佛"(愿菩萨保佑你)是和尚们双手合十鞠躬出场和离开时说的话，反正电影里是这样。这也是表示希望的惯用语。我漫步在大街上，一遍又一遍地重复着这句话。阿弥陀佛，阿弥陀佛。也许和尚们都离开寺院去了某一家私人学校？也许他们休假了？塔林是村子的西端，那里水泥地渐渐转成土路，继续往前，就进入一片被山峰围绕的区域。我扭头向东，重新寻找回村的路。

我向少林武术大学走去（"武"就是"武功"，"术"就是"艺术"），它位于少林寺东边一个破水泥墙围起的院子里。我一进大门——中国人喜欢一进门就是一面墙，叫做照壁，就像迷你版的紫禁城——穿着红色慢跑服的中国小男孩立刻就把我围了起来。"哈罗！哈罗！老外，哈罗!"

我走向一位老先生，心想他可能是一位师父，我问他是否知道少林和尚在哪里。从一个老外嘴里说出中国话，这可引起了巨大的轰动。马上，更多的人围了过来。我又说了一遍我的问题。他似笑非笑地指了指远离少林寺的东边。于是我又继续往前走，到下一个学校再问一遍，得到同样的答复，继续往东走。我顺着街道通往公路的方向，一个学校接一个学校地询问。最后，我敲响了塔沟武术学校的门，这是少林寺外的小路与公路交汇之前的最后一所学校。这儿有一排的红砖房，没有外墙和门。这也是第一所学生围着我却并不那么好奇、反而对我的出现表现出更多敌意的学校。我终于找到了一位师父，一个只穿着散打短裤的男人，二十出头。

"打扰一下。"我说。

"游客是不能进来的，只能在外面的道路上看看。"他一副拒人于千里之外的样子。

“我不是游客。我想跟少林和尚学功夫。”

“为什么?”他稍微有些不屑，“老外并不擅长功夫。”

年轻人手中的兵器越握越紧，我开始觉得自己就像《蝇王》里的猪仔[①]。我的勇气和信心支离破碎，终于再也支撑不住了。当我从“塔沟”走出来时，几乎跌倒在地。

走在破碎皴裂的水泥路上，我开始认为这一定是我人生中的最低谷。我将一切抛诸脑后，跋山涉水几万公里，花了数千美元，为了追求一个在我朋友、老师、父母看来都很荒谬的梦想。现在看来他们是对的，他们一直是对的。

正当遗憾和伤感波涛汹涌地向我袭来时，我眼前出现了一个人：一个穿着橘色僧袍的光头小男孩。虽然我并不是北美男人男孩恋协会[②]的持证会员，可我还是激动万分。

阿弥陀佛。

他穿梭于游客、当地售货员和来自各个功夫学院的青少年学生之中，我一直跟着他。他拐进了两个餐馆之间的小巷子。土路两边都有木屋，里面传出功夫搏斗的声音。屋子里，学校的学生正在观看通过录像机和小电视机（算是少林寺的多媒体）播放的盗版香港功夫电影。小木屋后面是一片开阔的区域，有几张室外台球桌，一些男孩在一张不平的毯子上玩着手工雕刻的带有裂纹的台球。巷子尽头，那个穿着

---

① 猪仔，英国作家威廉·戈尔丁寓言小说《蝇王》中的角色，经常遭受同伴的捉弄。——译者

② 北美男人男孩恋协会（NAMBLA，North American Man/Boy Love Association），是美国一个旨在“使男人和男孩儿之间发生性关系合法化”的非法组织。——译者

和尚袍的男孩拐进了一间小屋。

进屋时我迅速低下头以免撞到脑袋，接着我发现了少林寺的电子游戏室，里面有两种街机游戏：《小行星》和《街头霸王 2》。那个年轻的和尚往《街头霸王 2》里投了一个游戏币，那可是经典的武术游戏。我先看他打了好几回合的游戏，然后问能否和他切磋切磋。要是计算一下我生命中花了多少时间玩《街头霸王 2》的话，真的会让人很伤感，因为那简直有点儿浪费生命。不管怎么说，我玩街霸的时间显然超过了这个少林和尚。他选布兰卡，格斗能力挺强；我选的拜森当然要更强一些。在两次速战速决后，他扭头对我说："你挺厉害嘛。"

"不，不，我不行，"我顿了一下，"我叫包默思。"

"我叫小虎，"男孩说，"阿弥陀佛。"

"阿弥陀佛。"

不知道自己还能说点儿什么，我让小虎先走，我跟在他后面。他上了楼梯，进了少林武术中心，我之前没进去，因为我以为那是旅游中心而不是学校。那是村子里最好的建筑。通往大门的道路是石头铺成的，其余的都是土路。还有两个少林僧人的巨幅雕像。标志是用机器刻的，而不是手工削的；水泥墙也没有裂纹；乳黄色的墙漆看着挺新。

我匆匆上了楼梯，但我进去时，小虎不见了。

少林寺武术中心的主楼被建成马蹄形状。一个椭圆形的走廊环绕着宽敞的圆形演出大厅。我透过那扇挂着裂了缝的破窗帘的窗户偷偷瞥了一眼。大厅里，有一个奥林匹克比赛规格大小的巨型红色垫子，周围环绕着五百个木制观众座椅。我顺着走廊向左走，但是演出大厅的门用自行车链子锁牢牢地锁住了。

在“马蹄”左侧的尽头是个出售中国画的柜台。一个穿着紫色夹克的龅牙男指着他的画冲我笑。看他那染着墨汁的手指，我猜那些都是他自己的作品。我摇了摇头。

他背后是另一扇被自行车链子锁锁住的玻璃门。透过玻璃我能看到一张绿色的垫子。那是个两层楼高的正方形练习室。一面脏镜子挂在远处的墙上。我正站在那个画家的旁边，他问，“换点钱?”

“我想和少林和尚学功夫。”我用中文说。

“真的吗?”他惊讶地问。

“真的。”

“在这儿等等。”他说着朝右边走去。

沿着后墙有一扇扇木门，他敲了敲标有“国际事务办公室”字样的门，进去了。几分钟后，他带着一个瘦弱的男子回来，那个男人打着领结、穿着皱巴巴的涤纶混纺西装。

那人结结巴巴地用英语问我，“你是美国人吗?”

我用英语回答，“是的。”

他指着他自己，“我姓凌。”

“你好，我叫马修。”

他指着我，“你要练功夫?”

“是的。”

他带我去他刚才出来的那个房间。那就是个水泥包厢，除了一张办公桌和三把椅子，里面什么也没有——墙上没有装饰，油漆都脱皮了。那儿看起来就像苏联的审讯室——一个没人能听到你尖叫的地方。凌先生指着一把椅子叫我坐在那儿，含糊地说了几句英语后就离开了。

他回来时带着一位和他穿着完全一样的棕色西装、灰色丝质短袜、塑料鞋的男士——唯一的不同是凌先生腰带外环上挂着六把钥匙，而另一位男士有十二把。在一个每座建筑都有门、每个门都有锁的国度，钥匙的数量就是等级的体现。那个男人的绰号，我后来才知道，叫鱼同志，不仅因为他有一只眼弱视，还因为他的握手——中国各阶层的成功人士都采用的一个西方习俗——既无力又黏糊糊。

鱼同志微微笑笑，用汗漉漉的手握着我的手晃了晃。我尽量克制，努力不让自己发抖。

握手完毕，他扭头对凌先生用中文说，“问问他是否想在这儿学功夫。”

很明显，凌先生是这所学校的翻译，他带着极具尴尬的笑用英语问我，“［咕咕哝哝］功夫？”

我用英语说，“是的。”

“是的。”凌先生用中文转达给了鱼同志。

“他要在这儿学多久？”

凌先生用英语问我，“多长［咕咕哝哝］时间？”

我用英语回答，“一年，可能两年。”

他又翻译成中文告诉鱼同志：“他也不确定。”

我觉得这种支支吾吾、荒唐可笑的翻译帮不了我，于是我用中文说，“我想和少林和尚学习一年的功夫，也可能是两年。”

鱼同志和凌先生都很吃惊，不是因为我会说中文，而是因为我计划在这儿待一到两年，这着实吓到了他们。他们的眼睛像点钞机一样亮了起来，我被吓到了。我不是在一间审讯室，而是在一个更可怕的地方——二手车售后服务室。鱼同志说失陪一下，几分钟后他带着另一个穿着陈旧褐色西装、微微留着小胡子的高瘦男人回来了。后来我得知他是焦副主任，武术中心的二号人物。三个男人中，他腰带环上挂的钥匙最多。

焦副主任让我重复一次，告诉他我想在这儿待多久。

“我想在这儿学习一年，或者两年。”我又说了一次。

焦副主任说，“住宿、伙食和私人训练的价格是一千三百美元一个月。”

我大吃一惊。那几乎是我身上所有的钱。

我从来没担心过花费。在功夫电影里，弟子们付给他们老师的是汗水和泪水，而不是美国运通的旅行支票。我略一沉吟，此刻他们就像秃鹫一样看着我。要是没试过跟和尚们学习功夫就回家，似乎也不大像样。

这感觉像个骗局，于是我说，“我得考虑一两天。镇里有没有什么地方能让我住下?”

他们明显有些失望。鱼同志连看都没看我，说，“凌先生可以带你去旅馆。我们应该会成为好朋友的。如果你遇上什么事需要帮助，就来找我。”

我扭头看着焦副主任，但他连再见也没说就走了。很明显，我浪费了他宝贵的时间。

我拾起自己放在走廊里的大背包。鱼同志正在凌先生耳边嘀咕着什么，就在等他们的当口，我听到办公室右边有人在练功夫。我朝声音的来源方向走去，发现另一个练功房和左边的练功房完全一样。不同的是那个房间的门开着，里面有人在练习。

那一直是我梦想的场景：两个穿着橘色长袍系着黑腰带

的少林光头和尚，大概二十几岁吧，正在教一班学生。其实，他们并不是真正在教学，而是在给一些大约五十八九、六十出头的人摆出功夫的姿势，这些人是他们的中国学生，看上去很有朝气。学生们正在用最新式的高端相机给少林和尚们拍照。一系列静态的武术照片之后，和尚们又冲着迷你摄像机示范了一套传统的少林拳法。

我发现自己已经站在房间里了——下意识就走了进来，甚至没有礼貌地问一句。一个年纪挺大的中国妇女向我走来，“你从哪里来？”

“美国，你呢？你的穿着打扮看起来不像大陆人。”

她哈哈大笑起来，就好像我讲了世界上最好笑的事儿。

“我们是从新加坡来的，都是同一所功夫学校的学生。我们的师父带我们来这里进行为期一周的训练。今天是最后一天。这些和尚太了不起了，你不觉得吗？”

尽管我和那位女士说着话，可我的眼睛却离不开那些武僧。她告诉了我他们的名字：成浩（释兴浩是他的法号），看上去就像中国的詹姆斯·迪恩[①]，又酷又帅；德清（释兴鸿）极富个性魅力，脾气刚烈。

他们法号的第一个字“释”，是“和尚”的意思。第二个字表示他们的辈分——“兴”是第三十二代。他们的师父是三十一代，每往下传承一代，辈分就低一级，而辈分上的数字则要加一。第三个字是独一无二的，通常取自和尚本人的名字。佛教僧人一般来说应该只用他们的法号。但在少林

① 詹姆斯·迪恩，著名美国电影演员。他的形象以其所处年代青年的反叛和浪漫为主。——译者

寺，这条规矩就像其他规矩一样，至多也就是大略上遵守一下。

德清和成浩的功夫姿势精准到位，招式瞬息万变，尤其是腿法，又快又狠，腿就像用橡胶带做的，弹性极佳。他们甚至比李小龙还快，比电影里吊着钢丝武打的功夫演员还厉害。我从未见过这样的武艺展示。

尤其是德清，我简直完全被吸引住了。在摄像机前展示少林功夫时，他几乎难以抑制自己源源不断的能量释放，简直是个人来疯。表演结束后，他还久久不能平静下来，依然沉浸在那种兴奋当中。不少年长的女士有些大惊小怪，为他过人的天赋而激动不已，叹为观止，而他则尽量表现出平和谦虚的样子，似乎认为自己不过如此，但最终，他还是情不自禁地笑了。那些办公室里的干部让我只想撒腿就跑，而德清完全不同，他的脸就是情绪的万花筒。我注意到，在我遇到的几乎所有人中，只有他有什么感觉就立即表达出来，不会有半点算计或延迟。德清天真率直，什么情绪都写在脸上，非常生动。成浩有一种好莱坞式的酷酷的感觉，但德清显然是个明星。

在照相机前表演的喜悦令德清很兴奋，浑身是劲。和尚们教给这些新加坡学生的少林入门招式已经演练完了，他决定来一场真正的少林武术表演。在接下来的两分钟里，他出拳，踢腿，腾空，后空翻，前空翻，后翻筋斗，三百六十度全方位展示了我从未见过的最复杂、最精妙绝伦的招式。他最后以一系列的旋转跳跃踢腿结束了表演，可以命名为“霹雳旋风腿”。他跳得那么高，悬空时间那么长，以至于有那么一刻我以为他已经脱离了万有引力的束缚，不会再回到地面上来了。那一刻，我的心提到了嗓子眼，我以为他会飞。

我完全被他精妙绝伦的武功征服了。

我走出训练室，向办公室走去。我告诉凌先生和鱼同志，我至少要待一年。他们的笑容很猥琐。我接着说，“但我只有第一个月的钱，以后我会按月支付的。”

我拿出了十三张本杰明①，于是成为了少林寺的学生。

---

① 本杰明·富兰克林（1706—1790），美国政治家、科学家、哲学家、出版商。因为一百美元钞票上印的是本杰明的头像，所以作者在此处用本杰明借指百元美钞。——译者

5 灯光、相机、动作

我在少林寺度过了我的第一个夜晚，第二天醒来，我终于有时间注意我的住处：这是一栋两层楼的建筑，二十个房间，我住了其中一间。这儿和贝茨汽车旅馆不完全一样，但是很相似。这栋楼建起来已有三年，是一所具有 80 年代风格的非合资宿舍楼：脱落的墙皮，暴露的电线，破碎的灯泡，一张脏兮兮的地毯，一间瓷砖稀疏而且没有浴帘的浴室，还有一个你根本不想去碰的马桶。至少水还能用，当然是冷水，对了——热水每三天输送一次，每次三十分钟，除非有贵宾晚上住在这儿，或者我的尖叫声足够刺耳，让他们以为我够得上贵宾的待遇。

但是这些都没有真正让我伤脑筋。一找到少林和尚的住处、目睹了他们是怎么生活后，我立马感到极度幸运，甚至有些内疚。毕竟，我有地毯、两张带床垫的床、一套桌椅、一个私用坐式马桶、一个浴缸、一台能播放的电视机、一扇能锁住的门，而且没有室友。和尚们住在圆形演出大厅的二楼，低头便能看到他们每天工作的地方——相当于演员在剧场上方的椽木上住宿。他们的地板是水泥的，他们的浴缸只是个脸盆，晚上用它接点儿热水，在里面洗手、洗脚、洗脸。他们的床是在木板上用稻草垫起来的，而且，除了最高级的长老，他们都是两个人睡一张床，头对着脚。他们的厕所在屋外，就是在地上挖的茅坑。

过了将近一个月，我才有勇气让我的一个师父带我去看看他的住处。在尴尬的嗯嗯啊啊、支支吾吾之后，他终于答应了。明白了这一切之后，我立刻就去问凌先生，能否跟和尚们住在一起。我想成为团体的一员，但外国人在少林的其他地方居住和训练是不合乎规定的。凌先生说这是为我的健康和安全着想，当然日益增加的收入也给了国营的少林武术中心很大的便利。邓小平描述中国经济为“有中国特色的社会主义”，现在的这种协同是一个很好的例子。

我本想马上就开始训练，但是凌先生告诉我，接下来三天和尚们会很忙，可他没解释具体原因。我花了半天才发现，我进入少林寺这几天恰逢少林诞辰一千五百周年。当时正在举行为期一周的庆典活动。如果我是个迷信的人（其实我就是），可能会把这个看似不会发生的巧合当作一次幸运的预兆，就好像冥冥之中皆有定数，是命运的必然性在起作用（我确实就是这么认为的）。

然而，事实证明，少林寺具体是哪年诞生的还有争议。因为公元495年也常常被人们当作少林寺的诞生年份，这样的话到1995年，少林寺就要给自己过另一个一千五百岁的生日了。迷信的事就说到这儿。不管怎样，和尚们还是在为越来越多的游客表演奔忙，而且有各种东亚媒体纷至沓来，为少林村共襄盛举。

少林寺庆祝一下是理所应当的。大约一千五百年的存继期，这在宗教团体中几乎是史无前例的，考虑到少林寺过去的种种跌宕起伏和沧桑历史，能迎来它一千五百岁的寿命就更让人震撼了。20 世纪可以说是它最步履维艰的时期了。问题的关键，简单说，就是 19 世纪末期中国引进了枪炮武器。霎那间，那些武术大师，譬如说有的人善使双剑，有的人绳镖无敌，还有的人三节棍用得出神入化，他们可能花了二十年时间才练到这种境界，结果一下子跌下了神坛。（上帝创造了人，但塞缪尔·柯尔特①使众生平等。②）1900 年，义和团（中国的一个秘密社团，他们相信可以通过练硬功夫使身体变硬，从而达到刀枪不入、子弹也无法穿透的境地。）攻击了驻扎在北京的英国士兵。魔法和科学，神秘主义和科学技术之间的历史冲突，很少会在这种失衡的情况下被戏剧性地投入实验。然而，当一切烟消云散时，只有英国士兵还站在那儿。

就在那一刻之前，功夫大师，特别是少林武僧们，还都位于武士食物链的顶峰；一转眼，他们忽然无依无靠、毫无优势可言了。1920 年代，少林寺在内战中被当地的一个军阀占领并烧毁了一部分。1940 年代早期，它又一次被侵占，损毁严重——这次是日本人干的。后来，政府想让中国完全脱离封建的过去，又担心少林寺会成为造反者的避难所，于是从 1950 年代开始，下令禁止修炼功夫。在“文化大革命”（1966—1976）期间，红卫兵们奋力完成了这项工作，他们拉着几个在街上还没来得及逃跑的少林和尚公开“批斗”，

---

① 塞缪尔·柯尔特（1814—1862），美国的发明家和实业家，柯尔特制造公司的创始人，研制出了世界上第一把左轮手枪并取得专利（1835—1836），他的发明使得左轮手枪进入实用并得到普及。——译者

② 这句话曾为柯尔特枪支的广告语。——译者

并在私下里鞭打他们。

当十八岁的演员兼武术家李连杰1981年来拜访少林寺时，这儿早已没了人烟，只剩下一些残垣断壁。李连杰当时拍了一部电影《少林寺》，这是务实改革家运用邓小平理论过程中的智慧结晶。从前人那里继承来这样一个贫穷的国家，他们需要创造效益。对于一个拥有丰富文化历史的贫穷国家来说，最简单的经济发展方法就是发展旅游业。于是中国旅游局邀请香港的制片公司拍了一部电影，来宣扬少林寺的著名传说：十三个和尚解救大唐皇子。

这是中国大陆的第一部亚洲大片，它的影响范围之广，令人咋舌。现实生活也开始沿着艺术的道路前进了。为了成为像李连杰所扮演的那样的少林和尚，成千上万的小男孩离家出走——以至于政府都得设专列把大部分人送回去。除此之外，在成千上万东亚游客的心目中，少林寺成为了最珍贵的文化遗址之一，他们每年都会来此游览。

少林寺重生了。私人的功夫学费和旅游收益组成了少林村新经济的基础。附近地区的农民放弃了他们辛苦劳作的田地来迎合游客的各种需要。只有三个少林武僧从“文化大革命”的整肃清洗中幸存下来，但是他们在当地有许多学生，其中有一些办起了私立学校，以满足交得起学费的年轻学生。而这些学生中的佼佼者又成了新一代的少林武僧，渐渐地，少林重生了。

东亚媒体在此地的采访中急需新鲜的角度，所以他们没花多长时间就察觉到了我的存在。一个很善于主动出击的台湾电视制片人听说这里有个会说中文的美国人，而且打算在少林寺学习一年以上的功夫。于是，他拖着鱼同志一起来找我，那是我来到少林寺的第二天，午饭时，他靠过来，开始了例行的阿谀奉承。

“一个美国人对中国文化有如此深厚的兴趣，这简直太棒了，”制片人用中文说，“你能出现在少林寺，证明你是个有见识的聪明人。你要是能和鄗台合作，那将有助于显示我们两种文化之间深厚的友谊。”

我笑了笑，他继续在那儿浪费口舌，其实根本无须如此，只消对我说声“哈罗”就一切 OK 了。没有哪个充满活力的美国人能够抗拒在电视上露脸的诱惑。这是上帝赋予我们的权利。

制片人、摄像师和我一起去了旅馆，自打午饭后我就一直待在那儿。他们想拍我走在长廊里，然后打开那间没有锁的门，走进房间。我有信心，知道该怎么走，怎么开门，怎么走进房间。但是，开拍后的事实说明，我显然不知道。我来回走了五次才搞定这一段。接下来他们想拍我在房间里读书。尽管我已经读了很多年的书，但我似乎并不擅长在镜头下这么做。直到第八次拍摄时，我才能恰到好处地翻页。我在电视节目上看过无数这样的场景，却从来没有意识到这些小细节是需要精心筹划才能拍出来的。

你的行为举止要非常自然，丝毫看不出这是在镜头之下——其实摄像机恰恰就在你面前，并且还有人一直在朝你大喊“自然点儿”。在这个世界上，恐怕没有比这更伤脑筋的事儿了。等完成前面的一系列拍摄，到达训练大厅时，我已经是一具浑浑噩噩、疲惫不堪、毫无知觉的残骸了。即便有三十个少林和尚——其实我还从来没见过呢——排好队等着我也于事无补，不会让我感到丝毫的兴奋，我已经被折腾得一点儿精力也没有了。后来制片人跟我解释，要安排我坐着接受中文采访，同时武僧们在我的身后训练，展示中国功夫。可即便如此，我也没觉得有多兴奋。在这儿，我和我心目中的英雄共处一室，但那是我在电视上第一次亮相，而他们却作为临时演员出现在画面的背景中。

采访记者是个令人惊艳的台湾女士，她飘然而至，完美的肤色犹如瓷器一般，我第一天在少林寺门口看到的就是她。我们坐在绿地毯上四目相对。麦克风配好了，摄像师也找好了位置。她先朝我甜甜地一笑，毫无疑问，此时在她的脑海中一定是在回想所有的问题。而在我的脑海中，我们应该是在一个更为浪漫的环境里，譬如说，阳光照耀的海滩上……

“对不起，”我用中文说，“你能再说一次吗？”

“你为什么要来少林寺？”她又问了一遍。

我这才反应过来：我已经不在浪漫的阳光海滩上了，我是在少林武术中心的训练大厅里；我找到了和尚，还有一个美女正对我说着中文，我是学过中文的；一架摄像机正对着我工作；补光灯灼热的光打在我的脸上，身边的所有人都期待着我说点儿什么，我却什么也没说出来。

“你为什么来少林寺呢？”她第三次重复了问题，语音语调仍旧甜美，但她眼角上翘，显然有些失望。

“对，对，对，”我用中文结结巴巴地说，“因为少林寺……好。”我的中文又恢复到了一年级的水平，甚至开始一边发音一边用右手食指比划着引导我的音调。

“你是来学少林功夫的？”

“对，对，对，功夫好，非常好，非常……非常好，简直好得令人难以置信。”

我努力挤出一丝微笑。

但她的笑容很僵硬，“你是怎么知道少林寺的？”

“对不起，你能说慢点儿吗？”

“你是……怎么……知道……少林寺的？”

“对，是，对，啊，电影，看电影。”

“哪部电影？”

“好多电影。”

她叹了口气，“你想成为少林和尚吗？”

“和尚很好，他们的功夫非常非常好。”

她“砰”的一声把麦克风放下了。

“我记得你说过他会讲中文。可他就是个笨蛋！”她冲制片人喊，“笨蛋！”

出于某些原因，中国人不喜欢蛋。“笨蛋”，“坏蛋”，还有最差劲的，“王八蛋”，这些都是常见的辱骂之辞。

据说许多拳击手需要重创之后才能振作起来开始战斗。我就是那种人。突然间，我记起了学过的所有中文，也明白了发生的一切，知道她说的话是什么意思。我用流利的中文回敬道，“对不起，我知道跟你比起来我一定显得很笨。或许你想用英语问我？你的英语怎么样？”

她卡壳了，脸色苍白地愣在那里。

摄像师忍不住笑了。很明显，他也认为主持人是个泼妇。

她很愤怒，扬长而去，采访结束了。由于我的“少林……好”的表现，我不可能取代“大山”成为普通话说得最流利的外国人，这令我释然。但糟糕的是，录像并没有结束。他们想让我表演一个学过的少林招式。问题是在我来到少林寺的三十个小时中，我还没学过任何少林的招式。

可这难不倒制片人。

他让和尚们站着围成一个半圆，就好像他们要检查这个美国徒弟的武艺。他们正站着队，我恳求制片人放过我。我努力解释，我知道的唯一的招式是南方派别的功夫，可这并不是真正的少林招式。要让我假装这是少林招式并演示出来是不合适的，这就像在犹太人的教堂里画十字架一样。

就像任何优秀的电视制片人一样，他根本不在意这些细枝末节的小问题。

我惊慌失措、一脸茫然地站在那儿，等着摄像师准备就位，等着让自己丢脸。这时，我回头看了看那些和尚。德清正好和我眼神相撞，他耸耸肩，一脸坏笑地向我使了使眼色。从那一刻起，我就知道他会成为我最好的朋友。

我们拍了好多次才通过，然后他们才让我和那些和尚们离开。就在那天，我发誓再也不上电视了。最终证明，我食言了。全世界的媒体都喜欢少林。后来，在我离开之前，香港、日本、泰国、波兰、英国、美国的电视台摄制组都对我做过报道。但多数情况下，都是中国国营的电视台来少林寺拍一个少林美国弟子的片段。我就是海报上常常见到的那个对中国深厚的文化传统有鉴赏力的西方男孩。当我在中国旅游时，偶尔会碰到在电视上见过我的人。

他们的话都一样："你的中文真好，几乎和大山说得一样好。"

6　一瓶可乐和一个微笑

我步行到距离宾馆十几米远的武术中心餐厅吃早餐。餐厅里有十二个女服务员，懒懒散散地待在那儿，她们大概占了整个少林村女性人口的四分之一。只有旅馆里的客人会在这个餐厅吃早饭，大多数日子里我是唯一的客人。他们要忙着准备的是午饭，来这儿一日游的旅客和商人一般只会来吃午饭。餐厅的女负责人，芳芳，走过来问她唯一的常年主顾在未来一年里想吃什么。

“肉。”我不假思索地说，就跟任何优秀的中西部美国人的答案一样。

她想知道除了肉我还想吃什么，她推荐了几道素菜。我告诉她我不介意吃什么蔬菜，只要每顿饭里有一道荤菜就行。

我不理解，满足我的要求为什么会让她那么为难。我们就细节问题来来回回讨论了好几分钟。我并不知道芳芳经营这个餐厅有一定的特许经营权，这是近期实施有控制的市场经济的一部分。她每年付给上级一定的费用以获得餐厅的经营权。上缴费用和经营成本之余的收益，她可以自己保留。但是我把我的费用交给了领导，他们又从我每月一千三百美元中分出一小部分给她。荤菜是所有饭菜中最贵的。当芳芳正推荐着各式受欢迎的素菜时，我仍坚持着要牛肉、鸡肉，或是猪肉，与此同时，她心里也正盘算着这些肉类食物的成本差异。

我们商定除了早餐，每顿饭都要有肉。我终于愿意接受足够的素菜，这会让我妈妈引以为豪。接着我又花了十分钟试图解释薯片的概念。芳芳甚至把厨师都叫了出来。我知道“土豆”的中文，但是我在词汇课上没学过“炸透的”这个形容词。我们最后进了厨房，坦白地说，我从未见过他们那种生了锈的炊具和腐烂肮脏的水池，我真希望自己从没有见过这一切。我力图用手势表达做薯条的过程，解释了油的高度要完全没过土豆片才行。

主厨盯着我看了一会儿，问道，“为什么用这么多油？”

“因为这样好吃。”

“这是浪费。”

芳芳和我回到餐桌上继续讨论。她的注意力又转到饮料。

“你想喝点什么？茶吗？”她问。

“不，训练时喝茶太热了。”

“啤酒？”

“早餐时难道要喝啤酒？”

“水呢？”

就在我一直苦苦寻找和尚的那天，我看到少林村里的一条小河，路南边是一片臭气熏天的河床。这个小镇的垃圾和人类排泄物就这样顺着那条小河流走了。农家的小男孩就在那儿拿着空瓶子灌满水，盖上盖儿，然后卖给小贩，小贩再卖给一拨新来的游客。在少林寺，我不打算喝任何未经煮沸的水。

“你们有可口可乐吗?”我问。

“你想在早饭时喝可口可乐?”

我马上就想解释一番，但忽然意识到我不知道“乡巴佬”这个词用中文怎么说。

于是我就简单地说:“是的。”

“我们没有那个，换成健力宝怎么样?”

我同意了，可没过多久我就发现，这个中国软饮料的“国饮”，尝起来很像少糖少气的新奇士，没什么味道。早饭后，我决定去找卖可口可乐的小贩。

寺庙外面的院子里有一排摊位，大概十五个左右，都是些铁皮屋顶的小木屋，卖着相同的便利店商品，像煮熟的鸡蛋、包装好的午餐肉、瓶装水、汽水、啤酒、花生、香烟等等。我顺着摊位往前走，想找到卖可口可乐的人。他们全都卖健力宝，但是没有可口可乐，直到我到了最后一个摊位，一个老爷爷和他年轻的孙女在那里卖东西。

爷爷的脸饱经风霜，一双手上满是一辈子在地里辛勤劳作的印记。和很多农民一样，他迈着中国农民式从容不迫的脚步:靠农业谋生很艰辛，过程也很缓慢。他从凳子上站起来，又给我拿了另一个凳子坐下，就花了一分钟，然后，他又用了另一分钟坐回去。他向我指指孙女，后者走到摊位后面去找可口可乐了。就在这当口，他又颇费了点儿时间调整自己的凳子，以便坐得更舒服些。终于调好了，他拿出一盒中国香烟并向我递出一根。

“谢谢你，但是不用了，老爷爷。我不抽烟。”

“我有外国烟。”他在口袋里找了找，掏出一盒三五，这是个很受欢迎的英国品牌。

“不，真的，我不抽烟。”

“你喜欢万宝路?”他伸手去够装着香烟的木盒子，“这些是美国香烟。”

“不，真的，我真不抽烟。”我说。

他看上去微微有点儿受挫，我又一次被搞糊涂了。马上我就明白，递烟其实就是相当于说，“交个朋友，一起做生意吧。”交换香烟是所有宴会的序幕。接受别人的香烟，意思就是你愿意和别人建立良好的关系。拒绝别人的香烟，表示你不想和他做朋友，而且也不想做生意；或者，如果对方递给你的香烟是廉价的中国烟，这样你的拒绝就可能表示你是个势利眼，觉得给你敬的烟档次不够。当警察因为你触犯交通规则而拦住你时，第一件事就是向他递上一根烟。如果警察接受了，那表示只需警告你一下就可以走了；如果他不接受，就意味着你会收到一张罚单。因为百分之九十九的中国男人都抽烟，所以你说不抽烟，会被对方理解成一种怠慢。（女士一般都不抽烟，所以就不会受到这种形式的烦扰。当然，她们其实也吸烟。尽管只是很少一部分，但在沿海地区，吸烟的人数正在迅速上升。在那些年轻人看来，吸烟很酷，很洋气，是有权力的象征。）

谁敬烟和谁接烟是社会地位的一种标志，是敬烟者对接烟者的青睐。在宴会上，地位低的男人们会争先恐后地跳到最有权力的人桌边给他点上一根烟。但如果是和你同等地位的人向你敬烟，那你也得拿根自己的香烟回敬给对方。中国香烟的礼节太复杂了，值得艾米丽·波斯特①写本书了，而且也十分古怪，足够让奥洛克②模仿了。

老爷爷一直在仔细地琢磨，他用老一辈人有条理的方式跟我进行礼貌的沟通，到底是哪儿出了岔子，最终他得出了一个中国人都会普遍得出的结论，而这一解释能把我从很多尴尬的情况中解救出来——老外都是既无知又粗鲁的，但那不是我们的错。我们就像大熊猫，一种行动缓慢但又非常迷人，而且濒临灭绝的物种，所以必须被原谅包容，并且加以保护，以免灭绝。愚蠢就是我们老外保护自己的盾牌。对于一个老外来说，最危险的就是熟知中国的行事方式，达到“中国通”的境界。一旦知道你实际上了解很多事，他们就会像对待自己一样对待你，这样他们就不会那么宽容了。但这种危险还没有落到我头上。

“你想来点花生米吗?”他问，“要不来个鸡蛋?”

“不了，谢谢。只要可口可乐就行。”他看着我笑了，好像我是一个失散多年的朋友。我也冲他笑了笑。就在我实在无法继续自己的笑容时，我突然想到了一个问题，如获至宝：“你更喜欢哪种烟，中国的还是外国的?”

“外国烟太贵了，而且一抽就没了，但味道更好些。”

“外国烟多少钱?”

“人民币十块钱，中国烟也就两块钱左右。”

他的孙女拿着一罐可口可乐回来了，肯定被搁置了很久，上面落了一层厚厚的灰尘。老爷爷慢悠悠地把它擦干

---

① 艾米丽·波斯特，美国有关社交礼仪的权威。——译者
② 奥洛克，美国电影演员，以善于模仿而著称。——译者

净，显得有条不紊。

“这个多少钱?”

“人民币四块五。”我很惊讶，在这儿和在美国一样贵。但是我已经放弃了所有其他恶习，现在只需要补充碳酸咖啡因。

“我要十罐。”

这引起了旁边摊位的骚动，其他的农民企业家倾斜着身子偷听我们的谈话。那个老外竟然要买这么多，这一消息迅速在众多摊位中传开了。

“那个外国人刚才说什么?”

“他要十罐。”

“哎呀!”几个女摊主叫了起来。

老爷爷无视他们的喧闹，派孙女去后边找更多可口可乐。可孙女只找到了五罐。他告诉我剩下的他一两天内就能弄回来。

那天我可真花了不少钱。那位老爷爷是个讨人喜欢的推销员。其他卖家在我路过他们的摊位时开玩笑地问我。

“嘿，想从我这儿买点什么吗?”一个卖家问我。

“你有什么东西?”我反问道。

“你要什么有什么!”他回答道。

就在我路过最后一个摊位时，那儿的老板娘问道：“老外，你从哪儿来的?”

“美国。”

“可口可乐是美国的。”

“对，对，对。”

她扭头跟她邻摊的女人说，“瞧，美国人喜欢美国的东西。”

这些商人在研究国际市场。

就在回武术中心的路上，我看到了正从另一条路上走来的游客。他们指着我，盯着我，互相笑着说，“你看，老外!”还有人冲我喊道，“哈罗，老外!”同时挥挥手。有些人甚至停下来拍照。但是所有人都会指着我大喊“哈罗!”有些年轻的女士会一直盯着我看，直到她们意识到这惹恼了她们的男友，然后，她们会用中文安抚他们，“他很高啊，真是太高了，”或者说，“他的鼻子真大。”

这种打招呼的方式在前四五百次时还有几分可爱，但是几周内过多的注意开始让我声名鹊起，就像当年名不见经传的西恩·潘刚刚与麦当娜结婚时的情形一样。当中国游客指着我喊“看，一个外国人!”时，我通常不会默默地承认这一点，而是会更频繁地指回去，然后喊道：“看，一个中国人!”快到一个月的时候，白天，我开始非常费劲地躲藏，避开游客，就像我刚到少林寺时，那些和尚们在寺里的做法一样，尽量避开游客和生人。

7 背叛

在少林寺的第二个晚上，我下楼到演出大厅考察了一番。墙上挂着一条横幅，上面用中文和英文写着："文化交流，互惠互利。"中国人喜欢带有口号的横幅——它们可以用来装饰办公室，而且是一种常见的临别礼物。

成浩、德清，还有其他一些僧人正在做他们几乎每天晚上都做的事：在演出大厅里闲逛、聊天、嬉笑、练功夫。我从来没有在一个痴迷于某项单一活动的团体中生活过。这里的生活就是一年到头练功夫，是成年累月的功夫训练营。

即便是在一整天漫长的表演之后，那些年轻的和尚们还在一直练习武艺。德清正在指导小虎耍矛，小虎就是我来这儿的第一天遇到的那个男孩。有几个武僧在演出大厅"有弹性"的角落里练习后空翻。少林寺训练大厅里现代的仿石质地板有些地方凹陷了下去——和尚们多年来一直在武术中心大厅西南角铺的木质地板上频繁而辛苦地跃起、降落，那儿的木地板已经有些松散，加之地面有些凹陷，所以十分有弹性，就像蹦床一样。

我一出现，他们马上就停止了训练。几分钟之内，十几个和尚，还有大概三十个在武术中心训练的中国小男孩（那儿大约有三百个交费习武的学生）围坐在我周围，向我提出了各种问题。因为我是个美国人，所以他们想问的都是最近震惊少林的那个大丑闻。有两个和尚，严明和郭林在少林寺第一次去美国巡演期间逃跑了。四个月前，那时的我正在给中国大使馆打电话询问是否有任何关于少林寺的信息，结果失望地发现我可能永远找不到少林寺，也找不到和尚们在哪儿；就在那时，不为我所知的是，少林和尚正在全美十个城市进行武术巡演，最后一站是旧金山。演出结束，当飞机停在跑道上等待离开时，官员们大惊失色、气急败坏，因为他们发现少了两个和尚。

“这个夏天当时你们所有人都在美国巡演吗？”我问了一个很白痴的问题。

“不是我们。”德清说，“是另一些和尚，他们住在寺庙里。”

“这儿有两群和尚吗？”

这个问题显然让德清很不自在，“嗯，我们都是少林和尚，但是在1989年，河南政府把武术中心当作旅游中心和功夫学校开放时，我们一些和尚就搬到武术中心来了。那些年纪大或者对功夫不感兴趣的和尚就留在了寺里。”

“你为什么搬走？”

“因为这儿的训练设备更好一些。”德清解释道。

“政府给我们工资，让我们教功夫、给游客表演，”小虎补充道，“寺里的和尚就得跟他们的弟子讨钱。”

“这儿的生活更好，”成浩说，“但是政府不会给我们太多选择。”

德清换了个话题。“你知道郭林和严明现在是什么情况吗?”

“我没听说过任何关于逃跑和尚的事儿。”

我的回答立刻让人群中爆发出一阵吵嚷声。我怎么会没听说过呢?这是大家普遍的疑问。两个少林和尚逃跑了!这可是国际性的丑闻!我难道没听说过中国政府派了特工人员尽力抓捕那两个和尚并带他们回国的谣言吗?我难道没听说过严明和郭林躲在纽约北部佛教寺院的传闻吗?我心想如果真是这样的话,中国政府要想缩小搜索范围,找到他们的藏身之地应该不会太难,但这些话我没说出口。也许他们已经逃往西部的加利福尼亚了呢,一个年轻的和尚推测道。和尚们认为,不管他们在哪儿,生活一定很艰难。他们没有钱,更没面子——他们令全中国人民尴尬难堪,而且损害了少林寺的声誉。现在,武术中心几乎不可能再拿到去美国的签证了。这两个叛逃的和尚不正好证明了美国签证官的怀疑吗?

德清明显地感觉到其他和尚说了太多脏话,于是他又换了话题:“你见过迈克尔·乔丹吗?”

“没有。”

我听到不少人有点儿抱怨和失望。我怎么会没见过乔丹呢?对中国人来说,他可是最有名的美国人了。过去几年NBA一直在大陆巧妙地营销他们的产品。中国电视台每周都会播出精心剪辑的NBA节目,而且像罚球、传球、团队合作等无聊的部分全被剪辑了,只剩下了NBA的精华——一场大型的灌篮比赛。想想看,就算不剪辑,这也足以描述NBA了。

“你见过迈克·泰森吗?”小虎问。

1992年，少林和尚认为迈克·泰森是世界上最凶猛的拳击手，这是很高的赞誉。甚至有几个和尚突然站起来模仿泰森出拳的凌厉攻势：泰森会低下头顶着对手的胸部，先是一记左勾拳，再来一记毁灭性的右上勾拳，这彻底奠定了对手失败的命运。他们的记忆力简直不可思议。

“没有，我没见过迈克·泰森。”我承认道。

失望声更加尖锐了。我从没听说过和尚叛逃的事儿，也没见过乔丹和泰森。也许我不是一个真正的美国人。我可能是个加拿大人，却像个美国人似的在招摇撞骗？或者，我是一个澳大利亚人？

他们知道怎样去伤害一个人。

接下来就是测试我是否是个真正的美国人了。他们想知道美国的生活是怎样的，他们还想了解很多关于钱的问题，具体到美元和美分：一个功夫教练在美国能挣多少钱？他们想知道，如果他们在美国，除了教功夫之外还能做什么工作，能挣多少钱。他们想知道快递员、服务生、出租车司机、厨师和警察的收入能有多少。他们尤其对功夫电影明星的收入感兴趣，尽管我们也花了点儿时间讨论替身演员和武术指导的收入。那天晚上剩下的时间里，我一直假装我确切地知道每种职业挣多少钱。其实真的无所谓——反正那些钱对这些男孩来说都是可望不可即的天文数字，那么不同职业之间的收入差距到底是多少也就无关紧要了。所有这一切都远远超出了他们的想象。

整个晚上，我亲眼目睹了地球另一边的生活，我对美国的收入做了一个活生生的报告。我是大家的焦点。

那是众目睽睽之下一大帮人开诚布公地问我有关美国的

最后一个夜晚。在接下来的两个月里，他们大都不怎么理我。当时，我还以为那是因为我已经回答了他们所有的问题。

但是我错了。

第二部　见　习

1992 年 10 月—1992 年 12 月

"吃得苦中苦，方为人上人。"

——《官场现形记》

1 吃苦

训练的第一天早上，我就被喇叭里高鸣着的政府宣传歌曲唤醒了，喇叭挂在木头柱子上，全村到处都是这种木头柱子，都是免费的叫醒服务装置。

社会主义好，
社会主义好，
社会主义国家
人民地位高，
反动派，被打倒，
帝国主义夹着尾巴逃跑了……

这是一首行军歌，节奏活泼欢快，第二段着重强调打倒资本主义反动派，赶走帝国主义走狗，如果没误会的话，这其实就是在说我。我有点儿不安，村子里有一万名随时能拿起兵器的武术大师正受到共产主义赞歌的驱使，要奋起反抗，打倒帝国主义殖民者——这种事我之前可没碰到过，极其不适应。其实，美国又何尝不是如此呢，在美国自由女神像的雕塑上，刻着欢迎世界各地的人去美国的迎宾词①，上面也说什么:“贫苦受难却又渴望自由呼吸的人们,来我这儿吧!”不也是给自己贴金,大唱赞歌,说美国是自由民主之邦吗?尽管这和《社会主义好》有些不同。

《社会主义好》这首歌有些怪,让人联想到中国近年来在意识形态领域还处在过去式,与当今的时代也就愈加显得格格不入。比如说“同志”这一称呼,普通老百姓早就已经不用了。现在,除了武术中心的领导和为政府征收门票收入的警卫,整个镇上的人几乎全是个人支付学费习武的学生、功夫企业家和农民商人。每当我想和那些年轻点、时髦点的中国人开玩笑,甚至是让他们尴尬时,我就会开始唱《社会主义好》或者叫他们“同志”。

几个月以来,我都努力想找到那个负责每天早上播放这首歌的人——播放简直太没有规律了。有好几周,我每天早上都伴着《社会主义好》醒来,但还有几周,喇叭却根本不响。(我猜那个负责放歌的人是个酒葫芦,在消化吸收大量白酒的过程中,他一直处于半梦半醒的状态,心中做着激烈的思想斗争,琢磨着自己是不是应该克服头晕目眩的宿醉感,挣扎着站起来去打开录音。)看起来似乎也没人知道或在意这件事。那首歌不过就是背景音,大家都宁愿忽略。在这儿住了大概半年之后,我注意到连续好几周都没放歌,喇叭不响,我就再也没被吵醒过。断断续续、不规则的起床号永久沉寂了,这恰恰发生在我待在中国的这段时间,这是一

---

① 自由女神像基石上铭刻的犹太女诗人爱玛·拉扎露丝的十四行诗《新巨人》中的诗句,其中有“Give me your tired, your poor, your huddled masses yearning to breathe free”,意思是“贫苦受难却又渴望自由呼吸的人们,来我这儿吧”。——译者

段传统的意识形态正趋于没落的时期。但当时的我可远远没有这么明白，那时的我会一边穿上运动长裤、短袖衬衫和跑鞋（这些将是我今后两年的制服），一边觉得自己像是《谍网迷魂》中那个在海湾战争中被洗脑的男主人公。

我在宾馆外面散步。黎明时分，日头悬在山上，映得周围红彤彤的，山谷里也亮了起来，绚丽夺目。上次我在这个时间保持清醒状态还是在美国呢，那时我为写学期论文，熬了个通宵。

我四处寻找着和尚们的身影。现在大概是早上六点，我要参加四小时的个人指导，分两次授课，分别为从上午九点到十一点、下午三点到五点。早餐前的练习不是强制的，武术中心的每个人都可以做他们自己想做的训练，一般都是做点体操之类的练习。

武术中心依傍嵩山山麓而建。汽车旅馆和餐馆建在一处高台上，高台距离主楼和环绕它四周的院子有十几米的样子。有六个和尚在做蛙跳——他们的手背在身后，由蹲位跳起，沿着连接上处和下处庭院的五十级台阶向上跳。一些年长的和尚（二十五六岁）正朝着嵩山山顶奔跑，他们要在那里打坐冥想并练习气功（气功是一种吐纳功法，普遍认为可以提升内力）。

下面的庭院是个武术校场，有些和尚在踢木架子上挂着的沙袋。地上成排地插着十二个等高的树桩，有两个和尚正在上面操练，这是一种平衡和控制力的练习。雨水收集在一只巨大、凹凸不平的混凝土水缸里。一个和尚沿着水缸边沿往前走，水缸来回倾斜，晃晃悠悠，里面的水也起着波澜，而他却依然能保持平衡。周围横七竖八地躺着几根树桩，德清扛着其中一根正在做蹲起。他的室友成浩正在用另外一根做仰卧举重——该场景如同功夫电影的布景一般，某种程度上来说确实如此。亚洲的电影摄制组经常出现在这儿，拍摄和尚们在传统武术器械上练功的画面，这些画面可以嵌入他们这段时间拍摄的任意一部传统的廉价功夫电影。

但是，那天早上的主要活动一如往常，是在餐馆后面的混凝土停车场上进行的，就在每天中午旅游巴士停在那里之前。有人在那儿挂起了两个生锈的篮筐，几个年少的和尚正在练习迈克尔·乔丹式的步子。篮球运动被发明后不久，基督教传教士便在19世纪末20世纪初首次将基督教青年会的玩法带了过来。在中国农村，直到现在还有很多人热衷于这项运动，尽管他们没有什么技巧，也不太了解规则。他们兴致来了往往抱球就跑，根本没有运球的概念；传球对他们来说也很陌生；而说起投球的手感，唉，他们简直逊毙了。我高中时代曾是校篮球队的一员（好吧，是那种板凳队员，但其实也没必要这么较真）。这些和尚打篮球的水平和我的功夫一样“好”——这是个绝好的机会，我可以在体育方面运用李嘉图的相对优势理论，向他们示范一下如何打篮球。

我从运球练习开始，然后到传球，最后以跳起投篮结束，特别注意了抖腕的准确性，以确保球可以回旋得准确。然而，如果我没看错的话，我还是发现，那些和尚看起来更感兴趣的是相互混战，而不是让我指导。我这么说是有依据的：第一，他们对我说，“嘿，老外，你怎么还不把球还我们？我们还得打球呢。”可是，如果连篮球的基本原理都搞不清楚的话，那怎么能叫打篮球呢？当然了，虽然我投的三分球有些没进——是篮筐歪了——但原理才是最重要的嘛。

我不想过早地结束我的篮球“教学”，因为除此之外我就只能做蛙跳了，而蛙跳绝对会让人痛苦死的。

最后，他们也不再把我没投进的球传给我了，而是安慰性地提出，让我加入其中一队。小虎想和我一队，其他八个和尚全都想和我打擂台。中国人不是世界上最高的人种——休斯敦火箭队的姚明不算，因为（不是很多人知道这件事）他就是个靠机械维持的人[1]——少林寺的和尚甚至比一般中国人还矮，因为对他们来说，有利于功夫造诣的理想身高大概是一米六五到一米七。所以这场比赛的内容就只包括两部分：第一，我始终让篮球保持在头顶上冲向篮筐；第二，和尚们想方设法把我的球打掉。噢，我刚才有没有提到这群和尚并没有犯规的概念——不管是侵人犯规还是其他形式的犯规。总之，那是我第一次跟一群专业武术大师进行街头篮球赛，而且他们还以为各类犯规都属理所当然，所以自那之后，我就留下了严重的创伤后遗症，那痛苦的经历经常萦绕心间，让我心悸。

就在我努力说服其中一个十六岁的和尚，就算在 NBA 里，“黑虎掏心”也不是打篮球的正当技巧时，德清和成浩过来了。德清能飞檐走壁，他一定是看出了我跳跃时的乏力——这是我作为白人的通病——因为他把我叫了过去，问我能不能扣篮。我能，当然了，如果条件无懈可击的话……比如说，在篮筐下摆张蹦床。但这也太欺负人了，简直是在挑衅。

---

① 此处作者暗示姚明在赛场上曾多次受伤，体内嵌入多个机械装置。——译者

“当然可以，”我撒谎了，“你呢？”

“差不多。”

这简直是电影《白人不会跳》中最后打赌的那一幕的再现，当然，这次是功夫版的。于是我腾空跳跃去灌篮，可只是用指尖勉强碰到了篮筐，球在篮圈上“格格”地绕了一圈，又飞了出来。我试了一次又一次，最终得出了结论——那个篮筐明显比标准规格的三米零五高出了不少。

轮到德清了。他腾空而起，双手扣篮，就好像拿着一把战斧，飞起来劈开了篮圈。他们唯恐对我的羞辱还不够，另一些比斯伯特·韦伯①更矮的和尚也继续一个接一个地扣篮，上演了一出足以媲美 NBA 灌篮大赛的视觉盛宴。我简直不能相信，于是问德清，他们到底是如何做到的。他指了指那些在台阶上做蛙跳的和尚。

我花了上午余下的所有时间——包括之后的许多个上午——在那些该死的台阶上来来回回地跳。

早饭后，我在训练大厅和成浩见面，我第一次见他在一群新加坡人面前展示武艺也是在那儿。他将担任我的私人武术教练。

在电影中，在卖给游客的图书里，流传着这样一些神话，说少林和尚们每时每刻都在做着各种奇异的训练。他们会把自己挂在树上，把碗顶在头上吃饭，用百八十斤的茶壶

① 斯伯特·韦伯，美国 NBA 球员，身高仅一米六九，被昵称为“小土豆”，在 1986 年美国 NBA 扣篮大赛中，他力压群雄，从两届扣篮王冠军、身高两米零一的威尔金斯手中夺得了“扣篮王”的称号。——译者

倒茶，甚至连打个盹时也要倒挂金钩。他们在研习古老的佛经时会头顶青砖，而方丈们会将这些青砖一一敲碎。

这些都是真实的，不是造假也不是作秀。上述一切少林和尚们都做过，他们都是了不起的运动员，但他们一天中大部分的训练却并不是这样。他们的日常训练其实和职业运动员类似，这也是来访的电视制作人——他们通常都是秉承“似是而非的真实”理念的典型——从来不拍和尚们日常训练的原因，毕竟只有“奇幻的训练”才能让电视节目更加吸引眼球、引人入胜。

一次正常训练的时间安排如下：

9:00—9:10——绕练功场跑步热身。

9:10—9:20——在垫子上做一套基础软体操：滑步，提膝跑，还有各种类型的跳跃练习和更多该死的蛙跳，翻滚，侧翻。

9:20—9:25——开始练习基本的功夫招式——出拳，踢腿和摔法——更多体操动作——跳踢，空翻，后手翻，横滚，空中特技。

9:25—9:40——自己做伸展运动以放松身体，重点在于劈腿练习，包括全劈和侧劈。

9:40—9:50——踢腿伸展训练。

9:50—10:00——休息。

10:00—10:20——练习武术教练所专攻的个人招式，或者某种专门的硬功。

10:20—10:50——轮流打出整套仍需完善的拳法。

10:50—11:00——放松。

午饭后便是下午的训练时间，同样的流程，和尚们会再来一遍——永远不会改变——日复一日，一个星期训练六天——从青少年时期一直持续到他们武打生涯的结束，也就是二十五六岁。关键就是重复。在四个小时的训练时间内，他们从未改变过训练的安排。在早饭前和晚饭后的空余时间，他们才会训练各自的专长。只有恰逢在训练时间要为游客表演时，他们才会对日常训练作出调整，而这种情况一般发生在下午。

我用尽浑身解数，终于坚持到了九点四十分，要做踢腿训练了。直到那会儿，我的不足之处还没有完全暴露出来。然而，开始踢腿之后，我彻底没劲了，腿根本就抬不起来，连胸膛的高度都踢不到，可即便如此，都还是需要我低头、曲臂、身子向前弯来助力，那姿势活像肚子上挨了一拳。成浩一直努力保持平静，但我的表现实在太差，他终于忍不住了。

“以前练过功夫吗?”

“练过三年。”

“看着更像练过三个礼拜。”

这些和尚们简直就没有关节和韧带，我怀疑装在他们腿里的根本就是橡皮筋。然而，如果身体没有足够的柔韧性，就不可能练就一身像样的少林功夫。这也是中国人认为一个人应该从幼年时期就开始练武的原因之一，因为那时候身体柔软，而且随着年龄的增长，这种柔软可以继续保持下去。而我则是在青春期末尾才开始练的，此时我的身体已经僵硬，要想努力再练回去，让身体恢复柔软，谈何容易。

舒展身体之后，我们开始练习十八个基本招式，这十八个招式相传与菩提达摩弟子修习过的功法是同一套，其实很可能不是。这些招式经常出现在五花八门的少林功夫里，比如小洪拳和罗汉拳。这两套拳法都包括五六十套技巧。其中一个基本招式就是迈步向前，同时用右手挡住并且扣住假想对手的拳头，左手则要击中他的脸部。另一个基本招式则要求三百六十度旋转，并用脚勾住假想对手的腿，与此同时左手拦住他的拳头，右手直击对方胸膛，将他打倒。

上第一堂课时，我大多数时间都是在地上，要不就是在倒向地上的过程中。

对于中国功夫，我首先注意到的便是它的复杂性。世纪之交，为了便于教学，空手道和跆拳道都被简化和改进了。这两种格斗术的一招一式充满了自我防卫的意图，但传统的少林功夫则正好相反。它不仅复杂而且含混，至少一半以上的基本招式都让我理不出头绪。招式非常古怪，看起来就像解释性的舞步一般。舞步过于复杂，让人无法用言语描述。此后没多久，我就帮另一个少林武术学校的管理员，整理了他用英语翻译的一本少林武术典籍，里面有几句是这么说的："右手呈四十五度角摆放，手指伸直，手掌朝上。左手掌心向上至右肘处。后腿直立移动，屈膝旋转一百八十度。同时双手向左扫去，而且……"

第一天早上，成浩就解释了理解这些不合理套路的方法。在人类发明火枪之前，武术大师拥有这种最宝贵同时也是最危险的技艺。年长的大师如何防止一些急躁的年轻人用一年左右的时间学会他的绝技，然后用于作恶——或者更糟，万一他们用来对付那些年长的大师呢？一位功夫大师，他是如何把年轻的弟子们长时间留在身边，让他们忠于他，提升自制力，同时又不给自己招来骂名呢？很简单，他将自己的绝技藏在这些复杂的招式中，所以，招式中间包含了不少多余的动作。弟子们忠心耿耿地训练了几年之后，大师就会透露某些技艺的用法，其实，弟子们已经反复练习并掌握了，但他们自己却不知道。我立刻想起一部描述一个小孩学功夫的电影《功夫梦》，里面有“上蜡，刮蜡，上蜡，再刮蜡”的台词，也就是不厌其烦、持之以恒的教育哲学。

但那是人类发明火枪之前。成浩教我的时候，很乐于解释基本招式的每种自卫用法。但即便他解释了，这些动作看起来也很不实用。攻击的角度很古怪。各种动作的结合看似也没必要那么复杂。有一种技法是用右脚勾住对手的左脚踝后部，然后再用右膝抵住他的腿。而且与此同时，我应该向前倾，扳直对手的腿，用拳击向他的胸膛，将他打倒。用得着这么麻烦吗？非得这样吗？在我这种非专业人士看来，这种技艺好像没什么用。

“师父，”我试了几次之后说。“这种旋转爪勾技好像太难了，不会有效果吧。”

成浩和尚沉默了半晌，才答道。

“真有意思，你竟然会那么说。去年这儿有个很无礼的德国空手道教练。他每天都羞辱少林功夫，说它没空手道强。最后，我对他说，‘那好吧，你可以用任何你想用的空手道招式来攻击我，我会用少林功夫防守。’他假装出拳，然后一个回旋踢。我用的就是你刚才问我的这一招。我制住他的下盘并倾身向前，他倒了下去。他又在少林待了一段时间，只是走路时不得不用拐杖了，一直到离开时也没好利索，但他再也没侮辱过少林功夫。”

说完故事，成浩笑了笑，不好意思地耸了耸肩，“我做得可能过分了，有损武德，”他说，“有损武术道德。”

“我只是希望你别觉得我无礼。”我说。

“不，不，不，你就是在问问题嘛。”

“无论什么时候，我要是冒犯了你，你告诉我，我以后就不会那样了。”

“别担心这些，”他说，“我会的。”

阿弥陀佛。

练了三十分钟基本招式之后，成浩便开始教我少林功夫的初学者功法——小洪拳。大多数初学少林功夫的中国学生要练六个月到一年的基本招式，才能开始修习功法。但是，成浩和尚解释说，和尚们加快了我们这帮老外的学习进度，因为我们没那么多时间和耐心练基本功，再说我们也不在意内功，只是急于向别人展示自己外在的武功造诣。和尚们知道，就算我们一套功法都没练好，也会希望学习下一套。他们仔细地研究过我们。

小洪拳大约有五十五招，招数的多少取决于由谁来教。每位功夫大师都倾向于教授学生有些许变化的少林功法。成浩说，这就是中国有这么多不同功夫派别的原因。随着时间的推移，各种少林功法的变化会越来越大，最终就会有新的功法诞生。

就算没有上万种，至少也有上千种不同的功夫派别。有的派别根据其特点，会让我们联想到某种动物，有“醉”派、地方派以及专攻一种兵器的派别。还有家族门派，功法从不传给族外人。有外家派和内家派，有专攻地面战的派别，有利用关节制敌的派别（擒拿），甚至还有一个派别专攻铁头功。在人类文化历史的进程中，如果想证明人类强迫症似的专注可以达到何种程度的话，那么，中国功夫应该是最为辉煌的范例之一。

每个功夫派别特点迥异。虽然大多数武术功法都要利用演练场地的整个平面，但少林功法通常都只在一条直线上进行。你需要侧身右手向前，右脚迈步前进，然后在某个点上旋转一百八十度，左侧身子向前。成浩解释说，这是因为少林功夫的基本原则是，如有必要，该功夫能够在“一头牛的阴影下”修习。在演示每个招式时，成浩本应身子成一条直线，左侧在前或右侧在前，但他并没有这样做，而是拔地而起，直接腾空完成招数，然后再落回原点。接着他会再次跳到空中，完成下一个招数，再落回原点，如此循环往复。那么，这条线便缩减成了一个点。我问他这么做的原因。

“我也不知道。也许是因为原先和尚们都住在很小的房间里吧，”接着他又笑了，“我想我们现在还是如此。”

看着成浩教小洪拳，就像看数学大师教高中代数。他很久没琢磨过小洪拳了，所以自己也花了点时间演练了一遍。然后，一旦通过身上的肌肉运动寻回对这套拳法的记忆，他便打出了第一部分，迅速过了一遍前十招，技艺精湛，毫无瑕疵，和我以前见过的一样完美。之后，他停了下来，挠了挠头。他不确定如何从第十招过渡到十一招。是迅速闪避、转身再弹腿呢，还是先转身、迅速闪避，然后再弹腿？

他有点儿难为情，咧嘴笑了，“我很久没教这套拳法了，通常都是年纪大些的和尚来教。”

我问他平时都教什么。

“更深一些的拳法套路。我的专长是鹰拳。所以，如果有外国人想学的话，他们就会找我来教。但平时教老外基础拳法的和尚在休假，所以我就在这儿教你了。”

作为我的武术老师，成浩亲切和蔼、心地善良而且满腔热情。直到将近一年后，我才知道他最初并不想教我。事实上，当和尚们听说我要逗留一年时，就没人愿意教我了。教学会占用他们自己的训练时间，而且还不会因此得到任何额外的报酬。当然，短时间教授他人是无妨的，因为可以借此休息一下，暂停单调乏味的训练，同时这也是与外国人接触、交朋友的好方法，对于想移民（或者叛逃）的和尚颇多益处。然而，如果教一年的话，肯定会有碍于本人武艺的精进。这对于十六岁到二十六岁、正值武功修行巅峰的壮年和尚来说是极其痛苦和残忍的。成浩和我一起抽了这支下下签。多亏了他，让我一直都没有猜到整件事情的内幕，否则我会良心不安的。

三十分钟过去了，我勉强学会了其中的五招。我底子薄，动作笨拙，站姿不稳，毫无力度。如果我是中国学生的话，成浩一定会冲我大骂，间或还会用木条之类的东西抽我几下。少林寺的教育方式是很注重体罚的。在中国，父母惩罚子女的时候经常会用到一句谚语，“打是亲，骂是爱”。但我是外国人，而且更重要的是，成浩只有十九岁，我还比他大两岁。所以尽管我一早上表现极其糟糕，他也只是说，“好，非常好……好多了……你越来越棒了。”

课后，我问他少林寺的训练方法，想知道为什么和电影里演的不一样。

“那些只是电影。”他说。

“以前的训练和电影里一样吗？”

“谁知道呢？很难把现实和想象分开吧，”他答道，“但他们可能那么训练过吧。过去的和尚要比我们更能吃苦耐劳，他们的生活也更辛苦。”

“在我看来，你们现在的生活也不容易。”

“哦，现在比原来好多了，甚至比我九年前来这里时也强了不少。我们现在是在武术中心室内的垫子上训练，我小时候都是在外面的泥地上练呢。”

就像所有真正意义上的文明社会一样，少林寺有午睡的习惯。午饭后，所有和尚都会去休息，直到下午三点训练开始。只有当大型旅游团比预定时间来得晚时，才会有例外，这时和尚们会被叫起来为游客表演。

第一天早上下课后，中午我兴奋得睡不着，因为一个真真正正的少林和尚开始教我功夫了——那是我最后一次没利用午睡的机会好好恢复体力。此后，中午我往往躺下就着。

下午两小时的授课和上午完全一致，接下来三个月中每次训练也都是如此。我跑跑跳跳，极其不情愿地做蛙跳，侧翻，翻滚，汗流浃背地舒展筋骨，又开始踢腿。我学会了更多基本的招式，也摸索着学会了更多小洪拳里的招式。而在这一过程中，成浩一直都在说，“可以……好……好多了……不错……再快点儿……加大力度……很好……等等等等。”

那天晚上，我高高兴兴地上床睡觉，就像学有所成那样开心。我找到了少林和尚，和他们一起训练。我的世界里一切都很顺利，让我激动得难以入睡。这一天真是激动人心、不可思议。

那也是我没有痛苦、快快乐乐的最后一天。

对于少林寺的新学生来说，第二天往往是最糟糕的一天。我浑身疼得厉害，身上的各个部件全面罢工，尤其是我的腿。光起床就花了十分钟，我得用双手抬着自己的腿才能慢慢挪下床沿。为了站起来，我不得不先来回晃腿，但双脚一着地，我还是向前摔在了墙边的椅子上。我看了一眼时间：上午八点三十分。我已经错过了晨练和早餐，就连《社会主义好》也没能叫醒我。

我像个跛子一样一瘸一拐地下了台阶。为了宝贵的生命，我一边抓紧扶手，一边右脚先向下迈步，再拖着左脚向右脚靠拢，然后右脚再向下迈步。我简直残废了。虽然来少林寺之前，我不是谁家的模范美国小孩，但我一直是个活跃的高中运动员，打篮球、玩橄榄球，甚至还参加过网球队。大学期间，我学过跆拳道、合气道和功夫，可我从未感到过如此疲惫。

我像个吃错了药的精神病人，拖着步子走进了主楼，撞到了第一天在武术中心见过的那位画家。

"你昨天就开始训练了，对吧?"他笑着问道。我一瘸一拐地从他身边走过，什么也没说。

和尚们聚集在表演大厅外面，等着有人拿钥匙过来，把拴住大门的自行车锁打开。德清和尚看了我一眼，笑道，"好玩儿吗?"

"太好玩儿了，"我耳语般地答道。

所有和尚都捧腹大笑。

我终于挨到了训练大厅，成浩尽量忍着笑，"身上疼吗?"

"没事儿。"

“学功夫很辛苦。”

“似乎确实如此。”

那天上午，光是绕着大厅跑然后努力跳跃、翻滚和在垫子上回旋就让我用尽了力气。又到蛙跳的时间，我几乎都快累哭了。当我蛙跳着穿过垫子时，膝盖只能弯下去十公分左右。

“你们家青蛙挺高的嘛。”成浩笑着冲我吆喝。

到了伸展训练的时间，我简直累得浑身发抖，瘫在了那里。训练场有两层楼那么高。在原本第二层的位置是个室内阳台，从两侧环绕整个训练场。两边各有楼梯通向二层的阳台，所以人们可以看到下面的训练。我在一边的楼梯阶上做完了最初的伸展训练。然后，真正的伸展训练来了：第一个动作要求我把腿尽量抬高压在楼梯台阶上，伸直，然后再弯腰用鼻尖抵住膝盖。问题是，我感觉膝盖里的筋络就像磨损不堪的绳子一样，随时有可能崩断。疼痛十分剧烈，所以我的脚抬得很低，比前一天还要低两个台阶。

我努力弯腰，尽量把身子朝膝盖靠拢，却只向前挪了几公分，便弯不下去了。成浩站到我身后，开始推我的后背。我忍痛深呼吸，试着将注意力转移到其他地方，一些令人惬意的地方，譬如阿卡普尔科的海滩、花花公子的豪宅、托皮卡的必胜客餐厅等等等等。尽管神游八方，但我还是无法真正逃离这间该死的屋子，也根本不能忘却这难忍的疼痛。我愈发焦虑起来，坚信膝盖里的某条筋络真的会撕裂。

“师父，很抱歉，”我说，“也许我今天不能再练了，得等到我的腿彻底好了才行。”

“没用的，”成浩说，“如果你休息到感觉好点时再训练，那到时第一天练完之后，第二天你的腿还是会这么疼。最好的办法就是现在挺过去。”

“那多久才能挺过去?”

“六七天吧。”

要在这样的痛苦中煎熬一周，简直让我不敢想象。

“把鼻子抵到膝盖上!”他一边说一边推得更用力了。

我开始求饶，“师父，求你了，让我休息一天吧。”

“不，没用的。”

“我的腿快断了。”我呜咽着说。

“不，不会断的。”

几年前，我很喜欢读战争回忆录，经常会想，自己到底能不能忍受折磨与摧残呢。现在我有答案了，那一刻，我可以给成浩任何东西——钱、国家机密、哪怕是性——只要他能让我暂缓功夫训练。

现在想想，我都不知道那段时间是怎么过来的，总之，他帮我挨过了那段训练，走过了那几周苦难的日子——他时而甜言蜜语地诱骗我练下去，时而又呵斥羞辱，甚至有时还会唱歌。他想让我帮他翻译爱斯基地①的歌《她所要的一切》——当时中国最流行的西方歌曲，并教他唱。我们花了大量时间绕着训练场跑，讨论那个歌手想要的宝贝指的是小孩还是男友。成浩坚持说宝贝指的是另一个小孩。

“如果她已经有男朋友了，为什么还想要一个呢?”他问。

---

① Ace of Base，爱斯基地，又译王牌合唱团，被称为 90 年代欧洲歌坛最富有传奇色彩的流行组合。——译者

我决定不向他解释这一切。

事实证明成浩是对的——我的腿六天后就好了，之后我的身体变得柔韧多了。但在少林寺，这可不是我最后一次被逼到想要求饶。

2 表演是第一要务

我违抗了父亲的意愿，来到了少林寺，因为我想去汉语世界中最孤独、最与世隔绝、最遥远、最微不足道的地方。而且和大多数不仔细考虑就立下志向的人一样，我的愿望也实现了。并且，在最初成功的喜悦消散之后，我完全陷入了悲惨绝望的境地。

没有朋友，没有家人，甚至连说英语的人都没有——我完全浸泡在少林寺里。来这儿第一个月时，我甚至都孤僻地开始自言自语了，而且情况变得非常糟糕，因为我还得自己回答自己。我从未想过英语对我来说如此重要，因为它能让我认识到自己还是一个统一的整体——尽管有好的一面也有坏的一面，但总的来说还是一个整体。我开始感受到身体中有两个不同的自己：一个说英语，一个说汉语。马修是个聪明而又细致的男孩，包默思则是个有语言障碍的笨蛋——每当他不明白别人刚刚对他说了什么时，他总是迫切希望自己的大脑能在说话人转换话题之前，把听到的最后一句翻译出来，这时，他总是会点头微笑着说："对，对，对。"大家都觉得包默思说话常常会有十秒钟的延迟。

"你要（什么）吗?"一个和尚问我，"我们都要去（什么）（什么）。你有兴趣吗？”

“对，对，对……好哇。”我都会这么回答。

武术中心有全村唯一一部能打国际长途的电话，大概每打十次能有一次接通，价钱是每分钟八美元。武术中心还有村里唯一一部能发国际传真的传真机，价钱是每页二十美元。几次打电话回家都没打通，于是按照妈妈的要求，我给她发了一份简短的传真，让妈妈知道我还活着。

> 妈妈，你的儿子还活着呢。当地的人都很暴躁。请多寄点儿钱来，还有彼得·潘花生酱。这儿的食物很难吃。如有可能，我会打电话的。
>
> 爱你的方特勒罗伊小爵爷

从家里寄来的信或包裹要一个月才能收到：从美国到北京五天，从北京到郑州七天，从郑州到少林寺十四天，然后还要再等一个礼拜，少林寺邮局那些像福克纳①一般的酒鬼们才会腾出时间来通知我——这个村里唯一的美国人——有个包裹从美国寄来了。而这一切的前提是，他们还没对彼得·潘花生酱产生兴趣。我所有的包裹和信件都会被拆开，然后，有些最终根本就到不了我手上。当然，有一些信件和包裹我还是能收到的，但上面肯定也不会有邮票，因为外国

① 威廉·福克纳（William Faulkner，1897 年 9 月 25 日—1962 年 7 月 6 日），美国文学史上最具影响力的作家之一，意识流文学在美国的代表人物，1949 年诺贝尔文学奖得主，最有代表性的作品是《喧哗与骚动》。福克纳是个出名的酒鬼，一生都浸泡在酒精之中，曾多次因酒精中毒被送进医院。据传他在喜事之后会豪饮，一喝就会持续很久。而且经常躺在床上喝，还要家人带酒来陪他。——译者

的邮票很有收藏价值。

我很寂寞，所以尽管并没有完全处在与世隔绝、孤立无援的绝境下，我还是生平第一次、也是最后一次，开始写信。我写的不是小便条，而是二十页、二十五页、三十页的单倍行距的大文章。我分别把信寄了出去——给我爸妈、我朋友、我的前女友——大多数时候，一说到“我的前女友”，我心里就发疼。曾经有些被判刑的罪犯用信件打动过他们的妻子，受他们的启发，我也希望能用语言的力量让她重燃对我的爱意。幸运的是，我还是设法压抑了这些话语，因为这种文体最有可能属于那种令人绝望、伤心的类型，并不是特别吸引人。而且总体来说，作为一个从大学辍学、到佛寺里修行的人来说，我也没有什么特别动人的地方。她只回了我一封分手信。不幸的是，我记得信中的每一个字，特别是“我喜欢你，但我没有真正爱上你”。

我完全与世隔绝，不知道外面的世界发生了什么，直到12月下旬，我才听说了1992年美国总统选举的结果。那个曾在我刚来武术中心时帮过我的画家，有一天对我说，“美国有了一位新总统。”

“谁赢了？”

“我不确定，但我确定一点，”他继续说道，“不是布什。”

在汉语中表示“不是”的词语是bu（二声）shi（四声）。中国对乔治·布什的姓的音译是bu（四声）shi（二声）。但我听不出音调上的区别，因为那个画家的河南口音很重，而我的中文又不好，所以我误解他在说美国总统“不是不是”。

我立刻陷入了困惑。为什么他要重复“不是”？为了强调吗？是不是有什么戏剧性的事情发生了？总统“不是不是”？他的意思是“没有总统”？或者，总统遇刺了？

一时间，我思绪万千。

我的第一反应竟然是美国已经陷入无政府状态，联邦政府垮台了——这一迹象深刻地说明了我与外界是多么疏离。

画家感受到了我的不安，紧张地重复道，“Bushi Bushi。”

“你说什么？”我要他再重复一遍。

“Bushi Bushi。”

我终于听出了音调的变化，明白他说的是“不是布什”。

几周后，我才发现当选美国总统的是克林顿——我们的第四十二届总统，而不是佩罗。

少林寺官方宣称有十八般兵器，但实际上还有更多。少林寺有五种主要和动物相关的功夫——虎拳、豹拳、鹰拳、蛇拳和螳螂拳——但实际上还有更多。据估计，少林寺有超过二百种徒手的拳法，但没人能把它们全都记录下来。武术史学家解释说，创造这些派别要么是为了自卫（少林寺是个孤立的寺院，经常会受到匪徒袭击），要么是因为宗教原因（功夫是一种移动式的冥想），但这还是解释不了少林功夫的复杂性。我花了整整一周时间，才总结出了自己的解释：那就是——无聊。让一群性压抑的年轻男人在山顶上什么也不做，只是冥想、练功，其结果就是修习研发出了无数种少林功夫。

和以前的少林弟子不同，我有机会能接触到电视、功夫电影、台球、街头霸王 2，用以打发空闲时间。但即使有那些东西做伴，在学功夫之外，我还是像待在戒毒所里的瘾君子一样。我想念西餐、母语、朋友和家人。而且，没有任何视觉上的刺激也同样让我怅然若失，甚或更为煎熬和失落。少林寺的夜晚同样乏味，就像长途汽车横跨广袤的堪萨斯平原一样——几小时，甚至十几小时外面的景色都没什么变化。在我来少林寺的第一个月里，有很多个晚上，寂寞和孤独紧紧盘踞在我的胸口，让我甚至连呼吸都有些困难。星期六的晚上更是难熬，那种无所事事的虚无感时而发作，让我心悸——我不得不面对第二天是没有任何功夫训练的星期日这么一个惨痛的事实；而同时又在一直想象，我的朋友们正在享受我已然享受不到的快乐时光。

少林寺唯一可供选择又真正有趣的娱乐活动是和尚们场面浩大的功夫表演。功夫表演并没有安排特定的时间，也许几天都不演，然后突然连续表演三个下午场外加一次夜场。旅行社工作人员会在最后一分钟打进电话，希望可以拿到更优惠的票价。或者，一些政府官员会带着国外的高层前来参观，中国政府想通过一场中国文化盛事给对方留下深刻印象。再或者，武术中心里的某个人欠了一个外人的人情，所以当一群人和这个外人一起出现在中心门口时，和尚们就要放下他们正在做的事，张罗着进行武术表演。

表演就是一场常规训练的加强版。和尚们首先在垫子上展示跳跃动作和其他体操类的空翻和降落动作。年纪最小和功力最弱的和尚从跳踢动作开始。技艺的难度会随着每个和尚成功完成动作而逐步增加，直到功力最深的和尚结束热身环节：最常出现的要么是德清的一连串回旋高踢，要么是礼鹏——一个沉默寡言独来独往的武僧，在一张餐桌那么大的地方连续做二十个后手翻。

做完了准备活动，和尚们便如军人一般精准地表演伸展踢腿。每个人都挺得笔直，用肘部把踢起的膝盖牢牢锁住，每只脚都碰到额头，腿噼噼啪啪地上下动作，几乎比人的目光还要快。这组的热身动作一表演完，和尚们就会离开大厅，再一个接一个地回来，表演他们自己拿手的绝活。

表演分为两组：一组表演武术，另一组表演气功。气功大多都是硬功技艺。中国人相信“气”的概念，“气”可以粗略翻译成“生机”或者“吐纳”或者“力量”。他们相信“气”可以在人体内任意穿行，就像《星球大战》中的“原力”一样，而且“气”能在吐纳生息中得以加强，然后集中在身体的各个部位。硬功讲究引导“气”进入身体的一个部位，从而保护此处不受冲击。有个和尚是铜臂铁腿功夫的专家。表演过程中，他用四肢劈折了各种各样的木制品。另一个专攻铁腹功的和尚邀请观众上来用拳头使劲打他的肚子，而他在重击之下面不改色。还有一个铁头功专家表演了以头碎砖。

“气”真能保护他们吗？以我的经验来看，把注意力集中在身体的某个部位，想象着力量也都集中在那儿，这很有助益，也非常必要，但还不够。修习特定硬功的高级武艺修习者都会长时间加强身体特定部位的坚硬程度，力度之大，会使得身体上的改变接近扭曲。德清练的是铁拳功，他的拳头非常厚实，看上去像针毡一样——手指充当针。另一个和尚练铁指功，他长时间练习把手指插到坚硬的泥土里，当他把四根手指并拢在一起时，可以看出他的四根手指长度一样——中指和小指一样短。所有铁头功的修习者头上都有疤，而且说话结巴。所以“气”的力量也是有限的：它挡不住子弹。

硬功表演中还穿插着专业的武艺展示。除了固定的套路之外，和尚们表演的所有功夫都不是传统的少林派拳法，而是从现代竞技武术中演化而来的。

在1950年代，政府禁止人们练武，想以此来创造一个摆脱封建历史与迷信传统的“新中国”。但禁止练武就相当于在西得克萨斯[①]全面禁止高中橄榄球，是根本不可能的，也是违背常理的。在中国，人人尚武，沉湎于功夫之中；在全国各地，你都可以发现每天早上在公园里练武的古稀老人。所以政府明白，需要疏导那股热情。因为国际体育竞赛是可以相对安全地展开冷战的阵地之一，中国政府就在传统武术的基础上创造出了两项运动：“现代武术”和散打（中式跆拳道）。

“现代武术”就是相当于花式溜冰一样的功夫。现代武术的比赛是在裁判面前进行的，可以用兵器也可以不用。裁判根据选手表现的美感和技巧难度给分。招式的自我防卫效力——传统武术的全部意义所在——与比赛得分无关。现代武术是没了“武”的武术，重点在于速度、风度、美感和特技能力。高度程式化的武艺中充斥着空翻和跳跃，而这些你都可以在奥林匹克体操比赛里找到它们的踪迹。

为了支持这些新兴体育项目的推广，政府修改了全国各

① 美国西得克萨斯州以橄榄球运动特别普及而著称。——译者

大体育学院的课程，将现代武术和散打加了进去。这项举措推动了国际赛事对这两个体育项目的认可。它在全国招募有天赋的男孩参加高强度的“武术”训练计划。中国“武术”机制下培养出来的最著名的人物就是李连杰，他在北京参加全市体育测试时被挖掘出来，然后便被招收进了北京体育大学的“武术”计划——这个计划迄今仍被认为是全国最好的——而且拿了五次全国冠军，之后又拍了电影《少林寺》，从此开始了他的演艺生涯。

台湾和香港的传统武术大师绝对恨透了现代武术，因为他们（理所当然地）把这看作是对千百年流传下来的武艺的一种政治打压，意在剥离武术的武学和宗教上的根基。但大众很喜爱现代武术，因为它流畅、优美，而且还是香港电影中最常见的风格。前手翻和后手翻在打斗中一点儿用也没有，但看起来确实很炫。所以和尚们会给观众表演。事实上，他们已经调整了竞技“武术”的套路（在比赛中有严格规定），想让它们更吸引人。目的是激起、增加“噢”和“啊”之类的喝彩声。他们确实做到了，尤其是德清和礼鹏。

礼鹏专攻地躺拳，包括跃向空中进行各种形式的飞踢，然后再以平躺的姿势落在垫子上。他做着二十个后手翻入场，之后便继续做前空翻，然后再来几个高高的飞踢，最后以背部着地结束。作为一种纯粹特技能力和身体坚韧性的展示，他的表演的确非常激动人心。

唯一可以和他相媲美的是德清。德清的整个身体基本就是一块快速抖动的肌肉。他缺乏耐力，但在人群面前表演的大约一分钟时间里，他会爆发出极具美感的动力。他行动迅猛、身体强壮，不拘泥于细微的武术形式，因为按照惯例，武术的细微之处要求表演者的脚、手、头和身体要恰到好处地在某个特定的时刻摆成某个特定的姿势。而德清经常会打破常规，他忙着转变招式、跳得更高、转得更快、冲得更猛。只有德清表演时，其他和尚才会特意观看。一部分原因在于他技艺高超，另一部分原因在于他的表演能给大家带来乐趣，但主要原因是，只有德清会一直在表演过程中即兴编一些新动作加入到功法展示之中，有时随想随加。尽管其他和尚表演得也很精彩，可一旦看多了、早就知道他们会以完全相同的方式表演那套功法时，你就会开始厌烦，但这种情况不会发生在德清身上。

有一次，德清正在表演他个人版的少林醉拳（这套拳由一个嗜酒的和尚所创）。在表演时，他本应跳到空中，完成飞踢的动作，同时呈大抛物线形旋转，然后左侧身体着地。但他跳得太高了，身体又翻转得不够快，所以就要以背部着地。但他伸直腿部，停止旋转身体，然后在空中——地上六英尺的地方，像块板子一样平躺——旋转胯部，使得身体像抛煎饼一样翻转过来。最终着地的时候（看起来似乎已经过了一分钟），他处于俯卧撑的姿势，用手撑着下落。一个坐在我旁边的和尚赞叹又羡慕地摇了摇头，呼出一口气，小声说，“他妈的德清。”

每场能看的表演我都看了。但更有趣的是表演开始前和尚们的相互交流，他们就像一个戏班子一样，抱怨着疼痛和损伤，抱怨要为不多的几个人表演。当大厅里都是人或者有重要人物在场的时候，他们就会气势高昂。技艺不太娴熟的和尚会研究技艺高超的师兄们的表演，寻找可以为己所用的招式。就在表演开始之前的片刻，那些演出的“大牌明星”

才会到场，之前是寻不到他们踪迹的。通常都是派一个年轻些的和尚去请他们，然后他们才会在最后一刻夸张地到场。还有无休无止的背后中伤，说什么谁谁谁在走下坡路了，谁谁谁提高得不够快，谁谁谁假装受伤逃避表演，谁谁谁没他想象中的好，谁谁谁只在人够多的时候才会好好表演，谁谁谁想学新东西、根本不屑于一遍遍地练同一套旧功法，谁谁谁需要少花时间指导别人、多花时间注意自己正在退步的武功技艺之类。

和尚们一边把平时训练穿的运动长裤和短袖衬衫换成橘黄色的和尚袍，一边相互说笑道：

“礼鹏在哪儿?”

“不知道。”

“去把他找来。”

“为什么我去?”

“因为我让你去。”

“嘿，谁有腰带?”

“你的腰带呢?”

“洗了。”

“所以要让你有条备用腰带啊。”

“都洗了。”

“你个笨蛋。”

“你得再剃一次头。”

“但是很冷啊。”

“你把木棍打到我胳膊上时，尽量折断它，动作要快！上一次你快把我的肩膀打折了。”

“如果你不喜欢我这么做的话，找别人吧。”

“礼鹏在哪儿?”

“他就没在这儿出现过。”

“来的是群什么人?”

“一帮老外。”

“来了多少人?”

“大概二十个。”

“从哪儿来的?”

“美国。”

“怎么看出来的?”

“从他们身上穿的衣服，而且他们还很胖。”

“每个人今天都要尽全力，我不想看到任何人偷懒。”

“我想看你打螳螂拳。”

“我打不了。”

“为什么?”

“我的后背。你知道我的后背受伤了。”

“你都伤了一个月了。”

“但我今天上午已经打过螳螂拳了呀。”

“打了你就不能再打一遍?”

“我的后背，真的很疼。”

“好吧，那表演铁腹功吧。”

“表演不了。”

“啊? 为什么表演不了?”

“我拉肚子。”

“那就把你的铁肛功也一起表演出来吧。好了，音乐开始了。全体各就各位。有谁去找礼鹏了吗? 妈的! ……大家都准备好了吗? 上!”

3 中药

和尚们是少林寺的主人，而我则是他们的客人。问题是我不想做客人。我想成为这个大家庭的一部分。但我终究是个外人，一个娇生惯养的外国人，在豪华的餐厅用餐，住在奢华的酒店里。我有一本护照，随时能让我想走就走。我有信用卡可以支付行程的费用。而且，我还是个美国人——最让中国人嫉妒、羡慕和害怕的国家的公民。刚来的那几天晚上，我是大家好奇的对象，但之后，一种礼貌的距离便像一堵墙一样将我禁锢起来。我进了少林寺的大门，但我仍不是这个群体的一员。

要想被大家接受，我唯一的希望就是赢得他们的尊重。在和尚们中间，地位的高低取决于武艺的高低，同时也取决于承受痛苦的意愿，也就是“吃苦”。短时间内，我的武术技艺不太可能给他们中的任何人留下深刻印象，所以吃苦是我唯一的选择。

包括晨练，武术中心的弟子通常一天要训练五个小时。我决定试试每天训练八个小时。起初的生理冲击过后，我就开始增加训练时间。第三周，我在晚饭后加了一次训练。第四周，我缩短了午睡时间，在下午的训练开始前额外加了一小时。我把训练时间加到了一天七小时，之后便无法再加了。每次我想多加一小时，第二天反而就会减少几小时。我的身体无法承受。但训练七个小时已经比任何其他人的训练时间都长了，我很快就发现其他人注意到了我。

在下午两点到三点的训练时间里，我唯一的伙伴是一个非常可爱的十岁小女孩。她是礼鹏父亲的徒弟。礼鹏的父亲结实瘦削、身材矮小、目光严厉，留着邋遢的傅满洲①式的胡子。作为一长串武术大师的后裔，礼鹏的父亲把他的妻子、女儿和亲自训练的儿子都带到了少林寺，因为少林寺能为他家特有的技艺提供最好的机会。礼鹏小时候就开始在街头表演，为家里赚钱，用他的武艺让来到少林寺的游客为之倾倒。当武术中心开张时，他的才能便有了用武之地，尽管对他的家庭来说这个地位还很脆弱。他的父亲得到了一份门房的工作。这家人被安排住在楼梯下的杂物室里，隔壁就是我的训练室。一条条胶合板连在一起，斜靠着楼梯，里面就是礼鹏父亲的家，在武术中心的角落里几乎提供不了多少私密空间，而这三四平方米竟然是这儿最为热闹和繁忙的地方。我第一次被邀请进屋时，空间的局促让飞机上的卫生间看起来都很宽敞，面对这样狭小的空间，我拼命想让自己看起来处变不惊，泰然自若。礼鹏的父亲问我在想什么。我告诉他，他的家棒极了。

他对我善意的谎言报以微笑，“不，这儿不够好，但还

---

① 傅满洲（Fu Manchu）是英国作家 Sax Rohmer 小说中的人物，最早在 1875 年《福尔摩斯遭遇傅满洲博士》一书中首次出现，号称世上最邪恶的角色。——译者

是比我们原来住的地方好多了。”

“你们原来住在哪儿?”我问。

“住在山洞里。”

“啊，山洞，是啊……”我一边说，一边在大脑中慌张地搜寻着合适的回答，“嗯，在许多方面，这儿确实比山洞强。”

“我们现在有地板了。”礼鹏的父亲说。

“是，是，是，没有土，那也是个好处。”

“而且虫子也少。”他的妻子微笑着补充道。

“没错，没错，没错，那是另外一个好处，”我说，“我讨厌虫子。”

“而且还有电。”礼鹏的父亲总结道。

“好得太多了，”我说，“不错，不错，不错。”

和少林寺里的很多小孩子一样，下午和我一起训练的小女孩因为经济原因成了孤儿——她的父母很穷，养不起她。礼鹏的父亲是她家的远房亲戚，所以同意收她做徒弟。这件事证明，中国的经济阶层很多，还有比住在楼梯下杂物室里的人更低的阶层。为了回报他们对她的训练和为她提供的食宿，小女孩把所有的家务活儿都做了。看到她在他们家屋外扫地之后，我给了她个昵称，“灰姑娘”。

我们都是初学者，跟私人老师单独训练。我们都是少林寺的外人：她是个孤苦伶仃的小女孩，我是个老外。我们都离家很远，生活在水深火热之中。所以我们成了彼此的挚友。她的日子比我更不好过，因为礼鹏的父亲奉行“残酷才是仁慈”的武学原则。如果她没能把每件事都做得尽善尽美，礼鹏的父亲就会一边摇晃她一边说，“如果你不努力，我就把你送走，到时候就没人能养你了！”

一天，礼鹏的父亲让她做了一套严酷又极端的武术练习，到最后我实在忍无可忍，冒险走上前去打岔。他当时正在训练她做后手翻：先让她倒立十分钟，然后又让她干净利索地向后折腰一百次，直到她站不起来。下课后，礼鹏的父亲对我说，“我知道你认为我的教法太残酷，但你以后就会明白这样做是为她好。在这个世界里，她只有一个机会，那就是在武术上出类拔萃。”

因为“灰姑娘”总是一副要哭出来的样子，所以我打定主意要让她振作起来。在我们每天单独训练的那个小时里，我把一般人逗孩子笑的招数都用上了：出洋相、举起她玩“坐飞机”的游戏、假扮成怪兽追着她满屋子跑。礼鹏的父亲一进训练大厅，我们就假装互不相识。礼鹏的父亲也很精明，他知道自己作为一个总唱白脸的严师，其实很需要一个唱红脸的人来给“灰姑娘”调节一下。

午后，我往往在正常训练时间之前就已经开始训练了，我与礼鹏的父亲也逐渐熟悉起来，这可能拯救了我在少林寺的武术生涯。大概一个月后，我膝盖骨正下方的地方一动就疼。每当我要踢腿时，一阵剧痛就会袭来，瞬间席卷全身。没有和尚知道该怎么办。甚至连成浩都说我的情况很糟糕，应该休息，直到痊愈为止，他这么说就意味着一定真的很糟糕。在少林寺唯一比训练还苦的事儿就是住在少林寺而不能训练。见我在大厅里凄凉地晃了几天，礼鹏的父亲便让成浩告诉我，让我第二天晚上去他家。

事实证明，武术中心的门房是少林寺唯一精通中药的人。我走进了他们楼梯下的家，发现礼鹏的母亲正在电炉子上做饭，礼鹏的父亲在另一个电炉子上煮着一锅奇怪而且难闻的黄色炖物。

“吃了吗?”礼鹏的母亲问我，她总是笑呵呵的。

在少林寺，这是一句常见的问候语。在一个每天都有数百万人忍饥挨饿的国家，“吃了吗”就相当于“你怎么样”。如果你吃过了，就说明你过得挺好。如果你还没吃，就说明你过得不好。别人希望你回答“是啊，我吃过了”，即使你还没吃；或者“我正要吃呢”，即使这不是事实。你可以回答“没，还没呢”——如果你真的很饿并且短期内都没什么东西吃的话，你就要这么说。这样的话，问话的人就不得不请你吃饭了。

“我吃过了。”我说。

礼鹏的父亲示意我过去到床边坐下，要给我作检查。我侧着身子小心挪动，好不容易才走了进去。从外表上看，礼鹏的父亲就像个普通的河南老百姓，又矮又瘦，不到一米七的身高，一百来斤的体重，上身穿一件宽松的白色 T 恤，下身着一条运动长裤，脚上穿着一双地方牌的跑鞋。唯一与众不同的地方就是他双目异常有神，还有他的右手，至少要比左手大出一半来，就像从巨人身上移植下来的一样。手掌的肥厚部分上有个银圆大的老茧。显然，他在铁砂掌方面有很高的修为。

他一边给我检查，一边不时地把右手放进那锅黄色的炖物里。如果近距离观察的话，那锅里好像包含了一些可以在自然界中经常看到的东西：树皮、草籽、树叶。

“这是中药。”他说。

“你是练铁砂掌的，对吧?”

“对。”他说，随即又继续解释：让自己的身体变得坚硬只是修习硬功的一半；中药的辅助是另一半。练硬功需要中药来治疗身体练硬功的那个部分，这样一个人才能在第二天以同样的强度修习，否则就得等伤处自己痊愈了。“没有药物的辅助，你的硬功提高到一定程度就停滞了。”

他拿过来两块光滑的、巴掌大小的鹅卵石给我看。我知道这时候我应该用手掌击打这两块石头。如果一个没经验的弟子傻傻地尝试，妄图完成一位硬功大师练就的绝技，必然失败之后脸上露出困惑的表情——所有这一切又都被这位硬功大师看在眼里，那么，这就是这位硬功高手最开心的时刻了。我使出全力击打那两块石头，反弹震麻了我的胳膊，疼得我咬牙切齿，牙齿咬得格格作响。他笑得很开心，然后把一块石头摞到另一块上面，用手劈了一次，接着又劈了一次，上面的石头裂成了两半。我见过劈木头的、劈砖的、劈混凝土块的，但从没见过劈鹅卵石的。我觉得这就相当于他有一张哈佛医学院的文凭那么强悍。

“你能治好我的膝盖吗?”我问。

“我不常给人治病，太麻烦了，但我很喜欢你刻苦训练的劲头，你不怕吃苦，而且，你对我的徒弟也很好，所以我给你治病，”他说，“但我得去很多不同的地方才能买齐给你配药的材料。”

“要花多少钱?”

他算出了一个价格，我觉得因为我是外国人，所以这个价格加了点儿附加费，但并不过分，随后我就离开了。如果他的药有效，那我花的钱便物有所值，因为万一我的膝盖无法痊愈，我就得回美国治疗，那样成本就会更大。从那以后，我就亲昵地称他为“医生”。

五天后，“医生”结束了他寻医问药的旅程，我的中药疗程也随之开始。我一天去他那儿两次，每次做三十分钟治疗。就像他的铁砂掌中药一样，我的药也要炖沸，但成品是棕色的，看着就像潮湿的腐叶。我的两边膝盖上都搭着一条毛巾，腿下各有一只碗，“医生”把不太沸腾的药材炖物缓缓倒在了毛巾上，看我会被烫得扭曲到什么程度。

“哦！啊！哎哟！”

“烫?”他笑着问道。

“是啊。”

“太烫了吗?”他笑得更厉害了。

只有一个合适的答案能回答那个问题：“不太烫。”

“好。”

在治疗的第五个下午，我的膝盖还是和以前一样疼，“医生”提出了他一直等着要问我的问题，“你认为武术中心的领导怎么样?”

他双眼发亮，充满了期待。我觉得，对这个问题，我的回答要么会巩固我们的关系，要么会将我们之间建立起来的关系彻底毁掉。我猜，没有哪个被领导安排住在楼梯下储物间门房的人会喜欢他的老板，所以我就诚实地答道：“我恨死他们了。”

见我恨恨的样子，他咧嘴笑了，“是啊，他们都不是好东西，都是坏人。”

我也冲他笑了笑。没什么能比同仇敌忾更能浇筑巩固一段友谊了。

我和“医生”谈论着那群领导和他们的毛病。武术中心的头头是个姓刘的领导。他是典型的政治家形象：身材高大、肩宽背阔、发型一丝不苟。他穿西装很好看，但也就是虚有其表，嘴尖皮厚腹中空。显而易见，刘姓领导登上河南政府领导阶梯的背后，是因为他出众的妻子，那才是他的智囊。武术中心是个肥缺。除了有多余的钱可以让他收入囊中之外，带队海外巡演也提供了公费旅游的大好机会。每次出国巡演，武术中心的领导都要给当地的干部留几个名额，而本来这些干部是负担不起出国旅游的，所以武术中心的领导是在利用旅游的机会为自己换取政治上的利益。

武术中心的智囊，通常情况下，都是第二把交椅——焦洪波，或者说是焦副主任。他是我刚到武术中心时依次见到的那几个中国人当中的最后一个，也是最重要的领导。焦生得极其高瘦，他曾是少林和尚，现在成了共产党员——唯一的一例。他没有什么高超的武功，也没有什么能说明他有什么过人的协调管理能力。在焦副主任的世界里没有直线，只有弯角，每个人都构成了这样的角。他在这种世界观中获得一种马基雅弗利式的快乐。他与人谈判时面上经常挂着一抹有点嘲讽似的假笑。请焦副主任帮忙只会徒劳无功，与他敌对则没人能胜出。很显然，他在等待时机，等着刘姓领导升到更高级的位置上去。焦副主任在这里长大，少林寺就是他生活的全部。尽管行事极度自利，他也是爱着少林的。

莫副主任坐第三把交椅，大家都认为他是那群人中最诚实、最坦率、最可靠的一位，这也是我们不常见到他、而他也从不被允许参与任何重大决定的原因。在少林寺的那段时间里，我只和他打过一次交道。

在我和“医生”谈论领导的过程中，他无意中说道，

“他们想让我帮他们教学生，还想让我为游客表演铁砂掌，但我拒绝了，我宁可捡垃圾也不给他们干活儿。”

我听到这里，敬佩之情油然而生。在一个通常看起来一切独立精神都被打压的地方，还有一个人选择住在杂物室里，而不向武术中心的土皇帝卑躬屈膝。他是我见到的第一个比我妈妈更倔强和骄傲的人。

“你怎么学的功夫？”我问他。

“我爹教我的。我爹的功夫也是他爹教的。我们有自己的家传功夫，不属于少林功夫。”

“那你为什么来少林寺？”

“因为世界上最好的武术家都在这里，我想让礼鹏受到最好的训练。他小时候我教他，后来我就雇其他大师教他。”

“他学中医了吗？”

“还没。”

“你愿意把它教给我吗？”

“不好意思，不行。”

“我可以付钱上课。”

“不是钱的事。我只会训练我儿子……”“医生”顿了顿，“当他想学的时候。这是我们家的传统。我的功夫也是我爹教的。你明白吗？”

“好吧，”我说，“但你能告诉我碗里是什么吗？”

“这也是秘密。但我可以告诉你其中一味药，”他拿起了一片看着像牛肉干的东西，“这是老鼠皮。”

这是某种非常神奇的老鼠皮。我的膝盖十天就好了，而且再也没疼过。

在“医生”给我治膝盖的时间里，他鼓励我不要管膝盖上的伤，继续练功。

“但我不能踢腿。”

“你的手臂还能动呢。”

“我应该用手臂做什么？”

“我可以教你一种硬功。”他说。

“你真的会教我吗？”

“你是个刻苦的学生，在这儿应该尽可能多地学习功夫。”

在所有的少林和尚中，礼鹏擅长的硬功种类最多，显然是拜他父亲所赐，这就是我兴奋的原因——他父亲肯教我功夫了。礼鹏最受欢迎的技艺是铁腹功。他腹部的肌肉坚实有力，可以凭空吸住一只大碗，无论谁都不能把碗扯下来。在和尚们的表演中，这一技艺非常受欢迎：礼鹏让腹部充气，把碗放在肚皮上，然后收缩肌肉，把碗吸在身上。有的观众会被请上台去，试着把碗从他的肚皮上拽下来，但从来没有人成功。

我告诉“医生”我不想学任何会造成永久或者明显损伤的硬功。我不想让手扭曲变形或者说话结巴。

“我可以教你铁臂功，”他说，“这不会让你的胳膊有什么变化。”

我还没听过这种功夫。

“铁臂功有什么用？”我问。

“当阻挡对手的拳头或踢腿时，你的胳膊就会变得很硬，这时对方的手或者腿就会受伤，而你却不会。”

训练始于三十分钟的气功练习。“医生”让我站在户外通过鼻子用力地吸气、呼气，并同时一遍遍地摩擦前臂。刚开始我觉得自己像个怪人，过了好一会儿才没有了这种感觉。

气功热身后，“医生”挑出一根粗树桩。接下来的三十分钟里，我要用前臂全力敲打树桩。事实上，我花了五分钟时间全力敲打树桩，剩下的二十五分钟，我一直在问“医生”时间到了没有。疼痛十分剧烈，而且在逐渐加剧，就像用锤子在不断地敲打一处挫伤，让伤处越来越肿大似的。

敲打完树桩之后，“医生”会煎一服特制的硬功草药，然后我就把手臂浸到药汁里。那服药好像缓解了一部分疼痛，但它的副作用就是把我的手臂都染成了恶心的黄色。几个月里，我都甩着伤痕累累的黄色手臂闲逛。

训练了六个礼拜之后，我开始有点骄傲了。硬功表演时，和尚们会用一些特殊的木棍，很硬，但易断，所以击打时才会断得干脆利落。一天晚上，我和几个和尚在表演大厅，开始吹嘘自己的铁臂硬功训练。

“一开始的确很苦，”我说，“但我现在习惯了。”

“你认为你能打断一根木棍吗?”成浩问我。

“当然。”

成浩拿了一根木棍过来。我伸出手臂。他迅速把木棍劈下，击打我的右前臂。那根棍子断成了两半。我胳膊很疼，但是，那根该死的木棍根本不是我铁臂男孩的对手。

“让我们试试左臂。”我洋洋得意。

我没注意到“医生”正透过窗户看着我。

第二天，他便把我叫到了他楼梯下的住处。我惊讶地发现礼鹏在里面等我。他很少和我说话，而且和其他人也同样不怎么说话。

“包默思，我看到你昨晚表演铁臂功了，”“医生”说，“你进步很快。”

我希望他能高兴，但“医生”脸上看起来并没有笑容。他可绝不是你想激怒的那类人，他可以用铁掌敲碎你的头骨。

我摆出了最讨人喜欢的笑容，“那是因为您教得好，师父。”

“好，好，好。在这儿，让我们俩互相用前臂试着碰碰吧。”

我怀疑这是个陷阱，可又实在没有理由推脱或退却。我和“医生”开始轻轻互撞前臂。我惊讶地发现他的手臂比我的软。我们增加了速度和力度：右手臂里侧，右手臂外侧，左手臂里侧，左手臂外侧。一遍又一遍。最后，“医生”停了下来。他摩挲着前臂，“好，非常好。你的小臂比原来结实多了。”

“你不练铁臂功吗，师父？”

“不练，从没练过。看，六个礼拜后，你的小臂比我的都硬了，”他说着，就给我下了套，“你怎么不和礼鹏试试呢？”

礼鹏挽起了袖子。我满是自信，用尽全力把自己的右前臂砸到礼鹏的右前臂上。我好像击中了一根铁杆，一阵剧痛直冲脑门，炸开了我的耳膜，手也痉挛起来。有好一会儿，我都握不紧拳头，怎么尝试都无济于事。

“他的胳膊比石头都硬！”我说。

“他六岁时我就开始训练他了。”“医生”说。

“我不知道他还练铁臂功。”

“是，你不知道，”他一脸严肃地说道，“没人知道，因为他不会四处炫耀他所有的技艺。你明白了吗?”

“是，我明白了，师父。”

“好，”“医生”说，“明天我会看你表现。”

之后，他再也没教过我。

4 室友

我来到少林寺住下之后，隔了两个月，才开始有和尚“光临”我的屋子。德清和成浩是最先到我房间“探险”的人。一个周末的晚上，有人敲门，我打开门，就看到他俩身着西洋服饰：衬衫，牛仔加黑靴——这是他们团队里最好的装备。和尚们一共也就几套像样的衣服，对他们来说，衣橱在社会主义条件下是共同拥有的。只要有需要，任何外出巡演时买的东西都可以免费借用。

进屋之后，德清掏出两把日本武士的匕首。

“这算是见面礼了。”他说。

我请他俩坐下，给他们倒了茶。

“真不好意思，我们应该早点儿过来看你的，”成浩说，“我们知道你一定很孤独。”

“没事儿，没事儿，没事儿。”我不停地说着，其实这不是真心话。

德清继续说道，“说出来挺不好意思的，领导告诉我们所有人，如果被其他人看到总是和老外待在一起，这可不怎么好。”

“为什么？”

"你记得我们跟你说过，上次去美国进行武术巡演，有两个少林和尚叛逃了吗？"

"记得。"

"领导担心我们当中可能还会有人想叛逃，而你是外国人，可能会成为帮凶。"

"你们当中有人想叛逃吗？"

"说不定。"德清笑着说。

"那我想我一定会帮你们的。你们需要什么？"

"去美国的巡演计划是在春天，"成浩说，"不过我们会先去日本。"

德清说，"我需要你告诉我你的看法，对于各种兵器，你说日本人会出多大价钱购买？比如说，我花十美元买一把少林剑，你觉得日本人会出一百美元买吗？"

少林和尚向日本人兜售功夫器材，这让我很困惑。

"你为什么要做那种事呢？"我问他。

"为了钱呗。"看到我一脸困惑，德清很是不解。

"可你是个佛教徒，是和尚，"我斩钉截铁地反对他，"你不该从中渔利。"

德清是一个喜怒总挂在脸上的人，他两眼怒视着我，牙关紧锁，脸憋得通红。我羞辱了他，他当时那副样子看起来很可能要揍我。这时，成浩突然说话了。

"包默思，是的，和尚的确不该总想着钱。可领导把护照都收去了，就是不想让我们离开中国。要想再弄一本护照，就得找后门，"成浩说，"后门，你懂吗？"

后门是汉语里的俗话，在中国文化中指的是找到合适的政府官员并贿赂他，让他帮忙办事。

“噢，我明白了，对不起，对不起，对不起，”我连忙道歉，极力纠正刚才说过的话，“是的，我相信日本人愿意出一百美元买一把少林剑。你们还有别的什么东西好卖吗?”

成浩向我展示了一番——九节鞭、少林 T 恤、少林匕首。德清后来一直没再说话。我的话还是让他心里有点儿难受。

后来我细细回想自己说过的话，几天后我才意识到，自己一直受到一点东方主义思想负面的影响。我感觉自己就好像生在一个肤浅、追求物质的社会里，却又希望中国人能睿智和深刻——简而言之，就是人穷志不短——这样一来，在回家之前，我就可以使自己变得深刻。可让人哭笑不得的是，当我在尽力让自己变得更像幻想中的中国人时，中国人却也在努力地使自己变成他们幻想中物欲的美国人。我们就像两艘船，在黑夜里摸索，结果错过了彼此。

我想明白这一切花了几天时间，而德清花了更长的时间才终于原谅了我。他确实很有理由搞不懂，为什么我居然会对他追求美好生活的愿望妄加批评。

几周之后的一天，我、成浩和德清正在进行练习，已近尾声。突然，一群小和尚冲进练功房。他们叫喊并欢呼着、跺着脚，还用木棒敲打着地面。原来，一只有两个拳头大小的老鼠正在他们脚间钻来钻去。小和尚们想尽快打死老鼠，以防它逃出练功房的后门——从那里就进了山，也就抓不到了。

老鼠跑得太快，木棒根本打不着。不过加上我们仨，这只老鼠还是被围了起来。意识到自己被困住了，它就停在包围圈的中间，那里木棒打不着它。它镇静地观察着自己的处境。德清向前逼近，跺脚吓唬它，老鼠没什么动静。德清接着又跺了一下脚，这下老鼠直接冲向德清，一下子跳起来，落到了他的右大腿上，离地面得有一米多高。

德清吓了一跳，赶忙抖腿，老鼠的爪子却紧紧地抓住他的裤子，根本不下来。德清见势不妙，就以左脚着地，拼命抖动自己的右腿。一连抖了五六下，老鼠才被甩了下来（没准是老鼠自己决定下来的）。老鼠恰恰被丢出了我们的包围圈，而且着陆地点离后门很近，大家还没反应过来，它就"嗖"地从门底夹缝钻了出去，重获新生。

德清很狼狈，尴尬地笑着说："真倒霉，少林寺里连老鼠都会功夫!"

这话惹得小和尚们哈哈大笑。

"看来老鼠胜了第一回合，德清。"

"再也不敢和老鼠较量了吧?"

"要不学学鼠拳?"

德清忍了几分钟，最后终于忍无可忍，"够了，够了，够了，还有完没完?"

小和尚们离开练功房时，其中一个扭头对另一个说，"怎么样，小江？今晚没有老鼠肉吃，很难过吧?"

"我才不吃老鼠肉呢。"小江为自己辩护。

"你吃的，我见你吃过。"

"那又不是老鼠肉。"

"那就是老鼠肉，你是个吃老鼠的家伙，你吃老鼠，你吃老鼠!"

那晚德清和我一起吃饭。我时常会请一些和尚吃饭，一是餐馆提供的饭太多，我一个人吃不完，另一个原因是餐馆里的食物比武术中心后门那里的食堂提供的饭菜要好很多。和尚们、学生还有教练都在食堂吃饭。大部分人委婉地拒绝了我的好意，因为他们不想被领导骂，说他们里通外国，和老外亲近。不过，德清在武术中心的地位很稳固，他并不在意这些。

饭吃到一半时，我憋了一下午的问题终于憋不住了，“和尚不会真的吃老鼠肉吧？”

“早就不吃了。现在的条件好多了。”

“你的意思是以前吃过？”我不太相信。

“五年前吧，不，是十年前。那时候没有肉吃，有时饿急了，抓着老鼠就吃了。不过，有点儿不值，老鼠肉根本咬不动，能量又不多，还不够我们使劲嚼费的劲儿多呢。而且老鼠肉很难吃。”这段记忆可能有点儿恶心，德清边说边耸了耸肩。

“你多大来少林寺的？”

“十一岁。”

德清看着窗外，额头紧锁，像是努力要想起些什么。后来，他转过头来，开始诉说那段经历。

“我爸杀了人，”德清说，“他是个卡车司机。有一天晚上，刹车失灵了，他开车撞上了过路的庄稼老汉。结果被判了十年。”

“这不公平。”我说。

当时的中国，绝大多数的汽车都破旧不堪，道路年久失修，交通法规也不完善。要说卡车司机一直不撞人，那才是奇迹呢。

“确实如此，这不是他的错，可人死了。我家是浙江的，那时候一家人住的房子也还好。你去过浙江吗？”

“还没有机会。”

“我应该带你去看看，那里很漂亮。后来，我妈变卖了房产和家具支付罚金，给我爸减刑。不过那些钱只够把刑期减成七年。”

在中国，惩罚罪犯一般是二选一。一个是坐牢，一个是花钱。当然也有花点钱，同时也坐牢的，就像德清的父亲这样。

“我们不得不搬进破旧的小房子。曾几何时，我们也是富裕的家庭，一直是邻居羡慕的对象。但父亲的罪行和这次搬家让我们颜面扫地。学校里的男孩子也开始嘲弄我弟弟。”

中国的计划生育政策在城里不容挑战，不过在乡下就没那么严格了，尤其是生男孩的时候。中国有句俗话，现在还很流行：“多子多福。”

“你还从没告诉我你有个弟弟呢，”我说，“他什么样，像你吗？”

“他跟你差不多，是个知识分子。在学校里很乖，喜欢读书，就是打架不行。所以，为了保护他，我就得经常在学校里打架。老师向我妈告状，我妈毫无办法——没有我爸的工资，她没有足够的钱来养活我们俩。有一天，她收拾行李，说我们要出远门。来到少林寺之后，她就把我扔在了这儿，说：‘你不是喜欢打架么，这些和尚也许能教教你。’之后她就走了。”

我一边听，一边观察德清的情绪反应，她母亲做出了可怕而又无奈的决定，十一岁的孩子就这样被丢在了少林寺，他心里肯定不是滋味。然而，诉说这一切时，他好像无动于衷，似乎这是发生在别人身上的事，和他没关系。想想平日里的德清，喜怒完全挂在脸上，而在自己亲身经历的这件事上却如此淡定，这让我非常吃惊，其程度不亚于我听到这个故事本身时的那种吃惊。

“我知道，我必须得非常努力，才能给和尚们留下印象。我根本没钱上武术课，只能看他们施展武艺，然后自己练。有一天，有个和尚看到我那么努力练功，就带我进了少林寺，收我做了徒弟。”

“可我还是没钱吃饭，一毛钱都没有。饿极了，我就拿着筷子在餐馆外面晃悠。我得等着，等人家吃完走了，我就冲到桌子上，吃他们剩下的饭菜。我必须狼吞虎咽，在服务员过来清理桌子前结束‘战斗’。想象一下吧，一个小男孩，不得不觍着脸去吃陌生人的剩菜剩饭，那是一种什么感觉。”

说最后一句时，德清还是暴露了自己的情绪。他两眼眯缝着，满腔怒火，脸憋得通红，那是一段令人羞愧的记忆。

这段童年的创伤铸就了坐在我面前的这个德清——难怪他的功夫招式中也隐隐透着一丝愤怒。

德清两眼盯着我，我知道他只对我说了他的这段经历，因为我质疑过他赚钱的动机，他想证明自己并不是我想象中的那种人。他盯得我很惭愧，那一刻我真想找个地缝钻进去。

“对不起，对不起，对不起。”我的声音有些颤抖。

“为什么这么说，这不是你的错。”德清依旧盯着我。

“我还是觉得很抱歉。”

在少林寺，我发现了不少规律，其中之一便是，较之老外，中国人更喜欢通过身体上的接触表示亲切。在营房里跟那些和尚们一起时，有人拍我的背，蹭我的肩膀和大腿，还有人握我的手。我一再告诫自己，“不要把手抽出来，稳住，平心静气，别紧张。”

每天白天在我去取可口可乐的路上，我都能看到男孩子们勾肩搭背地行走，终于，我发现女孩们也相互挽着胳膊走路。我开始明白，中国人的这种行为完全是单纯的。我最终发现，来少林寺游玩的人当中，夫妇绝不会在公共场合有身体上的接触。他们会并排走着，亲密交谈，但不会有接触。因此我得出结论：在公共场合，同性之间通过身体接触表达亲切是允许的，而异性之间有身体接触则无论如何是有些禁忌的。

德清最喜欢表露自己的情感，方式也最为丰富，各个方面都是如此。我第一次跟他一起参观少林寺时，我们一起走在街上，德清就把他的胳膊搭在了我肩膀上，还说：“我喜欢你。”

“我也喜欢你，”我赶紧回应，又忍不住加了一句，“是作为一个朋友的那种喜欢。”

德清把手从我肩膀上拿下来，攥住了我的手。我们一边走着，我一边努力对自己一遍又一遍地重复道：别紧张。但自己却还是一刻不停地扫视迎面而来的人，确定他们看到我们两个大男人手拉手时没有投来怀疑的目光。

可这还不算，德清紧接着又把他的手指交缠住我的手指，让我们“十指相扣”，这简直吓着我了，我猛然跳了起来。“着陆”之后，我的腿就好像不听使唤，仿佛踩在了钉子上！

德清还顽皮地看着我，“有什么不对劲的吗？”

“没有，没有，没有，没什么事儿，”我一边别别扭扭地走路，一边说着。整个过程中不断地提醒着自己，德清不是真的“喜欢”我，他真正中意的那个人比我漂亮多了。

武术中心大约有三百个中国学生，里面只有五个女孩，其中一个女孩吸引了所有男孩子的注意力——莲花，她十六岁，如同一个刚刚绽开的花蕾，却有着魔鬼般的身材，就像中国版的劳拉·克劳馥[①]。她只要往街上一站，交通立马瘫痪。男人们都像走不动路似的“钉”在那儿，一个个伸长脖子，看着她从街上走过——她的美丽简直令人窒息。莲花深知自己的魅力，看着大家都为她痴迷，她乐在其中。

一天，我正在练九节鞭（由九节五厘米长的金属尖状物通过金属扣连接在一起的链子），这时莲花从我身旁走过。我扭过头去呆呆地望着她，而这时九节鞭在我手臂上绕错了地方，鞭子变得不听使唤，结果我的头重重地挨了一下。

我痛得忍不住喊了出来。

她眼角的余光看到了发生的一切，格格地笑了。之后，只要发现我在院子里练习九节鞭，她都会找个理由从我身旁走过，想看看我会不会再次中招。

莲花若是对我有半点意思，我可能早就食言、不再单身了，可她就知道取笑我。不过德清是她的菜。

---

① 劳拉·克劳馥是一名虚构角色，也是互动游戏《古墓丽影》里的主角。她被塑造成一名美丽、聪明、敏捷又有点儿鲁莽的英国高贵女性，追求世界上无价的艺术品。——译者

每天晚上练完功夫，德清和莲花都会在练功房幽会。表面上，德清是去给莲花指导剑术，其实那只是给两人在一起找个借口，免得别人公开说闲话罢了。

德清会操着一副少林师父的腔调，装模作样地大声训道："你怎么回事儿，胳膊给我伸直了，压低肩膀！"

莲花只是格格地笑。过了一会儿，德清开始炫耀自己高超的武艺。他轻功十分了得，能克服重力的影响在墙上走上五六步，像个蜘蛛侠。这情景就像是赛后看到橄榄球队长和拉拉队长调情。

没有人和他提起这事。所有的男孩子都只顾盯着莲花看，舌头伸到外面，一副"垂涎三尺"的样子。我们都想知道最终他俩会不会走向婚姻。

青春期一般在十四岁到十六岁，但由于中国人更愿意掩饰他们的青春期，加之性观念保守，所以他们通常都会在十八岁以后才开始谈恋爱，这在乡村地区尤为普遍。德清已经十九岁了，正值青春年少、情窦初开，是谈恋爱的最佳年龄，况且他的武艺十分高超。

在武术中心里，像德清这样武艺已臻化境、无须再继续练功的和尚，找个女朋友来消耗他多余的精力是司空见惯的事。起初，谈恋爱的两人都很懵懂，关系也十分纯洁，过个两三年，如果一切顺利的话，两人的关系也就不那么纯洁了。所以，到二十五岁左右，当一个武僧准备离开少林、走向外面的世界时，他会脱下僧衣，结婚生子。

然而，事情的发展并不顺利。

来到少林寺的两个月之后，我突然发现，德清晚上练功期间无事可做了，莲花也不见了踪影。白天他俩碰头时，莲花就故意把头扭过去不看德清。作为回应，德清开始把心思放在另一个不咋地的少林和尚仰慕者身上。

是的，的确有不少极度痴迷的仰慕者。少林和尚身手矫健，武艺超群，在整个河南省威名远扬。情况一向都是如此，因此，他们拥有大批热情的女性仰慕者也就不稀奇了。年轻的女郎，有的来自登封，甚至还有的从郑州远道而来，她们借机来到少林寺，延宕不归。少林和尚应该禁欲，不近女色，这对那些女郎们来说反而格外有吸引力，既让她们有安全感，又是一种挑战。仰慕者们会待在这儿很长时间，一起努力，尽量想让某个十八至二十二岁的和尚食言，放弃单身。不过，成功的例子很少，女郎们往往以失败告终，之后，她们不会再踏进少林寺半步。失败的原因其实很简单——和尚们都更加喜欢学功夫的乡下女孩。不过还是有不少坚定的年轻女郎源源不断地来到少林寺，她们愿意碰碰运气，顺便看看自己的女性魅力到底有多强大。

德清和莲花分手几周之后，德清、成浩和我在当地一家餐馆吃饭，后来莲花来了，喝得有点儿醉，哭哭啼啼，不知说了些什么，反正我和成浩是根本没听懂。德清拉她出去了，回来时，德清脸很红。我和成浩装作什么事也没发生。

三天后，莲花离开了少林寺。

就在那天晚上，德清来我房间商量对策，以资借鉴。早先，有个和尚曾问我有过几个女朋友，因为在他们看来，就像美国的电影、电视里的角色一样，美国人极其风流、放荡。我告诉他我曾有过三个女朋友。消息不胫而走，要知道，在少林寺里，消息传得飞快，从那之后，我就永远成为男女关系方面的常驻专家了。我本以为他们还会风言风语得更加出格，尽管这种消息传播方式实在难以想象。或许大家会把我吹得神乎其神，就像那个杀死妻子的风流橄榄球运动员辛普森，可能吧。

“包默思，我心里很难受，”德清说，“是我辜负了莲花，让她远走他乡。”

“是你让她走的吗？”

“那倒不是，可我后来把心思放在那个郑州女孩身上了。”

“你为什么这么做呢？”

“因为我和莲花分手之后，莲花就一直求我跟她和好。可我做不到。”

“为什么呢？你们俩在一起时似乎很开心啊。她那么漂亮，一般人宁死也不愿意离开她呢。”

“她的确漂亮，漂亮得让人愿意付出生命，可我是个和尚。”

“这么说，你俩之间什么事儿也没有？”

“没有，没有，当然没有，”德清垂着眼，耷拉着肩膀，砧板似的双手捂住红热的脸颊。他是我见过的最不会撒谎的人了，丝毫不能掩饰自己的感情。

“德清，既然你们什么事儿都没有，那莲花干吗非要跟你和好呢。”

“好吧，好吧，好吧，可能是因为我亲过她一次。”

他仰头望着天花板，不敢看我，脸依旧红红的。

“德清……”

“好吧，两次，行了吧。这又有什么关系，反正亲一次就已经犯戒了。”他抬头看着我。

“是不要紧。”我笑了，“我只是想知道细节，因为我嫉妒你呢。再说，这是你第一次吧，一回生，二回就熟了。”

德清的脸又刷地红了起来，他笑了，抓着我的膝盖，“你这家伙太下流了！”他想了一想，又说，“你觉得我算不算一个坏和尚？”

“不算，你都十九岁了。如果说释迦牟尼像你这么大时会拒绝莲花的话，我才不信呢。佛祖成佛前阅女无数，他都风流过，你怕什么。”

“没错，没错，没错，”德清说着，整个人稍稍放松了些，肩膀也不那么紧绷了，“可我还是不愿意莲花离开，你说她走了以后还怎么练武啊？”

“老天既然生了她，自然会赋予她在这个世界上生存、成功所需要的一切。”

“哎呀，她很可能会变成那些香港大老板的秘书啊，”德清表情愕然。

“秘书”就是情人，这是中国的俗语。

“我觉得不会。”

“为什么？”

“她不够高。”我说。

对那些一米七以下的商人来说，不管他们是来自中国香港、中国台湾还是新加坡，最美妙的事情莫过于找个明显高于他们的大陆妹当女秘书，甚至不需要姿色出众，只要高就行。在北京、上海那些奢华的购物商场里，你会看到那些年轻女郎，穿着十几公分的高跟鞋，显得格外高挑，远远高过她们身旁的那些中年阔佬，女郎们纤细的手臂上往往提着普拉达、古奇的奢侈女包。任何长到一米七以上的乡村女孩，都等于中了基因上的彩票，她们会赶忙拥向大城市，凭借这一天生优势，赢得阔佬们的青睐，将自己的身高变现。中国若是没有高挑女孩这一天然优势的话，那些流落在世界各地的华人还会在大陆那么起劲地投资吗？我经常会琢磨这个问题。

德清听了我的话，笑得更欢了，还凑过来扭着我的脸，“你这个朋友够意思。”

“不过，我还有件事不明白，”我说，“你们干吗要分手呢？大多数和尚最后都会离开少林寺，再结婚，不是吗？”

“如果我没有快刀斩乱麻，那后面会发生很多事儿，到时候我就不得不跟她结婚了。结了婚，我这辈子就只能扎在这儿了。可我想让少林功夫传播到世界更多的地方，让少林寺名扬四海。”

我一下子明白了德清的心思。

“你是说你想成为电影明星？”我说。

“还有更好的办法吗，让少林功夫名扬四海？”

无论是香港、台湾还是大陆的电影制作班底来到少林寺，他们通常都需要以少林寺为背景，或是将和尚们练武的场景拼接到电影里。电影制片人会付给少林寺领导一些钱，接着就把和尚们召集起来表演。几十个和尚列阵奔跑，踢打沙包，在木桩上保持平衡，摄影师大范围取景拍摄，要花费一两天时间，然后一行人才会离开。

但是，一天，当我走进演出大厅时，发现一个我不认识的人，他坐在和尚面前，而和尚们则排成了部队检阅的阵型。

“他是谁?”我问小虎。

“台湾来的导演,”小虎兴奋地说,“他要拍一部功夫片,主角之一是一个少林和尚,他想找一个真的少林和尚来饰演这个角色。想想吧,那可是当主角!要是我再大一点儿就好了。”

和尚们一个接一个展示了各自的绝活儿。醉拳,鹰拳,双剑。德清一如既往地拿出了自己的看家本领。礼鹏和成浩也表现不俗。

功夫展示之后,每位和尚都要念一段台词。他们都没上过学,个别识得几个字,但也非常有限。导演不得不一句一句教他们,让他们重复。

那天晚上德清显得很兴奋,他虽然有意没提试镜的事,可依然掩饰不住兴奋。

第二天导演宣布成浩被选中了。德清很受打击,而成浩非常高兴,不过两人都装得没事儿似的。

小虎一语道出了大家心头的想法,“拍电影嘛,长相比功夫重要。”

我倒是不这么看,家家有本难念的经,谁都不容易。德清远离母亲,失去了家族的荣誉,这让他心里不好受。而成浩也好不到哪儿去,他爸失去了工厂的工作,不得不离开以往居住的北方,背井离乡,和成浩他妈来到了少林寺。成浩现在成了家里唯一的经济来源,其实也不过每月两三百元。

成浩去台湾之后,德清一连几天没见着人,回来时口中戴了个牙套。我知道他开始在意自己的龅牙了,每当笑得很欢时,他都会抿着嘴,将自己的龅牙遮上一多半。

“在河南,你去哪里找的牙医?”我问他。

“朋友跟我说，郑州有位牙医可以给我的两颗门牙整形。自从那次受伤事件之后，我就开始讨厌这两颗门牙了。”

“我之前没听你说过你的门牙受过伤啊。”

“确有此事。有一次，我们四个人在一起练功，其中两个和尚要跳到另外两个和尚的肩膀上去，然后彼此用剑格斗。结果，我的脚绊在了我师弟的衣服褶皱里，跌了下去，这两颗门牙刚好磕在了师弟头上。”

“他怎么样了？”

“噢，他才不会有事儿呢，他是专门练铁头功的。”

六个星期后，听说成浩回来了。我跑到成浩和德清的房间，一群人正在那里聚精会神地听成浩诉说他的经历和见闻，尤其是小虎，还不停地打断成浩问问题。

“导演人很好，对我帮助很大，每天中午他都和我一块吃饭，还教我怎么演。”

“女主角长得怎么样？”小虎问，“漂亮吧？”

“漂亮倒是挺漂亮的，”成浩说，“就是太傲了，她只跟导演说话。”

“男主角呢？他功夫怎么样？”

“他根本不会用剑，拿不住，老是掉。”

“他比包默思还差劲儿啊？”小虎问。

“嘿，说谁呢！”我冲着小虎吆喝，他赶忙躲到几个和尚身后，不让我够到他。

“拍电影期间，导演说他以后还想跟我合作。拍完电影时，他还说我会红，”成浩说，“红！”

“为什么他说你会变成红色呢？”我问。

“红就是出名，”小虎笑着说，“笨蛋一个。”

德清有点儿受不了了，“好了，说完了吧，都给我出去。”

成浩兴奋得有点儿过了头，没注意到德清的情绪。我留了下来，想知道接下来会发生什么。

“你能相信吗？‘你会红的。’”成浩模仿着那个导演沧桑的口音，“‘希望能再次与你合作，你一定会红的。’”

德清极力隐忍，不理会眉飞色舞的成浩，但成浩不停地说着那个“红”字，约莫说到第十次时，德清终于忍无可忍地爆发了。

“他当然会那样跟你说话，因为他是导演，夸奖一下演员好让他们卖力演戏，不是吗？”

“这我倒没听过，”面对德清的怒火，成浩很吃惊，“反正导演跟我说过好几次呢。”

德清很激动，挥着手吆喝，“他骗你的！导演都是骗子，他们哄着你这样的乡巴佬拼命帮他们演戏，结果给的钱还不及台湾演员的零头！”

成浩生性温和，只是说，“也许你说对了。”但他心中好像并不相信。

“他们给了你多少钱，一千块？可你整整给他们干了六个星期！如果找个香港演员，拍六分钟也不止一千块呢。所有的导演都是骗子！”

“也许你是对的。”

德清转过身去，明显有点内疚，自己的朋友引以为豪、颇为炫耀的经历，他却毫不留情、劈头盖脸地给出恶意的评价，可现在让他承认错误，一时又做不到。

接下来的几个月里，见到成浩，我还时常会说“你会红的”。他往往笑着摇摇头，但双眼还是很明显地放出光来。

直到有一天，我又说这句话时，发现他的笑容很勉强，双眼也不再放光，神色黯淡。这时我才意识到，德清说得没错。

导演再也没有联系过成浩。

5　少林冠军

最初见到承师父时，我并没有觉得他有什么过人之处，那是因为我还没看到他的手段。那天下午，我们正在练功房追逐游戏，就看见一个人拖着脚步进来了，他垂着头，耷拉着肩，肚子也不小，看样子将近三十了。和尚们一拥而上，拍着他的肩膀，像是在迎接一个归来的英雄，直到看到大家的反应，我才开始注意他的双手。那双手有一般人的两倍那么大，强健无比，一看便知，他是中国武术高手。

德清介绍我们认识，"这位就是承师父，全国散打冠军。你应该看看他的踢腿，就知道什么叫厉害了。"

承师父脸上微微露出了点笑意，谦虚地说："哪里，哪里，哪里。"

"很荣幸能见到全国冠军。"我说。

"不敢当，不敢当，不敢当，没什么特别的。"

小虎跑去拿了一块击打板回来，交给成浩。"给，拿着。让承师父给包默思展示展示。"

"我可不拿。"成浩说着，把击打板丢给别的和尚，可人家也不要。这块"烫手的山芋"最终传到了德清手里，德清说："好吧，我拿。"

德清走到房子中间，立起马步，躲在了击打板后面。承师父依旧“拖着步子”跟了过去。他轻轻抬了抬手，左脚放在了右脚前方，懒散地站着。看上去有点想睡觉，闭着眼睛，一副懒洋洋的样子。突然，他毫无征兆地双眼圆睁，向击打板的软囊上踢了过去，那一击的力度足以击碎骨头，德清向后退了三米多才勉强站住。承师父的双腿简直就是便携式穿凿机。

听着和尚们的欢呼声，承师父更来劲儿了，接着他打出了我所见过的最精妙绝伦的一招。他的腿法和专业拳击手的一样韧性十足：“啪”的一声如同鞭抽，力道就如棒球拍全力击中一般。

沉浸在自己天才的表演中，承师父最后以几记飞踢和后空翻完成了武艺展示。演出完毕，他站在大厅中间，当大家开始鼓掌时，他又低下了头，有些腼腆，慢慢回归了本色。承师父显然就是这样一个人，只有在自己擅长的天地里，他才神气十足。离开房间时，他依旧拖着步子，像个睡罗汉。

承师父那时候住在登封，所以，我再见他时已是一个月之后了。

一个自称是空手道大师的日本人来到少林寺，通过翻译告诉武术中心的人，说他要挑战少林寺最厉害的人，这搅起了一场风波。这也是我第一次听说比武。由于对手还是日本人，这就更激起了中国人的斗志。日本人想忘记二战，中国人不会，他们永远不会忘怀，也绝不会原谅二战时日本侵占中国的事实。当中国政府开始试探性地进行改革，逐渐拥抱市场经济之后，中国转而诉诸传统的意识形态：国家主义，民族主义。中国在战后大力宣扬共产主义抗击日本侵略者及其他殖民统治者的观点。这也是中国政府能名正言顺执政的最好方式。武术中心到处都能听到要狠狠打击日本人挑衅的声音。

第二天，一群人聚集在练功大厅里观战。那个日本人，身穿空手道职业装，站在房中等待。几分钟后，少林寺最厉害的人拖着步子进来了，低着头，耷拉着肩，一副大腹便便的样子。承师父站在日本人面前，怎么看都好像他千方百计想让自己站着就能睡着似的。

二把手焦副主任是裁判员，站在两人之间。他之前曾是少林和尚，现在是共产党员，这两种身份都让他很希望看到这个日本人被中国人打趴下。

“准备好了?”他看着两人问。随后，他拍了下手，示意开始，然后自己退了出来。

还没等开始的声音传开，那个日本人就向后退了好几米。大家都有点儿紧张。距离太远了，即便用手枪决斗也不该这么远啊，更何况是徒手搏斗。承师父稍显疑惑地看着焦裁判，而焦裁判也耸了耸肩，表示无可奈何。

日本人很兴奋，也很灵活。他跑上来几步，又退回去，站到原来的地方，离对手十米开外。这动作他一连重复了好几次，让人以为他得了自闭症。

“这个笨蛋以为自己在干吗呢?”德清并不是真的在问谁，只是实在忍无可忍了，“他在佯装进攻迷惑人吗?”这场景简直有点超现实主义色彩，难得一见，这个日本空手道武士不停地跑前跑后，就好像以为对手缺乏远近的概念，通过这种方式能彻底迷惑对方，使其错误判断两人之间的距离似的。

最终，大概半分钟的无理取闹后，日本人像头公牛似的冲了上来。承师父一直等他近身后，猛地给了他一个左侧踢。日本人被踢得向后退了一两米，站定之后，他不仅没有继续发起攻击，而是又向后退了八九米。随后，他开始重复之前的动作，冲上来，又退回去。好像他需要不停地给自己打气，直到觉得可以进行下一次攻击时为止。十几秒的来来回回后，他又冲了上来。这次承师父让对手挨得更近点儿，左刺拳打在日本人脸上，阻止了他进攻的势头。说时迟，那时快，承师父又以迅雷不及掩耳之势一记右摆拳打在了对手的脸上。

这一击几乎将日本人的脸打“平”了。他跪在地上，捂住鼻子，鲜血从指缝间流了出来。他的翻译拿着手巾跑了过来。

承师父站着等了几秒钟，确信比武已经结束，日本人输了。那个翻译用手在空中比划着什么，承师父耸了耸肩，咧着嘴，腼腆地笑了。承师父正要拖着步子离开，那个日本空手道武士冲他嚷了几句，我们都听不懂日语，翻译也没有告诉我们是什么意思。

那个翻译后来一定把那些话翻译出来了，因为在承师父的庆功宴上，大家都在议论着那个日本空手道武士说的话。

承师父摇着头说：“这个小日本是这么说的，‘今天你打败了我，不过我五年后还会回来的。我会一直练下去，直到打败你。’”

“他五年后还要挑战你啊？”我有点儿不相信。

“小日本就是这副德性，”承师父说，“他们都会预先算计好，他们总是想着遥远的未来。他们花了三十年筹划侵略中国。我敢说他们近五十年来已经在密谋下一次侵略了。”

说到这儿，大家干了一杯。

“如果我五年后又打败了他，他会在十年后再来挑战，”承师父说，“他会一直挑战，直到我死。接着，他会在下辈子继续挑战。”

一个和尚低声说了一句，“操他娘的小日本。”

听到这句咒骂的话，大家又干了一杯。所有的民族主义都是特定地域下的产物。

中国人不像美国人，他们不会假装相信人是生来平等的。然而，虽然社会等级地位在中国显而易见——年长的高于年幼的，男人高于女人，富人高于穷人，城里人高于乡下人，干部及其家人高于其他所有人，可情况也不总是如此，并不绝对。社会环境的变化会导致社会地位发生转变。例如，丈夫本应养家糊口，不过万一他不愿意或是无力养家，妻子就会强有力地接过这副担子。我不止一次见过被老婆满街追打的瘦弱男人，因为他只知道没日没夜地和那群狐朋狗友酗酒。他老婆会在后面一路追打，并且从脚上脱下一只拖鞋砸向自己的丈夫，同时还骂骂咧咧的，让街坊邻居都知道自己的男人是个酒鬼，钱都买酒喝了。

承师父就有这样一个女朋友。她性格泼辣，喜怒形于色，这和承师父的腼腆沉静形成了鲜明的对比。常常可以听到另一个院子尽头她那尖利刺耳、歇斯底里的聒噪声。每次我和德清听到时，德清总是摇着头说，“遇到这种女人，你能拿她怎么办?”于是我就给她起了个双关的外号，叫“收听”，我有给人起外号的毛病，看来骨子里我也不是什么好人。

承师父二十八岁了，我估计“收听”应该比他还大点儿，当然，我还绝没有蠢到要去问她的年龄。她住在郑州，定期过来探亲。

她有那么多空余时间，让我很好奇，一次碰到她，我就问她是做什么的。

“我做生意。”

“什么生意?”

“买卖东西的生意。”

“买卖什么东西?”

“关你什么事啊?”“收听”不耐烦地大声嚷嚷，眼里还噙着泪珠。

“真对不起，我只是想像个好朋友一样聊聊天。”

她指指承师父，此时承师父背对着她，假装什么也没听见。他正在教一个散打学员新招数。

“想做好朋友的话，就让承师父对我好点儿!”她说。

“他是师父，我是徒弟。我可不敢教他，都是他教我。”

“收听”的眼泪立马顺着脸颊流了下来。

“他会听你的，他尊重你，你是文化人，不像某些不识字的土包子、粗鲁的武术教练，都不肯去郑州见我，害得我冒着生命危险开车来见他，你不知道那条路有多难走。”

师父在徒弟面前被女人数落可有点丢脸，于是我赶紧试着转换话题，“路上怎么样，安全吧?”

“安全?呵!我都差点儿死了十次了，还在乎什么生命?爱上一个像他这样的男人，我还不如死了好!死了他都不会掉一滴眼泪!”

作为常驻此地的男女关系处理专家，我发觉自己的角色不知不觉转变为男女问题咨询师了。“收听”想嫁给承师父，不过承师父不愿意。他会说：“要是有一个这样的妻子，我怎么和她相处下去?”可他也不和“收听”分手。

一天，我们练完功之后，“收听”终于受不了了，她跑来问我：“他怎么对我那么冷酷?”

“我不知道，”我小声地说。像通常一样，承师父背对着我们，装做什么也听不到。

“我为他做了这么多，”她话锋一转，“你知道他进去过吗?”

“不知道。”

“他以前进去过。我替他交了罚款，他才被放出来。为了交罚款，我卖了自己的车，抵押了自己的生意。我什么都没有了。这一切都是为了他，这就是爱上一个人要付出的代价，包默思。你可一定要听我的，千万不要爱上谁。答应我。”

她一直在哭，所以我答应了。

“可你还没告诉我他是怎么进去的。”我说。

“收听”哭得一把鼻涕一把泪，“我跟一个客户发生了口角。他欠我的钱不还，我就跟他吵起来了，他打了我。我就告诉了这位‘散打先生’，你猜这个傻瓜干了什么? 他用双节棍揍了那个人的头，把他送进了医院。警察抓了他，我只好砸锅卖铁替他交罚金。”

承师父实在听不下去，于是转过身来，也不再装着什么都没听见了。

“他说你是‘臭婊子’，”他说。

“那又怎样？那你就用双节棍打人家的头，你怎么不用拳头啊？”

“因为用拳头的话，我会把他打得更惨！”承师父说。

“看到了吧，包默思，这就是男人的逻辑。你要知道，用拳头的话，交的罚金会少很多，而用武器就要多交很多钱。”

“可听起来师父好像是在保护你的名声。”

“我不要名声，我想要我的车，我辛苦了三年才买的新车，虽然也不是什么好车，但我还是想要我的车。”

天早上，经过少林武术中心的大厅时，我忽然感觉有些不对劲，就连空气中都好像有一丝紧张不安的气息。我看见小王师父——一个初级功夫教练——提着行李箱慌慌张张从后门出去。

“怎么了？”我问。

“我大哥跟人打架了，警察要抓他。”

“那你跑什么？”

小王师父笑了，有点不好意思，他低头走出后门时扭头说了一句，“我不能让警察利用我去抓我大哥。”

大王在武术中心的领导层中是个重要角色，不过实际干什么工作并不明确。就我所知，他负责监督严师父，而严师父负责管理和尚。大王的父亲是少林寺有名的大师级人物，很多人都是其门下的徒弟，也正是因为这个原因，大王才有现在的地位，他作为大儿子，人称“大哥”。

像很多名人的儿子一样，大王并不像他父亲那样有成就，他喜欢装腔作势，实际上色厉内荏，显得很滑稽。或者这么说，他就像只很讨人厌的小公鸡，却自以为幽默风趣，讨人喜欢。大王热衷于当众批评自己的手下，好让人知道他的能耐。不过这种冒犯并不过分，只是做做样子，所以大家都感觉挨他的批评好像例行公事一般。很多时候，大王希望别人看到他的怒气，不过自己却没能耐真正装出生气的样子。

他只能退而求其次，以一种貌似怒不可遏的语气呵斥他人，而这种语气在其他人听起来就很好玩，“你他妈的到底怎么回事儿？你的徒弟简直太差劲了。我昨天去你们练功的地方，你居然都不在那里。你干什么去了？和女朋友幽会去了？师父不在，徒弟怎么练好武功，啊？看我不收拾死你。”

受训的人能做的就是低着头，保持安静，直到他发完牢骚。承师父就经常被大王骂，因为他的功夫比大王好，大王心里不是滋味，嫉妒得厉害。

大王拿我没法子。他知道我不喜欢他，因为我讨厌他对承师父那样。可只要我每个月交了钱，就不再受他约束了。他经常会冲我嚷嚷，“包默思，看看你自己吧，太瘦了。我知道什么能让你胖起来，你需要找个女人，我知道收美元的小妞。怎么样，我帮你找她吧？你会喜欢的。”

他总是觉得这种玩笑很有趣，乐此不疲。

我很想知道到底发生了什么情况，于是去德清、成浩屋里打探，看大王到底是犯了什么法。

“你知道大王的老婆在附近的餐馆当服务员吧？”德清说。

“我不知道。”

“哦，有个客人抱怨饭菜做得不好，她就恶语相加。她可能还说人家是狗东西。”

“那个客人是南方人吧？”

“对，他不肯付钱。大王老婆骂得更凶了。后来那人就扇了她一巴掌。”

我可以在脑海中想象这一画面。在中国的等级制度中，几乎没有什么职业比服务员更底层的了。一般都是年轻的单身女性做服务员，她们的工作就是给客人上菜。而客人骚扰她们似乎是司空见惯的事。我常想，中国男人就是为了这个原因才愿意出去吃饭的。他们会对女服务员说些露骨的话，不过如果只是言语上的挑逗，女服务员一般也就忍而不发。比起城里女人，少林寺的女人可不是吃素的。凭谁都有个会功夫的男友或丈夫。只有傻瓜才会去得罪她们。

“大王是怎么知道的？”我问。

“小虎当时就在饭馆里，他马上跑到大王的办公室，当时我和承师父恰好就在。小虎说有个人打了他老婆。大王立马冲了出去，速度极快，我和承师父只能用尽全力拼命追赶，才没跟丢，”德清说，“包默思，我以前从来没见过那样的场面。大王飞身一脚差点没把那个人踢进墙里，接着又朝他脸上揍了五下。那人直挺挺地倒在地上，大王又跳上去踩他的胸口。那人的老婆试图过来阻止，却被大王一拳打在脸上。那人又想爬起来保护老婆，承师父从背后将他打昏了。”

“你打人了吗？”

“眨眼间的功夫，我哪儿有时间啊，”德清尴尬地笑了，“几秒钟就结束了。”

我看着他，有点儿怀疑。要知道，在少林寺，没人比德清跑得更快。

“你就站在那儿看着？”我又问他。

“我把大王拉住了，他当时要掐死那个女的。”德清说，“我以为大王会揍我呢，他当时绝对疯了。”

“那大王干吗要逃走呢？”我问。

“那个人住院了，”德清说，“断了两根肋骨，鼻梁断了，下颌裂了，一只胳膊被打断，肺也穿孔了。他老婆的鼻梁也塌了。”

“就算这样，大王为什么要逃跑呢？他可是‘大王’啊。”

成浩明白了我的意思。大王和警察的关系很好，很多警察都是他父亲的徒弟。虽然警察也不想见到游客受伤（这会影响少林寺的游客数量，进而影响警察从中获益），但他们的态度就是达尔文的“适者生存”理论：那些蠢到在少林寺闹事的人就是不想活了。我曾在饭馆里见过两个喝醉的游客，他们恶狠狠地盯着其他人。我移开了椅子，免得看见他们凶神恶煞的眼神。后来我听说，他们就像练踢腿的沙袋一样，被暴打了十分钟。后来，他们爬着去了派出所，最后还是不了了之。

“因为那个人是广东旅游局局长的外甥。”成浩说。

“那又怎样？这里又不是广东，这里是少林寺。”

“包默思，这里是中国。领导家的孩子就像天子一样，中国是他们的天下，不是我们的。”此前我从没听成浩这么说话，他的语气中有一丝苦涩。

片刻沉默之后，德清接着说：“广东旅游局长打电话给河南的旅游局长，威胁说不让广东人来少林寺旅游。你知道那意味着什么吗？”

我知道。中国的改革开放是从广东开始的，广东人比中国其他地方的人要富得多，因而有很多出来旅游的人。问题是广东人喜欢在北方人面前炫富，这让北方人既羡慕又嫉妒。他们用那种令人生厌的唱歌一般的语调说着普通话，每句话结尾都要加上一个“啦”，吹嘘着自己某件定制衣服“值多少多少钱的啦”。当地有好事者还给他们起了个外号“啦啦人”，得到了广泛的认可。（好吧，跟你说实话，这个人其实就是我。）虽然打架的事不常见，不过只要发生，多数都和广东游客有关。

“结果河南的旅游局长就给少林寺的公安打电话了，”德清继续道，“公安局长又给大王打电话，让他赶快认错赔偿，争取主动。”

“他打算怎么办？”

德清说：“交六万块钱了事。”

“大王有六万块钱吗？”

“这里是少林寺，不是上海，”德清说。“他要有六万块的话，这里就是他的天下了。可他显然没有，所以现在只能一点点协商，慢慢磨。”

“怎么协商呢？”

“他派个代表跟公安谈。局长要六万块，代表会说只有一千块。警察能做什么呢？又没有抓到他。他在外面待得越久，罚金就会越低。只要警察没抓到他，他就没事。”

“要是被警察抓到呢？”

“那他们就会送他进监狱，”成浩说，“谁都不想进监狱。”

“在监狱里他们会怎样对付你?”

“会打人。”

“就这些?”

“他们教训罪犯很在行的，不少狱警都在少林寺训练过。”

我突然想到了一点，有人可能会在这场祸事中受到牵连。

“承师父在吗?”我问。

“在。”

“在哪儿?”

德清支着耳朵，将手放在耳边，我也能听到远处有“收听”的声音。随着“收听”的哭喊和咒骂声，我去了练功房。

“你个傻瓜!你想再进去啊?这次我绝不会赎你出来!”

听了这话，承师父可能想表现得有些内疚，可他脸上永远消逝不去的笑容让他的努力白费了。

“你怎么还在这里?”我说。

“他们都没认出我来，只跟警察说是大王打了人。”

听见承师父又提大王，“收听”又火了，“你怎么老是跟着他转悠啊，还听他使唤，他的话是圣旨啊?蠢不蠢呀你!”

“他是大师兄。”

“所以你就跟着他坐牢?我警告你，这次我不会赎你出来了。”

“他父亲是我师父呀。”

随后，承师父到公安局替大王谈判。

五个星期后，大王回来了。对这件事，他想一笑了之，不过很明显，他还是有些羞愧。

后来议定的罚金是六千块（大约等于七百五十美元）。这些钱比一个河南省普通农民两年的收入都多，但还是比我在少林寺半个月花的要少。

6 神圣与世俗

对一个寺院来说，佛教活动在少林寺并不常见。在之前，尤其是“文化大革命”期间，宗教曾被敌视，并被视为危害大众的精神鸦片而禁止。现在，中国进行了市场经济改革，利益成为了大家关注的焦点，对宗教的态度也从先前的敌对转变为一种淡漠。游客愿意花钱看功夫表演，但没有兴趣买票看和尚打坐参禅，静思冥想——那也确实没有多少娱乐性。年轻的小和尚很快就适应了价值观的转换，他们知道游客要看的是他们的功夫，而不是他们的精神境界，所以也就相应地调整了他们着力的方向。

对于我这个学习研究东方宗教的人来说，少林寺里鲜有佛教活动确实让我失望之极。我历经重重阻挠、千难万险来到少林寺，就是希望能有完整的佛教禅宗体验。我不仅仅想做一个不招人待见的武功高手，我还要做一个有高深素养的武学高手。

“为什么很少看到佛教活动？”有一天，我问德清。

“也不是没有，还有点，”他尴尬地笑了，“但我们应该多进行佛教活动，的确如此。我有时也会打坐参禅，在早饭前。”

我也曾努力这么做过，我的身体一度适应了白天高强度的练习，不用每天睡上十到十二个小时来恢复体力。德清告诉了我一些最基本的方法。打坐者要坐成莲花式，或半莲花式，再或者如果一个人像我这样非常不灵活的话，就只能采取印度式的坐法。男士把左手掌置于右手掌心，右手放在大腿上。女士的放法恰好相反（其中原因不得而知，反正就是这个传统，一直坚持了下来）。两眼半闭，目光聚于鼻尖，不可旁顾。气息由口入，由鼻出。不能有任何杂念。重复念叨“阿弥陀佛”能帮助你去除杂念。

这是基本的理论。对初学者来说，心无杂念只是前十秒，之后，各种杂念就开始轮番登场：背有点儿痒……我的朋友们可能上床了，不对，十四个小时的时差呢，他们可能出去参加聚会了……这是你可悲的一生中所做的最可悲的决定了——竟然要跑到少林寺学艺……我想吃冰淇淋了……希望师父们今年能让我打擂台赛……不，我还是更喜欢吃花生酱。一个接一个的念头马上会被自己遏制，心里嘀咕着不要再想了……要集中注意力，你缺乏自制力哦……而后杂念又开始出现……周而复始，没有尽头……

过了不知多久，感觉好像有几个小时了吧，看表的念头越来越强烈，难以抑制。打坐三十分钟就行了，肯定过半小时了。于是匆匆瞄上一眼，原来从坐下到现在才过去不到三分钟。接着内心开始躁动，想着要不就打坐十五分钟吧，毕竟自己是生手，没人第一次就能跑完马拉松。路还很长，哪有不经历点儿挫折的呢。

就在那些天，我发现自己曾经在教堂的忏悔训练格外有用。从我坐下打坐开始，就尽量想着清心寡欲，到最后精神上极度痛苦，实在无法继续坚持坐在那儿，打坐失败，已经能多坚持十分钟了。我还发现，念叨我在教堂里说的“主啊，万福马利亚”要比“阿弥陀佛”更能帮助我抑制杂念产生。一个天主教的修道士托马斯·莫顿[1]将此称为深度祈祷。不过对我来说这更像是每日的自我惩戒。我在少林寺的两年时间里，打坐从来没有超过二十五分钟，而且我猜，心无杂念的时间最长也就只有三十秒。

我发现，身体的筋疲力尽是最有助于深度祈祷的。而发现这一点，也让我在佛教活动和功夫之间找到了某种平衡。在少林寺，生命在不停地循环。年轻的小和尚们争强好胜，精力基本都放在了艰苦的武术锻炼上，因为功夫不但消耗了他们多余的精力，也能磨练身心。到了二十几岁，他们开始把注意力转移到相对容易些的事情上，像陈式太极。等年龄再稍大点儿，和尚们开始打坐参禅、诵经念佛，而美国人到了这个年龄也会开始觉得世事纷争烦扰，一天的忙碌过后，他们更愿意悠闲地坐到舒适的躺椅上喝点啤酒，看着更年轻的一代把精力耗费在电视上，自己则更愿意远离尘嚣。

我曾向德清抱怨过少林寺缺乏佛教活动，我发现他记在了心上，因为有个周末的晚上，他跑到我房间来请我去寺里看一个佛教仪式。德清一心维护少林寺的名声，他想向我证明古老的佛教习俗并未消失，尽管已经越来越少了。

我们俩来到寺院后门举行仪式的地方，被少林寺后门的

---

① 托马斯·莫顿（Thomas Morton），20 世纪最有影响力的天主教作家。——译者

门卫拦个正着。他不认得德清，不给钱不让我们进门。争论越来越激烈。门卫粗鲁的口气让我吃惊，就是德清也没想到居然有人敢这么挡他的驾——往常大家见到脸上有块刀疤、手像针毡的人就知道是德清，没有不给他让路的。到后来，德清的脸色变得难看起来，显然他已经尽力讨好门卫了，不过门卫根本不买账。德清终于忍不住了，他揪住门卫的肩膀，把他提了起来，扔到路边。门卫被吓住了，我们终于进去了。

到中央大殿时，仪式已经开始了，正中立着一尊大佛。德清理了理衣衫，加入了和尚们的队伍，他们一边绕着佛像走，一边诵念古老的经文，期间木钟有节拍地响彻少林寺。大殿里烧着香，银烟袅袅，雾气缭绕。

给我留下最深印象的并不是和尚们潜心诵经的专注，尽管这也是显而易见的。更让我难以忘怀的是一种异域的疏离感，这种感觉彻底压倒了我。站在大殿里，一个陌生人站在一个陌生的国度，那种孤独感是前所未有的。突然间，我意识到自己距离家乡是多么遥远，这种距离简直让人绝望。我难以呼吸，挣扎着想逃离那儿，一生中只有在那一刻，我发现自己是一个多么虔诚的天主教徒，这种感觉以前从未有过，我甚至有点不由自主地想在胸前画十字，好容易才忍住了，幸好仪式不长，一个半小时后就结束了。

在回武术中心的路上，我不想再被这种令人恐惧的感觉所压抑，就和德清说些别的事，“老和尚们打坐参禅吗?”

“当然，不过不像以前那样集体打坐了，现在都是各自打坐参禅。那么多游客，白天集体打坐是很困难的。但是你应该每天早晨打坐参禅，这对你练功有帮助。”

德清没理解我为何发笑。功夫作为身体练习，是为了让和尚们筋疲力尽从而使其能专心打坐，而现在，打坐参禅反过来被用来帮助和尚们专注于功夫。事物的发展变化真是无穷无尽啊。当初我是冲着对佛教和功夫的兴趣来到少林寺的，现在看来佛教就是功夫，功夫就是佛教。某种意义上，功夫是运动中的打坐参禅，同样也是在践行佛法。我决心和年轻的小和尚们一样，先潜心练武，反正这也算修行佛法了。

上大学后，我开始痴迷于那些神奇的经历，这源于我十三岁时心中的一个疑问，这个问题自打那时起就一直萦绕在心间，挥之不去。有一天放学后，我骑着自行车回家，突然想到，如果根据“观察——假说——实验——理论”的科学方法，宗教教义既不能被证明，也不能被否定，因为这一切发生在遥远的过去，根本没人能观察到。这一事件让我陷入了信仰的危机——我深陷在追求理性却又坚定自己宗教信仰的矛盾之中，不能自拔。

不过在神秘学方面，我发觉自己找到了一条连接科学和信仰这两个本质上坚决对立的事物的通道。假设心灵的感受是真实的，不是某种错觉，那么心灵的感受就可以被间接观察到，因为这些感受就像数据，是可以赋予分值的。这些间接观察到的东西是可以相互比较从而找出差异的，由此关于上帝的本质是可以形成说得通的理论的。

通过对禅宗佛教、苏菲派伊斯兰教①及天主教基督教的

---

① 苏菲派（al-Sufiyyah），伊斯兰神秘主义派别的总称，亦称苏菲神秘主义。苏菲派赋予伊斯兰教神秘奥义，主张苦行禁欲，虔诚礼拜，与世隔绝，其足迹遍及全世界。——译者

观察，我发现三者在经历表述方面存在相似性。虽然它们勾勒的画面不同，表达的意思及神学概念不一样，但都似乎指向同一方向。这总让我想起《奥义书》[①] 上一句喜欢的话：“神只有一个，不同的人只是称呼不同而已。”不管信仰是什么，那些人会在某个瞬间体会到一股强大的力量，这股力量不仅让其产生幻灭感，而且这种神性的爆发也会使其内心顿生无尽的平静或狂喜，那一刻那种超越宇宙的崇高，语言是难以完全说得清楚的。正如老子所说：“言者不知，知者不言。”

凭借对这些相似性的理解，我追随赫胥黎[②]的脚步，开始完善自己的理论，并戏称之为关于宗教的统一场理论。我的假说基础是，宇宙是由精神与物质、天堂与人间构成的，人是躯体与灵魂、俗性与神性的统一体。神、上帝、安拉或者无论你喜欢叫什么名字的那个神灵会通过某个凡人将其神性展示给众生，这就是神性经历。

在大学里，随着我对神学的观察研究越来越多，我发现自己经常会跟别人有一些古怪的交谈。无论是在飞机上、午饭期间还是聚会时，每当我告诉人们，我研究宗教，并且尤其专注神学时，一般人都会激动地和我谈论起他们那些非同寻常的经历，次数之多，简直令人惊讶。奇异的感受、不同寻常的景象、奇迹（一般和癌症有关）之类的事往往司空见

---

① 奥义书，婆罗门教的经典之一。印度最经典的古老哲学著作，用散文或韵文阐发印度教最古老的吠陀文献的思辨著作。——译者

② 赫胥黎（1825—1895），英国生物学家。他是达尔文主义最早也是最有力的支持者，1860 年与 S. 威尔伯福斯主教的辩论广受瞩目。——译者

惯、不足为奇。这样和别人交谈了几年之后，我发觉自己对神性经历已经不再怀疑，十分肯定，并且时而有些羡慕，甚至是嫉妒。为什么这种经历没发生在我身上？也就是说，我非常希望能有这么一次经历降临到自己身上，我正在积极地寻求，并虔诚地祈祷着。听别人说是一回事，亲身经历又是另外一回事。差别在于前者是间接接触，而后者是直接体会。

终于，这种经历发生在我的身上，那是1992年11月10号的下午，我来少林寺学习的第八个星期。当时，我刚刚完成一套动作的练习——这也是少林寺十八套基本招式之一，就是要向各个方向三百六十度旋转踢腿。这套动作我已经做了数百遍了（佛家说，招式的重复，就像洗碗、射箭、沏茶，都被看做是悟道的重要途径）。就在我演练完这一遍，走到练功垫尽头、扭头继续下一遍时，我的内心一下子被某种纯粹的平静所占据。它看不见，听不着，也无法触碰，完全是精神性的。我从未有过这种感受，那一刻，内心的忧愁、焦虑、痛苦感好像消失了一样，万物停止了运动，只有神在我心中。

我僵在了那里，又扭头看看德清，可心中找不出合适的话语来描述所发生的一切。我所能说的就是“我的内心无比平静”。我一定笑了，笑得安详而幸福，因为德清朝我点了点头，像是知道了我的意思，还很有耐心地在一边等着我“恢复正常”。我在练功大厅漫无目标地来回走着，突然想到，我刚刚所经历的一定就是天堂里的景象。我也立刻理解了，为何神性的追随者与和尚们都甘愿放下世俗的快乐，忘却红尘，遁入空门，踏上那纯粹的精神之旅：因为，这种感受胜于一切，任何牺牲，在这种纯粹的精神境界面前都不值一提。

这种纯粹平静的感受持续了多久，我说不上来，可能不到一分钟。但给人的感觉似乎很长，长到足以让我确信，如果这不是能让人确信的证据的话，我简直无法想象什么才是；长到足以使我认定这就是实实在在的证据；长到足以让我确信，我不会再怀疑这一切。

时间停滞了；我感觉不到自己的存在。

之后神圣意识的云层被逐渐蚕食殆尽，我就像一只苹果里的虫子，慢慢爬了出来，恢复了自我意识。当我告诉德清我的感受时，他什么也没跟我说。他明白，但没说。可我没忍住，还是说了些话。我说了出来，是不是就把这件事给玷污了？不是说知者不言，言者不知吗，那……我还会有这种感受吗？

就这样，纯粹的平静感消失了，取而代之的依旧是焦虑、痛苦、忧愁。嘈杂的世界再次吞噬了我，我几近绝望地确信，我再也触碰不到神了，至少这辈子没戏了，这让我就像得了癌症一般绝望。我的灵魂还没有聪明到能够在这个世界上给我的下辈子传达什么信息的程度。

那天下午训练之后，一连好几天，一种绝望感一直纠缠着我，感觉像失去了真爱一样难受，我根本没心思练习，整天不过是浑浑噩噩地走个过场而已。

但后来到了某个时刻，那种黑暗的绝望感消失了。我经历了这一切，想法得到了证实，这就是我的奇迹。我可能最终也无法真正练就绝世武功，但至少我看见了天国。只此一事就足以使我来少林寺的决定成为我一生中最为明智的选择。

那张要做什么的表格又一次闪现在了我的脑海中：

马修的毛病

1. 胆小懦弱

2. 仍旧是个男孩，还没有成为男人

3. 对异性没有吸引力

4. 思想迷茫，不知要走向何方（已搞定！）

11月，少林寺又来了位上帝的信徒：卡洛斯是西班牙人，不过他会说英语。三十来岁的卡洛斯既是丈夫也是父亲。他脸庞瘦削，大大的鹰钩鼻和湿润的棕色眼睛因此显得格外突出。他喜欢教人功夫，不过他家乡的学校太小，学的人少，赚不了几个钱。为了增加点收入，他还教人开车。卡洛斯攒了几年的钱只为能到少林寺待一两个月，他想通过在少林寺的学习获得必备的教学资质，从而吸引更多的学生。

他很有魅力，不过他自己倒是多次承认作为一个丈夫，对妻子来说他绝对是梦魇一般的经历。一边看着他，一边听他讲述是如何不停地在禁欲与纵欲之间达到无缝连接的状态，我非常着迷。

“哦，伙计，你不知道我妻子有多么好，她简直是个圣人，而你又不知道我有多么对不起她，”他说着，泪光闪烁——每晚吃饭时他都这么说，“我和那么多女人待在一起，太多了，我必须得改改了。这些女人都想学开车，噢，看见她们你就知道了。有个叫博尼塔的妇人——哦，天呐，她总是换错挡位，抓住我的腿。啊，我可怜的妻子！可我又能怎么做呢？”

他就这么不停地说，能说上几个小时，都是些他妻子怎么可怜，他如何不得不作出改变，再就是他那些征服对象的故事。滔滔不绝，从不停顿，只有一个例外，当某个特定的女服务员走过来时，他会停下来。那是个乡下女孩，卡洛斯对她很着迷。她一来到我们桌子旁边，卡洛斯就将精力全转移到她身上，还操着蹩脚的中文和人家调情，试图让这个女孩去他的房间“拜访”他。

女孩走后，卡洛斯就说：“她喜欢我，你不觉得她喜欢我吗?”

这时，我会很善解人意地对卡洛斯说，那个女孩当然“喜欢”他，让他确信这一点。同时告诉他，在中国乡村，人们对于性方面的风俗是相当保守的。倘若女孩独自进了他的房间，首先，人家会马上听说这件事；接着，她会被众人看得连妓女都不如；最后，她将不得不带着羞耻离开这儿。我跟卡洛斯解释道，尽管他魅力过人，但他刚才的举动无异于通奸的证据，可能他还是要适当压抑自己的“魅力”，不要在这方面过于有“进攻性”。

听完我委婉的劝诫后，卡洛斯叹了叹气，接着话锋一转，又回到他那个神圣美好却又饱受煎熬的妻子身上，随之而来的是诸多罗曼蒂克的风流韵事。直到那个女孩从我们桌边走过时，他才立马停住了自己滔滔不绝的故事。

卡洛斯还有一个同样堂吉诃德式的、根本不切实际的梦想，他很渴望能用两根手指支起整个身体，叫做“二指禅”。1990年代少林寺和尚游历欧洲时，一个和尚用右手食指和中指支起了身体，使其与地面垂直，这个动作拍成的照片吸引了卡洛斯，成为他来少林寺的原因。在此之前，卡洛斯花了两年时间练习这项绝技，并且不远万里特地来少林寺见照片中的那位和尚。

卡洛斯根本不可能练就这种功夫，可我实在没有勇气告诉他这句话。他已经不能练二指禅了。照片中的人是礼鹏，“医生”的儿子。关于这张照片，我曾问过他是怎么回事。他说拍这张照片时他十六岁，现在，就连他自己也做不到二指禅了。这种惊险的特殊技能据说只有十几岁的孩子能学成，因为那时候一个人的肌肉骨骼还未定型，柔韧度很好。现在二十岁的礼鹏虽然只重了几斤，不过对二指禅来说，这已经成了不能承受之重。

我向礼鹏介绍了卡洛斯，礼鹏告诉卡洛斯他已经做不了二指禅了，不过卡洛斯不屈不挠，没有放弃。他甚至拉我一起练这门功夫，他已经有了二指禅修炼的固定模式。初学者十指着地倒立起来——不能用拳头或者掌心，就用十根手指——能坚持多久就坚持多久。如果能坚持五分钟，就把双手的小拇指撤出来。再过五分钟，把无名指撤出来。接着是拇指。最后把左手撤出。练完这个之后，就开始托起身体：最初可以把脚搭在椅子上，接着不断让身体与地面的角度变大，直到与地面垂直。

经过两年的苦心练习，卡洛斯已经能用双手的食指和中指支起身体在空中停留三分钟。而我第一次用五根手指练习，强忍着疼痛才坚持了两分钟左右。

“很疼，不是吗?”卡洛斯笑着说。

“这样肯定会得关节炎的。”我回答说。

我的手简直成了冻僵的爪子，十分钟不敢动弹，过了很长时间才缓过劲来。尽管卡洛斯依旧热切地鼓励我，但那绝对是我最后一次练习二指禅。我已经决定了，还是用肘在树桩子上磨砺，练铁臂功吧。

卡洛斯来到少林寺之际，德清决定由他亲自教外国人练功。于是他就从陈长老的手中把我们俩接手过来，而当初我也是被陈长老从成浩手中接过来的。现在有两个外国人，总比一个好。而且卡洛斯并不会待太久，教起来也不会太累，加之他偶尔会惹些小麻烦，还会给德清一些小费。德清在少林寺的成功，是奠定在作风彪悍、魔鬼训练和残酷无情上的。他之前也经常和我在一起，他觉得少林寺训练老外的方式——笑脸和鼓励——强度太小了。所以他打算把我们当做中国徒弟一样训练。中国有句俗话，“打是亲，骂是爱”。

除了文化上的差异之外，我们和中国学生没什么区别，但教学方式上差异却很大，对我们老外的要求要低得多。现在好了，德清找到了一个改变教学方式的好理由：我们年龄更大，而且很明显，是完全自愿甚至是自发地赶到少林寺来学习功夫的。而一千个来少林寺的孩子，大致估算一下，有一半是被他们的父母送过来的，并非出于自愿。这些家伙不愿学习，整天打架。少林寺某种程度上就是中国的劳动改造学校；而功夫就是劳教学校里包治百病的良药。

我同意德清的观点，至少表面上也应该一视同仁嘛，中外有别就显得不好了。所以，我也就没在意他拿棍子指教我们。可让人实在难以忍受的，是他那没完没了的训练。德清的方法是手脚并用。劈叉的时候，他就骑在我们腿上帮我们压腿，直到好像把腿压断了才肯停下来。接着他让我们躺在地上，固定其中一条腿，推起另一条腿直接压到我们脸上，直到我俩哭爹喊娘求饶才肯罢休。

疼痛只是其中的一方面，还不那么过分，让我和卡洛斯真正恼火的是我们成了和尚们取笑的对象。从第一天我俩哭喊求饶开始，就不断引来围观。练功间隙小和尚们会突然出现在练功房里，坐在那儿，等待好戏开场。他们一个个屏气凝神，满心期待，单等我们求饶的叫喊声开始，就一个个笑得前仰后合。事实上，只有我一个人求饶。（“求求你，师父，我的腿快断了。求求你，噢，上帝，求你了。”）卡洛斯比我能忍，他会强忍着剧痛，至多发出呻吟，不会像我一样说出一长串乞求话语。

“看着外国人痛得尖叫，他们肯定很享受吧。”一次训练之后，我跟德清说。

“他们又没电视看。”德清答道，并未理解我的意思。

一周后，我突然想到和尚们不懂英语，求饶也没用，还不如用英语骂人来得解恨。于是我把自己知道的所有骂人的话通通说了一遍，时而掺杂上一些俄狄浦斯式乱伦的咒骂，接着又很粗鲁地问候了德清的父母和祖祖辈辈，还扬言要对德清身体的各个部位进行多种限制级重口味的虐待。然而，小虎有时会接我的话茬，学着我的样子，用他蹩脚的英文继续我言辞激烈的演讲：“Fack youah，madafacka，fack，shat，madafacka，I kah you.[①]”每当这时，我就会停下来。

就像表演大厅的旗子上写的那样：文化交流，相互受益。

就这样，几个星期过去了，小和尚们依然愿意看我俩百般求饶，兴致丝毫不减。于是，卡洛斯和我决定跟德清谈谈

---

① 该段话为小虎模仿作者的英语说出的，他语音语调并不标准，故而是这个样子。后文多次出现过类似的表达和意思。——译者

这件事。我解释道，我们并不是畏惧痛苦的训练，但是小和尚们的取笑让我们太丢脸了。德清的脸色有点不好看。他解释说，与其说小和尚们是在看我们哭喊求饶而哈哈大笑，倒不如说他们是在回顾自己曾经的哭喊求饶而哈哈大笑，这并没有什么取笑的意思。我说，不管什么原因，这都让我们俩很不好受。他点了点头，从那之后，小和尚们就再也没有在我们俩训练时出现了。

然而，训练过后，我还是多了一个形影不离的伴儿。听我用英语骂过人之后，小虎就每天跟着我，求我教他更多。

他跑过来，用他蹩脚的英语对我说："Fack，madafacka，fack."

"小虎，别说这种话。"我说。

"我说对了吗?"

"你不该说脏话的。"

"但这些话是什么意思呢?"

"我是不会告诉你的。"

"为什么呢?"

"因为你太小了，而且还是个和尚。"我说。

谁需要这种孽债呢?

一连几个星期的软磨硬泡，见我丝毫不为所动，小虎最终想出了制胜的法宝：贬低蔑视我强烈的爱国自尊心。

"中国文化比美国文化要深厚得多，"一天，小虎这么说，"我敢打赌我们的脏话要比你们的脏话难听得多。"

"哦，真的吗，你这么想吗?"

"绝对的，不信就比比。"

我叹了口气，十分纠结。如果和小虎比了，就说明自己将像屎壳郎一样恶心，不比呢，就会让个中国的小毛孩觉得自己的文化比美国强。

“好吧，好吧，好吧，”我终于还是答应了他的要求。

小虎好像给我办了一个速成班，系统讲解了中国式咒骂。低级点的骂人话都与狗和蛋有关：走狗，笨蛋。乌龟王八蛋就是最难听的了，可能会引起斗殴，不过谁也解释不了为什么这句话骂起人来这么厉害。更加极端和高级的骂人话就牵涉到与敌对一方的家人发生性关系了：母亲、父亲、哥哥、伯伯、爷爷、姥姥、姨，等等。

孔子把家庭置于社会的中心地位，使其成为所有关系的式样典范。正如爱斯基摩人的世界里“处处有雪”，中国人对家族里的人称呼也各不相同。兄弟姐妹的称呼依照年龄，父亲那一方和母亲那一方的人称呼也不一样。例如，对英语“Uncle”的称呼就有五种：比爸爸大的兄弟称伯父，比爸爸小的称叔父，爸爸姐妹的丈夫称姑父，妈妈的弟兄称舅父，妈妈姐妹的丈夫称姨夫。若你需要陌生人的帮忙，通常也要按照血缘关系的称谓来称呼对方。在少林寺，我称呼上了年纪的男人“老爷爷”，中年的男人“大爷”，相仿年龄的男人“哥哥”或者“弟弟”。

“骂人的标准模式是‘我操你妈个逼’，”小虎不怀好意地笑着，“就是说我操你妈的阴部。”

“太难听了。”我说。

“你可以把‘妈’换成对方家中的其他人，”他接着说道，“你还能想出更难听的吗？”

“有点儿难，”我说着，打算亮出自己的王牌，“不过，这些骂人的话都不如‘Motherfucker’难听。”

"Madafacka." 小虎试着学了学发音。

"Motherfucker."

"Madafucker."

"好多了。"

"什么意思?"

我能做出的最好解释是:"你是这样一个杂种，会和自己的亲生母亲做爱。"

小虎皱了皱眉，"不明白。"

你听过俄狄浦斯的故事吗?还有一个叫弗洛伊德的医生，听过吗?你知道孩子是怎么来的吗?想象一下一个女人的儿子成为了她的丈夫——我几次试图跟小虎解释这个东西，我肯定会为此遭报应的。

"太难听了，真的，"小虎说，"不过我还有更难听的话，'我操你祖宗十八代'。"

考虑到中国人最敬重自己的祖先这一事实，那么，这句话确实太恶毒了。

我不得不投降了，"你说得对，这句的确更难听。"

小虎得意洋洋，"我告诉过你的嘛，中国人骂起人来谁也不能比。"

这是一场让人十分苦楚的失败。

卡洛斯一共要在少林寺待六个星期，最后一天终于到来了，吃早饭时，他泪光闪烁，眼泪顺着脸颊流了下来。我以为是因为要离开少林寺他才哭了。

"没事的，卡洛斯，我们一直保持联系。"

"不是的，伙计，你不知道。这简直太不可思议了。"

"怎么了?"

“耶稣昨晚对我说话了。”

我立刻意识到我是相信他的，因为我的第一反应不是怀疑而是羡慕。我的第一反应不是耶稣的威力还辐射不到少林寺，而是卡洛斯从耶稣那里得到了训诫，而我只是经历了几秒钟模糊的纯粹平静。这不公平，我在这儿待的时间那么长！

“这一切是怎么发生的？”我问。

“我躺在床上为我的家人祈祷，突然我听到了他的声音，我知道那就是耶稣的声音。这简直太不可思议了。”

“他说什么了？”

“我记不大清了。一切发生得太突然，一连串的声音向我袭来。我记得他说：‘我是万能的。这就是意义。我是万能的。你是万能的。一切都是万能的。’”

早餐期间我们没再说话。

第三部　起　步

1993年2月—1993年4月

"酒令大如军令。"

——《红楼梦》

1 散打

山里的冬天严寒难耐，所以少林寺的学生们不放暑假，只有寒假——因为冬天太冷，根本无法练功。我来少林后的第一个寒假，和尚们去泰国巡回演出了，在那儿，他们受到了国王一般的礼遇。泰国是世界上唯一以散打作为全民消遣、以佛教作为国教的国家。我尽量想待在少林寺继续锻炼，但由于宾馆和训练厅都没有任何取暖设施，我只好一层又一层地加衣服。我一直坚持训练，直到最后冷到我无法入睡，练功时怎么热身也是全身冰凉，根本无法伸展开来施展拳脚时，才停了下来。我终于放弃了，回家去过圣诞节。

回到托皮卡，朋友们带我去了当地的一处酒吧。为了试一下我在少林的武艺训练进展到了何种程度，他们故意挑了镇上最乱的一处酒吧。在这种地方，打打闹闹不是什么新鲜事，最初往往是一两个人的事儿，但最终经常会变得一发而不可收拾，一哄而上，整间酒吧拳脚横飞，一直打到停车场。站在一旁看着他们，我再次见识到了这些堪萨斯农场上土生土长的当地人的强悍。虽然已经学了三个月的传统功夫，但和之前比起来，我好像并没有多少把握能保护自己不受伤害。

在酒吧经历了第一次打斗后，我决定由修炼传统功夫改学散打。因为少林最厉害的习武之人就是教散打的师父——承师父。我下定决心拜他为师。

2月初回到少林寺时，中国的春节刚刚过去，我告诉武术中心的二把手焦副主任，我想跟承师父学散打。我心里明白这个要求相当离谱，因为武术中心没有散打队，而且承师父也并未受雇于武术中心。

“我们的重心是在国外办武术巡演，或者为游客们表演武术，”焦副主任告诉我，“散打不好在舞台上展示。”

我早已料到他会有类似的观点，于是说道：“毫无疑问，少林武术中心有最优秀的表演团队，但塔沟武术学校却有最优秀的散打高手。塔沟的负责人告诉我说，他们觉得武术中心的演员们并不是这儿最强的武功高手。”

焦副主任点了点头，还朝我笑了笑，这可真是难得。内行操控者的一个点头默许，就等于让我这个早熟的新手拿到了进入散打圈的第一张入场券。

“有意思，真有意思。”他说道。

民营的塔沟武术学校是国营的少林武术中心强有力的竞争对手。武术中心有先进的基础设施和室内训练器材，更别提它得天独厚的优势了——它能直接用少林和尚做教练，并且带他们外出巡演或在武术中心内部演出，所以武术中心一直在武术表演方面占有绝对优势，这是一种结构和体制上的优越。为了应对竞争，塔沟降低了学费价格，并树立起“打造最强散打高手的绝佳之地”的名声。相比于武术中心的三百名学员，这里吸引了将近三千名中国学生。年轻学生们数量如此之多，年复一年地在这里互相角力、肉搏，只有最强的才能站到那里，笑到最后。塔沟这台“绞肉机”已经培养出了为数不少的国家级散打冠军，占到了相当大的，甚至是与其地位不太相称的比例。

为了提升在国内日益增长的影响力，博得更好的名声，塔沟计划建一座餐厅、旅馆和演出大厅，与武术中心的核心业务展开比拼。为了获取老外的培训权，他们还暗箱操作了一番。寒假前，塔沟的负责人邀请我去那儿看看玩玩，同时又对塔沟的各个方面花言巧语地推销了一番。就在同一天，这个消息传回到武术中心领导的耳朵里。

“是啊，”我对焦副主任说，“这真的很有意思。”

为此我与焦副主任讨论了将近一周，在此期间，我得到消息，说武术中心决定成立自己的散打队。承师父被专门聘请过来担任教练，受训的队员都是他亲手挑选的，所有这些人都能每月领到一定的薪金。领导们决定采用纽约扬基棒球队①的办法，给他们武术中心“买”来一支散打冠军队……经费来源就是我的钱。我的队友们都将成为散打高手，可我还是个很初级的入门者，只能通过给这支队伍买单来加入。我知道他们在开始会很讨厌我，因为没人会喜欢一个财大气粗而武功平庸的家伙，尤其是在大家还都受惠于他时。赢得人心并成为队伍真正一员的唯一途径，就是证明我能像他们

① 纽约扬基棒球队（New York Yankees），缩写为 NYY，主场位于纽约的布朗斯区，是美国棒球历史上当之无愧的霸主，它的成功很大因素上是金钱的效力。——译者

一样吃苦。

第一天的散打训练，我们整个队伍的十三名队员按体重一字排开。按照散打的公斤级划分方法，各个级别是这样划分的：48公斤级、52公斤级、56公斤级、60公斤级、65公斤级、70公斤级、75公斤级、80公斤级和80公斤以上级。从48公斤级开始，一直到70公斤级，每个等级都各有两名队员。但由于基因、饮食习惯的差异，以及运动器械、负重训练和激素的缺乏，在中国，75公斤级以上的队员并不多见。另外，由于这是一项业余运动，没有财政的支持、奖金的刺激，所以对普通的运动员来说，加强锻炼、增加体重达到一个在国外更受欢迎的重量级，在中国其实没有什么意义。因此，散打运动员就像美国的大学生摔跤一样，大家都在努力减轻体重，进入一个相对轻一个量级的分组，这样，较之于对手，自己就更容易占有相对优势。

散打课开班之初，就好像在上形体课似的。我们先是绕着屋子跑了几圈，在垫子上做做练习，然后伸展一下身体。之后，便与同一重量级的人两个一组，配对练习，所以说，你的搭档同时也是你的头号对手。我一百五十磅，在70公斤级那一组，搭档是队里最强壮的宝通。看上去他就是个好斗的家伙，与我年纪相仿。尽管我们差不多重，但我高他十公分，所以他的身架就比我要宽厚一些。他的体格看上去像是米开朗琪罗雕刻出来的，尤其是小腿——比我的大腿都要粗。事实上，也比他自个儿的大腿粗。

第一个练习就是由搭档在前臂上固定好厚厚的功夫护垫，让我来练习散打基本功。散打不同于少林的传统招式，它就像查克·诺里斯[①]的电影里演得那么简单。它有四种基本拳法：直拳、摆拳、上勾拳以及反手拳；五种基本腿法：正蹬、回旋踢、侧踢、旋风勾、横扫腿；三种摔法：接腿扫堂、夹颈过背摔、抱腰过背摔。在中国式散打规则和人体条件限制下，在与冷酷无情但武艺高强的对手的一次次交锋中，数以百计的技巧归结为这十二个基本动作。只有这些一直屡试不爽的招式才能真正留存下来。

练完拳法后，便开始了腿法练习。前侧踢是散打中标准的起势进攻动作，也是整套动作的基础。因为散打不同于其他大多数的搏击风格，如果你将另一方摔倒在地，那么你会得到很高的分数。而前侧踢是一种力量强、攻击范围大的招式，对方很难抓住你的腿，所以也就无法摔倒你。（招式决定输赢，但规则决定招式。）完成前侧踢时，首先，你要单脚向前跨一大步，再把后面那只脚滑过来，然后抬起前腿，向对方身体踹去，旋转九十度。如果做得到位，当前腿以最快的速度向对手飞速踢过去之前的那一瞬，你的身体呈现出的状态就像一只合上的手风琴，最后像一根鞭子似的抽身而起踢出去。

第二个较为常用的腿法是回旋踢。要完成这一腿法，你要蹲下身去，上半身弯曲，同时伸出腿，扫出一个圆弧，就像挥动球杆一样。在散打的主要腿法中，这是速度最快，同时也最容易掌握的，最适合用来爆头。

---

① 查克·诺里斯（Chuck Norris），美国空手道九段高手、擂台悍将，曾与李小龙合演《猛龙过江》，饰演与李小龙在斗兽场决战的空手道高手科尔特。——译者

最不常用到的是蹬踢。如果你要右腿蹬踢的话，需要左脚站定，提右膝至胸前，右脚底冲对手猛地踹出去，犹如消防员踹开锁着的门那样。这个腿法很有力，一般用来从后方袭击对手。但这个动作很难掌握，因为它需要找直角发力，速度较慢且对方容易躲闪。

尽管在大学练了三年武术，又在少林寺培训了三个月，可我的基本功还是一塌糊涂，尤其是侧踢。而宝通却一直在少林寺学散打，迄今已有七年时间，所以我与他完全不在一个档次上。但他很厌烦练习正蹬腿和侧踢，练回旋踢时也没见他有多高的热情。他抬起右腿，肌肉发达的小腿就像一根狼牙棒，扫过来狠狠地砸在功夫护垫上。我觉得肩膀都要被他踢散架了。我愁眉苦脸，他却冲我一脸坏笑。如果说接下来会有什么不同的话，就是他下一踢更加卖力了。挨了两下之后，我不得不改用双臂来举护垫了。

接下来练的动作是摔。散打不同于其他多数搏击形式，因为无论摔、扫还是重拳出击，只要把对手击倒在地，都能得两分。当然动作一定要快。裁判会在选手开始扭打两秒后上前叫停。一旦一人被打倒在地，裁判也会叫停，直到那个人站起来，而不允许在地上打斗。这些规则，意在防止散打演变成摔跤比赛。所以，摔的动作一定要干净利落，直中要害。当然，背起对方将其翻过腰部或头部摔在地上也是允许的。但这种摔法很容易防御，因而在两秒之内难以完成。成功率最高的摔法是，抢在对手抬腿发力准备踢出去之前，抓住或绊住他要发力的那条腿，然后将他支撑地面的另一条腿扫倒。

其他组练习的速度都很慢，好像在磨洋工、应付事儿。一个人轻轻踢出腿去，另一人抓住，然后将他支撑地面的腿轻轻扫倒，将他摔倒在地。他们不紧不慢，轻车熟路。宝通可不是这样，我轻轻地踢出腿，他却狠狠抓住，随即来了一个结结实实的回旋扫腿，别倒我站着的那条腿，用力地把我摔在地上。我爬起来时，他脸上的坏笑越发明显，好像在说，“疼了吧，公子哥儿?”下一次，我还是慢慢地伸腿踢出去，他依然毫不客气，结结实实把我摔倒在地。在瑟瑟秋风中，我筋疲力尽，慢慢地站了起来，怒火在心中郁结。

其余队员的练习都有些三心二意，他们其实是在一边练一边看着我们俩，静观事态发展。换宝通踢了，他用全力踢过来，震麻了我的拇指，我根本就抓不住他。第二踢，我抓住他的一条腿，缓缓扫向他另一条撑着地面的腿，但他紧紧地用胳膊别住我的脖子，不肯倒下，反而把我摔倒了。所有人都停了下来看着我们。我仰面倒在场地上，脸颊滚烫，又羞又怒。在他接下来的一踢中，我狠狠抓住他的腿，转了一圈，用尽全力扫向他后面撑地的那条腿。他被四仰八叉地摔在了垫子上。他眨了眨眼，看着我。

我站在他面前，咆哮道：“起来！再来一次！”

他又一次重重地踢向我，但还是被我抓住了，他想别住我的脖子，我闪开了，竭尽全力将他狠狠摔在地上。

“别浪费时间，”我冲他喊道，“起来，再来一次！”

宝通看着承师父，放声大笑。承师父也微笑了。显然，我刚刚通过了一次无言的考验：看来，这个老外毕竟还不算是纯粹的懦夫。剩下的练习里，宝通和我都用上了全力。他仍然会非常用力地把我摔在地上，但脸上再也没有坏笑了。

早上的训练结束后，我心力交瘁，甚至都没有力气回到宾馆，于是就去了排练厅楼上德清和成浩的房间。我躺在床上，看着墙上的功夫电影海报，尽量控制身体，否则就会因疲惫而不停地颤抖。

“散打班感觉如何？”德清问。

“宝通简直想要了我的命，”我说。

“他是想试试你怕不怕，”成浩笑着说。

“他劲头大，但动作慢，”德清说，“你要待在他的攻击范围之外。”我想努力挤出个笑容，但由于疲惫和肾上腺素下降，身体抖得厉害。

“你没事儿吧？”

“没事儿。”我一边说着，一边把手塞在屁股下面，好让双手不再颤抖。

“他快累死了，”成浩说，他“嘭”地推开门，喊道：“小虎，快过来！”

小虎跑进房间，“怎么了？”

“包默思要累死了。拿点儿糖和热水来。”

“我到哪儿去找糖？”

“去餐厅。”

“他们要收钱的。”

“告诉他们是给老外的。”

“那要是还收钱呢？”

“别废话了，赶紧去！”

小虎跑开了。作为年纪最小的和尚，他对武术队伍中的论资排辈现象早已逆来顺受、习以为常了：任何乌七八糟的差事都要按年龄分派给最年轻的人去做。十分钟后，他带着一包糖和一壶热水回来了。德清把开水倒进碗里，加了些糖进去。

“喏，喝下去，”他说，“喝下去就不会发抖了。”

我尽量想端着碗放到嘴边，可我的手实在抖得太厉害了，把开水洒到了腿上。

“来，我给你端着，”德清说着，把碗放在我唇边，“你就像个小奶孩儿似的，还好吗?”

“没问题。”

我尽量多喝了些水。刚喝下去时很舒服，可过了一会儿，我突然抱着垃圾桶开始呕吐。

“对不起，对不起，实在抱歉。”我说。

“没事儿，”德清说。

“他是美国人，”成浩对德清说，“他们不喝热的，我们应该给他弄点儿可乐。”

“有道理。”

这时，一个叫根明的年轻和尚经过房间。

“根明，过来一下!”成浩喊道。

“有事儿吗?”

“这里有四块钱，给包默思买瓶可乐去，顺便把这些垃圾带出去清理干净。”

“让小虎去嘛。”

“别废话，让你做你就做。”

根明走出了房间，我听见他喊道，“小虎，过来！成浩让你把这个桶子清理干净!”

小虎一定盼着有一天能有个比他更小的和尚来到少林寺。

灌了几大口可乐后，德清执意让我在他床上休息一会。快到下午三点时，我醒了。我用尽全身力气，拖着青肿的身体下了床，回到训练室。刚要进门，德清看到了我。

“包默思，你应该回去休息，”他说。

“我不想让宝通觉得他打败了我。”

他点点头，“你有这个态度就对了。”

我一瘸一拐地走进训练室。承师父看见我，先是皱了皱眉，然后又微微笑了一下。想必他听说我吐了的事了。

“过来了?”他说道，语气中还夹杂着惊讶与调侃。

“对，来了。”

“好，那就开始上课吧。”

前面的练习我都是跛着脚才能勉强跟做下来。宝通看到我状态这么差，动了恻隐之心。他跟我做摔法练习时，速度慢了一半，让我不费太多劲就能把他摔倒在地。

看着我们练习时没有状态，像梦游一般，承师父决定加大强度。

他让其中一个队员拿来了护具。

散打比赛在“擂台”上举行。所谓的“擂台”，就是一个帆布做的升降平台，一个没有绳子的拳击场。旧时，流动的表演团在镇子中心搭建起一个木制平台，一批批的功夫高手们就在上面进行公开的挑战赛。正如约翰·L·沙利文[①]

---

① 约翰·L·沙利文（John L. Sullivan），1880年代赫赫有名的世界重量级拳王，也是拳击历史上最后一位徒手（不戴拳套）的世界重量级冠军。此人身材不高，但霸气十足，臂力过人，打遍天下无敌手。1887至1888年他在全美进行巡回表演赛，为了寻找能在他面前打四个回合仍不倒地的对手，他悬赏1 000美元，这在当时绝对是天文数字。但最终，在近百场的比赛中，只有寥寥拳手拿走了这笔奖金，代价是被打得鼻青脸肿。他职业生涯自1878至1892年，战绩38胜1负2平，是19世纪美国体育界最伟大的英雄人物。——译者

1890年代在美国的比赛那样。最后坚持不倒地的人就是赢家，就是最顶级的功夫之王。

武术中心没有擂台，于是承师父就用很多护垫按标准擂台的大小“围”出一块地方，当做擂台。然后向场子中间扔了两副护具，就去场外坐了下来。

“宝通。”

“是，师父。”

“你先来。”承师父指着擂台中央。

他环顾着我们，人人都低下了头：没人想和宝通对打。而我的反应则慢了一拍，仍然看着承师父，和他对上了眼。

“你上。”

“我？”

“对，你。”

队里的其他人都笑了，为自己的幸免于难而欢欣，庆幸自己不用和队里最强壮的队员交手。我背对着宝通，开始佩戴护具。

中国政府制定了现代散打的规则，期待能像奥运会那样举办世界性的业余比赛。由于这种比赛要求每位选手在几天时间内与多个竞争者交手，就会有这么两个突出问题：一是体力不支，二是因伤退赛。所以，散打比赛时间的设置较短，每两分钟为一局。按照三局两胜的原则确定最终赢家。而且，还要备好许多护具：护头，护齿，护胸，拳套，护裆，护腿和一个小型护踝——用来保护脚踝上脆弱的骨骼。

戴好护具后，我就像个米其林轮胎的代言人。宝通已经在等着我了，他觉得我能伤到他的可能性极小，所以根本不在意，只戴了护裆和拳套。而我不容侵犯的自尊心和自豪感——虽然经过了早上的锻炼——并没有丝毫减退，反而燃起了熊熊烈火。我也摘掉了头盔，又开始摘护胸，承师父阻止了我，“别，别，别，你是第一次。”

我妥协了。毕竟，宝通那强壮的小腿不是吃素的。我只摘了头盔，其他护具都还在，谢天谢地，那要命的护裆也还在身上，真是感谢上帝。

散打的记分规则相对简单：

击中一拳得一分。

踢中身体得二分。

踢中头部得三分。

转身后摆腿踢中得三分。

一方倒地，站立者得二分。

把对方打下擂台，得四分。

承师父双手击掌，表示比赛开始，他退到了后面。我紧张地踮着脚尖跳跃着，特别想躲得远远的。宝通往前跳了一步，抬起左腿似乎想给我一记侧踹。我向后跳了两步，依然紧张得厉害。他刚放下腿，接着又摆出了相同的架势，向前跳了几步来了个假踢。这个动作对我来说犹如梦魇一般，我又是一模一样的反应，向后跳了两步。然而这一次，我踩到了划定的边界线——一只厚厚的功夫护垫。就像放慢动作似的，我发现自己向后倒去，为了站稳，我的胳膊像卡通片里演的那样使劲儿抡着圈。但我还是摔倒了，砰的一声仰面朝天倒在地上。宝通没动我一根毫毛，就将我逐出了擂台。

4 比 0。

队友们大笑。

承师父冲他们喊，“你们还敢笑？谁想和宝通对打？”

大家都羞愧地噤了声。我站起来，走回赛场中间。

宝通仍然在试探我，又假装来了一记侧踢，但这次我没动。他轻轻地笑了。空气里的火药味变浓了。我佯装出拳，忽然跳起来冲他胸膛踹了一脚。宝通的笑意更明显了。我得分了。游戏正式开始。

4 比 2。

接着，他猛地冲了上来，那健硕的右腿一记回旋踢向我袭来，我一转身，他踢到了我左臂的肱三头肌上。6 比 2。我被踢到了一边，踉跄地退了半米多。宝通继续向前，又一记左腿回旋踢，踢到了我的右臂上。8 比 2。他左左右右把我打得满场转。10 比 2。12 比 2。14 比 2。显然，他打算一直这样打下去，直到我倒下。我必须反击。

距离第一局结束还剩一分钟时，我抬起右腿要在他胸膛上来一记回旋踢，这时他抬起了左腿。时机太不利了。我的右腿抬得稍高了一点，他的左腿就从我的腿下紧贴着滑了过来。时间在那一刻静止了。我知道接下来会发生什么，并且只能眼睁睁地看着，无力阻止，或者说，来不及阻止。我的脚还没踢到他的胸膛，他就已经狠狠地踢到了我的护裆处。

护裆碎了。

承师父一定在我满地打滚时让其他人都散了。因为，当我最终睁开双眼时，就只剩他和我两个人了。他把我拉起来，我简直无法和他对视。

“看着我。”承师父说。

我抬起头。他举起右拳，好像要打我，我立刻向后退缩了一下，用手挡住了，像只受虐的巴甫洛夫试验用狗似的。

我抬头一看，他只是做了个假动作，根本没打过来。

“你怕什么？”

“怕被打。”

“为什么？”

“怕疼。”

他凝视我许久，“小时候，他们打过你吗？”

他问了我个措手不及，我的眼眶开始发热。

“比如说你的同学？”

我点了点头。

“我知道了。”

他拿起一只拳套戴在右手上，缓缓地向我伸出拳头。我紧紧地抓住了。拳套轻轻地打在我头上。他收回拳头，又以慢一半的速度出拳。我挺住了，没有躲闪。这“温柔一击”把我的头向后打了几公分。承师父又收回了拳头。这次，他以最快的速度，近距离给了我一拳。我刚眨了一下眼，头就被他打到了一边，失去平衡，单腿跪到地上，才稳住了身子。

我慢慢站起来，脑袋嗡嗡作响。

承师父看着我，轻轻地笑了。“你还活着吗？”

“除非这里是地狱。”我说。

“有那么疼吗？”

“我不知道，脸上没有感觉，应该还好。”

“你没事，又死不了。那么，有什么可害怕的呢？”

“怕头被打坏。”我如实说道。

承师父笑了，“放心吧，就算头被打坏一部分，以你的聪明才智，剩下的智力练散打也还是绰绰有余的。”

他摘掉拳套，转过身去。突然，他猛一转头，赤手空拳朝我打了过来。我愣住了。他的拳头在距我鼻子几厘米的地方停住了。

“这次我没躲。”我说。

他用手指夹住我的鼻子，拧了拧。

“在这种情况下，你应该躲。”他说道。

2 宣传无小事

中国有四套国营的电视频道，但少林寺只能收到其中两套。节目的编排多数以宣传为目的，戏剧题材绝大多数都是关于二战的，宣扬伟大的中国共产党领导下的农民战士与残暴的日本帝国主义者以及中国腐败的分裂分子顽强抗争，将他们都从中国大陆赶了出去：日本人滚回日本，国民党滚到中国台湾地区。

新闻节目更是无聊：

今年，河南省出产小麦 512 000 吨、水稻 304 000 吨及其他作物 211 000 吨。河南省省长表示：较之去年小麦 454 000 吨、水稻 281 000 吨、其他作物 145 000 吨的产量，今年的产量显著增长。但河南人民要齐心协力为中国经济增长作出更大的贡献。河南省政府已投入 500 000 元用于农业规划，1 000 000 元用于交通事业和其他设施建设。另有新闻报道，今年，河南省的煤炭产量达到 600 000 吨……

其他的主要就是审判节目了：一个穿着警服的法官主持着没有陪审团的法庭，怅然若失的被告百口莫辩。根据政府要求，隔几周就要进行一次这样的审判。

我刚来时，见识到的第一宗大审判是关于个人制造并销售假茅台酒的案子。茅台是中国最贵的白酒。那个人买了空茅台酒瓶，灌上廉价白酒，然后把瓶塞放在真茅台酒中浸一浸，这样就用瓶塞上茅台酒独有的气味蒙骗了消费者。假酒流入全国各地的商店和餐馆，获利数十万元。与此同时，他还向国外倒卖了一部分——这才是问题的关键。审判长洋洋洒洒地说了很多，都是关于中国制造的商品失信于国外，会对中国经济造成潜在影响之类的话。当时，中国正申报加入世贸组织，黑市与假冒伪劣的问题会阻碍商谈的顺利进行。

半小时的节目即将步入尾声时，被告被定罪，判处死刑。我第一次观看这种审判，抓起我的汉英词典查了查，生怕自己曲解了他们的意思——卖假酒就要被判死刑？在得克萨斯，这种案件往往都不会被判刑。但政府坚决维护死刑制度，任何一位中国公民除了犯谋杀罪，另外诸如强奸、纵火、贪污、持械抢劫、拉皮条、组织秘密社团之类的罪行，都可能在头骨的后部尝到一颗子弹的滋味。

我在少林寺的那段日子里，只有一个像样的电视节目可以看。那个年代的中国，电视上的大型节目就是一部二十多集的连续剧，叫《北京人在纽约》。由于这部剧大受欢迎，政府重播了一次。每晚开播之时，几乎整个表演队的人都挤在我的房间里收看。

故事主要讲述了一对北京夫妇为了谋求更好的生活，搬去纽约，但却以悲剧收场。女人只能在皇后区一家非法的血汗工厂里谋一份差事，而她的丈夫只得在一家中国餐馆做传菜员。生存的压力让他们的婚姻关系十分紧张。后来，女人的老板诱奸了她。她的老板是一个会讲中文的老外，为人奸诈，不幸的是他跟我长得很像，而且简直像到令人咋舌的程度。这对夫妇离了婚，丈夫开始与一个拥有一家餐厅的中国女人交往。

当然，这虽然貌似写实，好像非常客观，而实际上却极度排外，简直到了仇视外国人的地步。但剧本写得很动情，演员也演绎得非常到位，就连我都很喜欢看。就数那个丈夫演得最好。一天晚上，他喝了点酒，就开始数落老外的可恶之处，并得出结论："你知道老外为什么那么多体毛吗？因为当我们变成人时，他们还是猴子。"

和尚们都笑得直不起腰。几周过后，他们仍然对这一幕津津乐道。

后来有一次，我问起成浩："你还想去美国吗？"

"当然，那只是电视剧而已，"他说，"再说，就算在美国的日子糟透了，也比在这儿受苦强。"

由于多数电视节目无聊透顶，大家别无他好，于是都疯狂地迷上了功夫电影，经常用少林的闭路电视观看香港最新出品的武侠电影。有一年，武术中心的领导们也安排人在一块有两层楼高的石墙上铺一块很大的白色防水布，放映李连杰的老片《少林寺》，那样的夜晚，大家都有一种举办宗教仪式似的庄重感。

在电影《香江之功夫之家》里，多半是老外扮演坏人或坏人的心腹。白人从来都不会成为主角，只有在极少数情况下，一个外国人才会是主角的密友。在影视圈里，有一小拨通常是澳大利亚人的老外演员，他们在影片即将接近尾声时出现，大吼一句类似这样的话，"哈！你就是条中国狗，中国功夫根本不是我们的对手！"然后在荧幕上耍弄一两分钟后，被狼狈地打下台。虽说他们的功夫也还说得过去，却远不能与中国主角相提并论。

在一个有一万名功夫大家生活的村子里，你是唯一的老外，观看了几十部这样的电影——一个白种人冲出来大喊“你们中国狗”，接着就被踹下台。这时，你总会有些恼火。人人都需要有正面角色来当模范。

面对“老外武功都很糟”的成见，我很想消除大家的误解，于是寒假时买了几盘录像带回来，打算给他们瞧瞧。有史蒂芬·西格尔的《法外出击》、大卫·卡拉丁的《功夫》，还有尚格云顿的《狮心王》。

我们先看的是西格尔的片子，大概是基于他在日本做合气道教练的生活（这是根据他的宣传性小传写的），后来他加入了中央情报局。我来少林寺之前，一支日本的合气道队曾经来到少林寺演出，所以在影片进行到一半时，和尚们便开始讨论那次来访了。

“你们觉得这个演员如何？”最后我问他们，“他的功夫很棒吧？”

小虎少不更事，直言不讳，“作为老外……还行吧。”

我“哦”了一声，感觉很受伤。

“但他很残忍。”德清礼貌地插了一句。他从后边打了小虎的脑袋一下，以为我没看到。

“干吗打我，我做错了什么？”小虎说。

德清说：“注意他的眼睛，他看上去很享受打人的过程。”

和尚们对高度虚构化的少林寺形象已经习惯了，所以对大卫·卡拉丁《功夫》中奇幻版的少林寺不怎么在意。然而，他们都被大卫·卡拉丁本人震撼了。

“他怎么进了少林寺，成了少林和尚？”小虎问，“他是个老外啊。”

“事实上在这个故事里，他既是中国人，又算老外。”

“可他长得不像杂种啊。”小虎说。

德清又在小虎脑后给了一掌，“别说骂人的话。”

“这个演员是个老外，”我解释说，“他假装自己是半个中国人。”

“难怪他功夫那么烂，”小虎一边说，一边藏到后排，躲过了德清挥来的一掌。

在播放电影后半部分时，我就没再在意他们对卡拉丁功夫不好的评价了。诚然，他的功夫确实不怎么样（但实话实说，他的确在新时代的加州恰到好处地抓住了时机，模仿了禅宗武僧的形象，填补了这一领域的需求空白）。我期待着高潮时刻的来临，这是每一个 1970 年代美国男青年都难以忘怀的场景：卡拉丁参加少林寺的最终考核——举着点燃的圣杯在自己的两只小臂上文身——图案是龙和虎，一边一只。我来之前，从未见闻过类似的传奇，但我现在一定得弄明白。

“少林寺的最终考核就是像电影里那样吗？”

“不会啊，”德清说，“我们为什么要那样烧自己的胳膊啊，万一哪天你残废了，从此终结了武术生涯，那可就永远都不会再伸出拳头了。什么武功考核会那样变态啊！”

“但美国人的想象力挺丰富的，”小虎说，算是给了我点儿安慰，“是吧，德清？”

“他们拍的电影的确很棒。”德清承认道。

和尚们对尚格云顿的印象最为深刻，尤其是他那健美运动员的体格。

“快看，除了肌肉还是肌肉，”小虎喊道，“我可不想和他摔跤。”

“但肌肉过于发达会削减动作的灵敏度，”德清说，“速度才能产生力量，不是论体格大小的。想想一枚小小的子弹能干些什么吧……”

小虎喊了起来，“我知道！我在山上放过枪！啪！啪！啪！”

尚格云顿标志性的动作引起了和尚们的兴趣：起跳加一记旋转勾踢。尚格云顿跳起来的时候，腿是完全劈开的，而大家做这个动作的时候，腿总是在身下卷曲着。

“他很灵活。”成浩说。

“但他为什么要劈开腿呢？”德清问，“只有把左脚收起来，你向右踹的速度才会更快。”

“他学过……呃，那个法国的传统舞蹈用中文怎么说来着？”我问。

“芭蕾。”礼鹏说，他两年前被派往法国做巡回演出，是少林寺第一批派去法国的四个人之一。

“对，对，就是芭蕾。”我说。

“那种舞看起来很美。”小虎说。

“但他的动作还是不够快。”德清还是紧咬住那一点不放。

“好了，好了，看电影吧。”成浩说。

我们又静静地看了半个小时，直到小虎拽了拽我的袖子。

“他什么时候死啊？”他问。

我不解地问道，“谁要死啊？”

“那个老外。”

“哪个老外？”

“就是浑身肌肉的那个。”

我更加疑惑了，“他是主角啊。”

“对啊，那他什么时候死呢？”

“他不会死，美国电影里，主角不会死。”

“可在中国电影里，主角都会死。”

“我知道，可在美国电影里不是这样的。”

“既然如此，那他们就不是主角。”

“为什么这样说呢？”

小虎愣了愣，接着说道，“我不知道，反正他们就不是。”

我感觉自己似乎抓住了重点，进一步问：“但是，你为什么这么想呢？”

小虎垂下头，耸了耸肩。

一直在听我们讨论的德清说：“因为当你确信自己能赢时，跟对方的较量就不需要太多勇气；真正需要勇气的是在四面楚歌、毫无希望时仍然坚持战斗。”

3　铁臂男孩

少林寺的路边有六个年迈的妇女在卖泥制的小猫。一拉系绳，小猫就会发出喵喵的叫声。但因为这声音其实更像“猫”，并且小猫的价格恰好是五“毛”钱——就是一元人民币的一半（大约相当于六美分），所以这些妇女们就被昵称为“猫毛奶奶”。每天游客们经过放小猫的木头台子时，她们就会哀怨地拉其中一只猫的系绳，拼命地拽，诱人购买。猫！猫！猫！这种声音特别刺耳，一如巷子里发情的猫发出的声音。

但真的很难不同情她们。她们太穷了，年老时应该退休却又没地儿养老，整天费神费力地卖着一些没人想要的东西，聊以谋生。哪个参观著名功夫寺庙的游客会想买一只吵人的泥制小猫呢？我经常想，这是否是一种含蓄的乞讨呢？都是为了钱！钱！钱！

一天，我上街去买可乐，看到一个三十岁左右的中国男游客，一巴掌从猫毛奶奶手中打下了一只猫，用脚踩碎了。我离他们有四五十米远，看得手足无措。我承认，自己也不止一次地想过要做出同样的举动，因为那些泥猫实在是太吵了。但紧接着那个老奶奶说了些什么，我没听到，那个游客就给了她一耳光。人群停止了流动，都围过来观看，我推搡着穿过了人群。

老奶奶指着他，又说了些什么，我猜应该是骂人的话，因为那个游客的脸涨红了，一拳冲她打过去。那一拳不怎么专业，她围着桌子跑，躲开了打过来的拳头，并以桌子为屏障，不让那游客接近自己。游客恼羞成怒，掀了她的桌子，挨个儿把那些小泥猫踩碎了。踩完后，游客转身离开，但这位猫毛奶奶又继续骂他。

那游客折回来，奶奶转身想跑，却被游客抓住了胳膊，屁股上挨了两脚。游客的踢打功夫也不咋地，其实就相当于轻轻地拍打了几下，但不管纷争的原因是什么，一个正值壮年的男人踹一个年迈妇女的屁股，这让我实在无法袖手旁观。

我果断朝猫毛奶奶走过去。这时，游客的朋友拦腰抱住了他向外拖，并努力想把他的身体扳过来，同时劝道，"够了，够了，够了!"

我踏入游客和猫毛奶奶之间的空地，那个游客背对着我，老妇人躲在我身后，又开始大骂，声称要与游客的亲属发生性关系，但由于口音太重，我实在听不出她到底是想和对方的哪位亲属发生关系。那游客回过身来正准备再次扑过来，却发现我挡在前面。他停了下来，依然因愤怒而满脸通红，目露凶光，但一丝疑惑跃上了脸庞——彼时他对一个冒犯自己的乡下人拳脚相向，而此时又与一个高个子老外面对面，他有些回不过神来。

老妇人感觉双方的力量对比发生了转变，继而喋喋不休，破口大骂。她一定来自附近的山村，说的是当地方言，因为我一个字也听不懂；而另一方面，多亏了小虎，我已经成了一名孜孜不倦学习当地咒骂言辞的学生，而且十分专注。这说明咒骂文化博大精深，我只是学了些皮毛而已。

那位朋友再次拦腰抱住了那个游客，这让他赚足了面子，既做出了再次向前冲的架势——说明自己并不畏惧我和猫毛奶奶的联盟，而实际上由于别人拉着，又没有前进半步。双方其实各有忌惮，难以直接取胜，但灰溜溜地离去又心有不甘，于是成僵持之势。

我没有特别紧张，看得出来那游客并不是打架的行家，并且他们只有两个人。另外，他们怎么可能赢得了我这个铁臂男孩呢？我在脑海中排演着剧本：如果他先动手，无论采用什么招式，我都会用一记左踹扼住他向前的势头，然后用装有八罐可乐的手提袋抡向他的侧脸，这足以使他倒地，把他拿下。他的朋友见状，也不太可能再跟我打了。那一刻，我最担心的是身上还有没有足够的钱，好再去买八罐可乐。

“奶奶，能否拜托您闭嘴！”我扭头冲着肩膀下面大喊。

就这样过了一分多钟，最终，游客的朋友总算劝服他离开了：“不值得生气，不值，不值哈。”他一路拖着他的朋友走了。

待他走远了，我转向老奶奶，她还在用当地方言不停地咒骂着。

“你没事儿吧？”我问。

她把踩碎的小泥猫挨个捡了起来，又挑了只好的递给我。就精美程度而言，这玩意儿实在不怎么讨巧。

人群散开了，大家因为没有看到真正的打斗场面而意犹未尽，心怀遗憾，悻悻而归。我一眼就看到了小虎，便招手叫他过来，但他却转身急急忙忙跑回武术中心了。

回来后，我直接去了德清的房间，为自己今天小小的英雄举动而感到特别高兴。

我坐在床上，尽可能漫不经心地说："今天下午特有意思……"

"我已经听说你的事儿了，"德清说。

"小虎的嘴巴还真快。"

我等着他的表扬，而他却说，"包默思，你不该掺和这事。"

"可是，德清，那个男人在打一个毫无还手之力的老奶奶啊。"我辩解道。

"但你不知道他这么做是出于什么原因。"

"能有什么原因为他这种行为开脱？他在踢一个老太太的屁股！"

"我不知道，或许她骗了他。"

我不去想原因什么的了。"好吧，就算她骗了他，在我出面阻止之前，他就踹了她，这已经算是报仇了。"

"总之你就不应该插手这件事。"

"但如果学了功夫却不用它来帮助别人，学了有什么用？"

"可能你确信自己帮助她是对的，但你在这儿是个外国人，不应该去管当地人的事。"

我们很快就换了话题，开始讨论别的事了。但我还在为他指责我而生气，于是一有合适的借口就离开了。

在少林待了半年之后，我才发现，自己并不是唯一来少林求学的外国人。一天，我来到少林武术大学，看到一群中国学生在练功，便驻足观看。这幅场景有点儿奇怪——有一个年轻人特别显眼，尽管都穿着同样的练功服和鞋子，但相比其他男孩，他的颧骨更高一些，皮肤是红棕色的，上半身过长，不太符合身体的比例——很明显，他不是汉族人。

他看到我在盯着他看，一定猜到了我在想什么，于是向我招了招手。我也向他招手致意。课程结束后，他过来与我寒暄。

他只会说零零星星的几个英语单词，“你好，我的名字，呃，艾哈迈德，见到你很高兴，我听说，呃，美国人，呃，武术中心。”

“见到你很荣幸，”我用英语说，但之后，我就用汉语跟他讲话了，“你会讲汉语吗？”

“说得比英语稍好一点儿，”他用汉语回答，“谢谢你用汉语跟我说话。”

“我以为我是少林寺唯一的老外呢。你是哪儿人？”

“阿富汗人。”

“你的功夫很好啊，来这儿学多久了？”

“三年了。”

“这么久。”发现自己不是镇子里熬得最久、最强悍的老外，我多少有点儿恼火。

“是的。”

“你喜欢在这儿学功夫吗？”我问他。

“喜欢。”

“你和其他中国学生一起住吗？”我难以置信。

在这里，中国学生的住宿条件很差——八人一间、草席床、没有卫生间和淋浴。我很早之前就意识到这个问题了，在这种条件下，别说三年，我连三周都挨不下来，更何况他还操着一口蹩脚的中文，这样的条件下简直生不如死。

“我的宿舍就在那儿。”

“那你打算在这里待多久？”

“能待多久就待多久。我哥在北京大使馆工作，是他想办法让我过来的，这里比家里的条件好多了。”

我震惊了。长这么大，少林寺的住宿条件已经算是我见识过的最糟的了，要多差有多差。当然，我对阿富汗几乎一无所知，像我们家乡的多数人那样，除非我们的国家入侵他们的国家，否则，我宁愿不去了解这些国家的情况。如果过早地了解了那些国家的情况，当美国入侵他们时，我会很难过。

“阿富汗与俄罗斯的战争还没结束吗？”

“现在还不如那会儿呢。”

尽管他蹩脚的中文让我们交流起来很费事，但自那以后，我会尽可能地去看看他。他是个很不错的小伙子——是那种人们愿意与他举杯畅饮、觉得可以依靠的人。我去找他时，德清经常和我一道，因为他在武术大学里有很多朋友。

一天，德清、艾哈迈德和我倚坐在武术学院的外墙上，看到一队小伙子领着一个像犯人一样的孩子走过来。他们在他的脖子上套了根绳子，用弓箭的箭头顶着他的背。一个男孩拽着绳子，用一把短刀抵着犯人的脖子。当他被押着朝武术大学走过来时，那些人开始轮流打他的肚子和头。

他们走近一些时，这个犯人看到了德清，冲他喊了一些我听不懂的方言。

德清“噌”地从地上站起来，冲那群人飞奔过去。

“你们他妈的知道自己在做什么吗？他做了什么让你们这样对他？”

“关你什么事？”拿着短刀和绳子的男孩说。

“关我什么事？你给我说话注意点！我是王德清，”他报上自己的全名，“爷的大名你们应该听过吧。”

“那又怎么样？这个王八蛋跟你有关系吗？”

“他是浙江人，我也是浙江人。这就是我护着他的理由。”

中国人的身份认同首先表现在地域上。少林的学员来自全国各地，因此，同省份的人就特别团结。唯一比这个更能让人紧密联系在一起的就是同学会了。德清作为少林威望最高的浙江人，其实就是所有浙江人的大哥，起着举足轻重的作用。年纪小的浙江男孩，就像曾经的德清那样，身无分文地来到这里，经常会找他借钱、帮忙、征求意见什么的。有一些因为太穷而没法支付学费的浙江学生，德清一周会给他们上两次课，地点就随便定在某所功夫学校里。

这群人不想放弃他们的猎物。“他借了我们班一个同学的钱，可人家想要回自己的钱时，却被这个混蛋打了。”

虽然这六个男孩都带着武器，但德清比他们都大，他一下子就爆发了——将领头男孩手中的短刀打落，把箭也拽了下来，一把将“囚犯”拉了过来，解下了他脖子上的绳索。

“我不管他做了什么，”德清说，“这也太过分了，你们竟敢把他像狗一样拴着，还用绳子打他？我要你们也尝尝这滋味。”

男孩们毫不屈服，看样子大战在即。艾哈迈德和我分别从德清的左右两翼包抄过来，护住他的两侧。说实话，我其实吓得屁滚尿流，那些箭又轻又钝，顶多会挑出一只眼睛；但一把短刀如果在一个武功高人手中，是绝对可以置人于死地的，我不敢想象自己倒在血泊中是什么样子。

我们的出现起了决定性的作用。艾哈迈德是对方男孩的同班同学，而看到我，德清也从爆发的边缘遏制了自己的怒火。

“白天太惹眼，等晚上，警察睡下，我们来解决这事，”德清说着，把那个“囚犯”推到我怀里，“包默思，你带他去我的房间。”

那个领头的指着“囚犯”对德清说，“那这样责任可就在你了。如果你今晚不带他来，我们就找你要人。”

“吆喝什么，你们这帮没教养的屌东西！我是你们师父的师父，你竟敢这样对我讲话？”

他们仍然吵个不停，我和那个浑身发抖的男孩回了武术中心。二十分钟后，德清回来了。他一把揪起那个男孩，狠狠地给了他一耳光，“你是什么东西，一个贼吗？拿人家的钱还打人家，把浙江人的脸都丢尽了！我就该弄死你，才能挽回颜面！现在借的钱还在吗？”

“没了。”

“你个蠢货！”德清又扇了他一巴掌，“行了，我来处理，滚吧，告诉其他人晚上十二点到武术中心门口见我。你最好也在，否则的话，我们的家法比让那些人打你一顿更狠，好自为之吧。”

那男孩走后，德清就跟变了个人似的，情绪一百八十度大转变。他笑着摇了摇头，“真是麻烦，”他说，“这孩子是做错了事，那些人确实有理由惩罚他。但当着我的面，我是绝不会让他们对一个浙江人如此过分的，这简直太放肆了。”

晚上十一点三十分，我敲开了德清的门，他和成浩正在准备家伙。

“你来这儿干吗？”

“我跟你们一起去。”

德清大笑起来，一脸的难以置信，“哦，不，你不能跟我们一起打架。”

“为什么？难道你觉得我功夫不够厉害？”

这话真的让德清开怀大笑起来，“不，不是，因为你是老外。”

德清的情绪忽然变了，看我的眼神中满是欣赏，他捏了捏我的脸颊。

“你是最棒的，真的是最棒的，”然后他突然转身，又放声大笑，好像这一切难以置信似的，“不，不，不，我不能让你动手。”

“为什么不行？”

“因为你是个老外。”

“那又怎么样？”

“没人在乎我们当中谁受了伤，但如果你伤到了……”德清的声音越来越低，“你觉得北京会乐意看到《纽约时报》上刊登一个美国人在少林寺送命的故事吗？这会将一场单纯的小规模打斗演变为一个国际性事件，这会让中国政府颜面扫地，那样的话，我们都会被拘留的。”

最终，德清还是发现了那两把他和成浩送给我的武士短刀，它们被我塞在了腰带里。这真的让他咆哮起来。

“你竟然还带了家伙！你果然是不得了啊，我真不敢相信。你真厉害！成浩，难道他不是最牛的吗？”

在我和德清的整个对话过程中，成浩一声不吭，他抬眼看了看我。

“我觉得他疯了，打架这种事，竟然有人主动请缨。”

“也许他是疯了，但他仍然是最棒的。”

德清让我回到了自己的房间，他不让我参与，我很难过，但我还是翻过了墙，在黑暗的角落里窥伺时机——不让我动手怎么能证明我的勇气？

德清率领着一群人向武术大学进发，大约有五十人，都是一些和尚和他的浙江老乡。德清紧紧搂着那个囚犯的脖子，走在最前面。我等他们先走了约百八十米后，就悄悄地跟在后面。我十分确定自己不会被发现，少林寺虽然有街灯，但数量很少，稀稀落落的。

在武术大学门前等着他们的是三百人的队伍，那大约是整个大学人数的一半。他们带着矛、剑、戒尺、九节鞭等等，凡是学校里学过的兵器种类都搬出来了。这浩大的阵势和齐全的装备着实让我大吃一惊。

德清这边的人走到距离对方四五十米时停了下来，他们横向排成一列。德清拽着那个囚犯从人群中走了出来。从对方那边过来了两个人，一个是那天的领队头目，另一个我猜应该是受害者。

他们在两支队伍的中间接上了头，说了些什么，我隔得太远没听到。然后德清让那个犯人跪下，并把那笔钱递给了受害者，受害者又狠狠地给了犯人一耳光。

德清举起手，示意问题解决了。武术大学的学生先行离开了；接着，德清这边的和尚们和浙江同胞也转身往回走。德清对那个犯人说了些什么，想必是要他待在原地，因为大家走了以后，他还在那里。

我原本打算偷偷溜回去，但实在是高估了自己。德清看到了我从暗处出来，开始哈哈大笑。

“你个调皮的家伙，我应该给你一巴掌。”

“我只会在我们这边处于劣势时才出手。”我说。

德清捏了捏我的脸，“你是最棒的！你真的是最棒的。”

4　台湾情结

我刚在训练厅练完功，一个年纪稍长的和尚向我走来，尴尬地问我："这是真的吗？"

"你指的是什么？"

"美国真的有同性恋？"

"是啊，有。"

他打了个激灵，"这太不正常了，有悖人性啊。"

"不，不，不，这非常正常，符合人性。"

他摇了摇头，"你们美国人真奇怪。"

"中国也有同性恋的啊。"

"不，我们才没有，"他斩钉截铁地说，"只有你们外国人才有这种问题，有伤风化！"

"你错了，这根本不是什么问题，"我说，"并且，中国也有同性恋。"

他不相信我的话。当我礼貌地跟别人提起这个问题时，我发现在少林寺里，除我之外，没有人相信中国会有同性恋。我意识到，少林寺里是不会有同性恋恐惧症的，因为对于觉得不存在的东西，你很难对它产生恐惧。男人们可以拉着手到处走动，因为没人会多想。

然而，和尚们的想法是错的。虽然中国大陆不比香港——后者已经形成了相当开放的同性恋文化——但在北京、上海这样的大城市里，有那么几个公园，男同性恋们晚上是可以去幽会的，这是一个公开的秘密。但最让我惊讶的是，对于一个似乎很明显的同性恋——少林寺里一位年长的和尚——大家却都视而不见。

我第一次见兴明和尚是在演出大厅里，他和德清以及其他人坐在一起。德清介绍他是小和尚们的佛法导师。他大学毕业，很明显，大家都很尊重他。绝大多数和尚都没有学历，最多也就是小学毕业。兴明和尚虽然年纪略长，但他性格活泼，慈眉善目，白胖可爱，眼神忧郁但笑容温暖。

我向他鞠了一躬："阿弥陀佛。"

他看着我，几乎是用假声说了句，"你真可爱。"

那是我听到的从中国男子嘴里说出的最女性化的声音。他伸出手，我便握了握，但他抓着我的手示意让我坐在他身旁，他问了些问题：我是哪个国家的、来少林寺多久了、学的是什么。我们聊着聊着，他就用自己的指尖轻轻地抚摸着我的指尖。即使在中国，这个动作也有点太过亲昵了。

小虎突然插嘴道，"兴明大师喜欢英文歌，他唱得可好听了。"

"要是能唱一首就太好了，"我说着，轻轻地抽出手来，"兴明大师，你喜欢什么英文歌?"

"百老汇的歌，"他说，"还有芭芭拉·史翠珊的。"

"哦，"我说，"我明白了。"

小虎非让兴明和尚露一手。他半推半就地想转移话题，但在大家的诸多鼓励下，最终还是唱了一首芭芭拉的歌。至少，我猜那是芭芭拉的一首歌，因为他哼唱的那些只言片语的中国式英语实在难以听清。我盯着其他和尚们，想搞清楚他们是怎么想的，为什么看不出他是个同性恋呢，这难道还不明显吗。

他们都满怀期待地看着我——兴明和尚英文歌唱天赋的裁定人。

“你的表演太好了，真应该颁奖才行。这也是我最爱的歌曲之一。”我极尽表扬之能事，努力地微笑着。

在武术中心周边，我经常能偶遇兴明和尚。一个年轻的小伙子经常陪在兴明身边，并不是想象中那种典型的小白脸。他为人亲切，肩宽臂圆，体格健壮，说话不多。没有人觉得他们俩在一起有什么奇怪，所以我也没吱声。一次，我问德清他们是什么关系，但他没明白我的意思。

“兴明大师是他的佛法导师啊。”他说。

每次我见到兴明和尚，他总是极其和蔼、温柔。所以那天经过演出大厅看见他高声谈论政事时，我着实吓了一跳。和尚们围在他身边，他举着一份中文报纸“开庭了”。我走过去时，大家都很安静。当我看到折页下面的照片时，心里“咯噔”了一下：三台 F-16 战斗机……我做好了最坏的打算。

“发生什么事了?”我问。

“你们的总统向台湾出售军用飞机。”德清说。

我松了口气。我原本是怕两国间出现一些小规模的军事冲突，就这一点而言，世界霸主国家的海外国民是很危险的。你永远不会知道你所在的国家驻贝尔格莱德大使馆会在何时“纯属意外”地被导弹突袭，某架侦察机会在何时迫降，或者你的总统会在何时向你所在国的敌人出售军备武器。我第一次希望自己是个加拿大人，后来我又多次产生过这样的想法。

房间里充满了敌意。我只得将那套陈词滥调搬了出来，通常那还是奏效的，可以缓解紧张的局势，把话题引向别处。

“这是两国政府间的问题，跟人民没有关系。”我说。

如果一个中国人对美国对华的某条外交政策没完没了、喋喋不休，那在这种情况下，我的这句话就很管用。通常，中国人都很善于区分美国政府和美国人民。

“台湾是中国的一部分，”兴明和尚冲我大喊，“就台湾一事，我要对美国宣战！”

我愣住了。这个把百老汇曲调挂在嘴边的六十五岁佛教僧人，这个一生都在追求和平的人，竟然把自己准备投入战争、对抗美国海军的事挂在了嘴边，这可不是每天都能发生的事。

兴明和尚的激情感染了年轻人，另外几个和尚也说，如果美国为了台湾和中国大陆打起来，他们也要参战。这没什么可奇怪的，因为青春期的男孩在社会上就是充当炮灰的。但这种程度的爱国热情在少林寺我还是头一回看到。

一瞬间，我忽然想到了几个月前听到的一个传言：最近，一个政府的秘密团体被派来监视镇上的一些活动。这是一家餐厅的店主好心告诉我的，让我警醒一些，当时我还拿这件事开玩笑。“他们要监视什么呢？要查明黑市上美元的价格是多少吗？”我很想知道台湾事件与该传言是否有关。

最近，中国政府开始取消外汇券了，允许国人直接用人民币兑换美元，但汇率却被定为 8∶1，但汇率是市场形成的，政府“规定”的汇率会掀起投机者抢兑的狂潮，因为中国人骨子里就是铁杆的赌徒。“shanja mahnie?（换钱吗?）”我的周围四处都有这样的人，操着极不标准的英文兜揽生意。黑市上的汇率一路飙升，到了 12∶1，然后，这一被吹得大大的泡泡最终还是破了，规定的经济泡沫势难长久。

“不，他们担心的是西方思想对他们精神上的入侵，”他冲我点了点头。我是少林寺唯一的西方人，也是必须被怀疑的一个人，我可能就是少林寺初期民主运动的始作俑者。

我了解这些和尚，很显然他们忠于自己的爱国热情。人人都声明了对中国的爱国献身精神，对台湾作为一个反叛省份的谴责，并表示如有需要，都愿意上战场与美国作战。

“你是怎么想的?”有人问我。

我的想法和美国政府如出一辙：虽然台湾是中国的一部分，争端也应该和平解决。我觉得：台湾不是香港，美国不是英国。我觉得：中国在保证不发生内乱的情况下，收复台湾还得很长一段时间，智慧的北京领导人很可能清楚这一点。

上帝保佑，德清终于来帮我打圆场了。兴明和尚重复着要打美国人的口号，德清问他，“你怎么打他们，大师? 用你的歌唱死他们?”

焦灼的气氛一下子被打破了，小和尚们都笑了。过了一会儿，兴明和尚也笑了。

“淘气鬼，”他对德清说，“你喜欢听我唱歌吧。”

“不，我只是假装喜欢。”德清微微笑着，好像他的笑意可以让他的话不那么刺耳似的。

5 划拳

除了功夫，少林寺里唯一像样的娱乐活动就是划拳了。划拳，大致可译为“手上的游戏”，或者更直接地译为“猜拳”。这种游戏几乎是男人的专利，在中国乡村的酒桌上最为常见，每晚吃饭时都可以见到。

划拳跟石头剪子布有异曲同工之妙，但石头剪子布有三种手势，划拳有六种。每方单手示意 0 到 5 任意一个数字，与此同时，口中也要报出一个数，并力求这个数字是双方手势出示的数字之和，这个数字肯定在 0 到 10 之间。如果一方猜对了而另一方没有猜对，那么输家就得喝酒。如果双方同时猜对或猜错，就算平局，游戏再次开始。好比说你出 3 喊 6，对方出 2 喊 5，那对方就赢了，你就输了，要罚酒。下一轮，如果你出了一个拳头（相当于 0）喊的是 4，而对方出 4 喊 8，那你就赢了，该他罚酒。随着酒兴的高涨，报数的声音一定会越来越响。这就是那些久经世故的城里人为什么看不惯这个游戏的原因。

由于人脑的机能有限，所以划拳是一个需要灵感的游戏。如果两台能产生随机数的电脑交手，双方赢的几率都恰好为百分之五十，但人的思维方式和动作技巧很容易重复——特别是在酒精的作用下。这就是这个游戏的技术含量所在。如果你能掌握对方的模式（好比说，在上一局出了5之后，下一局他通常会出拳头或只伸出大拇指），同时也不暴露自己的模式，那么，你赢的几率就会大大增加。随着你一步步地取胜，对方在酒后就更会陷入恍惚，识别你出拳模式的能力就会减弱，与此同时，他重复的次数也会增加。一旦遇到这种转折点，你就可以当机立断取得胜利。

一个完美的“拳王”，要有史蒂芬·霍金那样敏锐的头脑、拉赫玛尼诺夫那样灵巧的双手，再就是菲茨杰拉德[①]的酒量。少林寺里最接近这个标准的就是严师父了，他是个精明的人，生就一副电影里恶棍的长相，脾气也很坏，一点就着。他在少林寺划拳界的地位就像承师父在功夫散打界的地位一样稳固。一旦有外人来到镇上，想要证明自己多会划拳时，大家都会让严师父出马，他会一次次地赢，用顶针口大小的酒杯一杯接一杯把对手慢慢灌醉。他坐下来划拳时，规矩就是任何人都要轮流坐庄，打循环赛，这样所有人都过一遍，大约每人都要喝十杯酒左右。当然，有商量的余地，那些不胜酒力的人还是会找借口早早开溜的。

我决定找他教我划拳。因为，尽管二十一岁的我喝醉后身体恢复能力挺好，但玩这个游戏时，一些中国人还是能灌死我。每次武术中心举办宴会时，领导们都会带我过去，让

---

① 斯科特·菲茨杰拉德（Francis Scott Key Fitzgerald，1896—1940），美国近代著名小说家。菲茨杰拉德最著名的小说为《了不起的盖茨比》（或译《大亨小传》）。在1930年代，菲茨杰拉德饱受妻子精神状态不佳，负债累累的经济状况影响，以及他本身的酗酒问题，因此作品并不多，1940年他因心脏病逝于好莱坞的格拉姆公寓。他本人生前以能喝酒而著称。——译者

那些贵宾们享受跟老外划拳并取胜的新鲜感（更别提那些中国干部看着一个老外强咽白酒时产生的快感）。我必须得加强划拳技巧——即便不为自尊，也得为了我的肝脏想想。问题是，严师父是武术中心其他师父们的师父，并且是研究院的主任，一般来说，他像多数领导那样，对学生有点冷淡，即使是对像我一样有特殊身份的学生。

我的策略是想办法激起严师父好争求胜的本性。我举办了个小型宴会，邀请了他、德清、成浩和其他儿个和尚。因为在中国，所有的决定都是在饭桌上做出的。当大家开始灌酒时，我腾出一块地方，清理了一下，这样就有一个桌角很干净了。

“划拳确实有意思，但比不上美国人喝酒时最爱的游戏。”

“不可能，”严师父说，“那是什么游戏？”

“这个游戏叫做‘玩钢镚①’，”我尽可能解释得清楚明了，“目标是把这枚硬币从桌上弹起来，落进杯子里。如果我成功而你失败了，你喝。”

我把硬币放在桌子边上，用最基本的方式——大拇指和食指轻轻一弹，把硬币弹进玻璃杯，给他示范，然后问他想不想先和我玩一局。看着他一次次弹不进，一杯杯地喝酒，真是赏心悦目。当他终于弹进去一次时，我要酷将硬币立在胳膊肘上让它自己往下滚进玻璃杯。然后，为了让严师父输

① 也叫做玩二十五分（Quarters），美国的喝酒游戏，就是把四分之一美元的钢镚当做道具，通过技巧将硬币弹到指定位置，一般是弹进酒瓶或酒杯中，轮番坐庄比试，输者要喝酒。——译者

得更没有面子，我告诉他，我可以让硬币从我鼻子上滚进杯子，要是玩砸了，我就替他把酒喝掉。可是我成功了。

回家的时候，他们跌跌撞撞，而我开怀大笑。严师父拍着我的肩，含糊不清地说："把你的美国硬币借给我吧。"

少林和尚们会用毕生的时间来掌握一种需要全身心投入的武术。我见过许多运动员，他们都更加强壮有力，但少有协调性和平衡性好的人，并且都没有求胜进取之心。所以，两天后，严师父晚餐时又找我再玩"二十五分"，并接连赢了我十局。这事并不让我惊讶。两天时间里，我在年少时虚度了无数个周末才完善的技巧就这样被他超越了。

"你睡觉了吗?"我问道，"你是不是四十八小时都一直在练习啊?"

"上次是我没找好角度，"他说，"而且，我现在还是不会用鼻子把硬币弹进杯子。"

"你的鼻子不够大。"

严师父笑了，"所以你的大鼻子还是很有用的。"

自从在这个新游戏中建立起自己的优势以后，他爽快地同意了教我划拳的事儿。划拳的基本规则我是知道的，严师父教我的是细节问题。第一组课程涉及社会风俗。每个国家都至少有一种不友好的手势，它们会给你带来麻烦。在英国是手背朝外，向对方竖出食指和中指，呈V形；在美国就是竖中指；中国历史悠久，有许多被认为不友好的手势，有的被认为粗鄙，有的具有十足的侵犯性。对别人伸出食指和中指意味着你想抠出他的眼睛；伸出食指和大拇指意味着你想对他开枪；而冲别人伸出并晃动小拇指是非常不敬的，这会引起冲突，这就等于说："你是个小人。"并且你不能同时把大拇指指向自己，这会更加侮辱别人，因为这代表“你是个小人，而我是大人物”。所以，要想用手指表示数字“2”是一件复杂的事，一不小心就会冒犯对方。食指和中指不行，不论正反面；食指和大拇指也不行，那我只能伸出大拇指和中指了，可在美国，这和竖中指一样，是有侮辱含义的；要么我伸出食指和小指，噢，这不就成了重金属乐队表演时所用的恶魔角[①]的手势了吗？

接下来，严师父教了我策略。

• 利用余光：别在对方眼前做手势，要在他余光范围里的任意方向上移动你的手，这样对方本就醉醺醺的思维会更加混乱，在伸出手指或做任何手势时都会花更多的时间。

• 调整节奏：出拳并没有必须的时间限制。但相对于新手和处于劣势的人，老玩家和头脑清醒的人出拳速度较快。比赛速度会在几个回合之后形成，这是默认的。但只要有意地做出调整，突然报出数字，快速伸出手指，迫使对方来适应你的速度，这样就使他无法利用每个回合的间隙重构战略，调整部署。

• 设圈套：直接引自《孙子兵法》。你要假装自己陷入了一个重复的循环，并且这个循环一定要很容易被识破，然后在对方正要利用这个循环来打败你的时候，突然跳出来，制敌于不备。这个策略的关键是时机的选择。

• 装醉：这个办法为许多高中女生所熟知，很容易被

---

① 此手势将食指与小指伸直，与此同时要用拇指压住弯下的中指和无名指。这个手势称为“恶魔角”或“角”，原本代表“神秘主义，魔鬼，邪恶”，在摇滚演唱会上却代表“继续摇滚”或者“我爱你们的乐队”。——译者

识破。

多亏严师父夜夜陪我练习，历经许久，我受训的脑袋终于开窍了——划拳对中国来说是个巨大的隐喻，能喻示出中国的大道理。在这些回合中，我将这些只言片语整合在一起，牢记在心。

早期的欧洲和美国作家声称中国人信命，生活态度不积极，这是个误会。他们不是不积极，而是内向。他们会研究游戏模式，静候时机。但如果时机迟迟不来，他们就会爆发。这就是“乱”成为最令人恐惧的字眼的原因。

回顾一下中国的第一位皇帝——秦始皇，他在公元前221年征服并统一纷争不断的六国后，做的第一件事就是修缮长城——古代唯一的表意含蓄的奇迹。古埃及痴迷于金字塔的死亡气息；希腊人在亚历山大灯塔的指引下探索和开展贸易；美索不达米亚因巴比伦的空中花园而美丽富饶。但中国人只想保护他们自己的土地免受北方蛮夷的侵扰。这个发明了火药而更愿意用它来制作焰火的社会，这个有记载先于哥伦布七十一年发现了新大陆的社会（来源于加文·孟习斯所著《1421，中国发现了美洲大陆》），却觉得不值得为开拓殖民地而大动干戈。这种内向甚至都烙在了这个国家的名称里：中国，字面上就是“中央的国家”，或者表达为“中央王国”更诗意些。这与为什么像我这样的老外在字面上被称作“外人”是一个道理。

尽管中国也有不少性格外向的人，比如德清，但内敛的性格才是男性性格之美的理想典型。在中国任何的聚会场合，你都可以通过观察，找出最不善言谈的人，从而猜测到谁是最有权力的人。在美国，拥有权力意味着人人都要客客气气地听你讲些废话；而在中国，权力却意味着在森严的等级制度中，等级低的人要扮作滑稽的小丑，而拥有权力的你只需要匠心独运，默默观察。

一天，“医生”在帮我压腿时，给了我一些建议。“每个人都有两面，在外人面前是对外的一面，面对自己和家人时是对内的一面。你的情绪太容易表现在脸上了，要学会隐藏自己的真实想法。”

划拳的时候，我得出了一个结论：中国人并不像早期西方评论家所批评的那样不可理喻。事实上，他们只是不苟言笑。首次来华的欧洲人并没有过多地关注这一点，也没有花什么心思去深究其中的玄机。为了达到一个特定的目标，人们会表现出各种处心积虑的姿态，强颜欢笑、眼神游离、声调微转，这些都能起到恐吓、愚弄或误导的作用。而现代美国人所深信不疑的“保持真实”、“忠于自己”和“表达真我”不仅与他们的观念格格不入，甚至是种诅咒（中国人通常不会去写自白性的回忆录）。在我看来，中国人的互动通常看起来都是呆板僵化的，这是因为双方都想盖过彼此的气场。有人去世后，人们谈论的并不是他是否说过谎话，而是他为什么说谎。他是从哪个角度看待问题的？

从这个意义上来讲，划拳不仅有它的象征意义，还是一个中国人想要成功所必备的技能。

一个月以来，每天晚上我都跟严师父学习划拳技艺。一天，严师父叫我过去，焦副主任正在招待一桌贵宾，总共五个人：一个穿着棕色西装但鞋履破旧的政客、两个身穿绿色制服的陆军军官和两个在室内都戴着超大号墨镜的警官。邀请我过来是因为他们在讨论美国，兴许我能告诉他们点什么。一本旅游宣传册上说武术中心的和尚要去美国表演，这几个人就是武术中心为了巴结而将其列入邀请名单、准备共同赴美巡演的人。

他们划了几拳，在严师父凌厉的“拳法”之下，他们都已经喝高了，接着，大家就进入了所有男性在醉酒后仪式性的话题——性，要么就是腐败、官员和妓女的风流韵事。

“美国妞要多少钱啊?”其中的一个警官问我，“好好欢乐一把，过一晚上的话。”

当我说不知道时，焦副主任揶揄道，“哦，得了吧，我知道你最喜欢聚会了，你懂的，你们年轻人都一样，我见过你看那些女服务员的眼神。”

其他人也跟着一起起哄。

“好了，好了，好了，我自己没玩过，确实不知道，”我终于招架不住了，“但我听说大概三百美元左右。”

这一下引起了一片唏嘘，吊起了他们的兴趣。

“这么贵!”

“怎么要花这么多钱?”

“她们都这么贵吗?”

接着，焦副主任说了一句我终身难忘的话，因为这句话完美地概括了中美两国之间的差异：“当然了，就这么贵。美国那么富，穷人也比咱们的富人宽裕。”

“焦副主任，”严师父一脸无辜的表情（他真能装啊!），“你应该和包默思过过招。”

他先是回绝了，直到贵宾们一致要求后，才答应了下来。这就算是第一轮的消遣了。

“把蛇酒拿出来!”贵宾们大声吆喝。

一个女服务员被派去拿来一个大玻璃罐子，里面装着四条毒蛇的尸体——中国人认为蛇酒有药用功效。“医生”家的楼梯间里有几个大广口瓶，装着各种酒，但贵宾们就只点了蛇酒想要逗弄我，因为这种酒比普通白酒难喝得多。真要喝的话，光是看着那个罐子都让人脊椎骨发凉。

那个服务员在十个顶针大小的酒杯里倒满了白酒，我用食指和中指在桌子上轻敲了三下——这是一种当今中国人表达谢意的方式。它源于我最喜欢的一个故事的版本，讲的是在古时候，当受到服务时，你必须起立以表谢意。但从前有一个皇帝，他的腿在战场上伤得很严重，于是他的部下们就开始用两根手指轻敲桌面的方式象征起立，因为他们不想让皇帝想起自己的伤。

我做完这个动作后，那个干部轻轻推了推旁边的解放军军官，“他还挺懂事儿。”

划拳时的头四杯酒是要大家一起喝掉的，这也是规矩。焦副主任和我碰了杯，我确保自己的杯口碰到了他的杯底。这是一种礼貌的风俗，意思是“你为尊上，我敬重你，我在你之下”，奉承别人的同时，也表示自谦。

贵宾们大声夸奖我，“嘿，这个老外是个中国通!”

我强咽了一杯白酒，紧接着猛灌了一口可乐。我发现只有这样才能避免喝白酒时的呕吐感。

当我们举起第二杯酒时，那个解放军军官试探我，“为什么要干两次杯?”

“因为好事成双啊，再说没有哪个人能用一条腿走路啊。”我又引用了中国的老话。

又迎来了一阵欢呼，同时，四个酒杯也被斟满了。

游戏开始了。焦副主任带头先来，最后我破解了他的出拳模式——他出了大拇指后，总是爱五指同出。这局下来，我把分数追成了五平。

焦副主任很激动，想再跟我大战十拳。我使劲推脱，说白天这时候喝酒对我而言还有点儿早。白天喝醉，睡到晚上才醒，眼睛睁得大大的，在黑夜中无所事事地等待黎明，那真的十分痛苦，因为你会通宵都醒着，而且难受得要死，每时每刻都要与自杀的想法作斗争，相比较之下，晚上宿醉后一觉醒来已是天亮就好多了。

然而焦副主任一句也没听进去。

“怎么样，我告诉过你们了，”他对桌上的其他人说，“美国人根本喝不过中国人。”

中国人坚信他们是世界上所有人当中最能喝酒的，这是一个相当大胆，甚至有些武断的想法，尤其是在将其对手也一起纳入考虑范围的情况下，别忘了，我可是爱尔兰人！（当然，我还是赌俄罗斯人最能喝酒。）① 然而，通常情况下，我发现这种大男子主义的倾向竟然会极力把一种恶习夸耀成一种美好的德行，真可谓“魅力”十足啊。焦副主任极力怂恿我继续跟他划拳，再来一局，这把我惹火了。更过分的是，他甚至扬言下一局一定会赢我。

“我虽然是美国籍，但我是爱尔兰人。”我一边说着，一

---

① 任何国家的男人都自认为自己的国家是最善饮酒的民族，但根据世界上的酒精消费排行，俄国人、爱尔兰人、英国人、德国人等平均摄入酒精的数量都排在中国人之前。——译者

边斟满了十杯酒。

我彻底把他打败了，8 比 2。为了赢得有风度，我还替他喝了最后两杯。当对方实在喝不下去时，这样做算是对他施以额外的恩惠了。

焦副主任满腔怒火，却又无可奈何。我发现严师父强忍着想笑的冲动，刹那间，我幡然醒悟——自从严师父开始训练我划拳时，他就策划了这一场小小的报复。他是焦副主任习武时的小兄弟，在武术中心他能拥有今天的地位，也多亏了焦副主任，所以，毫无疑问，这些年他肯定被焦副主任呼来喝去，受了轻慢。对他而言，我不过是他向焦副主任射出的一支暗箭罢了。

6 疯狂的交涉

随着“拳技”的长进，我发现自己的沟通能力也提高了不少，这可是在中国最重要的生存技能。在这里，几乎事事都要沟通，因为中国人觉得所有事情都是有关联的，只有沟通到位才好办事，而需要付出多少，取决于你是谁。不同层面的人际关系有不同的价值：好友的价值（深厚的关系）、通过朋友联系在一起的价值（浅层的关系）、陌生人之间的价值（没什么关系）、聪明老外的价值（他懂得中国人所谓的这些价值关系）和笨蛋老外的价值（通常他们要付出比聪明老外高一到两倍的代价）。旅游观光景点、宾馆、友谊商店和当地的商贩从政府那里得到指示，给中国人和外国人制定了不同的价格。搜刮像我这样的老外，他们并不觉得亏心。

之所以有这种“老外价格”现象，一半来自于马克思主义的“各尽所能，按需分配”，一半来自于后殖民主义的报复心理。中国人想让白人多付点钱，以减轻他们的经济负担，因为当年英帝国主义者帕布罗·艾斯克巴曾在1850年强迫中国人从印度购买鸦片，还迫使他们去香港行窃，这都使他们怀恨在心。那些商贩，即使再没文化，都会在我要求支付“中国人的价格”时，对我扳着指头细数鸦片战争中早已是非难辨的细节问题。而当他们被我的合理要求辩驳得哑口无言时，就会这么说：“但，但，但你是个老外！”

我来自于这样一种文化背景——任何商品都是以某种确定的价格销售的（这是19世纪末美国人的发明）。所以，数月以来，我一直都在不停地被宰，我觉得自己就像个针垫，任何人都可以用针扎我。直到有一天，我终于成功扭转了这一局面，完成了自己的第一次议价交涉。作为一个严重依赖可口可乐的家伙，我日常生活中最大的开销就是购买糖、咖啡因和碳酸。隔几天我就要去那家“老爷爷的店”拖半箱可乐回来，在少林寺的第一罐可乐就是在那儿买的。由于对可乐的需求量很大，所以我独自一人就为镇里的可口可乐销售开辟了市场。隔壁的其他商贩们卖的几乎都是一样的货品，当他们看到我一次次地来买可口可乐时，便也开始进货了。

等我离开少林寺之时，商贩们几乎把所有少林寺其他学生们的口味从健力宝转向了可口可乐——这让我成了一名善意的“文化入侵者”。但在早先那几个月，我是唯一的买主，可却有诸多焦灼渴望的卖家。我喜欢“爷爷”，但他卖我四元钱（大约五十美分一罐）。由于还有其他选择，我便有了砍价的资本。我在其他店门口拎着两袋可乐慢悠悠地闲逛了几天，就是要挑逗一下他们，让他们干着急，看看谁会打破“可乐垄断”。要知道，邻里的商铺之间公然竞争、互挖墙脚在社会文化上可是禁忌。

终于有一天，一个妇女忍耐许久，沉不住气了。她大声吆喝道：“来看看吧。我这里现在有你们美国人喝的饮料了，你可以从我这里买。”

这引起了其他商贩们的一片嘘声，是时候来场逆向拍卖了。

“老爷爷卖给我四块钱，”我告诉她，“你能不能三块五卖给我？”

“可以。”

我扭头看着她右边的那家店：“她说三块五，你可以多少钱卖给我？”

“三块二怎么样？”

我后退几步，冲他们集体说：“谁愿意三块钱卖给我？”

有四个摊位又跟着把价格降了下来，我终于掌握了主动权，找到了听话的卖家。再往后砍价就变得困难了，但最终我找到了一个愿意以两块七的价格卖给我的小贩，这就是一个像我这样聪明的老外砍价的底线了。

从那天起，无论什么时候，只要我经过老爷爷的摊位，他总会摇着头叫我“中国通”。他永远不会原谅我了。

我另一大花销就是每月要支付给武术中心一千三百美元，包括食宿费和学费——我花了四个月的时间，才知道自己是那种蠢得要死的笨蛋老外。有一个德国空手道教练曾到武术中心培训过半个月，他离开时，我尽量漫不经心地问他交了多少钱——当然，其实这件事我已经怀疑很久了。两周时间，他交了二百二十五美元，也就是说一个月五百五十美元才是“聪明老外”的行情价。这个德国人来的时候，刘主任和焦副主任有事外出了，所以，他与这三个领导中比较实诚的莫副主任协商了价格，算是比较走运。

多付点钱从一个穷苦的农民那里买一罐可乐是可以接受

的——这几乎是一种慈善行为——但当发现自己被干部们剥削时，我心中就好像有什么东西轰然崩塌了。作为另一个条件优越的新人类傻瓜，花着父亲的血汗钱在异国他乡寻找自我，本来并不会让我的内心深感愧疚。可得知此事后我心中的愧疚无与伦比，这简直太恶劣了。我气急败坏，没有什么东西比一开始就深入灵魂的愤恨更加难以磨灭了。这些王八蛋一直在搜刮我们家的油水，而我竟然成为了他们的帮凶。我对自己说，再过两周，等鱼同志再来收钱时，我要释放心中的恶魔。

那天，他终于来到我的房间，我没像以前那样付钱给他，而是请他坐下，泡了杯茶——这是中国人开始商量事情前的序幕。

“你有钱吧？”他紧张地问。

“我能给你五百五十美元。”我说着，坐了下来。

“那你明天可以去郑州的银行把剩下的取出来，对吧？”

只有在郑州的中国银行才能取到美元现金。那儿二楼有个与北京的美国运通公司办事处系统相连的机器，要在上面进行复杂的拨号，经过茶歇，再填好许多表格，然后，他们就会发放几张少得可怜的面值为一百的美元，总共十三张。这一堆业务办好大约平均需要四个小时。这种感觉就像是在美国，每月都要在车管所待一下午才能审车结束。

“我有钱，”我说，“但从现在开始，我每月只打算付给武术中心五百五十美元。这才是真正的价格，对吧？”

鱼同志放下了茶杯，“但是你答应过要付一千三百美元。”

“我的确答应过。但是那个德国人每月只付五百五十美元，并且他在这儿只待了半个月，而我待了一年。我的关系要比他深得多，这不公平。”

“但你答应了每月要付一千三百美元啊。”

这构建了此次交涉的模式。我现在用的就是中国人的价值体系：价格取决于关系的亲疏远近，即使买卖敲定了，还是经常可以重新协调商谈的。而他用的是自己所认为的西方人的价值观——守信用、忠于口头协议。

我们就这样拉锯，扯了一个小时，他声情并茂地试了所有可能让我妥协的办法：善意的哄骗、可怜的乞求、愤怒的胁迫。他用的这些方法是大家心知肚明却从未说破的“规律”——中国的干部们最爱的一招。我仍然没有松口，这不公平，因为我的关系比他深，我不会付比五百五十美元更多的钱，我坚持这么说。但却没对他的“那你打算怎么办?”作出答复。

他对此毫无办法。我们都明白他没权力重新商议费用的事。他变得越发焦虑不安，因为让刘主任知道这个坏消息的人注定是他了。

“那你就卷铺盖走人吧。”他愤愤地说，离开了房间。

这种风险我已经计算过了。我没有其他地方可以去（塔沟还是没法收外国学生）。但我猜测，他也就是吓唬吓唬我。中国人以好客为荣，逐客于门外对他们而言是种耻辱。同时，我还指望着那些贪婪的领导们将我留下来，即便每月五百五十美元，我也为他们带来了稳定的收入，包括宾馆和餐厅的运作经费，以及新成立的散打队的开销。很多晚上，武术中心都只有我一位顾客。此外，和尚们教我武功也没得到报酬，所以，我的学费都被那些领导们收入囊中了。

“老外拒绝付费”一事很快在武术中心传开了。也许是因为刘主任冲鱼同志发火的声音太大，在办公室门外的所有人都听到了。一起遭殃的还有莫副主任，也挨了一顿猛批。在中国，诚实可不是最佳策略。莫副主任受了处罚——他要跟鱼同志一起轮番上阵，拼命劝说我付够一千三百美元。

次日，莫副主任和鱼同志一起过来了。他们的策略是打“受害人牌”——装可怜。难道我不觉得中国，尤其是武术中心比起像美国这样的富裕国家来要穷苦得多吗？难道我不觉得伸出援手帮帮新朋友和师长是我的职责吗？

我的回答是，刘主任在我看来并不穷苦，他既有丰田轿车，又有桑塔纳轿车，还配有专职司机。但我很乐意把最初答应的那笔学费直接付给我的老师们，前提是我直接给他们，不通过武术中心。

这些话虽难以启齿，但我说完后，莫副主任的嘴角微微向上牵动，露出一个不易察觉的微笑。

鱼同志还不罢休，他知道自己身处众领导之间，根本没有藏身之地。他的地位岌岌可危，只要完不成任务，他还会遭到刘主任的狂轰滥炸。

“那不行，”鱼同志说，“你现在必须交钱！”

“行，我交五百五十美元。”

“不行，你要交一千三百美元。”

“不。”

然后又重复了昨天的情景，鱼同志唱白脸，莫副主任唱红脸，而我就像个难缠的犯人，就是不肯就范。一小时后，他们终于走了。莫副主任再也没有向我提起过这件事，但鱼同志不肯放弃。接下来的六天里，他每天下午都会带着不同的人过来。有一天是德清，他看上去并不情愿过来，另一天是承师父，第四天是严师父——鱼同志想用我们的朋友关系打开我的钱包。他肯定会说，即使我无意帮学校，也不会让老师们失望吧。

但我知道和尚们是支持我的，第一次交涉未果之后，我就将所有教过我的师父们都请出来吃了顿饭，让他们帮我出谋划策。他们都建议我紧紧咬住，绝不松口。中国人的沟通策略就是建立在耐心和恒心上的。他们会尽力耗得比对方久一些，抓住一点死磕，直到对方支撑不住，然后妥协，陷入劣势。尤其在与老外打交道时更是如此，因为老外比中国人更急于达成交易。每个在华的外国投资者都会在第一场晚宴上被灌很多酒，但没几个人能明白隐藏在其中的意图：如果说有什么东西能让人想迅速敲定交易赶快回家的话，没什么比烈性白酒给人造成的宿醉感更可怕、更奏效的了。但我不是局外人，所以对这些事了解得更深一些。在我离开前，他们需要我做他们的摇钱树。

鱼同志变得越来越歇斯底里，他威胁我说，要是我交不足钱，那么就不能再训练了。要知道即使落下几天的训练，也会变得笨手笨脚，但我还是硬拖了下来。

交涉进行到第七天早晨，严师父来看我了。虽然自己的麻烦没解决，我还是蛮洋洋得意的，感觉自己终究没有退缩和任人欺压，与不公正作了斗争。但严师父却对此不怎么乐观。

“你不能再这样了，简单草率，拒绝付钱，这行不通。”他说。

“但这不公平。”我重申我的理由。

“确实有失公正，但你这样做，让刘主任当着全校人的面威严扫地，”他解释道，“你这么公然反对他，如果成功，以后万一其他人都这么做的话，那他可怎么办呢？所以，他是绝对不会让你成功的。”

“但刘主任还没来找过我呢。”

“他当然不会来找你，他不会当面与你冲突，但他还是会做些什么，于是就让鱼同志出面了，所以这就成了鱼同志的错，而不是他的问题了。但你还是让刘主任颜面尽失。”

“这确实是不公平的。”

“这是中国，”严师父说，“公不公平又有什么关系呢？”

“您说得有理，”我说，“师父，我该怎么做？”

少林寺中最重要的关系就数师徒关系了。双方都有义务在彼此需要的时候提供帮助，这就是我尽可能多拜师的原因之一，尤其是像严师父这样关系面广的人。

“你的学费哪儿来的？”严师父问，“向你爸要的吧？”

“差不多吧。”

“中国人的家庭观念很强，对别人的家人都很尊重。”

“嗯，我知道。”

“我们也知道家里有时候会出现一些财政问题，你明白我的意思吗？”他注视着我，直到我明白过来。

现在，如果我想继续待下去，并且每月只交五百五十美元的话，就需要亲自杜撰一篇东西来保全领导的颜面了。

我开始编：“之前我羞于承认，但其实我父亲并不想让我待在这儿。”所有逼真的谎言都源于事实……“他不再给我寄钱了，”转而发展为貌似真实的假象，“……所以我只能向我祖父要钱。”接下来就是个弥天大谎，“但他只是个农民。”再用些真实的细节加以渲染，“……所以他每月只能寄给我五百五十美元，不能再多了。”我继续胡诌八扯，让人同情不已。

严师父站了起来，微微颔首，走了。

阿弥陀佛。

第二天，鱼同志来的时候，无论是情绪上还是与我的交流方式都发生了转变。他开始乞求我——鞠着躬，说着软话——这些都是中国人求人必须做的。

“哦，真不好意思，我不想麻烦你，包默思，你可能已经休息了。但我们有困难了，需要你帮忙。武术中心需要六百美元。”他说着，颤抖的手指向天花板，像是在对天起誓。

“为什么？”

“给舞蹈老师发工资。”

这两周以来，学校领导和他们的夫人，以及一些服务员和村上的官员，每晚都在演出大厅跳舞，他们俨然把这儿当成了舞厅。除了唱卡拉 OK、喝酒，这些老一辈中国人最爱的娱乐活动就是跳劳伦斯·威尔克[①]时代的舞蹈，他们最喜欢的莫过于在夜总会或夏天的公园里跳华尔兹了。而年轻人喜欢跳流行的港台和西方舞曲。郑州国际酒店的夜总会里，负责播放音乐的人总会先为中老年人连放四五首华尔兹圆舞曲，再换上年轻人喜欢的流行歌曲。

但我还是觉得他在骗我。

---

① 劳伦斯·威尔克（Lawrence Welk，1903—1992），美国音乐家，手风琴家，交谊舞领舞，电视演出者，1955—1982 年主持了当时风靡美国的劳伦斯·威尔克跳舞秀，擅长跳各种交谊舞。——译者

“你跟我说这些干吗？就算这样，刘主任不还是有那么多钱吗？”我从喉咙里挤出来的声音变得专横、冷酷，像是要他下跪磕头似的——中国人就是这么做的。

“我能怎么办啊，遇到这种事儿……那些老师要求支付工资时，非得要美元，刘主任手头上只有人民币。你一直是少林寺和武术中心的好朋友，难道说这点小忙也不肯帮？”

“但我说过了，我每月只打算付五百五十美元，你们搞这一套小把戏是想把价格提到六百美元吧？”

“那我再拿人民币和你换五十美元总可以吧？”

我给了他钱，他走了。事情就这么结束了。鱼同志再也没来找过我麻烦。一个月以后，我给他五百五十美元时，他也没再说什么。

事情完全平息下来，我请严师父出去吃了顿饭，划了好几拳之后，他说他向刘主任说过我的“故事”。

“他本打算开除你的，但中国人看重家庭关系，就原谅你了。”他解释说。

“中国人也好面子，凡事儿都要争个面子啊。”

“没错，干了！”严师父在我背上拍了一把，一直陪我练习划拳，到很晚才结束。

有一天训练的时候，“医生”让我下课去找他。到了之后，他为我泡了杯茶，我明白了——他有求于我。

“我想做笔生意，卖些中国药材，”他说，“但我需要一台研磨机，那样就能把药材的叶、根、皮磨成粉，方便携带。”

“哪儿有研磨机卖？”

“郑州。”

我在心里叹了口气。他静静地坐着，等我算清这笔关系账——他教我铁臂功，并且治好了我的膝盖。我意识到，他给我的帮助很大，即便去趟郑州买一台研磨机给他，我都还欠他的情。

“好吧，我和你去郑州，买台研磨机给你。”

一路上很顺利，没出什么差错。我们找到一家店，花九十五美元买了台电动研磨机。可只用了两天，那台机器的发动机就坏了。

那天晚上，“医生”请我出来，给我看那台烦人的研磨机和坏了的发动机。我耸了耸肩，他想要怎样？但“医生”竟然铁了心地要退货，拿回退款。我有点儿不那么热心。就商品调换而言，中国的商店可谓臭名昭著，关于这一点，中国甚至还有句俗语——一经售出，概不退换。但即便如此，“医生”仍不死心。他能用手掌把河里的鹅卵石攥碎，所以我并没打算直接在他面前提出相反的意见。

我拼命想逃避责任，如果他只是治好了我的膝盖的话，其实我可以直接对他说“不”，但学铁臂功的人情我还没还呢，所以我无法直接拒绝。

“我跟你一块儿去又能怎样？东西坏了，商店是不会退钱的。”

他手上的烟就要吸完了。思索片刻后，他说：“也许他们不会愿意在外国人面前丢脸的。”

“拜托，这台研磨机可值七百五十块钱呢，这脸可真够贵的。”

他想了想又说，“你可以一直威胁他们。”

“怎么个威胁法?”

“医生”笑了，这对他来说可并不多见。“包默思，你在中国待了很久了，告诉我，中国人对老外最大的偏见是什么?”

我立刻引用了《北京人在纽约》中的那句：“你知道外国人为什么那么多体毛吗？因为我们变成人的时候，他们还是猴子。”

“医生”放声大笑，“对，就是这样。老外让我们感到紧张。你那么情绪化、捉摸不定，像一个大个的孩子。我们中国人都不知道你接下来会有何举动。”

我们回到了商店。他与店主交涉的时候，我就站在他身后。他有收据，而且谁都看得出，这台研磨机确实坏了。店主对此没有异议，但出售时没有问题。“医生”说他就是按照说明书使用的，这明显就是机器本身的问题。店主说他相信“医生”是个诚实的人，虽然这年头大部分人都不怎么诚实。但他怎么知道“医生”会不会没按照说明书操作？或许，机器就是“医生”弄坏的，只是他自己没有意识到罢了。肯定啊，如果操作有误，这就是他的问题了，跟机器本身没关系。他又如何得知真正的原因呢？而且，在无法判定谁是谁非的情况下，又凭什么要退款呢？“医生”说他不想要这台研磨机了，要求退款。而店主不明白自己凭什么要接受一台被损坏的研磨机，而且还要退钱。

这样的局面僵持了几分钟，逐渐由表演性质的虚张声势转变为人身攻击。这下就有看头了。中国人沟通时，局面经常会出现戏剧性的转折——这是中国人为数不多的能宣泄情绪的场合，尽管这种宣泄也是虚张声势。在处理人际关系时，中国人经常会有求于人或施惠于人，问题是“恩惠”这东西很难衡量，也没法达成一种普遍认可的“市场汇率”。如果去年一个朋友帮你与镇子上的官员见了面，你才拿到了新店铺开张的许可，那你就要责无旁贷地把卡车借给他去运木材吗？借一天？三天？还是七天？要过多少天你才算还清了人情，而对方又开始欠你的人情？如果谁有个难缠的婆婆或岳母，就一定有这样的经验：在别人有求于你的时候，要让人感到他托付的事比实际情况更难办，在答应帮忙前最好苦苦抱怨一番，让对方知道你要承受很大煎熬、付出巨大牺牲，才能帮助别人完成使命。

“医生”没法与店家达成统一意见的原因就是他让店主做的是人家责任之外的事，并且还没有任何回报。我要做的是让店主不再考虑如何受益，而是让他看到不妥协的潜在代价。他骂“医生”是乡巴佬，在他胸膛上捶了一拳，“医生”退后几步，冲我点了点头。

得到指示之后，我一个箭步冲了过去，双目圆瞪，眼珠几乎要鼓出来，脚重重地在地上跺了一下，手在空中猛挥，用中文吼道：“你竟敢动我师父?！混蛋！你知道他是谁吗?这是少林寺功夫最高的大师，你竟然对他动手，太不敬了！你不想要命了吗？你把这个破烂玩意儿卖给他，现在不想负责了，看看！”我踹了一脚那个研磨机，机器应声后撤，差一点儿撞倒他们的展示柜，“你和它一样没用！”

“你在干什么?”目瞪口呆的店主大声吼道，“你怎么敢?”

“我当然敢！身后的所有东西我都敢踢！”

我走向展示柜，铆足了劲挥掌猛拍了一下上面的玻璃，展柜晃了晃，但玻璃没碎。

我几乎能看到店主的脑子像收银机一样运转着，计算着拒绝退款的代价——换块新玻璃要花多少钱。当他说出“你脑子有病啊!”的时候，我意识到，看来还是玻璃更便宜些。

“你脑子才有病！这样随便欺骗我师父，还对他不敬，就必须要付出代价!”我说着，挺直身子高过他一头，“我要砸了你的店。”

我捡起研磨机冲向店面橱窗，做出一副想要把它从店里扔出去的样子。

“他疯了吗?”店主问“医生”，“你必须制止他。”

“医生”耸耸肩，“我能怎么样，外国人很奇怪。”

店面橱窗一定很贵，因为那店主的态度软了下来。

“我退你们一半的钱。”他说。

我立刻收起愤怒的嘴脸，放下了研磨机——这个笨家伙太沉了，并且我觉得店主也没法再让步了。

“好吧，”我说，“那就是三百七十五元。”

回去的路上，“医生”和我聊着当时的场景，我们放声大笑。

“你可以把这一套当做一种特别的功夫来教。”我说。

“是啊，”他说，“就叫它疯狂老外功夫吧。”

7 挨打

承师父认为，一个勇士要想取胜，必先学会失败。他必须一次次地被打败，直到一点儿不落地历经所有苦难，才能无所畏惧。完美的中国格斗勇士跨上擂台时，应该是冷淡而漠然——就像又开始了一天的工作那样荣辱不惊。承师父觉得这才是取得进步的关键所在——不以物喜，不以己悲，因为我的问题恰恰就在于对身体对抗的恐惧，一想到肉搏我总是浑身发软，勇气尽失。

在禅宗和“臀部遭殃的艺术”两门课上，宝通是承师父的得力助教，而且他自己也乐在其中。然而，宝通在本性上并不是一个特别具有创新精神的人——他喜欢用一记快速的侧踢或刺拳制住对方，然后再来一个结结实实的回旋踢，狠狠地踢到对方的身上。这一招局限性很大，也正因为如此，他无法跻身于中国的武术高手之列，可即便面对他这种粗笨的功夫，我却还是招架不住、根本无能为力，这反而激发了他运用各种散打技巧的热情。几轮回旋踢之后，他变得更加不安分了，开始换新花样，用了几次摔法，都很出色，又独出心裁地在此基础上外加转身横扫腿，赢得了阵阵掌声。他有点儿飘飘然，又回到最初级的阶段，开始了他侧踢和刺拳的组合，而通常这都是他嗤之以鼻的，因为只有那些身体羸弱、没有筋骨强健的小腿、踢不出他这么漂亮的回旋踢的散打运动员才会这么做。

他发明出各种各样的招式来对付我，我则成为了最优秀的批评家——一个有分析头脑的人体沙袋，对他的一拳一脚给出最中肯的评价。他会抓着我的腿把我甩出去，起身后我会对他说："棒极了。"他会再次直冲我胸膛蹬出一脚，我应声倒地，躺在那儿大喊："发力很好！角度再准点儿就更好了！"

当我置身事外，把自己的挫败看成一种美学时，对失败的恐惧便开始消散了。早晨醒来，我便开始想，今天会以什么样的方式倒地。晚上，我一边揉着青一块紫一块的伤——这些都是象征着勇气的徽章，一边在脑中回放白天的较量，细数被我遗漏的反击机会。在赛场中比赛开始时，我不再会紧张地一跃而起；只有当对手的回旋踢有可能踢到我的肩膀以上时，我才会及时躲开，一般的招式我都会积极应对，尽力化解，潜在的威胁和恐吓对我来说也早已是司空见惯——我俨然已成为了接受失败的专家。在宝通拳脚的"照应指导"之下，我迅速变成了高手。

从学习传统招式到散打，这种转变犹如结束糟糕关系、重觅真爱的过程。现在，我所有的恶习都变成了美德，曾经的缺点也都变成了力量。我不再是那个又高又笨的老外了，我突然间有了优势。由于散打技巧简洁，我得以聚精会神地精练其中的几个动作。

有人觉得打斗运动很粗暴，但我不这么认为。我可以从中发现散打的美，而非野蛮，站在文化的高度上审视它——有明确的场地、规则、裁判及两个竞技者，他们自愿地解答人们都会问到的、也是最基本的问题之一：谁更优秀？谁的武技更精湛？就这一点，擂台与法庭（谁有更好的律师和法律上的申辩）和议会（哪个党派有更令人信服的领导人和政策）没有什么差别。在军事历史学家约翰·基根看来，单打独斗的方式虽然原始，但只要不发展成大型战争，就一定是解决部族纷争的相对柔和的方式（你也可以去看大卫与歌利亚的故事①、汤姆·沃尔夫的电影《太空先锋》或者电影《特洛伊》，如果你喜欢肌肉男的话）。我认为，真正暴虐的行为只存在于场外，这时，相对有能力取胜、较强的一方总是欺压处于弱势的一方，这是不可避免的。独自站在擂台上时，无论你多么优秀，都将面临一场勇气的较量，因为你永远都不敢确保自己一定是赢家——一个愚蠢的错误、对方幸运的一击，即便是最强大的武士也有可能倒下。

虽然大家对我并未抱有什么一鸣惊人的期许，可经过这段时间“失败”的煎熬和历练，我已经涅槃重生，做好了进入下一阶段的准备。经过六周的散打训练之后，我的散打技艺突飞猛进，“艳惊四座”。

通常，星期六早晨我们只练习对打，因为这样可以利用星期天休息的时间照料伤势。一般都是扭伤肩膀、砍痛小臂、踢伤腓骨或脚趾青肿之类的伤。散打训练第六个星期六

① 歌利亚，《圣经》历史人物，传说中的著名巨人之一。《圣经》中记载，歌利亚是非利士将军，带兵进攻以色列军队，他拥有无穷的力量，所有人看到他都要退避三舍，不敢应战。最后，牧童大卫用投石弹弓打中歌利亚的脑袋，并割下他的首级。——译者

的早晨，我与宝通在擂台上相见了。当他用一记健硕有力的回旋踢击向我的胸膛时，我没有躲，而是以其人之道还治其人之身，也用回旋腿踢到了他身上。他又是一脚，我毫不示弱地回敬过去。我们在那儿互踢了六七个回合，随后，宝通退了两步，眼里露出惊讶的神色，咧开嘴笑了，接着鞠了一躬。

阿弥陀佛。

我回了礼，继续和他对打。虽然他的分数比我高，但差距很小，队友们在赛后都嘲笑他，因为这几乎等于输给了老外。

课下，承师父让我去了他的房间。他沉默了很长一段时间，而以前，沉默的那个人往往是我。但这次他不住地摇着头，像是要努力想明白什么问题似的。

终于，他说："我不明白，我就是不明白。"

"师父，你不明白什么？"

"我不明白你进步的速度怎么会如此之快，一般人得用几年时间啊。我不清楚，也许因为你是大学生，领悟得比较快。"他又陷入了沉默，几分钟后，他继续说，"中国有句俗话，'文武不分家'。一定是这样了。你是个大学生，所以能很快抓住基本要领。"

他又摇了摇头，不说话了。屋里非常静，他几乎都能听见我满意的呼吸声。

承师父走向书桌，抽出一张卷成筒状的海报，展开了它。那是一张郑州国际武术节的海报，9 月份举行。

"河南省是功夫和太极的发源地，"承师父说，"所以政府每隔两年就会办一次武术节，以促进旅游业发展。来自五湖四海的武术家都会来参赛，我想带你去比赛。”

“可……师父，”我说，“我来少林寺学艺还不到八个月呢。”

少林寺最棒的散打队员至少都训练了八年。宝通就很优秀，尽管他在中国还算不上最好的散打运动员。与这么一个中国国家级的散打运动员打这么一轮下来，我竟然还能活得好好的，可真够走运的。

“这是不可能的，我差距太大了。”我说。

“如果你继续这么努力，照这种进步速度的话，你到时就完全够格了。”

这简直太疯狂了！更加疯狂的是，我这样一个疯狂的老外居然答应了！对承师父而言，这也是一个巨大的机会：我不仅是个初学者，还是个外国人，如果他在八个月之内就能让我在国际水平的比赛上具有竞争力的话，这能让他自己扬名立万，成为奇迹的创造者。

第四部　学　徒

1993年4月—1993年6月

“棍子伤肉，恶语伤骨。”

——中国传统谚语

1　让人“高兴”的结局

我一直强迫自己禁欲，可仅过了五个月，我的性欲就实在按捺不住、像核弹一样爆发了。一天晚上，在潜意识里性欲的驱使之下，我做了个绯色的梦，可以说，这比我以前做过的那些梦都更加亲密、更加让人脸红，因为梦中的情形实在有些断背之嫌。我想说，我是一个成熟自信、思想解放的家伙，所以醒来后不以为意。但在我长大的地方，也就是美国的堪萨斯州，人们都坚信，如果一个男人必须把某样东西放进另一个男人身体里的话，那最好就是一颗子弹。[①]我睁开眼，一张从未谋面的目录就闪现在我的脑海里：

马修的毛病

1. 同性恋?

2. 同性恋?!

3.（并不是说这就有什么问题，但……）难道我真的是个同性恋?!?!

由于我发誓一定要禁欲，结果就发展成了这么一个情况。可还有一个小问题。这里没有一个女人想和我做爱，附近任何地方都没有，无论出多少钱都不行。少林寺最多有一百个女人，她们不是未成年，就是结婚了，否则我就主动要求了。武术中心饭店的几个女服务员或许还没有对象，但她们绝不会和我睡觉。正如我跟卡洛斯解释的那样，那将是自绝于社会的行为。

如果我真的那么做了，不仅在社会上是丑闻和耻辱，并且也为法律条令所不容。任何一个中国女人在深夜被发现和一个老外共处一室，两人就会自动被视为妓女和外国嫖客。老外和女人各罚一千美元，可中国女人身上往往没有一千美元，所以实际上这也就意味着老外自己被罚了两千美元。一位少林警察曾经津津有味地给我们讲述过一个意大利商人的故事，他曾经犯了个严重的“错误”——带自己的北京女友去郑州旅行。（北京的警察执法并不严苛，因为那儿有很多重要的外交官和商人。）酒店楼层上负责拿钥匙开房间的女孩报了警，结果那个商人就被罚了两千美元，真是个可怜虫。

既然半夜和当地人做爱会自动被认定为卖淫，那么唯一的解决办法就是越过这种菜鸟级的嫖娼者阶段，直奔专业卖淫场所——并且在白天。说到这儿，我很庆幸自己是散打队的一员。我的队友不是和尚，他们是运动员，在各个方面都像运动员一样——他们任何时刻都会无休止地谈论性和女人，不管是在上山跑步时，还是在训练时——唯一的例外是在我们讨论散打时。

他们大多数还是处男（也同样受尽了当地女人数量不足

① 美国近年来逐步开始保护同性恋的权利，但也因“州”而异，例如堪萨斯等美国中西部的州，对同性恋仍然是十分抵触的，而作者就是在这样一个地方长大的。——译者

之苦，虽然他们不像我这样面临着社会和法律的双重困境），但其实这反而使得性这个话题对他们来说更加神秘，更加吸引人，尤其是他们中间有个地道的美国人，一个给世界拍出了《海滩救护队》[①] 这部美女如云的电视剧的国家的公民。他们想了解我所知道的所有关于女人和性的事，应该承认，并不是很多，但至少也比他们知道得多不少。作为交换，他们也告诉了我他们所知道的那屈指可数、少得可怜的事。郑州国际饭店一旁的理发店同时也是一家按摩院——这就是他们知道的一件事。那些女理发师的服务仅仅局限于一点“色情服务”，还是包括全套的“床上服务”，他们谁也说不准，因为没人去过。但是，他们极其希望我去看看，然后仔细说说具体的细节，让他们也感同身受。

经过很多天的内部争论之后，我决定以“就去看看到底什么样儿”为借口去一次。作为一个少林弟子兼来访者，我的工作就是了解这里的文化。至少，这也是个美差。

虽然内心深处无比纠结，但我还是推开了郑州国际饭店一旁理发店的门。四张面向壁镜的理发椅，一个专供洗发的盆子放在理发店的最里头，没有任何迹象表明这儿除了是一家理发店，还可能是别的什么地方。靠近门口的玻璃柜上放着一台收银机和一些待售的护发产品。一位稳重的中国妇女站在收银台后，另一位年轻发型师站在她的椅子旁，看起来也就二十岁。

---

① 又名《海滩护卫队》、《海滩护卫》、《护滩使者》，1990 年代末期美国电视剧，也是世界上收视率最高的电视连续剧，故事情节围绕海滩护卫队员的营救故事展开，最大看点是海边的旖旎风景，以及无数的泳装帅哥美女。——译者

我坐下之后，那个发型师就问："想先洗头吗?"

"好。"

她带我来到理发店角落里的洗头盆旁。我在一定程度上放松了下来，却又掺杂着少许失望。我坚信，关于这家理发店是按摩院的传言，要么毫无根据，要么就是我进错了门，走进了一家正规的理发店。

之后她开始给我洗头发，她的手法并没有蓄意挑逗的意思。但是我头脑兴奋，太久没有感受到女人的触摸了，她靠近我（是那么亲密），抚摸着我（让我很有感觉），那么小心翼翼（如此绵绵似水），勾起了我的性欲。洗完头，我已经色心大起。她领着我的手走回理发椅，我拖着没有知觉的双腿蹒跚着，试图掩饰她的洗发手法给我带来的刺激，那张目录又闪现在我脑海里：

马修的毛病

1. 同性恋?（肯定不是!）

2. 胆小懦弱

3. 还是个男孩/没有成为男人

4. 对异性没有吸引力

我仰坐在椅子上时，她站在我身后，温柔地给我捏着肩膀。这相当不错，也很有必要，但还不够，远远不够。如果这就是河南按摩院的服务理念，那我就需要安排一次沿海城市的旅行了。

她凑过来，小声在我耳边说："你想按摩吗?"

我以为她是问我想继续按摩肩膀吗，所以毫不犹豫地点了点头。

就在这时，一位三十岁左右、化着浓妆、穿着紧身闪片衣服的女人推开了前门，她大步走进理发店，看见了我，像刚换了毛的鹦鹉一样叫道，“老外！是老外！你是老外！”她打开理发店后面另一间屋子的门，马上又出来了。这会儿，我知道我的队友们说对了。

表面的伪装褪去了，发型师拉着我的手带我去了后面的房间。这里占了整个理发店空间的一半，只有一扇门，没有窗户。屋里有九张窄得仅能容下一个瘦子的床，每张床旁边是一把椅子。左右两旁都被简易的木板墙分开，成了一个个小隔间。荧光灯炫目耀眼，整体效果就像牙医诊室，这样的色情场所没什么私人空间。我显然不是唯一这么想的人，因为这里完全没有其他客人。我的发型师带我来到离门最远的一间按摩室。

我趴在床上，而那只“鹦鹉”还想看看到底发生了什么。她迅速穿过一排排隔间，把头靠在最后一间的墙上，然后，矫揉造作地后退两步，好像不相信似的，“老外！是老外！竟然是老外！”

我的发型师凑过来，温柔地告诉我：“你很幸运，她出去吃午饭了，你才碰上我。她品行卑劣，会骗你的。”

这让我轻松了很多。只有当一个中国人在你面前感觉很舒服，开始诽谤自己的同事时，才意味着你真正与她建立了良好的关系。

我说：“我相信你是很公道的。”

我们结成统一战线后，她开始给我按摩肩膀。她按摩的技术很差，比她洗头的技术差远了，但这并不是关键。她话太多了，要是她能少说点儿就好了。但现在，她感觉我们是同路人，自己应该卸下伪装。

“我刚来这个城市不久，是在农村长大的。”

“啊。”

“你不要相信城里人，他们很狡猾，”她说，“简直老奸巨猾。”

“对。”

“这儿不像农村，农村人很老实。”

“如果你不喜欢这个城市，为什么不回去呢？”我反问道。

这是个错误，我来这儿是找乐子的，结果却听了个令人惋惜难过的故事。

“我回不去了，爸爸不理解我。他从不听我说话，他考虑过我想要的是什么吗？他思想落后，但中国却在不断地发展变化。他接受不了这一切，他总说：‘中国很穷，我们也一样很穷。’”

内心深处，我不禁暗自叹息，没有比一个女人讲述为什么她不喜欢自己的父亲更让人扫兴的了。如果连养育自己的父亲都不能忍受，谁又能保证她不会马上开始憎恨我呢？

在诉说了十几分钟父亲如何不喜欢自己按摩院的女儿后（显然，色情行业中女从业者们父女关系融洽的比率不高），她用低沉而又犹豫的嗓音问道：“你想翻过身子来吗？”

我再也忍受不了了。很显然，她并不想让我说“是的”。但我又不想让她感觉我在拒绝她，于是我脱口而出：“我也可以为你做背部按摩。”

她像看疯子一样看着我。我又想马上跟她解释，在大学里，互相按摩就相当于第一次约会，但我不觉得我解释那些会有什么用。

“……不做也行。”

“也许我现在应该给你剪头发了,”她说道。

“好主意。”

回少林寺后，当我告诉他们我只是去剪了头发，队友们都不相信。

“这老外太狡猾了。”他们笑着说。

2　铁裆功

同为专业队员，北京武术队比少林寺有更多的体操表演人才，而说起散打选手，武汉散打队又在竞技场上比少林寺更胜一筹，但要是说到纯粹的武术表演——从现代武术到传统武术，从散打到硬功——少林和尚的功夫表演可谓世界第一。他们同时也是这里仅存的可以提供点文娱生活的人。几个月的时间里，我看完了所有的武术表演。但如果是固定的饮食搭配，每天只吃同样的菜，无论多么丰盛，你也会味同嚼蜡，久而久之，好多次我都不再去看他们的小型表演，而只去观看那些专为贵宾或者国外巡演准备的大型表演——中间基本没有间歇和停顿，实实在在，又精彩绝伦。看了几次精心准备的演出后，我就觉得自己已经看遍了所有的表演。和尚们的表演其实一如既往，还是那么出色，但我已经没什么新鲜感了。

3 月的一个晚上，吃饭的时候，四处都流传着这样的传闻——就在当晚晚些时候，会有一场演出。高官要员会带德国高级政要代表团来观看和尚们的表演。传说这将会是迄今为止最好的表演。武术中心召回了以前的众多武僧，各类武术精英将悉数登台，为这次表演增光添彩。

作为庆典的一部分，河南省陆军派遣他们的军乐队前来奏乐助兴，为演出拉开序幕。等到少林和尚开始表演时，军乐队的人、政客和当地闻声而来的各行各业的人已经挤满了整个大厅。演出精彩依旧，但我并没有全神贯注、探身观看，直到一个陌生的和尚从侧门进来，才真正引起了我的注意。他长得并不好看，满脸痤疮，脸颊宽大，下巴凹陷，躯干太短，和腿很不相称。

这个新面孔走到大厅中央，为了展示自己的硬功，他先做气功的吐纳练习，用鼻子呼吸，双手游走于身体四周。你通常可以猜到这些铁功大师身体的哪个部位即将遭受难以想象的暴虐，因为他们通常会将双手放在身体的这个部位附近，引导“气”自掌心而出，汇聚到身体的这个部位上，从而形成一种保护层。这位和尚开始用脖子发力，所以我想他是一位铁脖功大师，少林寺里也有几位练这种功夫的僧人。他们通常可以用喉咙顶着长矛尖，将其折成V字形，直至折断，《英国病人》中的演员拉尔夫·费因斯曾对此大为着迷。但是他按完了脖子，又把手放在了自己的腹股沟处，给人的感觉就像是一件糟糕的齐本德尔①式家具。他长时间保持着这个动作，不一会儿德国代表团中传来几声尴尬的咳嗽声。

最后，他终于让大家松了口气，不再按摩那儿了。德清走到台上邀请观众一起参与到表演中。看到有人当众摩擦胯部，观众有些许不情愿也可以理解。德清向观众做手势让他

① 18世纪英国木工，以其制作的新古典主义风格的精美家具，尤其是椅子而著称。这些家具多曲线而富于装饰性。——译者

们上台来用拳猛击和尚的喉咙，没有人愿意上去，而事实上，看到德清进入观众席，他们更害怕了。为了消除观众的恐惧，证明这个环节是绝对安全的，德清转身走到那位和尚身旁——对方紧收下巴，脖子周围的肌肉紧绷起来——德清抡起拳头，以迅雷不及掩耳之势一拳打到和尚的喉咙上，吓得我从座位上跳了起来。喉咙大概是人体最易损坏的部分了，花一点力气就能打破气管，造成致命一击。这也是所有的散打运动员参赛时都要让自己下巴朝下的原因之一。（另一个原因就是击中下巴——特别是下巴尖几厘米左右的地方，那儿被称为“按钮”，是要害部位——最容易把对方直接打晕。）而这个和尚却反其道而行之，抬高下巴，把头向后仰起，将喉咙完全暴露出来，接受这迎面的一击。唯一的保护就是脖子两边那可以伸缩的肌肉。如果出什么差错，他就死定了。生命的最后时刻，他会痛得在大厅里打滚，好比一条离开了水的鱼，他的大脑急需含氧的血液，而肺部却充满了一氧化碳，再也不能吸入新鲜空气了。

德清最后说服了军乐队一位女号手，她和朋友走上舞台。两人经过了反复劝说，这才半信半疑地用拳头打击和尚的喉咙。然后，她们格格笑着想走回观众席，但德清不让，任务还没完呢，德清想让她们再配合和尚表演他的另一项硬功绝技。

尽管喉咙是人体最易损坏的部分，但对男性来说，却不是最柔软的部位。德清让这两位女士面对四百名观众——包括她们军内直接的上级领导、一批国外外交官和六位中国政府要员——踢向一位少林和尚的裤裆。她们惊慌失措，摇了摇头，飞速奔向自己的座位，就连德清都没来得及抓住她们。

德清只好向别人求救，但是没人搭理他。北京的官员推搡着他们的德国同行，撺掇他们上台。但谁都不会愚蠢到去冒这个险，这么做极有可能被拍下照片，登在国际报纸上，一位德国政治家踢中国和尚的睾丸，这是多么丢人的事儿啊。德清只好回到和尚身边，他正淡定地劈开双腿，撅着屁股。德清脱掉右脚上的鞋，向后一退，啪的一声踢到了和尚的腹股沟处，他如此恶毒，简直要把那个和尚踢飞起来。

我不禁站起身来，想都没想就用英语喊道："你他妈的在开玩笑吧！"

德清见我跟傻子似的站在那里，就示意让我上台。我摇了摇头，我非常熟悉被折磨是一种什么感觉，儿时在托皮卡的运动场上我受过的折磨已经够多了，以至于只要一说到这个词，我就感觉好像和它有亲密接触似的。我不想对另一个人做这样的事，即使他是自愿的我也不想。德清向我走来，更明确地示意我过去，他朝我挤眉弄眼，让我意识到这是命令，我不得不上去。

我想，幸好是他不是我，让那家伙受折磨总强过让自己受折磨啊，甭管怎么样，拼了吧。

阿弥陀佛。

和尚双腿展开，撅着屁股等我踢他。我后退一步，给了他一脚，想把他踢出去。然而，他几乎纹丝不动。我感到脚趾隐隐作痛，他的腹股沟比我的脚还硬。

"再来。"德清说道。

疼痛让我很是恼火，我一次次不停地踢，希望他能有点儿反应。我把他踢离地面——五公分、十公分、十五公分——可他却依然面不改色，最后，我停了下来，双脚已经麻木了，观众席爆发出掌声。我向他鞠了一躬，转身要回到自己的座位上，但是德清阻止了我，他指着和尚的喉咙。

我小心翼翼地出了第一拳，生怕一拳打死他。但这一拳丝毫未伤及他的颈部肌肉，直接被弹回来了，就像打在了硬橡胶上。我的忧虑化为了愤怒：他这是在嘲笑我吗？观众叫喊起来，看来我得给他们展示展示我的威力了。我飞速出击，左右拳轮番出击，每一拳都把他打得步步后退。但我右拳的最后一击打得偏高，一拳击中了他下巴上致命的"按钮"。他惊讶地睁大了眼睛，我也吓得目瞪口呆。

"对不起，大师，太对不起了，实在太对不起了，对不起，对不起，对不起!"我弯着腰，两手抱拳作揖，连连鞠躬。

"阿弥陀佛。"

过了好一会儿，他才说："没事儿。"并也向我鞠了一躬。

"阿弥陀佛。"

他的表演就此结束。

表演结束后，整个演出大厅震撼了，场面劲爆，气氛就像是东道主队在决赛最后一分钟获胜。谁都不想离场，这位功夫明星能驾驭人类最原始的恐惧，为此成了大家谈论的对象。我跟和尚们聚在大厅外讨论着今晚的英雄，我决定给他个绰号，为了表示我对约翰·休斯[①]的敬意，就叫

① 约翰·休斯（John Hughes），美国青春片知名导演兼编剧。休斯最为成功的作品当属 1990 年代期间热映的经典喜剧片《小鬼当家》系列，它是美国有史以来拍得最好的喜剧片之一。——译者

他董长腿①，或者董和尚②。

小虎模仿着董和尚的架势：两腿叉开，屁股向前，脚一跳一跳的，好像被踢中了裆部。

“他太强了，”小虎说，“他的鸡巴一定是石头做的。”

我们都笑了，德清让他安静：“不要用这个词。”

董和尚的光辉压过了他的表演，这使德清有点儿恼怒。

“包默思，你怎么看？”小虎继续说。

“我的脚都青了。”我抱怨道。

“他真是刀枪不入啊，连空手作战都没问题。”小虎两腿叉开得更大了，边向前走边扭头说道。

“你练铁裆功吗？”我问德清。

“哦，不，我可没疯。”德清笑着说。

“他是怎么做到的？”我问

德清转向陈长老，他是学校里的老教员了，大约三十五岁左右。他当了我好几周的教练，是庙里最和蔼的和尚，总是面带微笑，乐于助人。唯一困扰他的就是不断增长的腰围，他努力减肥，却收效甚微。

“陈长老，你和他一起生活过好几周吧？”德清问道。

陈和尚尴尬地强笑了一下。

“是的，去欧洲巡演时，我们住一间房。每天早上起床

---

① 董长腿（Long Duk Dong），约翰·休斯执导的处女作《十六支蜡烛》中的一个亚裔青年，也是一个经典的古怪形象，初次登场就是以倒立的形式出现的，但没有其他线索，无法确定该青年是否是中国人。——译者

② 董和尚（Monk Dong），请注意，作为汉语姓氏的“董”，汉语拼音或英语写作“Dong”，而“dong”在英语中意为“阴茎”，是很粗俗的俚语，所以作者在汉语里称之为“董和尚”（Monk Dong）。——译者

后，他就把他的那个东西放在桌子上，然后——一拳！又一拳！——用手猛击。太不可思议了，实在太不可思议了。每天三十分钟猛击，天天早晨如此，实在太不可思议了，真是古怪之极。”

军乐队里的几位女士聚在走廊的另一端，在我们谈论董和尚时，我用余光注视着她们。她们也在热烈地讨论着同样的话题。几分钟后，她们共同把其中一位朝我们这边推过来——正是那个被德清说服拳击董和尚喉咙的女号手，她低着头缓缓向我们走来。

还没走近，她就停了下来，小声问了个问题。德清让她再重复一遍，她声音颤抖着又问了一次，“那是真的吗？”

“什么是真的吗？”德清礼貌地问道。

“嗯……呃……他每天早上都那样……他的那个……是真的吗？”

德清一头雾水。

我忍不住说道：“她是想知道他的阴茎是真的吗。”

男孩们都大笑起来，女孩儿捂着脸尴尬地跑开了，美国高中校园更衣室里的场景好像重现了。

陈长老带着慈父般的微笑冲我摇摇头，“包默思，你不应该这么说。”

“她就是想知道他的阴茎是真的不是，”我说道，“想想看，他一定是个性爱大师，即便不用胳膊抱住对方，他也能一边做爱一边用自己的那个东西承载着对方的重量站立起来，你说，他那东西到底能承受多重啊？”

我大发议论时，陈长老不停地向我摇头，强忍着不笑出来。别的和尚，尤其是小虎，简直笑得歇斯底里了。

“你们真是太淘气了。”陈长老说道。

那个军乐队女号手停在门厅中间不走了，她在两群人之间左右为难，没得到答复不好回去，但再回来问又太尴尬了。最后，她还是决定一探究竟。

她又回来问我们，“是真的吗？是真的吗？这是真的吗？”

“我们怎么知道是真是假？”我说，“你怎么不去看看，再告诉我们呢？”

这句话让她大为难堪，她跑回朋友那里。淘气的男孩们猥亵地格格笑着。

作为虔诚的天主教信徒，过了一小会儿，内疚感便逐渐涌上心头。我向那群女人望去，想看看女号手怎么样了。其他人都把她围拢起来，听她描述刚才发生的事。几分钟过后，董和尚从后面的一间办公室走出来，径直走向这群母鸡似的叽叽喳喳的女人。他朝她们笑笑，继续往前走，这群女人的大脑好像是相通的，她们不约而同地把他围了起来。接下来，这个奇妙夜最不可思议的事情发生了：女人们开始——先是试探，然后便急不可耐地——去摸他，摸他的胳膊、他的胸、他的背，满怀敬畏又深感恐惧，仿佛在确认他到底是不是真正可感可触的人，而不是转世的神仙。这种场面既让人春情萌动，又令人毛骨悚然，尤其是董和尚一直笑容满面，好像这种场面经常会发生在他身上似的。

在那群对他充满敬畏的女士们中间停了一会儿，董和尚最终摆脱了这群爱慕者，向我们走来。看到他的下巴被我打得依然红肿，我再次向他道歉。

“没事儿，”他摸了摸下巴说，“你虽然打了很重的一拳，但是没什么大问题。”

我再次道歉。他不仅胯下和脖子没有受伤，就连我拼尽全力打在了他“按钮”上，也依然稳如泰山。没有办法可以伤得了这家伙，除非直接用枪朝他射击。

他问道：“你想学铁裆功吗？”

“呃，这是个很有趣的建议，”我绕着弯子，尽量不去想象每天早上起床后就拳击自己命根子的场景，“我得好好考虑考虑。”

“你今晚留下来，我也在，我们再细谈。”

离开的时候，我回头看了看德清。刚认识新的功夫大师就跟人走了，我感到很过意不去，但董太有魅力了，让我没法不着迷。

之后，我们来到了他在宾馆的房间。外来的和尚通常不安排住宾馆，他们一般都跟朋友住在一起。显然，武术中心给他提供了额外的星级待遇。董和尚问我主练什么，我告诉他我正在学习散打。

“你的身高正合适，我也擅长散打，你去过安徽省吗？”

“没有。”

“我就是安徽来的，明天就要回去了。你想和我一起去吗？即使你不想学铁裆功，我也可以教你几招散打技巧。”

我兴高采烈地同意了，赛珍珠①的普利策获奖小说《大

---

① 赛珍珠（Pearl S. Buck 或 Pearl Buck，1892—1973），美国伟大的女性作家。1932 年借其小说《大地》（*The Good Earth*），成为第一位获得普利策小说奖的女性；1938 年获诺贝尔文学奖。她也是唯一同时获得普利策奖和诺贝尔奖的女作家，是作品流传语种最多的美国作家。——译者

地》说的就是安徽的事儿，我还没去过那儿呢。

第二天早上，我刷牙的时候，听到走廊里有开门的声音，接着传来了低语声。我把门开了一条缝，探出头去。

军乐队里的女号手，也就是问我们重要问题的那个女人正走过走廊，她刚从董和尚的房间出来，看到我，她愣住了，转身就想跑，但是楼梯在走廊的另一头。

她从我身边走过时，我邪恶地问道："那么，小姐，那是真的吗?"

她一溜烟跑向了楼梯。

见到董和尚时，我吃了一惊，虎汉竟然和他在一块儿，显然他准备和我们一起旅行。我没想到虎汉竟然还能有朋友。

我在一个月前遇见了他，当时我正和其他和尚在训练大厅里，虎汉突然出现了。他全身都大得离谱——大头、大身体、大蒜头鼻，脾气也大得吓人，一看见有个老外，就径直走过来，站到我面前，摆出一副拳王阿里的架势，开始喋喋不休地吹嘘自己的"伟大强悍"。

"我是少林寺最厉害的武术大师，"他宣称，"你是美国人？我刚去美国进行了巡回演出，美国人都很爱戴我。他们从未见过像我这样的人，我和五十个人对打，战无不胜。"每当他说"我"这个词时，都会用他巨大的拇指戳戳自己的蒜头鼻。

我看看德清，想知道这家伙是否所言属实，德清一转眼珠避开了我。虎汉先生继续"我是这个……我又是那个……"地独自吹嘘，一直说了半个小时。见我竟然没有丝毫的奉承之意，他非常恼火，跳将起来，摆出他的独门虎式绝技，彰显自己的“神通”。他最终离开之后，德清告诉我，大家之所以叫他虎汉，是因为他能掌握的就只有这套虎式功夫，他唯一的技能就是用自己的大脑门打碎石头。那天下午他给我表演了以头碎石的功夫，连碎五块石头，都没有向我收取表演费用，真算是便宜我了。

虎汉是少林寺的丑角，也是个骗子，这证明少林寺吸引来的狂热分子不只是像我这样的外国人。他曾经欺骗少林寺美国巡演队的组织者，让人家给他一个职务，竟然成功了，他还骗取了好多年轻少林弟子的学费。等人们发现虎汉除了虎式碎砖之外什么都不会时，就把他从村里赶了出去。德清兴高采烈地描述了这一场景——十几个男孩追着这个大块头，把他赶出了少林。

像虎汉这样的行骗行家并不少见。从计划经济向市场经济转型的过渡时期，大批骗子层出不穷，可谓“人才辈出”。多年来，国营企业的工资相对固定，但通货膨胀率一直在百分之十到百分之十五之间，市场上满是诱人的洋货：微波炉、立体音响、冰箱、电脑、家庭卡拉 OK 伴唱机、摩托车、汽车，最令人中意的就是移动电话机——中文叫大哥大，因为 1992 年时，摩托罗拉移动电话有砖头那么大。阶级差异日趋激烈，工人阶级备感失意，同时，他们又被新的生活方式所吸引，却又根本负担不起。为了缩小差距，许多人离开国企，开始经商，中国有句俗话用来描述这种当时普通人都觉得挺恐怖的行为——下海。

越来越多倾向犯罪的人都选择成为骗子。在一个禁枪且政府实行对暴力犯罪“零容忍”的国家里，当骗子是他们唯一“合理”可行的选择。骗子、骗——成了人们说话时最常用、最尖刻的一个词。如果某人不相信你刚才说的话，他们就会问：“你是在骗我吗?”正确的回答是：“我骗你干什么?”你可以看透谁是骗子，因为他们总会强调“我不会骗你”——汉语意思是“相信我”。虎汉就经常说这句令人厌恶的话。

和虎汉初次交谈时，最有趣的是他悍然违反了中国严禁自吹自擂的禁忌，中国有句俗话：“能人不吹牛，吹牛非能人。”

在美国，大多数陌生人互相认识时，谈话就从叙述自己的简历开始——职业、教育、背景、成就。然而，在中国，谈话的开始就是要尽可能地奉承你眼前刚刚认识的那个人。而对方则要尽可能地撇清自己，尽力让你的那些夸耀显得和他没有关系。假意的谦虚有这样几种选择：直接否认——“不，不，不，我的汉语很糟糕”；常见的拒绝对方奉承的方式——“不必客气”；或直接套用经典句型——“哪里？哪里？哪里?”总之，就好像对方奉承的不是你一样。

在中国，吹牛是相互的。当你想跟某些陌生人结交、并希望给对方留下好印象时，你的朋友就会把你介绍给他们，同时大大地夸耀你一番，这样你就有机会自谦地否认朋友所说的一切——“哪里？哪里？哪里?”而等到你的朋友也想跟某些陌生人结交、希望给对方留下好印象时，就轮到你夸他们了，这样他们就能显示出他们的谦虚了。我曾以为，虎汉自吹自擂是因为没有朋友来扮演这个特定的角色。但是董和尚曾和他一起去美国巡演，他们很显然已经建立起一种奇特的友情：一个极端的明星，一个明显的傻子，某种程度上，他们都很孤独。

不知是什么原因，我和虎汉先是坐上了一辆很长的公共汽车，接下来是火车，之后又是汽车，他一路上都在摆架势、吹牛皮。从前，少林勇士经常在背上捆上袈裟，外出云游。虎汉也身披橙色袈裟，剃了光头，尽管他并不是和尚。他带着一张卷起来的覆膜相片，长一米五，宽将近一米，这是他和中国一位一流政客的合影。我不认识那是谁，反正肯定是重要人物。因为每每换车，虎汉都会展开这张大照片，自豪地向同车的农民们展示。人们似乎都羡慕不已，虎汉告诉他们，自己在北京的精彩表演震撼了这位重要人物，后者请求与自己合影留念。（不知怎么的，反正我不相信这个政客会一直随身携带他和虎汉的合影。）这很自然地导致他堂而皇之地再三讲述自己与该高官深厚的关系。仅仅暗示自己是一个能把一切搞定的人，根本无法满足他的欲望，他一定要明明白白说出来才觉得过瘾。

"你们也知道，你们认识的大多数人都没有用，"虎汉说，"一点儿用都没有。"

在一个即便是最简单的工作也会被大量的繁文缛节、官样文章搞得复杂的国家里，这可算得上是你跟某个人说话时能说出的最刺耳的话了。

"对，对，对啊。"一个农民说。

"我就不是这样，朋友，我有本事，"他继续说，"我有能把事情做好的天赋。"

一系列自夸之后，他会坐到他认为最富有的那个人身边，把精力倾注到那个人身上，许诺能帮助他完成他所需要完成的任何事——当然，待会儿要谈一个公道的价格。骗术表演的空当，他会坐在我身旁，告诉我他曾多次从那些生意人那里骗钱，包括一些细节。每讲完一个故事，他就问我，是否也要做点什么事，只要把一部分费用交给他就行了。他瞪大了双眼，显得天真而又真诚。我吃惊地凝视着他，直到一丝狡诈又自觉地爬进他的双眼之中。然后，他抛下我，又开始向另一个人施展自己的骗术了。这是我见过的最令人吃惊的事儿了，他让我想起了中国人常说的一句话："要想骗别人，先得骗过自己。"

旅途长达十五小时，开始，我们都假装自己能容忍对方，最后，我们彼此都难以假装下去了。

在安徽省的省会铜陵[①]，我们下了火车，搭上一辆去安庆的长途公共汽车，董和尚的家就位于这两个城市之间。他让司机停车时，我还以为终于到了，我们都下了车。走了十五分钟，我们来到一座小房子前面。一位漂亮的女士——他的妻子？——走了出来，坚持让我们留下。董和尚拒绝了，我们刚要走，她的儿子跑了出来，羞涩地抱住了妈妈的腿，董和尚捏了捏男孩高高的颧骨和满是痤疮的脸。接下来的一个小时，孩子的妈妈一再挽留，而董和尚则执意要走，并再三允诺不久就回来。最后，他终于摆脱了纠缠。

我们又回到主干道，搭上了另一辆公共汽车，坐了大约半小时，之后的场景就是前面那一幕的重复，就像中国版的《大爱》[②] 一样。不过，这次的孩子是女儿，也是高颧骨，

---

① 实际上，安徽省的省会是合肥，此处应该是作者搞错了。——译者

② 《大爱》(*Big Love*)，美国电视剧，住在盐湖城郊外的比尔，与三位娇妻、七名子嗣共同生活，当然随之而来的还有雪崩般的账单和债务。——译者

皮肤很糟糕。有谣言称练铁裆功会使男人阳痿不育。很明显，这不是事实。夜幕降临之前，我们又拜访了他的另外两个家庭。董和尚是安徽省的詹姆斯·戈德史密斯爵士①。虽然中国有严厉的“一家只能生一个”的独生子女政策，但很显然，董和尚决定和不同的女人都组成一个家庭，并都生一个孩子来规避违法的风险——这显然是恢复了中国封建的一夫多妻制。董和尚终于又从另一个女人那儿脱身了，我和虎汉站在后面看着。忽然，我顿悟了，这两个男人有一个共同点：他们都是骗子。

直到我们来到第五家，当第五个女人走出来和我们打招呼时，我才意识到我们漫长的旅行终于结束了。这个女人是他的母亲，而这位妈妈的儿子很显然有各种各样的浪漫承诺缠身。

董和尚的家在离安庆三十分钟车程的乡下，这里按照中国人的标准来看是富丽堂皇的：五座用砖盖成的低矮平房。一路上我总是想不通，一个练铁裆功的人怎么会有这么多钱来支撑五个家庭呢。

那天下午我得到了答案，他是一个功夫明星。董和尚在他的家乡附近建起了自己的武术学校，曾经的少林和尚学成归来之后，在自己家乡开办武术学校，这是很普遍的做法，也足以证明少林在中国社会持续的深远影响。但这也是一个大工程——大约有五百名学生在一个大仓房外面训练。

在董和尚和他委任负责的武艺导师协商后，我们上了一

---

① 詹姆斯·戈德史密斯爵士（Sir James Goldsmith，1933—1997），英法双重国籍，亿万富翁、金融家、业界巨头，并涉足出版行业和政界。最为人们所熟知的是他与多位妻子和女友有若干浪漫史，并拥有众多的孩子。——译者

节散打课。他孜孜不倦地练习了几个小时的正面侧踹。在回家的路上，他突然问了我那个问题：

“我可以教你铁裆功。”

“你真是个好人。”我回答道。

“学费两千美元。”

阿弥陀佛。

“我再考虑考虑吧。”我说道。

那天晚上我权衡利弊，从积极的方面看，铁裆功看起来像是中国的“西班牙苍蝇①”——相当于一剂浓烈的性药，哪怕你是个丑男，也会让女人对你十分着迷，欲罢不能，而且，还能使我在对打中不会受伤，不用再担心裆部。但另一方面，如果回家之后被其他人发现的话，我就会被迫接受治疗。我一直在想象当一位精神病医生得知，我每天早饭前都会重击私处时，脸上会是什么样的表情。砰！砰！砰！想想那种声音都觉得恐怖。

然而，聚会时你要有这一招的话，岂不是爽翻天啦。

第二天早晨，我一起床便听见男人的闷哼声。我走进走廊，声音是从董和尚的房间传来的。他又在和其他女人上床？门半开着，好奇心驱使我从门缝偷看了一眼。

董和尚半裸着下身，把自己的两个睾丸放在木桌上。每隔一段时间，他就用右手掌重重地击打自己的阴囊。他一边掌击，一边发出闷哼声。我畏缩了。

---

① 《西班牙苍蝇》（*Spanish Fly*），电影，多次被搬上银幕，最近一次是2003年由美国拍摄，说的是美国洛杉矶夜总会里使用催情药的故事。——译者

经过一阵特别残忍的重击之后，我用英语失声大叫道：“耶稣啊，圣母马利亚啊，约瑟夫①啊！”

他回过头来看着我，我羞愧地偷偷溜走了。几分钟过后，董和尚来敲我的门，我做好了最坏的打算，但他却一点儿也不生气。

“我刚完成晨练，”他说道，“来，我给你展示剩下的部分。”

我们走到后面一个空旷的庭院，董和尚仔细解释说，每天用重击法锻炼腹股沟只是铁裆功的一部分。另一个秘诀就是要强化这个部位的肌肉。他能收缩自己的肌肉，将睾丸缩进体内。所以当我在表演中踢他的时候，实际上是踢在了他附近的肌肉上。实际上，他能使自己变成一个活生生的肯娃娃②。

他告诉我，这是在对睾丸进行保养，但是仍然存在“生殖器问题”——这个问题我非常熟悉，因为我曾经从在大学里以“女人研究”为专业的朋友们那里了解过。为了防止受伤，他总是会在演出之前把自己的“小弟”用带子系到肚子上，省得它重击之下反弹到身体上，那会带来剧烈疼痛。这是必须的，但还不够——加强训练仍是应有之义。

我们走进后院，我看到一个巨型石质滚轴，还有几块大圆石，周围有绳索环绕着。要加强“快乐先生”的“铁裆”，

---

① 根据《圣经》，圣母马利亚是耶稣的母亲，而有人认为，约瑟夫是马利亚的丈夫。而天主教和基督教的不同点在于天主教是很注重圣母马利亚的。——译者

② 肯娃娃，芭比娃娃的男朋友或兄弟，时尚帅气的男性娃娃，作为可以换衣服的玩偶，肯娃娃身上的男性生殖器官在玩偶的身体上是非显性的，根本没有。——译者

其方法并不为大多数青少年所熟知。董和尚脱下内裤，捡起系在石质滚轴上的绳子，系在自己的“小弟”上。滚轴看起来像弗雷德·弗林特斯通①的车轮，至少得有四五百斤重。

董和尚身体前倾，两脚蹬地，绳子就从他两腿之间拖到后面。他尽力向前走。石质滚轴重重地待在原地，纹丝不动，但绳索颤动着，慢慢被拉紧了。董和尚喘着粗气，又发出了闷哼声。随后，滚轴开始极其缓慢地转动起来，跟着步履艰难的董和尚向前移动。这就像在娱乐体育节目电视网②二套节目中收看世界最强壮的男人比赛，当然，是色情版的。

他用他的生殖器拖着滚轴走了五步，我确信，我绝对不可能练习、掌握铁裆功，虽然我是受虐狂，但我也是有底线的。

董和尚解开绳子后，我说：“大师，您的绝技真是无与伦比。但是，我担心会吃很多苦，我还不够专注，没有那么多献身精神，不配做您的弟子，不敢浪费您的时间。”

“你的刻苦训练绝不会是浪费时间的，肯定会有效果。”

“对不起，我恐怕自己忍受不了。明天我该回少林了。”

“我明白了。”

那天晚上，董和尚的母亲为虎汉、董和尚和我准备了晚

① 弗雷德·弗林特斯通（Fred Flintstone），美国影视剧《摩登原始人》中的主要人物。聪明的弗雷德用石头、动物骨骼和毛皮制作出电话机、照相机甚至影印机。影片中的“汽车”以恐龙为动力，外形很像今天的压路机，“车轮”就是巨型的石质滚轴。——译者

② 娱乐体育节目电视网（ESPN，Entertainment Sports Programming Network），美国体育电视网，时代华纳旗下有线体育频道，于1979年成立，总部位于康涅狄格州的布里斯托尔。——译者

餐，然后回房休息。我不确定是什么食物，但是中国版的午餐肉在主菜中应该占了相当大的份额，简直难吃死了。我挑挑拣拣地吃着，由于近距离、亲眼看到了铁裆功，我仍然有点儿反胃。虎汉又在讲述自己身为骗子的经历，这是他的最爱。我的汉语最近六个月里突飞猛进，但在那天晚上，我大脑内部的语言转换器还是被累得够呛，速度慢了下来。当我意识到自己在谈话中已经落下了几个句子、需要尽快赶上时，我经常会重复“对对对”来表示礼貌，同时又掩盖了自己并不知道对方在说什么的事实。因为虎汉是个吹牛大家，我已经不再仔细听他讲话了。

“对，对，对。”

他肯定以为我听不懂汉语，因为聊了大约二十分钟之后，他面对着我，笑眯眯地拍了拍我的肩，就好像马上要恭维我的样子，然后用他最动听的声音说道：“儿子，当你爹和你说话时，你真应该听仔细点儿。你知道我操你娘的屄，对吗？”说完，他笑眯眯地看着我，等着我说“对对对”。

我当然一字不落全听懂了，于是也微笑地望着他，说：“对，对，对，我的曾孙子，你知道我操你十八辈祖宗，对吗？”

虎汉的脸一下子拉得很长，董和尚笑得从椅子上掉了下来。

大家继续吃饭，董和尚想缓和一下气氛，于是对虎汉说，“你以为他不懂，就骂他，但他却更狠地骂了你，这简直太搞笑了。”

一直到吃完晚饭，虎汉都没有再说话。

阿弥陀佛。

第二天，虎汉和我要回去了。董和尚决定跟我们一块儿坐三十分钟的公交车送我们去安庆，然后我们再从安庆坐长途公共汽车。因为拒绝了他向我传授铁裆功的好意，我有些内疚，就告诉他无需浪费时间送我们，而他却说："这是我应该做的。"在中国人眼里，送客是一件很重要的事，为确保客人万无一失地上路，他们宁愿花一整天时间陪着。考虑到当时中国基本运输设施的不稳定性，真发生什么事也说不准，加之各类严重交通事故数量的耸人听闻，送客还是很有必要的，同时也是礼貌和风俗。董和尚把我们送到安庆汽车站，又帮我们买了车票，才挥手道别。

安庆是我游览过的最穷城市，目光所及之处，唯一的工业就是自行车修理行业。午餐时间，我买了一些花生，还想买点儿可口可乐，但显然，在饮料的市场份额大战中，安庆成了百事可乐的天下。在露天公交车站的中央，我挨着虎汉坐在石凳上。一大早虎汉就一直很友好——好像昨晚的尴尬已经完全忘了，很可能他确实忘了。回想他以前的言行举止，是不是他用前额碎的那些砖块儿造成了他短期记忆系统的失灵呢？这可说不准。

在这个贫穷又远离海岸线的地方，看见老外仍然是一件新鲜事。我吸引了很多人的目光，从他们看我的眼神中，我猜想他们大多数之前从没亲眼见过活生生的老外。他们并不粗鲁，只是非常好奇。他们与我保持着一定距离，好像对我还有点敬意，围成一个半圆形聚集在我的周围。我继续吃饭，人越聚越多，我越来越觉得自己像个马戏团里的动物。

五十多个人在安静地看着我吃饭，而我则尽量忽视他们的存在。几分钟后，我终于抬起头来，用汉语对他们说：

“大家好，很高兴见到你们。”

一阵小声议论从人群中传来：这个外国人说汉语。

一位老妇人指着我的脸，用方言说了几句，我听不懂。

“对不起，我听不懂你的话。”我用普通话说道。

她自己又重复了一遍。

虎汉微笑着对我说，“她想知道你是盲人吗。”

“为什么？”

“她之前从未见过蓝色的眼睛，她想知道你的眼睛是不是受伤了。她说你有一双魔鬼的眼睛。”

我站起来，伸出手臂摸摸索索，假装是盲人。我像木乃伊一样伸手探寻着她，人们都很紧张。老妇人向后倾倾身子，但又无路可退。就在她面前，我停了下来，把手放在了她的肩上，直直地看着她说：“我能看见你，老奶奶。”

揭开了神秘的面纱，这些乡下人突然大笑起来。

老妇人对我笑了笑，说：“真是个淘气的孩子！”

人们散开了，村民们彼此拍着对方的肩膀，再三讲述着鬼眼老外假装盲人吓着了一位老妇人的故事。

3　教训

一个外国人直到六十五岁左右，仍然会时不时地想象，在合理的情况下，自己能一拳打在一个美国人的脸上——对于这一点，我那些从未在国外生活过的美国乡下朋友是很难理解的。即使是中国人（要知道，大部分中国人还是喜欢我们美国人的）都认为——至少有一部分认为——我们言行粗鲁，大腹便便，衣着艳俗，高高在上，享受特权，恃强凌弱，作威作福，毫无经验，轻信他人，骄傲自大，目中无人，自以为是，根本就是一帮无知的流氓恶棍，我们对美国以外的任何文化都没有兴趣，只关注本民族的文化。我曾和一位日本记者谈过话，他对我说："你不像美国人。"我稍微有点受伤，于是问他为什么这么说，他答道："因为你会聆听他人的心声，而不只是醉心于自己所能接受的价值观，并且喋喋不休地宣扬。"

我在少林学艺期间，少林寺一度流传着这样的说法——老外相当擅长散打。那也就是说，在这儿的一万多名中国武术家中间，突然多了个美国人，大家都可以一掌打在他的脸上而不用被抓进监狱——在"合理的情况"下。然而，我对这一切都茫然无所知，承师父一直在保护我，所有的一切我都是后来才知道的。他为我挡住了大部分想找机会和我对打的人。第一位找上门来而承师父又感觉挡不住的是明师父，他是武术中心的武艺指导师父，在武术中心专门教中国弟子。他和承师父有相同的地位。

周六早晨的散打课上，明师父和他的同事们都在等着我露面，那是我练散打的第二个月，我突然发现，似乎所有的师父都想把我这个徒弟痛打一顿，我不免开始有些胡思乱想。

比赛一开始，我就踮着脚尖跳跃。明师父似乎站在那儿化为了雕塑，一动不动，当承师父拍手表示对打开始时，他也没动。由于我是紧张的一方，于是我首先从正面来了个侧踢。

“身长优势”带来的一个问题就是，四肢越长，就要用越长的时间才能击中目标，对初学者来说就更是如此。因为散打是允许用摔跤动作的，所以进攻太慢就很危险了。从明师父注意到我的脚离开地面，到我的脚离他身体几厘米的这段时间内，他都能坐下再站起来了。然而，他还是岿然不动，直到我的脚几乎要碰到他时，他才有了动作，而且快如闪电。他抓住了我的脚踝，向后一退，就把我的腿拉直了，然后转着圈向前猛地甩了出去，就像一个人接过一桶水，然后又泼在了火上一样。如果动作规范，这样一抛就能产生一种向心力，使被抛者像直升飞机失去尾翼一样在空中盘旋。作为武术指导的师父，他做得非常规范。我在空中停留了足够长的时间——旋转了两圈，才摔在地上。

明师父的朋友们都大声叫好。

“对，给老外展示展示手艺！”

“你看到那老外是怎么飞的了吗?”

“揍扁他!”

“给他看看师父和徒弟的差距!”

我感觉自己又回到了儿时的运动场上，受尽坏孩子们的欺凌。

我再次踢腿，这次是回旋踢，速度很快，他应该抓不住。然而，我的回旋踢就像是一个肥胖的男人在潮湿的天气里踢出了无力的一脚。在踢到他之前，我就知道会发生什么了。明师父像上次一样抓住了我的腿，一个天旋地转就把我扔了出去。只是这次当我从他身边飞过时，他一伸腿把我垂直的那条腿绊倒了。这一招能让对手摔得更快、更狠。确实如此，这次，我爬起来的速度更慢了。

这是示范给初学者的第二摔。对他来说这不是散打比赛，只是某个教学论坛而已。这也正是他的朋友们觉得有趣的地方。实际上，他是在教训我。他无需冒险进入我的攻击范围之内，用拳头、踢腿来攻击我。他只需简单地等我踢过去，这样他就能依次把散打的摔法复习一遍。这是个好策略，但从他上次的摔法中，我注意到他一个弱点。由于过于自信，在双手抓住我的腿时，他没有很好地保护头部，其实这需要格外警惕，否则你的脸就完全处在攻击范围之内了。

所以，当我缓慢地踢出回旋腿时，并没有挺直臀部，而是收缩臀部使腿变短。像我想的一样，明师父又抓住了我的腿，并直接伸脚就去扫我支撑身体的那条腿，这是他向大家展示的摔法第三招。双手抓住我的腿时，他的脸就毫无防备了。我一甩屁股，一记狠狠的右勾拳打了出去。我想把他的鼻子打进脑门。他一愣，惊恐地放开我的腿，赶紧护脸，可在此之前他脸上已经连挨了几拳。

我不想给他留下任何恢复过来并改变策略的时间，于是我又缓慢地给他来了个短腿回旋踢。他像以前一样准确地抓住了我的腿，我也像以前一样，极为准确地打了他脸三拳。他的嘴和鼻子都破了，满脸是血。

这次他把我摔出去时，惊得手足无措，两眼在屋里看来看去，想再次确认这是他从小长大的地方，不是某个老外能奇迹般地战胜中国功夫大师的平行时空。他弯弯膝盖，检验地球引力。又看看窗外，发现依然是蔚蓝的天空。他扭动脖子，回头发现他的同事们依然还在那里。他们都在，但是现在都在嘲笑他，证明在这个时空里，脸面和耻辱仍然存在。他垂下头，抬起胳膊向承师父示意，他打够了。

当他的同事们离开时，我还能听见他们继续嘲笑他的声音。但是没有人再来挑战我了，这是武术中心的师父第一次和我对打，也是最后一次。

4　第六人种

作为禅宗佛教和功夫的发源地，少林寺已经成为大多数西方人组团旅行、来远东寻求真理的一个重要站点：在恒河水中，同你的印度导师沉浸一周；在尼泊尔的修道院，沉思静默十四天；在京都接受几次禅宗和射箭艺术的课程；再跋山涉水去西藏朝拜；最后，来河南同少林和尚学习功夫。

久而久之，我逐渐习惯了上述类型的老外，开始欣赏他们在支持我自尊方面的相对价值。和他们相比，我是头脑清醒的典范。有个比利时女人能和亡灵交谈，她声称自己必须要离开少林，因为附近有许多灵魂都因暴力惨死，仍在伺机报仇。之后有一对瑞士夫妇，他们花了半年时间在国内募集福利救济基金，并来少林做了捐赠，就是要在东亚寻得内心的平静。他们东亚之旅的少林寺一站结束于到这儿之后的第三个晚上——丈夫喝醉了，把妻子的一个眼圈打得发青。但是，在这些神经质的游客当中，那个叫迈克尔的芬兰人才绝对是最疯狂的怪人。

我的西班牙朋友卡洛斯离开大约四个月后，小虎冲进我的房间，告诉我村里又来了一位外国人。小虎说是一个年龄和我相仿的年轻人。

我问了我想要知道答案的唯一问题。

“他讲英语吗?”

“我不认为他讲英语，因为我跟他用英语对话时，他一声不吭：‘fucka ah youah，madafacka.’”

“小虎，我跟你讲过不要对陌生人说脏话。”

“我忍不住啊，除了你，没人和我操练啊。”

作为少林寺的老外欢迎委员会的代理主席和唯一成员，我决定去看一下这个老外是否像所有优秀的外国人一样能讲英语。

“他的房号是多少?”

“他不住在武术中心，他住在少林功夫研究院。”

“是哪一个学校?”我问道，“我从未听说过。”

“在寺院大西边，走，我带你去。”

可能是因为要认识一位讲英语的新朋友了，我特别兴奋。走在挤满游客的道路上，我甚至都没意识到不少游客都在冲我喊“你好!”或是“看，老外!”

我之前从未到过少林功夫研究院。学校名字很响亮，地方却小得可怜，只有一栋孤零零的石质宿舍楼，十几个中国学生正在外面训练。知道我要找谁之后，他们指向了一楼的一个房间。屋外有一辆平板货车，四个中国搬运工正用力将一架立式钢琴搬到地上。我把头探进屋里，看到的是一个更瘦小版本的我：相同的年龄和身高，棕色的头发，浅色的眼睛。当他回头看着我时，我发现他不是蓝眼睛，而是绿眼睛，但除此之外，我们的相似度是惊人的，尤其是在这么长时间以来我都是这儿唯一的白人的情况下。

我都感觉自己想指着他用汉语说：“看，一个老外，那么高，真是太高了。”

我当然没有这样，而是用英语说：“你好，我是马修。”

“很高兴见到你，我是迈克尔。”他答道，略微带点北欧口音。

我笑了笑，“很抱歉闯了进来，我听说又来了一个西方人，感到非常兴奋，你的到来使咱们西方人的数量加倍了。”

他的表情没有变化，一双似乎能穿透一切的绿眼珠一眨不眨地盯着我。我开始担心，他可能只知道几个英语短语，不能长时间流畅交流。但当我问他从哪儿来，来少林干什么时，我发现，很明显他的英语非常流畅。

迈克尔过去一年一直在北京生活并学习功夫，他对那边的训练已经厌倦了，于是决定来少林。他的老师对此并不乐意，但还是做了安排，让他跟一位先前是少林和尚的人学习，这个人就住在少林村西面。我问他为什么不住在武术中心，因为老外住在其他地方是违法的。他说武术中心住宿的房价太高，他不认为自己住在这儿会有什么问题，也不介意少林功夫研究院艰苦的生活条件，他唯一需要的就是他的钢琴。

在我们相互了解的过程中，搬运工人正在勇敢地将那架立式钢琴拖进这间小屋的一个角落。我刻意避免去谈论屋里这台粉色的庞然大物，因为把这样一个奇怪的东西带到少林好像并不会有什么太好的结果。但既然他提到了钢琴，我就问道：

“你在河南什么地方弄到这架钢琴的？”

“我在北京买的。”

“你把一架钢琴从北京运到了少林寺？”

“运费不贵。”

“但是这儿甚至没有一条连接北京和郑州的高速，只有乡村小路而已。”

“是的，所以我需要给钢琴重新调调音，我喜欢有音乐在我周围。”

几个搬运工终于把钢琴放在了迈克尔想放的地方。他坐在钢琴前，一挥而就演奏了几首经典曲目，绝对是中上水平，我知道我应该听出来是什么曲目，但我没有。我的钢琴生涯短暂而痛苦，十一岁时就结束了，我一般都不会再拾起那段记忆。看着一个芬兰人在中国东部偏远地区的少林功夫学校里弹奏钢琴是如此令人不安，以至于我感到头晕目眩。我很想立刻抽身而去，但还是耐着性子听了一段时间，以便让自己不显得唐突失礼，然后马上就找了个理由离开了，并邀请他安顿好一切之后去我那儿玩。

当天晚上迈克尔就来拜访我。他坐在我对面，没有任何预兆就直接进入了主题。

“马修，你听说过第六人种吗？”

“没有，可能没听说过，那是什么？”

“到目前为止，人类的意识已经有了五次演变，你知道吗？”他又问，用他那似乎能看透一切的绿眼睛注视着我——一种专家的眼睛，闪烁着权威的光辉——脸上没有任何表情。

“嗯，不，我不知道。那次‘会议’我肯定是错过了。所以，你是说……我们是第五人种？”

“完全正确，但是第六人种的时代即将到来。人类意识即将再次进化，产生第六人种。”

“我明白了。”我心里一沉。

“当然不是每个人都会进化。”

“当然。”

“这是精神达尔文主义。”

“你的意思是说，就像是没有纳粹含义的社会达尔文主义①？”我说道，希望他能笑笑，然后告诉我他所讲的只是个玩笑，一个斯堪的纳维亚版本的玩笑。

但他没有。

“第六人种将掌握更高的意识形态，人们将能读懂彼此的想法，也就不会有误解的存在了。没有误解就不会有暴力，不会有战争。”

“真的？我认为知道别人对你的真实看法，可能会产生更多的暴力，而不会减少。”

“不，第六人种将以一种更高的意识形态存在，在那种状态下，所有肮脏下流的想法都会消失。我们将看到自己不是单独的个体，而是同根同源的整体。”

“就像印度教徒信仰的那样。”

“这不是信仰，是知识，是感知。将一定数量的人的能量注入进化中是必要的，之后，影响就会向外波及。”

“这样我们都将是第六人种的一部分吗？”

“不，有些人会拒绝加入，并将依然停留在低层次的意识形态里。”

---

① 达尔文主义、社会主义都曾是德国法西斯纳粹建立时所宣称的口号，作者这里的意思相当于说“这是达尔文主义去掉糟粕的精华”。——译者

“那他们会有什么后果呢？”

“他们将会消失。”

“对，那么这会很快吗，就像从天堂直接坠落下去那样？还是像尼安德特人一样迟缓地消亡？”

“这就像是进化规律，”他说，“当我来中国时，我有一些教众留在了日本。你知道，当我们从日本上空飞过时，我感到一股很消极的能量，所以大部分日本人会消失。”

“好，那还有哪里不会完成如此大的进化？”

“德国人，他们释放出了同样的黑暗能量。”

我点了点头。

我已经放弃了他是在开玩笑的希望，也心甘情愿地接受了他是新人种的事实，虽然他是真理寻求者当中最古怪的。可他一直都用那种似乎能穿透一切的锐利目光盯着我，并且那么平静地诉说，这让我很困扰。如果你和普通的疯子待在一起，你会看到一种蜇人似的目光，他们的脸和手也会下意识地抽搐，好像他们的灵魂在自己身上极不自在似的。但迈克尔却完全不是这样，他就像是在给一位极其愚钝的学生讲解简单的数学论证题目，他那种镇定自若让我颈部的汗毛都竖了起来。我多年功夫训练的神经开始奏效了，我留意了他体格的大小，目测了我们之间的距离，设想出了一系列针对他的攻击方案。

“很好，你人真好，能过来玩儿，并告诉我这一切，”我说，“那么，明天你要开始功夫训练了吧？”

“我来少林是招募新人的，联合他们的力量共同促成第六人种演变的伟大事业。”

“祝你好运。中国人非常关注他们在经济上的发展和演变。”

“在坐火车从北京到郑州途中发生了一些事情之后，我就知道这儿是我必须要来的地方，”他继续说道，“当时我正在沉思，并且已经很深入了。我周围的火车车厢打开了，云彩飘散，奥丁和托尔降临了我的车厢。你知道他们吗?”

不管怎么样，我还是成功地板起了脸，憋着没有笑出来。

“没有亲自见过，所以不认识。”我说道。

“奥丁是挪威万神殿的独眼统领，托尔是雷神。”

“对啊，我小时候玩过‘龙与地下城’的游戏。”

“我告诉他们第六人种就要来了，他们认为这是非常重要的，所以他们同意为这个计划融入自己的力量。”

“你告诉他们关于第六人种的事儿，然后和他们联合起来了？奥丁和托尔?”

“是的。”

“我知道奥丁和托尔在一定程度上曾红极一时，但已经是过去式了，他们是失宠很长时间的二级神灵，但你是说他们不知道第六人种的事儿?”

“你不相信我吗?”他问道，那张脸上终于显露出某种情绪。他被惹恼了，双眼也眯缝起来。我终于破坏了他无所不知的大师形象，于是我开始步步紧逼。

“我是主修宗教专业的，已经读过很多奇幻故事，足够让我相信那些事情会发生。但是所有神奇的事都有一个共同的特点：只有切身体验才会让人类信服。我还从未听说过这样的事——能与神相遇，而且神都被招募进了你的高尚事业，为你所驱遣。”

他身子前倾过来，一双绿色的眼睛比以前更有穿透力，问道：“你是主修宗教专业的吗？”

“是。”

“所以你阅读了其他人的经验，知道那和自己的经验是不同的。”

“是的，我知道。”

“知道某事是真的，和相信某事是真的，这是不一样的。如果你所做的只是从阅读中了解别人的信念，你怎么知道真相？”

我怒视着他。他来到我的房间，还来挑衅我？经过激烈的内心挣扎后，我才克制住了自己。

知者不言，言者不知。

“好吧，迈克尔，你说得对。我想我并不知道事情的真相，”我勉强咽下了自尊受挫的苦涩，“我想我现在所有的想法都是我自己的理论，还有一些质疑，仅此而已。”

“但是你不想知道真相吗？”

“当然，谁不想知道呢？”我好像已经落败了似的，压制着自尊，我继续道，“既然奥丁和托尔都跟你统一战线了，你可以请他们来我房间，这样他们就能告诉我第六人种的事儿了。”

他没回应。我们默默地注视着对方，直到我说：“我其实应该更早点上床睡觉，明天还有训练呢。”

他也觉得自己该回去睡觉了。我们握了握手，并彼此承诺改天再会，两人基本上都把在一次不愉快的争论后想尽量表现友好的话说了个遍。

我以为这应该是我最后一次见迈克尔了。就在那一周，很多少林和尚来问我关于他的事。迈克尔剃了头，穿着僧袍在镇子上瞎逛。还没有出家的人这么做，通常被认为是很冒昧的。但那些和尚们，却更倾向于为此找到一些更可以谅解的理由，他们问我："他是不是有点儿神经病啊?"

"不只是有点儿。"我说。

一周之后，迈克尔又来找我了，当时我正在训练。下课后，他走到我身边，还没忘记我们的争论，也没有放弃他的努力——继续招募我进入第六人种的神圣事业。

"昨晚我冥想时，耶稣来看我了。"他说道。

"他似乎经常来拜访少林。"我说。

"我告诉他关于第六人种的事儿，他非常兴奋，并承诺为此贡献自己的力量。"

"太好了，迈克尔，你一定非常高兴，现在你已经预定了一位可靠的名人，你的计划无疑会畅通无阻。我希望你的功夫训练也能进展顺利，我该回去训练了。"

我很确信，事情应该就此结束了，但迈克尔百折不挠。不过，一周后他第三次回到武术中心时，稍稍有点儿动摇了。他和他的少林武艺指导老师关系恶化了。他解释说，在北京时，他已经研发出了"完美进攻"，他是来少林测试其完美程度的。他和他的老师曾在少林寺轻松对打，这时，迈克尔决定亮出他那"无法防御的"绝技。据迈克尔说，他的进攻奏效了，只是效果太好了。他的教练完全抵挡不住，因此恼羞成怒，用尽全力愤怒地攻击了迈克尔。迈克尔给我看了他手臂和胸前的伤痕，证明这场发生在少林寺的格斗确实存在。

事情发展到这一程度，我决定仅仅把迈克尔当成一个古怪的家伙。在方圆一千英里的范围内，对除我之外唯一能讲英语的人，怀有怨恨之心并不容易。

“呃，你不用担心，”我说，“如果你有完美的技能，似乎就不需要再跟他训练了。”

“这是真的，你想见识一下吗?”

我在少林寺明白了一件事儿，就是武术家们喜欢展示他们的绝技——这一点和过去的武术家不同——他们觉得需要证明自己学到东西的价值。我还学到一点，如果你同意参与到一次示范中，那么，最终你总是会不可避免地遍体鳞伤，并后悔当初答应对方参与演示。但是我知道每种攻击都会有化解之术，所以我很好奇，想看看这个芬兰狂人的“完美进攻”到底神奇在何处。

迈克尔把他占优势的右侧向前，右拳部分展开，左掌放在脸前防御。右臂做矛，左手为盾，他看起来像是个没有武器的古希腊重装步兵。

我换成散打的姿势，身体放松，重心落在后方的右腿上。“那么我要慢慢进攻了，先用一半的速度。”我这么说是作为警告，以免他反应过度。我把身体重心前移到左脚上，踢出了一记右脚回旋踢。进攻到一半时，他探步上前，右脚把我的左脚踩在地上，一记轻刺拳，距离很短，从他出拳的位置径直打到我的鼻尖。

“这就是你的完美进攻?”

“所有的这一切都取决于时机的掌握。看，我在你踢到我之前打到了你。”

“这是你创造的?”

“我在北京冥想了一晚上想出来的。”

我就那么盯着他。我的学究气被勾了起来。他很显然没考虑到我是个十足的书呆子，已经读过李小龙的《截拳道之道》。刚刚迈克尔展示的攻击就是李小龙描述的第一个技巧，也是他武术风格的基础。刺拳是最迅速的拳法，因为它的进攻路线是最短的——从出拳处到对手头部两点之间呈一条直线。拳击手通常让自己的弱侧向前，并用刺拳开场迎击，这是更有力的一种进攻方式。

李小龙的理念是把自己优势的一侧向前，因为刺拳更快，你可以用身体较强的一侧出拳，来弥补刺拳力量的不足。这是一种折中，是聪明的攻击方式。李小龙能从他优势的侧刺拳中爆发出一种巨大的力量，但这并不是一种完美的、不可抵御的招数。当然，就算是这个招数，也不是迈克尔能想到的。

“迈克尔，你在北京冥想的那天晚上，是不是李小龙碰巧也去拜访你了，你向他展示了自己对第六人种的深刻理解，作为交换，他也向你展示了这一招，是吗？”

“我不明白你的意思。”

“你应该明白，因为你并没有创造这个招式，这是李小龙创造的，就在他的书里写着。”

“我从未读过他的书。”他说。

“这在他所有的电影中都有展示。他总用这一招，像这样站着，”我边说边模仿他的侧向风格，“用脚前掌跳跃着，对手一动，他就迅速出击，用右手击中敌人。你的拳更像是直刺拳，而他更多的是用反手拳。但这是相同的招式。”

“这是不同的，李小龙不会踩住对手的脚。”

“哦，所以你现在是说针对李小龙的这一招式，你做了改进。”

“我的招式很完美。”

“不，没有那么完美。”

“没有招式能破解它。”

“那让我来给你展示点东西吧。”

我后退几步，冲了过来，低头弯腰，就像个橄榄球疯子一样给他来了个抱摔。当我的双臂抱住他时，他的拳擦过我的后脑勺，没有击中。他背部着地，而我按住了他的前胸。

我站起来说：“没有完美的招式。所有的攻击技巧都有化解之道，而且所有的化解之道也都有它们各自的化解之道。任何招式都有其克星。刺拳是一种高位拳，所以我弯下腰去，朝你冲了过来，就化解了你所谓的‘完美招式’。而要想化解我刚才那一招，你应该直接起膝，用膝盖对付我的脸，因为我的脸没有设防。顺便说一下，如果你要剃掉头发，就不要穿僧袍。你不是和尚，中国人认为这是很粗鲁的。我们是这里仅有的两个老外，所以你的行为会对我产生不好的影响。”

迈克尔什么也没说，离开了武术中心。

一周后，迈克尔决定搬回北京。他在这儿还没坚持到一个月，为此，我邪恶的内心暗自高兴。

“少林的能量很糟糕。”临走时他告诉我，钢琴也没有带。

“好吧，我想当第六人种来临时，我们就没有存在的价值了，唉，运气真是糟糕啊，”我说，“替我向托尔问好。”

然而，这不是我最后一次见迈克尔。有一次在北京，在喜来登饭店的大厅里，我无意中碰到了他。他刚从巴黎飞过来，已经找到了许多天使投资人[①]，那些人愿意在法国为他建立自己的功夫冥想学院。

当他告诉我这些时，我忽然发现所有的事都讲得通了。正如中国人说的那句话，“不是所有的拜佛者都信奉神灵。”迈克尔是疯狂的，那是一种狡诈的疯狂。他来少林不是寻求真理，他是来这儿扩展自己第六人种新时期的履历的。

---

① 天使投资人（Angels Investors），在风险投资领域，“天使”这个词指的是企业家的第一批投资人，这些投资人在公司产品和业务成型之前就把资金投入进来。——译者

5 黄色笑话与啤酒

一天晚上，我正在给妈妈写信，小虎对我说："包默思，你应该去表演大厅看看，'长矛'回来了。"

"'长矛'是谁?"

"他是表演队的成员，去了武汉体育大学[①]。他可是全国长枪和长剑的冠军，功夫十分了得。"

"比德清还厉害?"

"对。"

"这不可能!"

我以为这只是小虎的偏见。修习长枪和长剑的武术大师需要四肢纤长，身体柔软，因为枪术和剑法套路的表达需要借助一系列优美的身体扭曲与旋转。而身形宽阔、肌肉发达的人更适合练棍棒和刀法，因为它们注重表现力量与跳跃技巧。小虎是专业练长枪的，而德清则身形宽阔，肌肉发达，更适合练棍棒和刀法。

我来到练功室，看见"长矛"——毛刺般的短发，棱角分明，体态轻盈——他正在展示枪法。当时在旁边观看的只有德清一人，他看上去并没有因为对手的归来而格外开心。就技巧来说，小虎是对的。"长矛"在枪法技巧上确实无懈可击，他动作如行云流水般一气呵成，是我见过最棒的了——虽然他没有德清的爆发力与跳跃能力，不过再一想，也没有人在这些方面可以与德清媲美。

“你进步了，”德清不情愿地说，“在棍法上我也新添了几招，看看吧。”

德清整个展示过程中都力量十足，跳得比平时更高、更轻盈，击打也比平时更有力。但是在观赏了“长矛”的表现之后，相比较而言，我能发觉德清技巧中细微的不完美之处，白璧微瑕。

德清挑战味十足的棍法展示结束后，“长矛”说道：“力量有余，规范不足。”

“我们在这儿都没有完全按照套路展示啊。”

“这我知道。”

然后，两人继续研究各自的招式，同时又在偷偷摸摸地互相打量着对方的招式。最后，德清扔掉棍子，什么都没跟我说就走出了表演大厅。他败给了“长矛”，有点不习惯。

小虎把我介绍给了“长矛”。我邀请“长矛”共进晚餐，想要收集一些情报。武汉体育大学因为拥有全国最强的自由搏击队而声名远扬。当时70公斤组的国际冠军就来自武汉，我希望他能成为今年秋天我参加郑州散打锦标赛的对手。

明白我的意图后，“长矛”提出可以带我一起回武汉，带我参观他的大学，并把我介绍给那位冠军。

---

① 实为武汉体育学院，可能是作者记错了，或者是当时翻译的问题。——译者

“你觉得他会介意吗?”我问道。

“他为什么要介意?他是世界上最厉害的，没有什么可担心的。”

“恐怕确实是这样。”

“长矛”在少林寺花了几天时间见了见他的老朋友。随后，我安排了一辆汽车把我们送到郑州，从那里坐火车去湖北的省会武汉。郑州依黄河而建，而武汉则是长江上的重镇，一路都是直线向南，两地距离大约六七百公里。武汉是一座工业化城市，我从火车上就能看到一个个高耸的烟囱。那里在地域上属于亚热带季风带，此时正值酷夏，空气湿度很大，湿臭味弥漫其中。我几乎能看见工厂排出的烟尘飘浮在空气里。如果你对全球气候变暖很是忧虑，甚至有些绝望，那你绝对不会想来武汉。

“长矛”和他的七个武术队友同住一间屋子。他的队友是一群爱凑热闹、精力充沛的年轻人。我们简单做了自我介绍。很明显，“长矛”时下是他们的行政领袖，他们需要简略地向“长矛”报告一些情况。眼下有这么一件事，一个男性拳击手和一个男性摔跤手产生了分歧——问题的焦点在于女子武术队的一个年轻女子。摔跤队在武汉体育大学中最具影响力，然而随着争吵的逐步升级，整个拳击队决定要挑战摔跤队的权威。一场打斗已经被提上了日程，但一名教练听到了风声，这场打斗随即被取消了。拳击队希望武术队能成为他们的后援。

“摔跤队那帮家伙比我们强，我们需要带武器。”一个圆脸的队友说道。

“要钝的那种，不能太锋利。我们不想死人。”另一个正在玩弄一把表演用剑的队友说。

“如果我们不援助他们，拳击队是不会打的。”圆脸又说。

“他们可以去找自由搏击队。”

“他们才不掺和呢。他们认为自己超然物外，凌驾于一切之上。”

“长矛”考虑了眼下的情况，一分钟后，他做出了决定。

“我们静观其变，等打斗结束后，看看谁是赢家，我们再选阵营。”

问题解决了。他们把注意力转向了我。

他们非常有礼貌，也很友好——我是他们头儿的新伙伴。在我逗留期间，圆脸主动提出来，要把自己的床位让给我。

“那你睡哪儿?”我问道。因为地板是水泥的，很脏。

“我可以和其他人挤一张床。”

“不，不，不，谢谢你，谢谢你，谢谢你。”我说，“你太好客了。但是我已经在这里的旅馆订好床位了。”

“长矛”站起来说：“我想带你去见一个人。”

我们沿着走廊往前走，路过一个有八张床的房间，里面到处都是各种各样的体育用品——篮球、拳击用品、橄榄球。行至走廊尽头，“长矛”敲了敲一扇门。一个挺有领导派头的人打开门，我很快认定他是个官员。因为当时能配上办公桌和写字椅的可是这儿摔跤队的头号人物，不久我就认识到，他简直是这所学校的王公贵族。他自己有一整间房，是个大块头，看上去凶神恶煞的，那一脸的凶相好像随时就要狠狠揍别人一顿似的，嘴角总是挂着一副随时要讥笑他人的表情，很明显，他已经选择了威吓作为自己的领导风格，要让大家都怕他。

“啊，‘长矛’，你从少林寺回来了？你要干吗？”

“我带了一个人来见您，大哥。”“长矛”说道，语气中带有一丝恳求的意味。

“嗯，怎么，是个老外？有什么事儿吗？”

“他是个美国人，在少林寺学功夫，很有天赋，甚至还会说汉语。”

就在此刻，我忽然明白了，“长矛”为什么要邀请我来武汉。我之前也遇到过类似的情况。在一个出境旅游封闭的国家，有一个老外朋友，在世俗的眼光中是有手段的象征。“长矛”头脑冷静，精于算计，故此邀我前来。通过向这位“大佬”展示自己的外国朋友，他想让“大哥”感受到他潜在的价值。而既然他要帮忙介绍我认识锦标赛的冠军，作为回报，给这位“大佬”留下深刻印象也就是我的责任了。

“认识您很高兴。”我说道。

“大佬”面无表情地看看我，又扭过头去了。他也知道“长矛”的目的，但他并不准备上钩。他在学校里是有头有脸的大人物，还不至于随随便便就对某个老外敬若上宾。“长矛”很郁闷，但也不知道如何救场。

“长矛”对我还算热情，所以我感觉自己有必要尽力，于是赶紧接过话茬：“大哥，久仰大名，所以我才恳求‘长矛’介绍我们认识。大家都说你是学校里的大人物。所以我想举办一次宴会，请你吃饭，如能赏光，不胜荣幸。”

顺着我的话，“长矛”说道：“是啊，我们邀请您的整个团队和我们武术团队一起联欢。”

“大佬”终于勉强扯出了一个假笑，但依然不看我们俩。

“星期三。”他说道。

就这样，我们被打发走了。

“长矛”邀请我到学校餐厅吃午饭。虽然学生们是大学生的年纪，但这里却总让我有种高中的错觉。学校餐厅的桌子按照团队派系划分开来。男孩子们谈论着有关打斗与比武的事。武术队的女孩子们像石南花一般漂亮，受欢迎，但脾气暴躁。在这里，身体对抗是高强度的，男女生之间关系紧张。与武汉相比，少林寺简直是一片宁静的海洋。

那天下午，“长矛”带我去了自由搏击队的训练室。那里充满了旧体育馆里特有的汗味。屋子的中央是擂台。两个重量级拳手正在你来我往、挥拳踢腿，对打十分激烈，肉搏声不绝于耳。两人都孔武有力，肌肉发达，看起来就像美国的职业棒球手贝瑞·邦兹①一样有活力。

“长矛”把散打冠军带了过来，向他说明我的来意。我们一边恭维对方，一边从头到尾地打量对方的身体，这是散打者共有的习惯——寻找对方的弱点。他无懈可击，有完美的体型：身高大约一米八，腿比躯干略微健壮一点儿，身上没有一丝赘肉。他看着我，计算着我腿的长度，看到了我的缺点：一米九的身高，双腿很长，重心很高，这就让我格外

---

① 贝瑞·邦兹（Barry Bonds，1964— ），本名 Barry Lamar Bonds，是前美国职棒旧金山巨人队的球员，目前是自由球员。他被认为是最伟大的球员之一，一共拿下七次最有价值球员头衔，是职业运动员中最多的；以记录来说，更是被誉为有史以来最顶尖的三个打击者之一。——译者

容易被摔倒。冠军知道我很清楚他在看什么。突然，他迅速弯下身子，抓住我的腰部把我举了起来，就像举一片羽毛到空中一样。

“你必须防备这样的攻击。”他放下我说。

这既是免费的课程也是一个下马威，一箭双雕。

“谢谢，”尽管我习惯说很多“谢谢”，但这会儿我就说了一次，“我会尽力的。”

我们坐在长凳上。冠军啪的一声打开了我带给他的雪碧。他很热心，丝毫不做作。全国散打冠军是我在中国见过的最好的武术大师。他们是最棒的，并且无须再次证明，但这项运动不会给他们带来多大的名声，也没有高额奖金，正好可以避免他们被胜利冲昏头脑。冠军在来武汉上学之前一直在塔沟学武。我们聊了聊共同的熟人。恰到好处地聊了一段时间之后，他就去练习了。我则留下来继续参观。武汉的这支自由搏击的队伍棒极了，他们的武术水平要高出我好几光年。

在中国的宴会中，座次是很有讲究的。作为最尊贵的客人，“大佬”坐在长桌的一头。我是做东的人，所以坐在另一头。武术队的队员们坐在长桌的一边，“长矛”紧挨着“大佬”。摔跤队的队员们则坐在另一边。

我遵循着该有的礼节程序，带头敬了两杯酒，开始了晚宴。第一杯敬我们两国之间的友谊。第二杯敬武汉的“大佬”，他也很优雅地举杯，欢迎我来到武汉。之后我又端着四杯酒，沿着桌子走到“大佬”身边，敬了他两次酒。但对方并不领情，他认为这是自己应受的礼遇。桌上摆满了各种菜品，“长矛”试着用热情感染“大佬”，在他耳边低语，但“大佬”却对“长矛”的算计甚为恼火。

宴会还在进行，“长矛”看起来有些闷闷不乐，“大佬”看来作好离场的准备了。宾客们喝了很多啤酒与白酒，大家的视线开始模糊。我觉得自己有责任拯救“长矛”，让他“阴谋得逞”。我熟知在场宾客的性情，大家都是年轻的小伙子，所以我决定讲一个我在中国学到的黄色笑话。这是孤注一掷的尝试。

“听着！听着！”我说，“我在北京学了个笑话。你们想不想听？”

“想。”“长矛”大喊道。

“好的，有一个叫小芳的北京姑娘。我告诉你们，这是个很好色的姑娘。我的意思是她很需要那个——一直如此。每次她都把她可怜的男友累得精疲力竭。呃，有一天，她和男友坐面的（大家面对面围坐成一圈的面包车）去购物。只剩一个空位了。所以她男友坐在座位上，她则坐在男友的腿上。然后，你知道路况是什么样儿。她不停地颠上颠下。”我边说边在座位上颠上颠下，好像我是小芳，椅子是她的男友似的。

席间是一片死寂。他们不知道该如何回应一个老外在中国用汉语给中国人讲黄色笑话。发现没回应，我继续道：

“很快，她开始感觉到男友的兴奋了。这让她春心萌动，想要得发狂。但是大家都在看着，她能干什么呢？通常，她都是只穿裙子不穿内裤的。所以慢慢地，极其缓慢地，她沿四周一寸一寸地掀起自己的裙子，裙摆的一部分盖在男友身上，她拉出男友激动的‘小弟’，趁大家都没注意，塞进了自己体内。但是你大概不知道吧？车子恰好行驶到很长的一段平滑路面上。他的那个在她体内，但她不能让别人发现她在干什么，所以不能动。她快要疯了。你认为她接下来会干什么？”我问在场的人。

一片死寂。

“她弯下身子靠近她对面的男子，”——我将自己抬起来，距椅子大约十几公分，看着一个摔跤队员，竭尽全力模仿一个音调尖锐的中国女孩——“先生，你要到哪里去？”

我坐回去，然后又把自己抬起十几公分，看着武术队的一名成员，用同样的嗓音说道，“老奶奶，你要去哪儿？”然后坐回去。接着又站起来一点儿，“你要去哪儿？”坐回去。我骑着我的椅子，是牛仔倒骑马的姿势，速度越来越快。起身，“你要去哪儿？”坐下。起身，“你要到哪儿去？”坐下。

模仿着最终达到高潮的小芳，我拍着手，尖声叫道，“我们都去那儿了！我们都要去那儿！去了！去了！太棒了！太棒了！太棒了！”

我讲完笑话的一瞬间，能听见的只有吸气声，然后“大佬”猛地从椅子上站起来，举起他的啤酒杯，大声喊道：“好！好！这个老外讲得好啊！”

随着他豪放地吆喝着定了调子，整桌人都笑得前仰后合，几个男孩甚至笑得坐到了地上。“大佬”也擦了擦他笑出的眼泪。

随后，我成了那天晚上席间最受欢迎的家伙。甚至连“大佬”都亲自带着四杯酒来到我的座位旁边向我敬酒。

在某个时刻，我跑到外面去撒尿。找不到厕所，就在树下解决了。圆脸溜达出来，跟我一样。我们站在夜幕里，他说：“那个笑话真是太好笑了，太好笑了。‘我们都去那儿了！’太好笑了。”

“哪里，哪里，哪里。”我说道。

他安静了几秒钟，好像在考虑一个新想法。然后，他屏住呼吸低声说道：“我真希望我是你。”

6 骄傲与忏悔

到了5月份，我们周六早晨的散打课上总是会出现一些常客，所以我们移到了表演大厅上课。一个周六的早晨，我走进表演大厅，发现一位来自塔沟的散打师父正在前排坐着。承师父和我说那位塔沟师父想要和我比试，然而，他脸上却挂着一丝尴尬的微笑。作为散打界的群英聚集之地，同时也作为武术中心的竞争对手，塔沟武术学校一直享有盛名。这位师父本应该挑战承师父或者是我们最强的队员——宝通。想要和我比试可就没什么意思了。我看着塔沟师父柔软的腹部以及因为夜夜喝酒而布满血丝的眼睛和周围的黑眼圈，我可以想象到这样一个画面：他昨晚一直和他的好友们谈论，自己将如何把那个美国人打得落花流水。他认为他可以轻易打败我，以此重拾昨日的辉煌。

我告诉承师父我会应战的时候，内心很平静，好像所有的情感都从我的身体中流失了。通常在比赛之前，我总会担心、恐惧与焦虑，各种感觉混合到一起很让人揪心。但是生平头一次，我确切地知道，我不仅仅是要赢得这场比试，更需要彻彻底底地打败他。

我们两个戴上拳套与护裆，走到大厅的中央。承师父击掌示意开始，然后退了出去。

我已经习惯了对手镇静地等着我先开始攻击。然而这位塔沟师父却恰恰相反，他像一头牛一样冲了上来，一个大弧度摆腿回旋，径直踢在我左腿上，紧接着又是一通左右勾拳。我后退了一下，跳转到自己的右侧，不让他打到我的头部。承师父一直认为我缺少自由搏击选手凶猛的一面，我顾虑太多，理智过头。“在恰当的时候，凶残可以彻底制服你的对手，”他曾经告诉我，“要让他对你产生恐惧，把他吓得腿软。”

塔沟师父又向我攻来，他大叫着挥拳冲了过来，想把我打下擂台，击出的每一拳都用尽全力。我再次后退，一边用刺拳点他，一边撤退，忍不住想笑。中国散打选手很少一开局就用拳的，他们更喜欢开局用腿踢，因为那样攻击范围更大。但随着年龄的增长，腿是最先开始老化的。大多数少林寺散打选手的年龄都不超过二十五岁。这位塔沟师父少说也有三十岁了，而且腿还很短。他只有我一半的武器，这也是他如此卖力想让比试尽快结束的原因。

他一下子连击五拳，然后就不得不休息一秒钟，歇口气，才能开始另一轮攻击。第四轮攻击时，我先猛地后退，等待他喘息的间隙。这次，我调转了进攻方向，先佯装一个左侧踢，引起他的注意来迷惑他。这招果然奏效，他低下头放下手准备抵御。我当然没有真的用左腿进攻，我铆足了劲，来了个漂亮的右腿高回旋。承师父曾经教过我们在高低不同的层面上进行攻击，因为在不同高低点上进行攻击，心理上比较难以把控，必须强加练习：佯高，低攻；佯低，高攻。

塔沟师父并没有看到我真正的攻击点所在。他采取的进攻类型是最危险的，因为身体和大脑根本毫无防备，所以他既没有时间闪躲，也没时间准备接招。这一脚不偏不倚地落在了他的左脸上。他一下子变得眼神呆滞，双眼往上翻。他的身体因为始料未及的攻击而变得僵硬，就像森林里一棵被砍倒的树一样，直挺挺地倒在了地面上。

用力地击打另一个人，把他击倒，是什么感觉？这感觉就像过圣诞节一样。那种快乐很纯粹，很原始，让我热血沸腾。男性暴力并不是一种失常行为，我们天生就喜欢它。

我看到塔沟师父的头撞到垫子上之后又恢复了意识，欢快之情就少了一点儿。倒地的冲击让他醒了过来。他一站起来就又迅速向我攻过来，用尽他剩余的所有力量挥舞着拳头。在他两轮的“强攻”过后，我改变进攻方向，故技重施，刚才的那一幕又重演了。我假装踢左腿，然后紧跟着一个右腿回旋踢，他丝毫没有防备，打到他的那一瞬间，他又失去了意识，跌倒在地，然后清醒过来，再次出手攻击。我又先做假动作，再用腿踢他。他两眼上翻，第三次倒地。一丝敬意透过我冷酷的血管，我极不情愿地承认：他还是很顽强的。

第三次让他彻底认输了。他站起来，肩膀耷拉着，然后举了举胳膊，走开了。

我不停地走来走去，为没有完成的“事业”而感到遗憾。我踢得太轻了。哪怕只有一次用力踢到他，也应该把他打得爬不起来，我还想再打他一次。

但我看他正独自坐在靠近出口的椅子上，一个陪同人员也没有，也没人走近他，好像怕被感染失败的病毒一样。从他的脸色和姿态都能明显地看出输掉比赛的挫败感。我对他产生了一股极大的同情。我走过去，试着安慰他。

“你很坚强。”我说道。

“不，不，不，我不行了。”

“不，你很厉害。你每一次都站起来了。”

“不，不，不，你很厉害，”他说道，“一次又一次地打倒了我。”

“那一踢只是运气罢了，人人都有走运的时候。”

我说完这些之后，他用一种意想不到的表情抬头看着我，那里面既有极度的需要，又有一丝赞赏，这种古怪交杂的表情让我很不舒服。

“你一定是美国最厉害的拳手。”他说道。

就在这时，我不怀好意地捅了他一刀。

“不，不，我不是，”我说，“在美国，比我厉害的拳手有很多，很多，很多。”刀刃很长很锋利，我的目标也很明确。他脸上仅剩的一点儿自尊也不见了。我已经除掉了他唯一可以想到的保存颜面的借口，他坐在那里，颜面尽失。

我对自己做的事情感到震惊，以至于我真的在惊恐中一步步后退着离开了他。我实际上并没有同情过他。我意识到，我只是骗自己相信我同情他罢了，这样我就能走过去安慰他，其实是激他答应再来决战。

人与兽的不同是以道德界限划分的，而我已经把自己的道德丢在了擂台上。在那一瞬间，我越界了，变成了自己最讨厌的野兽，恃强凌弱，寻找着别人的弱点，并以此侮辱别人，满足自己。我简直是个恶棍。身体上的绝大多数伤口都能愈合，但心中的自尊如果受伤就很难复原了。

对他来说，被伤害的自尊一直没有痊愈。在之后的两个月里，我走进表演大厅，发现他又来了两次，就坐在那里。他想重新比试一下，以此挽回尊严。每次我回绝他之后，他便离开了。第一次，我告诉自己，这样做是出于怜悯。我很清楚结果会是什么，就像第一次比试之前那样肯定，就让塔沟师父认为或许我只是运气更好一些罢了，这样更好。但他第二次来时，我就知道，那并不是我的真实想法。事实是我不能忍受再去接近他。每次他出现在我面前，都会让我想起自己那些恶毒的想法，提醒着我自己曾经干过的那件事，并且让我意识到自己是多么想再来一次。

第二次被拒之后，他就没有再来过，但在我的脑海中却一直有他的影子，挥之不去。晚上，我梦见了他，这是生平头一次，梦里的我是那个寻衅滋事、恃强凌弱的挑衅者，而从前，我都只是个受害者。

我尽量想把心中的想法告诉德清、成浩，但是他们并不明白到底是什么事在困扰着我。

“但他来是想让你丢脸的。”德清说道。

“是的，”我说，“但那次赛后我还是不应该对他说那些话。”

“但你说的都是事实。”

“这太残忍了。”

“包默思，你应该也记得你自己初来乍到时的样子。”德清笑着开始模仿我。他耷拉着双肩，垂着头，装出一副恐惧的表情。“那时你是一个大学生，害怕所有的事。但现在，看看你自己吧。”

他那滑稽的模仿很到位，很像，简直像到家了。

德清问成浩："你有没有看到他刚才的眼神，就是我说他'害怕所有的事'的时候？"

"他刚才的样子就好像要杀了你似的。"成浩说道。

"确实如此。六个月以前，他可从没有那种表情。"

"根本没有。那时的他看上去好像一阵风都能吹跑似的。"

"包默思，现在你经常目露凶光，"德清说道，"这很好，如果你总是担心会有什么事发生的话，就不能成为一个好的拳手。"

我知道他是对的。与塔沟师父的较量，我赢了，因为我已经达到了不再担心后果的境界。但让我惊恐的是，自己竟然很享受这一过程，而再次回归从前的自我竟然很痛苦。一个好的拳手必须享受伤害自己对手的过程，而一个好人必须对此感到愧疚。唯一能两全其美的办法，就是将我是谁、我在擂台上的做法和台下的行事分开——尽管我会尽力去做，但这几乎不可能做到。我对塔沟师父说的话是擂台下的事，经过几周的自我谴责之后，我非常需要一种额外的惩罚，这样我才能原谅自己。面对祈祷者的虔诚祷告，上帝似乎很喜欢首先回应，他让我患上了痢疾。

实际上，我并不真的认为是上帝让我患上了痢疾。我不是一个这样自我感觉良好的人，认为万能的上帝会从他繁忙的计划中抽出时间来专门惩罚我。这是天使长该干的事儿。我不确定的是，在佛教寺院里寻找启迪的那些堕落的天主教徒，会由哪位天使长来具体实施惩戒呢？（或许是加百列？）

但不管怎么说，在少林寺里，如果要选择容易导致拉稀的细菌微生物的话，他的选择范围还是蛮大的。所以说，没有哪个西方人愿意长时间待在少林寺，否则他就会患上严重的痢疾。

我第一次患痢疾是在来少林寺的第一个月，只持续了一天，但那一天我什么也不想要，只想要我的妈妈。尽管只喝可口可乐，腹泻还是很频繁，大约一个月两次。从个人层面上来说，拉肚子的确很让人泄气。

以前，承师父会到我房间来，看我为什么没去上课，然后再给我一些中国的止泻药。这些药片看起来就像是甘草口香糖，不知道是什么原料制成的（这样可能更好）。但一直都很有效。

可这次却不管用了。

第二天，腹泻更严重了，而且我还开始发烧和剧烈地呕吐。我的身体就像着了火一样，体内水分迅速流失。幸运的是，水池就在马桶的旁边。

我知道我得了痢疾。因为高烧的我出现了幻觉，我把自己去厕所的行程想象成微型的巴丹岛死亡行军。我迷上了手纸，少林寺手纸的柔软程度无异于工业砂纸。在我高烧的脑子中，砂纸的高低不平成了中国起起落落的隐喻。中国人发明了手纸，甚至还发明了带香味的手纸。但是在经历了几个世纪的糟糕运气、错误决定和恶劣的周边环境之后，今天他们却在用能将木材家具上面的清漆都划掉的产品擦屁股。

我的身体变得虚弱起来，大脑也时常卡壳，我开始将自身的情况与美国的命运联系起来。我开始确信美国必须避免犯我这样的错误：独自侵入亚洲领土。我想我是唯一从痢疾患者转变成外交政策现实主义者的人——这是我最与众不同的地方。直到今天，托新保守主义[①]的福，我还一直在不停地搜寻储备泻立停。

第三天早上，承师父过来看了我一眼，马上走了，回来时他拖着鱼同志的胳膊进来了。

“你看，他都快要病死了。”承师父说道。

鱼同志四处打量着，但没有看我。显然，他并不想来这儿。承师父要求他赶快做出决定，而鱼同志则极力回避着，不想做任何决定。他回避的热情很高，和他平时回避工作、消极怠工时的热情一样高。他是少林寺的代笔者巴特比[②]。他一进来就闻到了我厕所的那股异味，然后他的样子就开始变了，他看起来就像我一样难受。

“你怎么样?”他问道。

“没问题。”这是和尚们真正受伤时最常说的话。

“他看起来没问题。”鱼同志说道。

“我们必须带他去医院。”

“没问题。”我重复道。

鱼同志离开了房间，承师父紧随其后。

---

① 1960年代美国兴起的一股思潮，在外交政策上趋向激进，积极干预世界事务，采取鹰派做法，如伊拉克战争，就是新保守主义在现实当中应用的典型事例。里根、老布什、克林顿、小布什、奥巴马等都是美国新保守主义者的积极践行者，该思潮在美国占据相当的地位。——译者

② 巴特比（Bartleby），19世纪美国著名作家赫尔曼·梅尔维尔（Herman Melville）的短篇小说《代笔者巴特比》中的人物，2001年被搬上银幕，片名为《老板是空气》，说的是一个无能的老板拿自己消极怠工的雇员一点儿办法也没有，只能眼睁睁地看着这群平庸的职员在那里消磨上班时间并领取工资。——译者

我的师父肯定是跟鱼同志耗上了，因为大约三个小时以后——以中国的标准来看，这是极其迅速的决定了——我被搀扶进了刘主任的桑塔纳轿车里。刘主任甚至把司机都派来了，真让我受宠若惊。若不是担心自己的主要收入来源枯竭，他是绝不会如此慷慨大方的。

我穿了几层衣服，但还是根本不能阻止因发烧而引起的颤抖，所以承师父把他的人民解放军军大衣借给了我。司机带着鱼同志、承师父和我一起去了登封。

登封医院是一个只有一层楼的混凝土碉堡，位于城郊。那里没有救护车，所以很不方便。我们赶到时，一个男人正把一位事故伤者从一辆独轮小推车上扶下来——他们就是这样来医院的。停车场的地面上四处都有厚厚的土堆与碎石点缀其间，很不平坦。不过这倒是与医院里的地面很相称，因为走进医院，我们也同样发现：那些坑坑洼洼铺就的水泥地面已经形成了自己的地貌特色——有小山丘，也有山谷，山谷里的积水攒成了小的湖泊。泥土已经被小心地扫成了一堆一堆的，我们从前门去诊疗室的路上，不得不弯弯曲曲地躲避着走，避免失足落水或是发生撞击事件。医院里面的围墙都被刷成了土耳其监狱①那样的绿色。

承师父向药房里的一位护士描述我的症状。她站在镶有金属条保护的窗口后面，就像南布朗克斯区②的酒水商店那

---

① 在美国英语中，土耳其监狱就是一个常见的代名词，或是一种隐晦的说法，一般指很糟糕和恶劣的地方，那儿肮脏龌龊，阴暗淫秽，经常会发生各类最让人不安和不齿的行为。——译者

② 南布朗克斯区（South Bronx），地处纽约，被称为美国纽约最乱的贫民窟，这里甚至是酒水商店里都要安装护栏来保证安全。——译者

样。那个护士与承师父在一番激烈的争吵之后，递给了承师父止泻药片。这种止泻药片和我以前拉肚子时承师父给我的一样，过去的三天里我一直在吃，却没有什么用。

“这些不管用。”我说道。

“如果这些不管用，那我也无能为力了。”她说完就转身离开了窗口，甚至连对我的嘲讽都省了，就好像我是个乞讨零钱、无家可归的流浪汉似的。

啊，连药都社会主义化了，这可怎么办啊。

“我需要你们给我检查检查。”我坚持道。

“那很浪费时间，还要花很多钱。”鱼同志说道。

我感觉自己与死亡开始亲密接触了，此时，我突然产生了一种极端的欲望，我要再拉个垫背的。我高大的身体笼罩了鱼同志，双目圆睁，一字一句地说：“我一定要做检查。”这时，那种强烈的欲望一定是明显地写在了我脸上，因为他吓得赶紧跑到大厅里抓住一个医生问了问，那个医生给我们指了指另一个房间。

我猜这间屋子是医院的实验室。线索不是坐在桌子后面的“科学家们”，因为他们都穿着休闲服装，而是那些化验设备。真正让人惊奇的发现是，这些化验师们的化学设备和我叔叔在我八岁生日时送给我的礼物一模一样——一个装着六支玻璃试管的木架子，还有一模一样的低倍显微镜，而且……好吧，就是这些东西，没别的了。这些就是实验室中所有的装备。

鱼同志告诉他们我得了严重的腹泻，需要做些检查。这些研究人员没有反应。这样的情况在政府运行的机构中并不少见，在这些机构中，要求某个工作人员做他的本职工作，经常会首先导致他的“入定”状态，时间从几分钟到一小时不等。鱼同志等了几分钟，然后重复了他的请求。实验室里的若干人当中，有一个看了看我，又看了看他的搭档，然后再转回来看着我。随后，他开始考虑当下的情形，还点了一支烟。

终于，在经历过深思熟虑之后，他说出了自己高超的见解：“去药房买一些止泻药。”

“不管用，”承师父说，“我们不知道他是哪里出了问题，他需要做检查。”

“如果你不知道他哪里出了问题，那我们怎么会知道呢？”一个实验室里的家伙问道。

“这里是医院，对吧？”我的脸因为高烧与气愤，感觉像火烧一样，应该很红。

“嘿，这个老外会说中文。你的中文说得真不错。”

“哪里？哪里？哪里？”我答道。

“嘿，这个老外还挺谦虚。”

这个让他们觉得很惊讶的小插曲竟然让那个实验室里的家伙有了行动。他拿起了一个又长又细的玻璃试管，把里面不知什么液体倒了出来，然后递给了我。“拿着，”他说，“去采个样给我们。”

“洗手间在哪里？”我问。

“门外走廊尽头。”

我状态很差，过了一秒钟才明白过来在哪儿。鱼同志、承师父和我出门走到走廊尽头，那里实际上就是这栋楼的出口，我们就站在停车场的最南边。

“我是要在这一片土堆当中解决吗？”我问。

“不，我觉得那边就有个厕所。”鱼同志说道。

我看着承师父，他和鱼同志不一样，他游历过许多国家和地区——意大利、法国、泰国、中国香港还有中国台湾。他清楚这对我来说意味着什么。他给了我一个既尴尬又无奈的笑容，耸了耸肩。我一直很喜欢承师父。毕竟他是我的散打老师，并且也是个遵纪守法的好人。但是在那一刻，我对他产生了一股强烈的爱意。那个笑容是我在这次离奇旅程中唯一能够辨别出来的人类情感。我穿过不平坦的土堆，躲避着碎石，往医院厕所走，脑海中还一直印着那个笑容。

较之医院的茅房，《迷幻列车》[①] 中出现的那个厕所，简直就像丽嘉酒店的厕所。我已经做好了心理准备，料想那儿也就是一个又一个在地上供人蹲下来的坑。我甚至也想过坑里满是粪便、臭气熏天。但我还是没有想到，在这个厕所里，从墙面到天花板的每一英寸上都布满了人类的排泄物。

在功夫电影里，高手必须要经历一系列的困难考验，而这些考验通常都相当奇异。但是我从来没有见过这样的考验。我已经卧床不起三天了，发着高烧，身体虚弱，平衡能力也很差。我需要脱下一条长运动裤，一条长卫裤，一条紧身内裤，然后再蹲在一个坑上。这里没有挂承师父军大衣的地方，所以我不得不用左臂抱着它，并且还不能让它碰到地面。我需要用右手将玻璃试管放到我的正下方，要瞄准才能拉进大拇盖大小的开口，还不能有一点儿排泄物溅出来，因

---

① 《迷幻列车》(又译《猜火车》，*Trainspotting*)，英国电影，1996 年上映，1997 年获奥斯卡金像奖，讲述的是一群吸毒青年的垃圾式生活现状，表现了他们颓废糜烂的精神世界，贯穿始终的黑色幽默和充满现代感的声画处理使之成为另类影片中的经典。——译者

为这里没有手纸。

不管怎样，我还是努力通过了这场磨练意志的艰难考验：我的目标很明确。

我站起身子，将外套搭到肩上，用左手提上内裤、长卫裤和运动裤，同时用右手将盛着样品的试管举到离我尽可能远的地方。

那个实验室的家伙从我手上接过试管，脸上带着一点儿得意的傻笑，好像有点儿幸灾乐祸。他让我们坐在实验室外面的凳子上。我们在实验室外面又等了一个小时，期间我打了个盹儿。最终，那个实验室的家伙递给了鱼同志一张处方，然后回实验室锁上了门。

我们走到药房。

药剂师递给了我一包药片。

这就是我之前一直在服用的甘草球止泻药片，跟以前的一模一样。

我不敢相信，站在那里愣住了。这可绝不是那种每天你都会碰到的一般意义上的小责罚——这可不像说五遍“我们的主啊”，然后在复活节时就能让主复活那么简单；这绝对是极其残酷的惩罚，就像是老教派的《约伯记》[①]里的那种惩罚，带来的痛苦会让你后悔活在这个世界上，你甚至会希望自己从来没有出生过。在那一刻，我放弃了。我又病又累，无力抗争。我付了药钱，回到少林寺，准备

① 《约伯记》出自《旧约·圣经》，讲述了约伯的故事：一位男人失去了财产，子女也一个个去世，后来自己又患上了严重的皮肤病。生活坎坷，不过约伯很坚强，始终信仰上帝，他的忍耐对于信徒来说是一个很好的榜样。——译者

等死。

但在第五天，上帝开眼了，他俯视人间，看到情况很糟糕，于是最终宽恕了我。

第二天，我就回去训练了。

7　另一个美国人

一直以来，小虎都是我忠实的朋友。6 月的一个晚上，他突然冲进了我的房间，传递了一个我期待已久的消息：“包默思，来了个美国人，他会在这儿训练一个夏天。”

我和小虎急匆匆去见我的美国老乡，路上，小虎向我介绍了这个新生的来历，对于陌生人，中国人总是喜欢彼此分享他们获知的第一信息。他父亲是个富商，在中国拥有几家工厂。他家族企业中国区的总经理将老板的公子送到武术中心，以便铺平自己将来升迁的道路。我很羡慕他的关系。

在主楼的一间内部办公室里——那儿也兼做器械室——正在举行派对。桌子上有一箱青岛啤酒，还有一大盘食物。屋子里挤满了年轻的中国男士——严师父、德清、成浩和其他几个和尚，还有那个美国人。他是个华裔，长相和中国人没什么差别，但行为却渗透着美国文化的气息：戴棒球帽，帽檐向后；穿低腰牛仔裤，一副休闲的嘻哈风装扮。他见到我便用英语喊了出来：

“嗨，你好吗？我听说在这儿还有个美国人。见到你太高兴了，兄弟。我是约翰·李。”

在中国人心中，请大家吃饭喝酒是很关键的，看来他在没到少林之前就已经深谙此道，而我到这里之后，用了几个月才搞明白这一点，两相比较，让我深感嫉妒。但那种嫉妒在他那句真挚的问候“嗨，兄弟”所带来的愉悦中冲刷殆尽、荡然无存。我一边做着自我介绍，一边咧嘴笑了，灿烂的笑容都咧到了耳根。我们双手紧握，不假思索、不约而同地完成了美国年轻男士标准的握手——从握手换到互相握住大拇指，再用四个手指指尖彼此勾住，分别向后拉，发出啪的一声清脆的响声，各自收回手去。[①] 一边的和尚们都已经看呆了。

“你要来杯啤酒吗？”他问道。

“当然，一定要喝一杯，兄弟。”

聚会一直进行到深夜。在我和约翰拉近关系、称兄道弟的过程中，真正的看点是，和尚们对他们已经完全美国化了的“自家兄弟”，充满好奇又嫉妒、自豪又愤怒的看法。这就像是自然历史博物馆里陈列的“中国人的演化”展览。左边是正宗的本土人，他们身上所有的肌腱、骨头和软骨上都长着紧致发达的肌肉组织。下一个展台上的是华裔美国人，高出本土人十多公分，非常整齐洁白的牙齿以及轻松、开放的表情。他那通过举杠铃、吃谷物和牛肉长成的肌肉既厚实又坚固，如果和尚吃的是牛后腿肉的话，那他吃的则是牛里脊。这正是繁荣发达国家优势的鲜活例证。难怪那些有野心的中国人想要去美国。谁不想让孩子长得比自己更高更壮呢？

当然，身体上的差别是一回事，精神就是另外一回事

① 这儿说的是美国男童军的握手方式。——译者

了。第一代的移民是两种文化的混血儿，他们痛苦地徘徊于两极之间：一边是父母亲传承给他们的文化，另一边是白人朋友传递给他们的文化，这是难以避免的。还没喝几杯，约翰就开始和我讲他父亲的事儿了。

喝到第三杯时，父亲依然伟大，但已经开始有一些阴影了。约翰说他家原本是台湾的第二富豪，但是国共内战消耗了他们家的所有财产。这让我暗地里窃笑，因为我见过的每个美国籍台湾人几乎都对我说过，他们家在那场战役之前是台湾的第二富豪。约翰的父亲是一位科班出身的工程师，受过良好的教育，为了重建家族的荣光，他身无分文来到美国，白手起家成功建立了公司，如今已成为李氏家族制造业的创始人、族长和董事长。

喝到第六杯啤酒时，那个老男人摇身一变，成了像斯大林那样的威权主义者——一个不通情理、不讲原则、滥用职权的人。我对此感到好笑，因为这正是儒家定义下理想父亲的形象。约翰问我能否相信，他的父亲竟然会让自己的亲生儿子填写在大学里每个月的花费明细！我是否能理解，每月在学校供应的名目之下把桶装啤酒的费用虚报进去是多么不易？

实际上，约翰的父亲和许多成功的亚洲移民一样。他受过良好的教育，是工程师，所以他移居美国是自主选择而非陷入绝境、被逼无奈。因此他是在拿一生做筹码来赌博，赌他和家人在美国的生活会好过回台湾。对于从台湾地区移民到美国的那些人来说，最大的问题就是他们自己的出生地台湾不甘心贫穷落后，被这个时代抛弃。台湾地区的地理位置很好，有西方巨大的消费市场，有日本的科学技术知识，还有大陆的廉价劳动力。这就使得移民美国的台湾人要想领先于他们原先的那些邻居愈加困难。1980 年代末，那些移民美国的台湾医生、工程师和商人们恍然大悟，当他们从美国回到台湾时，发现自己曾经的那些二流同学，那些根本不怎么聪明、也没有雄心壮志、更没有移民美国的傻小子，现在都已是台湾一些微型芯片公司的销售副总，个个都是超级富豪。

约翰高中的平均成绩只有 B，他更偏爱举重和能喝啤酒的聚会，不喜欢大学先修课程测验①和学习能力倾向测试②的速成班。还有，作为家里第二个孩子，他性格随和而懒散，这一切最终让他沦落到了伦斯勒技术学院，而非哈佛或耶鲁。如果约翰的父亲只是一位来自孟加拉的经济学专家，或者是来自津巴布韦的肠胃病医学专家，那么，约翰或许还不至于如此有辱家门。更糟糕的是，约翰的大哥马克·李是那种让那些移民的兄弟姐妹们敬若神明、梦魇一般的老大哥——他本科是哈佛的，这还不够，研究生还在哈佛，而且是哈佛商学院！

在这样一个家族里，约翰显而易见成了异类，地位尴尬而痛苦，卡在了父亲的美国梦当中难以自拔。与高中相比，他在伦斯勒技术学院第一年的成绩并无长进，所以暑假回到家后，父亲并不像以前那样给他找一份容易赚钱的工作，让他有大量时间去跟朋友喝酒或谈情说爱，而是给他订了一张

① 大学先修课程测验就相当于中国的名牌大学保送生考试。——译者
② 学习能力倾向测验（SAT，全称 Scholastic Aptitude Test），美国高中生申请大学时要参加的标准化测验。——译者

机票飞往北京，给他在少林寺判了三个月的“有期徒刑”。约翰的父亲认为他需要磨练，他相信和尚们能为他管教儿子。少林寺还可以提供一个便利条件，也是明显优势，那就是贫穷的生活——尽管这是他家几代人一直在努力逃离的，但他认为儿子应该吃点苦。

聚会结束后，我和约翰回到他的房间，喝掉剩下的啤酒。约翰喝醉了，因为自己被流放到少林寺，非常气恼，他用拳头朝关着的门一拳一拳地猛击。这种方式由来已久，很多男人都这样发泄自己的怒火。

“为什么我就像个家族里人见人嫌的废物?”他又开始锤墙，墙上被捣出一个坑。

“如果我是白种人，我的家族一定会以我为傲的!”他继续说道。

两个坑。

“也不至于像个罪犯或者吸毒者一样被关在这里!”

三个坑。

“哈佛到底有什么了不起的?”

四个坑。

我觉得我应该做点什么。我们都是在少林寺的美国人，他年纪比我小，来得也比我晚，按照少林寺的尊卑排行，他就是我的小师弟。我有责任照顾他，他就像是没长大的大孩子，不清楚自己的实力。所以那晚剩下的时间里，我就教他如何正确地出拳——手腕弯曲，用后三个指关节而非前两个进行攻击——这样打碎夹板也不会受伤。

出于对约翰家族财富的敬意，严师父决定亲自训练他，这是这么多年以来他的第一个老外徒弟。他先教约翰少林寺的基本招式和小洪拳。为了让他的新师父开心，约翰尽最大努力完成整套动作——严师父可不是好惹的——但就本心来说，约翰对此并没有多大兴趣。他不喜欢套路。我很同情他，因为我也从来没有喜欢过这些招式的固定套路。

为了引起约翰的兴趣，我邀请他下午到我的自由搏击队去上课。约翰在踢腿和出拳方面做得很好。真正的灾难是在训练摔法时发生的。我们用了很长一段时间，才让他学会如何接住对手的腿，然后将对方摔倒，或是再来一个扫堂腿将对方扫倒在地。尽管这招只能获得两分，和一脚踢到对方胸膛上是一样的，然而，成功地将对方摔倒会对评委产生很大的影响，这远远不是两分的胸踢能够带来的。毕竟，摔法成功之后，局面是一方还站在那儿，而另一方已经倒地了。

我向约翰展示如何在对方侧踢时抓住对方的脚，这就像是抓住一个飞过来的橄榄球。你要把对方的脚锁在你的胸前，含胸躬身，双手握住对方的脚。接下来我选了队里一个踢腿不重的队员，这样对约翰的冲击能够小点儿。开始的几个抓腿约翰做得都很好。他曾是橄榄球队的前锋队员，对此招式有本能反应。我看他做了几次之后，就转身走开了。

就在这时，我听见了骨头断裂的声音，紧接着是撕心裂肺的尖叫声。

我转身看见约翰抓着他的右手，盯着他的食指——它忽然指向了一个它根本不该指的方向。约翰交替着一边呼救一边用英语大骂："操！操！操！我的手指！马修！我他妈的手指！"

约翰的手指脱臼，与其他手指叉开了。他错误地判断了对方踢腿的高度——这是初学者都会犯的错误。这一脚踢到了他食指的指尖，将其折向外侧。

严师父冲了进来。那位有权势的华裔美国企业家的儿子可能落下终身残疾，加之约翰的嚎叫的确撕心裂肺，这些都在一定程度上帮助了我和严师父。我们仅用三十分钟不到的时间，就好说歹说、连哄带骗地协商成功，确保刘主任的专车能借给我们送伤员。按照社会主义的标准，这简直是光速了。

严师父和我坐在后座的两边，用胳膊搂着约翰。鱼同志就坐在副驾驶的位置上。刘主任的司机开车向山下驶去，开往登封那家人间地狱一般的医院。

到了之后，鱼同志把我拉到一边。

“告诉他不要用英语骂人，”他说。

“为什么？”

“如果他们发现他是美国人，会多收他钱的。”

我扭头看着约翰，“兄弟，你能不能试着用汉语骂？只要反复喊‘他妈的’就行了。”

他答应了。

护士长示意我们坐在椅子上，然后就走开了，让我们在那儿等。等什么，为什么等，我不知道。这里又没有其他的病人。我来治疗痢疾时就发现，登封医院的特点是：如果你不想要命了，那来这儿就对了。

一个小时过去了，约翰开始有点绝望，央求我做点什么。是时候开始展示疯狂老外的功夫了。

我必须“表扬”一下那位护士，她比所有的那些奸商都还难对付。首先，我用身体挡住了她的去路，“我的朋友正承受着巨大的痛苦，但是你们却置之不顾，你们必须得帮帮他。”

“我很忙，走开。”

真情打动她的方法失败了，我决定用富含当地色彩的方式表现我的愤怒——用河南方言骂她。

“嫩啥哧你？我嫩死你！”我恼怒地说。这相当于在说：“你他妈的在干吗呢，我杀了你！”

“你以为你是什么东西?”她还击道。

我把她逼到角落里，用身体笼罩在她面前：“我是什么东西？你是什么东西？你听着他痛苦地嚎叫却不管不顾，你简直不是人。”

“你怎么敢这么对我说话！”

我一拳砸在墙上。“再啰嗦，我就不跟你费口舌了，直接用拳头和你谈！”

我走到另一边像笼子一样的药房前面，抓住上面的铁栅栏，像个猴子一样跳上跳下，把窗户摇得咔嗒咔嗒响。“如果你们不治好我小师弟的手，我就拆了你们这个大粪坑！”

就在我用尽疯狂老外的攻势之际，她终于同意给约翰治疗了。

我早就该想到这是一种卑鄙的策略。除了纸张和火药，中国人还创造了消极进攻的复仇方式，向我们这些帝国主义、资产阶级疯狂报复。

在X光拍片的房间里，她让我告诉约翰将他的手保持张开。她将装在天花板上、像支马铃薯枪一样的X光机器拉到后面宽阔的角度，然后开始照射。就在她要摁动按钮开始发射时，约翰和我才几乎在同一时间反应过来，她“忘记”给我们戴铅屏防护套了。“保护重要部位!”我大声道。约翰和我将腰扭到一侧，用另一只手紧紧护住我们的腹股沟，在射线的直接照射下，毫无意义地保护我们的繁育能力。

之后，护士将我们带到了手术室，这里看起来更像是原始的用刑室。手术台就是上面带有皮带的金属架子，解剖刀和手术刀也都脏兮兮的，地板就像大厅一样，不平坦的水泥地上到处都是水坑和一堆堆的垃圾。

护士答应即刻就把 X 光片拿过来。实际上，那天她直接走出医院，下班回家了。我甚至怀疑那部 X 光机里是不是真的装着胶卷。

一个衣着像是出租车司机的中国男人走进了屋子。他身穿一件破旧的白色丝质衬衣，棕色宽松长裤，白色尼龙丝袜子，棕色皮鞋。他脸上有像桃子一样的绒毛，头发乱糟糟的，指甲脏兮兮的。我猜他也是个已经等得不耐烦了的病人。所以，当他对约翰的伤表现出兴趣时，我并没有吃惊。中国人是一个好奇心很强的民族，礼貌点说，就是他们对个人空间与隐私的概念比较模糊。

然而，我吃惊的是，他竟然在抽烟。他弯下身子更近地观察约翰的伤，满不在乎地猛吐了一口万宝路。看到他向伤口直接吹烟，我终于忍无可忍了，这次我不用伪装，直接就变成了疯狂老外。

我先一把抓住他的衣领，猛地把他拉了回来，将他嘴里的香烟给弹掉；紧接着抓住他的衬衣前襟，将他推起来顶在墙上；最后，我问他：“你他妈的以为自己是谁?”

“我是医生。”他说道。

“哦，是吗，对不起，太对不起了！太不好意思了。”我边说边放开了他的衬衣。

我一边试着抚平他衬衣上的褶皱一边说：“能不能麻烦您不抽烟？”

我不知道他是习惯了被病人的朋友推着抵到墙上，还是他就是性情极其平和，反正他一点儿也不生气，脸上带着些许微笑点了点头，走回约翰身边，拖过一把椅子，开始工作。

事实上那并不是骨折，而是复合错位。骨头在第二个关节处分开了。医生抓住两块骨头的末端，将它们拉开，再将它们接在一起。在一声短暂的尖叫声之后，约翰终于安静下来，事故发生之后，这是他第一次安静下来。事情终于有了起色，直到医生开始缝合约翰的手指。

如果你和我一样，恰好也是骨科矫形外科医师的儿子，那在你成长的过程中，就一定会学到一些医学知识，一些显而易见的事，比如说手术针是不应该重复使用的，如果非得重复使用的话，那至少也不应该用生了锈的手术针吧。你也应该知道，那些缝合的针是多么小。所以，当看见那个医生把手伸进一个盛满脏水的玻璃杯，然后拿出一根和深海鱼钩一样大小的手术针、上面还有在距离一点五米之外的地方都清晰可见的明显锈迹时，我感到极度不安。当看见他要用的线和麻绳一样粗细时，我就更加惶恐了。但让我达到崩溃极限的是，在那本应该最少缝合十五针的伤口处，他似乎只计划缝五针——如果不是更少的话。一项工作能粗制滥造到这个程度，也算极品了，几乎重现了一百三十多年前美国南北战争中处置伤员的医疗水平。如果将我亲身经历的这一现实场景搬上银幕的话，说不定会获得奥斯卡奖。

我出汗了。这都是我的错，是我邀请约翰来队里练散打的。就在我不断自责的过程中，我突然感觉天旋地转。接下来我意识到，严师父的大拇指正在挤压我的上嘴唇与鼻子之间。（中国人认为人体存在气的分界处——用西医术语来说就是神经中枢——因此，按压这里能够让晕倒的人恢复意识。）除了意识到严师父正在按我的人中，我还意识到自己正盯着天花板，还感觉到衣服湿了——我躺在地下，衣服浸到了地面上的一个水坑里。我明白自己刚才是晕倒了。

“你需要帮忙吗?”那个蹩脚的医生问我，此时他正在缝合的过程中。

“嘿，伙计，我才是这里受伤的人。”约翰说道。

“不好意思。”我说。严师父带着我走出了那间屋子。

约翰永远会带着他的伤疤，对此我无能为力，但是我挽救了他的名声。和尚们一听说我这个未受伤的人反而晕倒了，就立即不再谈论约翰难忍疼痛的怯懦了——而是不停地议论着我。他们已经习惯了生活的磨难，从来没有听说过这种事儿，所以如果有人对此反应过激，那他们就会觉得这个人肯定是小题大做。之后，无论何时，只要有人用“这个老外不怕吃苦”或者是“他的散打功夫真棒”之类的言辞来恭维我，另一个和尚一定会接着说：“是啊，但看见别人出血，他却晕倒了。”

第五部　弟　子

1993年7月—1993年9月

"酒色祸之媒。"

——中国传统谚语

1　挑战赛

严师父双手一拍，往后退了出去。

我盯着吴大师，浑身紧绷，满心期待，但吴大师却稳如泰山。我们俩就这样僵持着，四周的压迫感剧增。我感觉好像有一种真空吸力，把我往前吸去。

我首先来了个左侧踢——这个动作我已经练了一万遍，或者说接近一万遍了，但恐惧还是让我的心提到了嗓子眼，让我踢出去的左腿就像垂死的鹌鹑一样颤抖。这一踢和我原来的设想相距甚远，我原本设想这一踢应该快如闪电，而踢出去的感觉倒像是我想用自己的脚趾头给他挠痒痒。

吴大师轻而易举地抓住了我的脚，但他并没有朝他的方向使劲拉我的腿、把我撂倒，而是把我的腿举过他的头顶，想让我往后倒。但我在身高方面胜他一筹，又经过了长时间艰苦的训练，已经变得灵活自如，所以还没等他把我的左腿抬高到让我仰面朝天的高度，我就右腿一跳，挣脱了出来。

我脑海里迷雾连绵，感到肾上腺素激增，净是恐惧的念头。左侧踢是我的绝技，而我却失败了。我跳了几秒，放下这一念头，拿出了我的第二大绝杀技：右腿猛踹。

如果要说这次有什么区别的话，那就是我这次踢得比刚才的侧踢还要慢，所以吴大师更是毫不费力地抓住了我的腿。好在吴大师并没有改变他的招式，还是一样抓住我的腿，想把我的腿举过头顶。而我，也和刚才一样，挣脱了出来，没有摔倒。

我几乎黔驴技穷，感觉要放弃了。然而奇迹发生了。时间慢了下来，或者更确切地说，应该是我理解得更快了。我站在原地，前两次过招就像瞬间重放一样在我的脑海里循环。我两次踢腿时，他都目光向下，紧盯着我的脚，同时垂下手，想绊住我的腿。我突然意识到他防卫的漏洞，并且知道该如何利用这一漏洞。

我朝吴大师一个跳步，来了个左侧踢，紧接着，我把右后腿向前滑动到左前脚处，左脚微微抬了起来。吴大师手眼朝下准备接招，但我并没再出腿，而是左脚紧紧站定，全身朝一个方向拧，同时猛地挥拳——那是一记重拳——由右手击出。说实话，整个动作既不像功夫也不像拳击，反而更像是一个棒球投手弯着身子猛掷快球。

吴大师仍然盯着我的左脚，并没有察觉。

当我击中他时，他惊讶地瞪大了双眼。

这一动作我并没有练习多少次，甚至之前从未用过这一招，我都不知道我是怎么想出这一招的，我猜吴大师也从未见过这招吧。

我蹦跳着向后退了回去。

以前看到拳击比赛的中场休息，我还以为在两个回合之间间歇的唯一原因是让拳击手休整身体。当时的我丝毫没有意识到，拳击手需要时间来重新调整、改变一下自己的策略与战术，因为疼痛和击打开始后，肾上腺素激增，情绪失控，容易丧失自我意识。在那种状态之下，思维往往会冻结，会让拳手一错再错，注定悲惨的结局。

我向前一跃，抬起了我的左腿。吴大师的视线又落在了我的脚上，这一次我同样没有用腿攻击，而是站稳左腿，挥了一记大摆拳，我用尽浑身力气朝他那毫无遮防的脸上狠狠打了过去。

然后，我巧妙地后退，过了一会儿，又向前一跃。

又是一个回合，我简单洗漱一番，再次上阵。

吴大师和我始终都在出着一成不变的招。我仍继续抬脚，诱他上当，再朝他挥拳猛击，而他也继续盯着我的左脚看，屡次忘记随后而来的那一招。这种情况很可能发生了六七次，我后来已经数不过来了，完全处在恍惚当中。在我的脑海里，这场战斗正在以慢动作进行。就好像闪光灯忽闪一样，我看到自己的拳头打在他的嘴上，然后把他的鼻子打出了血，把他的眼镜打飞，落到了屋子的另一边。我记得自己前前后后地移动，浑身发颤，当我挥拳猛击他的脸时，感觉就像触电一样。还是同样的招，还是同样的结果。每次重击后他都摇晃着向后退，却从未倒下。

严师父的命令让我清醒过来——“把他打趴下!”

血顺着吴大师的脸流了下来，我很奇怪，他为什么一直不倒呢。当我向前准备再次出击时，训练中常见的一个词在我脑海里出现了——组合。德清总是爱说这个词，他说不要总指望一拳或一脚就能胜出，而是要把招式都结合起来，要把所有的招式都汇集在一起，才可以把你的对手打趴下。

再次成功击中他的脸后，我没有向后退，而是冒险待在他的攻击范围之内，这样就不能再利用我的臂长优势了，只能与身强力壮的他针锋相对。我朝他的肚子来了个左勾拳，又朝他的头来了个右勾拳，接着又用力踢了他的腿，又朝他的头来了一拳，我们缠在了一起。我的余光看不到他，他用拳头砰的一声击中了我的头部右侧，我头骨里的大脑就像被击中的弹球一般。

我踉踉跄跄地向后退了两步，退到安全范围之内。

我们俩面对面站着，我感到头疼欲裂，双腿也站不稳。此时，鲜血顺着吴大师的脸流下来，从鼻子流到了嘴上。

吴大师举起了他的双手。

他放弃了，他受够了。一个老外，用他凌厉的右拳攻势，让这个从天津来的功夫大师投降了。

我转过身，看到大家并没有表现出丝毫高兴的样子，我感到很失落。我来回踱着步，想弄清自己现在到底在什么地方，怎么会被一群中国农民围着。他们的脸因情绪激动而涨得通红，还朝我吼着一些莫名其妙的话。这是些什么人？我在这里做什么？

然后我便听到吴大师和严师父吵了起来。

“那个老外说话不算数。我们说好不打脸的，我明明还戴着眼镜。他就是个骗子！”吴大师气愤地喊道，“骗子！”

从小到大，遇到这种事，我都会克制住心中的怒火，就算生气我也能很好地控制住，但那一刻我真的发火了。

我开始冲他大喊大叫，嘴里蹦出一连串的咒骂，连珠炮似的喷向他，内容包括我会怎样对付他的家人，怎样对付他，甚至后来还会怎样对待他的尸体。

当然我是用英语跟他说的。

“他说什么？”吴大师用中文问严师父。

“你知道我说的是什么，你个大变态!”我仍然用英语说道，几乎停不下来。

然后我用脚在面前划了条想象中的线，激他跨过来试试。

我完全失控了，我一边骂，一边朝吴大师走去，还用手指着他。在我向他攻击之前，他又举起了他的双手，转过身朝他的弟子那边走去。

我仍然跟着他，继续辱骂，想让他转过身来接着跟我打，这样我便有机会把他放倒了，这时德清从后面拉住了我。

“够了，包默思，”他说，“已经结束了。”

我很不理解地盯着德清，而他只是微微一笑，带我往回走了。

德清一直领着我进了餐厅才放开我，他给一桌和尚以及跟我们一起来的外人要了一瓶白酒。我十分激动，直到那时双手还抖个不停。我打赢了我的第一战!

“敬包默思，”德清举杯说道，“敬这个维护了我们少林荣誉的美国小子!”

其中一个年轻的和尚站了起来，说，“敬老包，干杯!”

“老包!”众人跟着齐呼。

“老”的意思就是“年长的”或者是“年龄较大的”，在中国是个敬语。“老包”在历史上是有出处的。它是“包公”的昵称，包公是中国12世纪时期的宰相，因聪慧过人、极其丑陋而闻名。在他们眼里我就是这样的形象——鼻子大大的，眼眶深陷进去，还受过高等教育——这在他们心中是一个相当准确的形象。挑战赛结束后，“老包”在和尚们尤其是小和尚之间，成了我的昵称。

有一个人没一起敬酒，是严师父，这时，他走过来坐在我的旁边，说：

“有什么值得庆祝的？”语气中带着些许不满。

“你什么意思？”我不解地问道。

“我告诉过你要把他打趴下，可是比武结束后，他怎么还站着？下一次，当我告诉你要把某人打倒时，你要照做！”

严师父将我杯中的酒一饮而尽，然后离开了。

德清又给我满上一杯。

“不要听他的，”他说，“他有时就是这样的臭脾气。”

不过，严师父的失望并没有扫了我的兴致。在接下来的那一晚，我成了整个少林寺敬酒的对象。我打赢了挑战赛，由此维护了少林寺的荣誉。这里的每一个人都知道，迄今为止，这是老外在少林寺的第一次壮举，并且据我所知，也是最后一次。

第二天，我拖着浑身疼痛的身体下了床，由于昨夜醉得厉害，现在感觉还恍恍惚惚。我洗了洗右指关节上的擦伤，由于已经错过了早饭时间，我便直接去散打教室。赶到时队员们都已列队站好。我偷偷溜到宝通旁边，低着头。

“嫩啥唻你？”承师父用河南方言问我，这相当于在说：“你在干吗呢？”

“对不起，师父。我迟到了。”

“昨晚你为少林而战，”承师父说着，突然笑了起来，“今天你可以自己安排，老包。”

离开课堂的时候，队友们都亲昵地从后面拍拍我的背。

一整天，我睡得既轻松又安稳。

当天晚上，我在电脑上向受了点轻伤的皮埃尔、德清和约翰演示了一下我最喜欢的战略游戏——《文明 2》。寒假过后，我就把我的苹果笔记本带来了，想搞点儿创作，写点什么，可事实恰恰相反，我发现自己大部分的空闲时间都是在玩《文明》。这个游戏让那些有着拿破仑的疯狂征服欲望情结的书呆子们有了用武之地。游戏始于某个星球上开始有文明之时，你掌管着一支部落，并通过科技进步、征服其他人不断发展，直至今天。在经过一晚上极端危险的肉搏和一整天的宿醉之后，逃到一个虚拟的战争中对我来说是相当安逸的。

“这根本不像真正的战争，”皮埃尔说道，“就像你们国家打的海湾战争一样，有巡航导弹和电视屏幕。我给你看过我在塞尔维亚拍的照片吗？那才是真正的战争。”

“哦，你给我看过了，”我撒谎了，“不过你可没给德清看。你怎么不把他带回你房间，让他好好瞧瞧呢？”

“你能帮我问问德清吗？”皮埃尔问道。

“那个法国佬想让你去他房间，他会给你看一些他拍的有关战争的照片。”我用中文和德清说道，“你能帮我解这个围，对他态度好点吗？这样他就不会再来烦我了。”

三十分钟后，我正在穿越白令海峡（约公元 800 年），运送国王亚伯拉罕·林肯的大炮和骑士，精心策划要进攻亚洲。就在这时，皮埃尔慌慌张张地冲了进来，过了几分钟才开口说话。

“怎么了？”我问道。

“那个和尚，他是个同性恋！”皮埃尔大叫道。

“谁？”约翰问道，“德清？”

“是啊，就是德清，他对我图谋不轨！”

“不，不，不会的。”约翰开始大笑了起来。

“是的，是的，他摸我，摸我的后背，我该怎么办？他对我意图不轨，一个同性恋和尚想要上我，一个武术大师！我该怎么阻止他？他还会传统武术！”

“他只是想对你友好点。”约翰回答道。

“就是，我也肯定他只是想对你友好点，”我看着约翰的眼睛，“你可不是他的菜。”

“不是他的菜？”

“你那么老，又那么大个儿，肩膀还很宽。”我继续说道，咬了咬脸颊内侧，尽量憋住笑。

约翰接着说道，“是啊，德清喜欢年轻秀气的人，就像马修那样的。”

他咧嘴冲我笑笑。

乌龟王八蛋。

“像你这样的？”皮埃尔问道。

“呃，这是武术传统的一部分，”我解释道，“年轻弟子的身体，连同他的一切，都属于他的师父，就像斯巴达人一样。不过，这远远没有我料想中的那么可怕。”

皮埃尔朝门口慢慢走去，又说道，“这儿的人都疯了，你们都是鸡奸犯！我要离开这个鬼地方！”

“嘿，皮埃尔，都这个钟点了，你要去哪儿啊？”我问道。

“就是啊，”约翰说，“这时候外面可没有公交了。”

“也没有出租车。”我又加了句。

“他可以步行上公路。”

“不错，”我说，“但你要花三个小时才能走到登封，而且还没有路灯。一旦你走错了路，吧嗒！你就直接从嵩山上掉下去了。”

“对了，德清有个摩托车，”约翰说，“哦不，是严师父的，不过我敢肯定，如果有个白人徒弟想离开这儿的话，他会把摩托借给德清的，你可以让德清送你。”

“你们看看，你们都看看！”皮埃尔大叫道，“他还是想上我！”

“不，我不信，”我说道，“你说他抓你的肩膀，拍你的后背，他那样做只是想对你友好点罢了。他并没有摸你的头，不是吗？”

皮埃尔的脸唰地白了，他没有再说话。

“哦，他摸了你的头，那么，你有麻烦了，他可能喜欢上你了。”

“问问马修，”约翰说，“他应该知道。”

“我觉得你可以藏到其他任何一个房间里。”我说。

“是的，但德清跟保管钥匙的女孩是朋友，”约翰说，“对他来说，搜二十个房间花不了多长时间。”

“确实如此。那么这样，皮埃尔，如果你愿意的话，你可以一直跟我待在一起。如果德清知道你成了我的徒弟，那么……他就不会碰你了。”

“你真无耻！”

“别，皮埃尔，别这么说话，太恶毒了。我在为你着想，给你做了最好的打算，我会很温柔地对待你的。”

让那个喜怒无常的法国人整晚都一直处在一种惊恐的崩溃当中，害怕自己被一个同性恋武术大师性侵犯，这实在太搞笑了。也许会有比这更有趣的方式来度过无聊的一晚，但我再也没经历过更好玩的夜晚了，那是我过得最为开心的一夜。最后，由于这个玩笑太有趣，我们终于控制不住自己，大笑起来。

皮埃尔站在那里，瑟瑟发抖，一分钟后，他终于明白我们是在戏弄他。

“他不是同性恋？”最终，他问道。

我向他解释说，在中国的农村，肢体上的友好在男人之间是很正常的，那并不能说明任何问题。

我们花了很长时间向他道歉，他才终于停了下来，不再“问候”我们、我们的妈妈和家人了。

我一直想结束单身禁欲的状态，可一直没有成功，而约翰花了不到一个月时间就找到了女朋友并发生了关系，这一事实好像是在故意嘲弄我的无能似的。事情非常简单：一个周六，他去了郑州，到周日早上，他就得手了。

“她叫叶丽，”约翰说，“是个舞蹈演员。”

“那么你的意思是说她很性感？”

“是啊，她非常性感。”

“很好啊，你个混蛋。”

“我想请她来少林，不过她不想只身前来，她有个朋友……”

“约翰，少林是很保守的，我会被抓起来的。”

“我们可以给她们找个房间，到午夜之前，这可不算是卖淫。”

“这主意不行。”

“马修，她可是个舞蹈演员啊。”约翰说道。

“我再考虑考虑。”

当天晚上，我就同德清讨论了这件事。

“约翰的新女友是郑州的一个舞蹈演员。”我告诉他。

“那么她一定在河南的某个舞蹈单位工作。”德清说。

单位，是中国社会中一个基本的组织结构。它提供工作、免费住房、教育，还有卫生保健。作为回报，它掌控员工生活的方方面面。如果员工们想换住房或工作，想搬到别的城市去，想出国旅游，又或者是想结婚、离婚，都必须要得到单位领导的批准。中国人经常叫自己单位人。

“舞蹈单位平常都做些什么?”我问道。

“他们在节日或公众活动时表演中国的传统舞蹈。”

“那他们就像和尚一样。”

他思考了片刻，接着说，“你知道中国的一些大人物和领导们，他们都喜欢跳舞，是吗?当他们要参加聚会时，就需要女伴陪同。因此舞蹈单位就派一些漂亮的女孩陪他们跳舞。那些人年龄很大，权力更大……你懂吗?”

我懂了。我去找约翰，告诉他立刻请那些女孩过来。

因为约翰的女伴叶丽以及我的女伴米灵来的时候穿得过于艳丽，看起来一点都不像乡下人，而且还化了妆，所以几秒钟不到，餐厅服务员就把我们的客人当作妓女了，并散播谣言说，这两个妓女到武术中心是为美国人服务的。而且当约翰考虑要给她们“分别”安排房间时，宾馆的经理还在那儿偷偷地笑。

“你想要额外的钥匙吗?”他问约翰。

既然麻烦已经造成，只能硬着头皮上了。

约翰和叶丽径直去了他的房间。米灵一进我的房间，二话不说就躺在我的床上，我惊讶不已，笨拙地爬上床，滑到了她身边。

我靠她越来越近，她回过身来，“美国人真的都很开放吗?”她问道。

“有些人是这样的，”从她的语气中，我知道她指的是性这一方面，而不是政治上的开放，“你怎么问这个?”

“你……”她顿了顿，“你有艾滋病吗?”

当时中国政府很害怕艾滋病爆发，到处都充斥着美国艾滋病流行的新闻，因为害怕被感染，大城市的游泳池都已经被隔离了。为了拿到每年的签证，美国人都得做艾滋病测试，以证明他们没得这种病。对于像我一样偏执的人来说，那经历真的让人很不舒服。

我一直是方圆一千英里之内唯一的老外，这很不容易。在艾滋病问题上，中国的处理方式最为极端，让我觉得自己已经不是一个完整的人类了。我想说我知道这不是米灵的错——是政治宣传的结果，而不是个人偏见。虽然错在政府，但北京政府远在天边，我无力顾及，而她却近在眼前，这让我郁闷，自尊心受到了极大的伤害。要知道，自从打赢挑战赛以来，我的自我感觉一直良好，有点儿春风得意。正在兴头上，却忽然让对方看不起，甚至怀疑自己有病，而且是绝症，我火了。

于是，我面无表情地说，“为什么问这个？对，事实上，我确实有。”

她惊恐地向后退了退，这更进一步触怒了我。

她竟然相信了我的话！

于是，我继续道，“不过，我的艾滋病不是很严重，还没有达到会杀死你的程度，只是会让你觉得有点累。不要担心，你不会被感染的。”

接下来，让我感到极为后悔的是，我当着她的面笑了。

当米灵意识到我是在嘲弄她时，她脸上的恐惧变成了愤怒。她立刻起身下床冲出了房间，就像子弹出膛一样，然后跑到约翰的房间。她在那儿待了一会儿，时间上足够她告诉叶丽我是个该死的乌龟王八蛋了。对此，约翰也深有同感，因为他的好事被搅了，而且被米灵当场抓了个正着。两个舞蹈演员决定当晚就回郑州，这让约翰的心情一直很糟糕。

“你怎么这么混蛋？”她们走后，约翰问我。

“你说起来容易，因为你至少外表上是中国人，”我说，“可你想想，整年都住在这么一个地方——这里的人都觉得你就像个来自乌干达[①]的卖淫者，你倒试试看！”

不过约翰说得很对，我确实是个混蛋，而且比混蛋还混，我违反了僚机飞行员的第一戒律：不要扰乱主机作战。于是我向约翰道了歉。可这样做让我很不自在，我可是老包，少林荣誉的保卫者，我为什么还要做僚机？妈的！我不应该再提这事儿了，可我就是做不到。

“真见鬼，不过这下我们应该没事了，”我说，“要不我们可能会被拘留的，可为了那样两个女孩，根本不值得。”

---

① 乌干达（Uganda），非洲国家，艾滋病重灾区。——译者

“马修，我爱她。”约翰突然间表露了他赤裸裸的感情。

“狗屁，约翰，她们基本上就是妓女！”我想都没想，脱口而出。

他看上去很受伤，见状，我赶忙向他道歉。他没有说话，我又再三向他道歉，好多天后，他才原谅了我。

不久后，严师父告诉我，武术中心有位新来的教练——一个叫包平的混蛋，他本想让警察来罚我们的款，这样他便能赚点举报提成。严师父硬把电话从他手里拽了出来，并威胁说会让他吃不了兜着走，这才阻止了他。

“不要再把她们带到少林来！”严师父最后说道。

2 管理情人

那是一个春天，我在练功时遇见了云飞。他父母都是教授，在“文革”期间惨遭迫害。父母的经历深深地影响了云飞，因此他放弃上大学的念头，高中毕业后，云飞远离家乡，四处游荡，最终来到了少林寺，一心一意学习散打。和我一样，他也意识到，如果一个人起步晚，那么在相当一段时间里，能掌握的也就是像散打这样的武术竞技项目了。我加入散打队不久，便跟他成了好朋友。

对女人来说，云飞是那种最危险、最有诱惑力的男人：他骨子里透着一种放荡不羁的浪漫。他一直都在和不同的年轻女子坠入爱河，打得火热，之后便分道扬镳，因为他居无定所，没钱养老婆。其实我觉得他这么做是本末倒置。他不想安定下来、成家立业，那么这种四处游荡的生活恰恰就成了他最好的借口，但我还是不忍心说他。

我们相遇的那天正是他返回少林寺的第一个星期。一年前，为了一个女人，还有一点儿朦胧的商机，他离开了少林寺，再次回来时却两手空空，一无所有。没几天，他就发现少林寺周围藏着十来个年轻漂亮的女子：比如住在少林寺溪流另一边的那对姐妹，她们的父亲是个功夫狂，所以把她俩送来少林学两年功夫；少林武术学院那个女神级的武术指导员；塔沟学校还有一个胸部正在慢慢隆起的假小子似的专业散打队员。

那天，云飞正跟一群从登封来的女孩站在少林寺门外的院子里，女孩们想进来参观一下，云飞便把自己当做少林的官方导游，答应带那帮很有魅力的年轻女孩四处转转。而这一个月以来，我总是以僚机的身份黏在云飞身边，所以那天也在场。那么多人当中，有一个女孩引起了我的注意——她叫珠儿，看到我时，她双眸流露出诚恳而好奇的眼神，来少林后，我还是第一次遇到这样的女孩。

当我们走回来，驻足于少林和邻近城市登封之间往返的巴士附近时，珠儿和我落在了队伍最后。我硬着头皮，鼓起我那少得可怜的勇气问道："能跟你一起吃晚饭吗？"

珠儿十分高兴，却故作忸怩之态。

"我不知道啊，"她说道，"别人看到会怎么说啊？"

"我认识一家饭店的老板，他的饭店在村子最边上，"我说，"咱们晚点去，要不十点吧，等大家都睡了，就没人看见咱俩在一起了。"

她见我能理解她的顾虑，就放心了。

"下周五吧。"她动了动嘴角，转身离开了。

周五时，我提前到了饭店，要了一瓶半斤的白酒，为了这次约会，我一整周都在叩问良心，纠结于自己这么做对不对——我就是看珠儿长得美才对她有兴趣的——我得来点儿酒，避免内心纠结，犹犹豫豫。为了不招人闲话，我提前结了账，还给了老板和厨子小费。她晚到了一刻钟，神色紧张。我鬼鬼祟祟地瞥着珠儿，偶尔闲聊几句。突然，她劈头就问了这么一个问题："如果一个外国人对一个中国女孩信誓旦旦地说他会回来看她，那么他真的会再回来吗？还是在撒谎？"

"这就要看这个老外是个什么人了，"我想了一会儿，说道，"为什么问这个啊？"

"一年前，一个德国电视台的工作组来少林寺给和尚们摄影，其中一个摄影师说他会回来看我的。"

我心里终于踏实了，告诫自己不要轻易许诺，或者骗珠儿上床。"一年前的事儿？"我说道，"那他不会再回来了。"

我答对了，珠儿松了口气，见我很诚实，终于相信我了。

"你住在登封？"我问她。

"嗯，跟我父亲一块儿生活。"

"呃，挺好的吧？"

"不好，他很难相处，不了解我。"

阿弥陀佛。

我摆手叫来服务员，看来我要喝更多白酒了。

返回武术中心时，街上空无一人，宿舍的灯几乎都灭了，一路上我们俩谁都没开口，她跟在我身后一步远的地方，好像彼此是陌生人一样。

我带她来到宾馆后门。宾馆管理员睡觉前用自行车锁从里面把前门锁了——看来火灾的逃生出口在这儿并没有多少优先权——所有的窗户也都关上了，只留着一扇通向室内厕所的窗户。厕所是那种旱厕，底下是个大粪坑，恶心得要命，只好开窗通通风。我从窗户爬进去，然后帮珠儿也爬了进来。我不得不说，一边憋着气，一边留意着脚下，免得掉进那一个个坑里，又要带着珠儿从厕所穿过去，简直是大煞风景，就好像我是在干什么违法勾当似的。

一进房间，她就直接转过身去脱衣服，一个字也没多说，脱完之后，就滑进被子里，我也跟着进到了被子里。

在这儿就不再做形象的细节描写了，正式告别自己禁欲生活的那一刻，我的第一想法就是，怪不得她要让德国人回来看她，原来她的欲望如此强烈——让那个卑鄙的德国鬼子抢先一步，真气人。但随之而来的第二个想法就是：噢，不，现在还不行！再坚持一会儿！

她一声不吭，转过身子，很快睡着了，可能因为我的无能，时间太短，让她觉得很无聊吧。但我得保持清醒，在破晓之前，在整个村子醒来之前，她得离开这座宾馆。我可不敢冒险睡着——万一再没听到闹钟岂不糟了？我故意想些黑暗邪恶、让人彻夜不眠的事，还好，这对我来说不是什么难事。

马修的毛病：

1　在床上表现很糟糕？

我得再看看她，这可是关乎民族自豪感的问题，我怀里抱着的很有可能是河南首位对那八个经济发达国家[①]的来宾都狂热迷恋的超级粉丝。（既然德国和美国都已拜倒在她的石榴裙下，加拿大、英格兰、法国、意大利、俄罗斯、日本

---

① 此处指八国集团会议（G8），由加拿大、法国、德国、意大利、日本、俄罗斯、英国、美国八国代表定期开会，讨论世界经济议题。——译者

还会远吗?)我们美国人在国际数学和科学竞赛中屡次垫底,这已经够糟糕了,而现在,事实又证明我这个美国人的床上功夫简直逊毙了。万一她把这事儿告诉她的朋友们,然后再一传十、十传百地传开,那可怎么办?没准不久之后,中国女人在完事之后就会对老外说:"你中国话水平虽然比不上加拿大的大山,但你做爱的技术却比美国的老包强多了。"

凌晨四点半,我扶着她爬出一楼的窗户时,问道:"你还会来看我吗?"

"我不知道,"她说,"这太冒险了。"

"我们可以去郑州。"昨夜,我整宿惶恐不安,觉得我们俩的"地下恋情"迟早会被发现,心里总是不踏实,我想,郑州应该比少林更安全吧。

"好吧。"她答应了。

"我们可以分开坐车,在郑州商业街百货大楼门前会面。"

"下周日下午两点吧。"

周日,跟上次一样,我早到,珠儿迟到。我在百货大楼门前等她时,想起了听别人讲的故事,是关于这所大楼的建造者——郑州的首位百万富翁。那是在80年代中期,他赚了大笔的钱,数额之多,让所有人都为之震惊。河南省领导嫉妒得双眼发红,对他实行非正常的税收政策。有一次,郑州缺一座飞机场,政府就去找他要钱。还有一次,为了让城区直通飞机场,政府想要建一条高速公路,又跑去问他要钱,建新水塔时也是如此。然而这位商人跟他那些成功的同行们一样,自尊心极强。他痛恨领导们如此榨取他的钱财,就好像是在花他们自己的钱一样。后来有一天,当那些官员们再来向他索要巨额资金时，他不仅断然拒绝，还把他们都赶出了办公室。朋友们都求他改变主意，但他却决不让步。

珠儿终于来了，我带她去了四楼，我需要买个新的手提箱。销售员看到我，吃了一惊，过来帮我挑选。然而，等她看见我还带着个中国女伴时，脸上立刻流露出厌恶鄙视的表情，转身走了。几个农村男青年聚了过来，但又不敢太近，就站在不远处盯着我这个老外和珠儿看个不停。他们既不惊讶也不好奇，也看不出有什么其他意图，实际上他们根本面无表情，只是站在那儿一动不动地盯着看，这期间的每一分钟，都越来越让我觉得我们俩好像违背了什么社会规范或法律似的。

我故意找了些恶毒的想法安慰自己：怪不得美籍华人学生学习能力倾向性测验的成绩总是比当地白人高，原来是这些华人天才们都把自己的傻子堂兄表妹都留在家里了。

然而这么想也无济于事，不一会儿我就越来越忿忿不平，好像自己真的犯了罪似的。

终于，我受不了了，发出嘘声驱赶他们，“看什么看？快走，离开这儿，快走，看别人去。”

他们就像在地头上耕作的牛一样：朝我眨着眼睛，好像听不懂我的话、不明白我为何冲他们挥手似的，我真想朝他们的屁股踹下去，让他们赶紧离开。最终，他们终于转身走了。我抓来店里的一名经理，让他给我当导购，我紧紧抓着他的胳膊不放，直到买了手提箱才放开。

“现在就走吗？”我问她。

“我想看看，买点东西。”

她拉着我来到外国钱包的专区：古琦、普拉达等各种奢侈品牌，她看了好几个。

“你觉得怎么样？”她问我。

钱包价格在五百美元到一千美元不等。

“我觉得贵得要命。”

她看钱包时，我在想，她怎么能倾尽一个中国农村家庭一年的收入来换取一个钱包呢——我一直没想明白这一点。足足半小时的时间，她充满渴望地盯着这些钱包，最后终于万分不舍地走开了。之后我问她是否想回旅馆，她拒绝了我，说她要回家了。我们坐了三小时的车回登封，而她一句话也没跟我说。后来我又邀请她下周出来吃饭，她也不搭理我。之后，一连三周，我都没有她的音讯。终于有一天下午，她在街上找到了我，想第二天跟我吃午饭，我建议改为晚饭，但她却坚持要吃午饭。第二天中午我们坐下吃饭时，我问她想吃什么，结果她说要跟我借一百元人民币（大约相当于十二美元）——而此时的我依然没有开窍，还傻乎乎地问她，这一百块钱是算借她的还是算给她的——直到她把钱塞进手工制作的布料钱包，起身走出饭店大门时，我才终于如醍醐灌顶一般恍然大悟：她是想让我给她买个奢侈品包包，真他妈的！顿悟往往是连续出现的，想明白个中奥妙之后我马上就意识到，我管理情人的能力太差劲了，我再也不会见到她了。

果然。

周日，云飞来到我的房间，问我想不想见见他正在追求的女孩——小梅。

“她不是在山上跟她师父练功吗？”我问道。

“那座山离这儿不远。”

“多久能到?”

“几个小时吧。”

“云飞，离郑州锦标赛就剩几周时间了，你知道我也就周日能歇歇。”

“我想让你见识见识她师父的功夫，他将太极和少林功夫合二为一，已经到达出神入化的地步了。”

“你让我跟你一块儿去，你真正的原因不是为这个吧。”

云飞笑着说：“你不会不帮我吧？友谊为重，中国古语道‘一根筷子容易断，一把筷子折弯难’。不是吗?”

“你真正想折的应该是那个可怜女孩吧。”

“老包，你怎么能这么说呢？我喜欢这个姑娘。”

“一开始你都是喜欢的。”

“这儿的山你上去过吗?”

“没有。”

“那你就应该去看看，景色很美。”

“你就是要死缠着我跟你去，是吧?”

“应该不是吧。”

我们向西走，经过了少林寺和塔林，走到路的尽头，便踏着泥泞的小道上了山。爬了三百多米，就看到这条小路弯弯曲曲地向上蔓延开去，通向几座山峰的山顶。

我们又走了一小时的山路，转了个弯，恰好到了一个小村庄。十几个老太太坐在树桩上，围着一个悬在篝火上的铁壶。她们周围有二十来个泥土垒砌的小屋，屋顶是用茅草做成的，还有一头驴拴在树上。这一原始场景着实把我吓了一跳，仿佛再现了一千年前的景象，村庄上下没有一点20世纪的影子，这肯定是马可·波罗笔下的中国农村。

然而最让我不可思议的是，竟然没有一个老太太回头看我。这么长时间以来，我发现了一条定律：刚到北京，几乎没人关注我这个外国人；到了郑州，就开始有人觉得我很稀罕了；而到了登封，我简直就会引起围观——越是深入不毛之地，我作为老外，就越是会引起骚动和围观。然而，这个村子太与世隔绝了，村民们有的根本意识不到我的存在，还有的就根本不敢看我。我和云飞从她们身边五六米远的地方走过，她们对我视而不见，就好像我是个真正的洋鬼子（西方的亡灵鬼魂）一样。

离开村子后，我对云飞说："真奇怪，她们居然都没看我一眼。"

"是很奇怪，"他说道，"她们甚至连我都没看。"

"你不是她们喜欢的类型。"

"我可是全天下女人心仪的对象。"

"那只是一开始。"

小梅见到云飞，高兴得心花怒放，却又故作姿态，尽力克制着自己喜悦的心情。她乐观开朗，美丽动人，天资聪颖，云飞对女人的品味果然一流。高中毕业后，她父亲送她来少林寺学武。起初，她在村里的一所学校学艺，但她父亲听说山里有位武艺精深的老师父，于是把她送到这里。在深山里，她肯定倍感孤独。

云飞向师父问好："董师父，我带来了一个老外，他想学习一下您的武术风格。"

董师父身强体壮，富有活力，一如美国中西部农民那般矫健，他从砖瓦垒成的农舍里走出来。他的屋子比一般的要大一些。董师父本人看上去精神充沛，除了农耕，他肯定要干点别的维持生计，因为山区可耕地面积并不多。他邀请我们进了屋。

午饭我们吃了中国午餐肉，味同嚼蜡，随后，董师父和小梅介绍了自家的武功。

“基于少林功夫，我研究出了新的变化，”董师父解释道，“这套武功重内功培养，而不仅仅重视外力锻炼，这对女人很有用。”

小梅马步下蹲，看上去就像是坐在一把无形的椅子上，双拳出击，但她出拳时速度很慢，方向也歪了，胳膊歪歪扭扭地纠缠到一起，好像螺丝一样。我装作看得津津有味，暗地里却为她感到遗憾。内功的确很重要，但要想达到有效的境界需要多年的修炼。我想她是坚持不了那么久的。

感觉到我没被打动，董师父问道：“要我示范一下吗？”

“哦，不用，师父，请别麻烦了，”我说，“真不用了，我已经从小梅的拳法里见识到这套功夫的力量了。”

“她技术还不行，你是学搏击的，是吧？我给你展示一下拳头的力量。”

“哦，不不，真不用了。”我一边说着，一边后退，闪到了院子一边。

我充分表达了自己的谦逊。

“好吧，”他说道，“但我真的想给你看看我是怎么练功的。”

“那请吧。”

他走出小屋，拿来一把锄头。我们来到花园里，这个花园和一个小游泳池差不多大小。

“我种了很甜的土豆。”他说道。

董师父来到田地中间，只见他挖了三次——第一次挖出一个土豆，第二次切断土豆的根，第三次将整个土豆翻了出来，扔到我这边。

他双手拿着锄头，说道：“来，你试试。”

我自信地接过锄头。可是怎么这么难呢？我挖了五下才挖出土豆，试了三次也没能斩断土豆的根，却把土豆削去了一块。我又锄了三下才把根切断，并且只能弯下腰，用手把土豆从地里挖了出来，因为如果用锄头的话，我肯定会把土豆捣烂的。我终于把土豆挖出来了，董师父和云飞都哈哈大笑。

“我只是还需要更多的练习。”我说道。

我正处于生命的最佳状态，每天苦练七个小时，已经坚持一年了。怎么挖个土豆还如此费劲呢，我又继续咬牙坚持，统共也就五分钟，我就弯下了腰，大口地喘着气，感到背部肌肉一阵抽搐。

“看起来容易，做起来难啊。”董师父道，他拿回了锄头，结束了我的“课程”。

一天，云飞跟我说：“你应该拜个师父，成为一名少林弟子。”

“承师父就是我师父。”我答道。

“他是你的教练，但他已经不是和尚了，你应该从寺里挑个和尚，然后拜他为师。”他说道，“做他的弟子。”

“我该怎么拜师？”

“要举行正式的仪式。”

“那我选谁好呢？”

“我的师父是永信大师。”

我犹豫了。永信是寺里最有钱有势、关系门路最广的和尚，但也是最惹人非议的。他有辆梅赛德斯奔驰轿车，还雇了私人司机，这辆车是北京一位政治家送给他的。永信一离开少林寺就是好几个月，忙着在国家、军队和北京政府里建关系网。只要有北京的贵宾来到少林寺，都是永信作陪。他最后当上了全国人大代表。他找了一群会武术的和尚组成一支独立的队伍，想与武术中心竞争去国外巡演的业务。

“但我从没见过他，”我说道，“他没教过我半点武功。”

“他也没教过我，教不教无所谓，”云飞道，“拜师是有政治目的的，永信就是下一届方丈，他跟北京的大人物们关系很好。我告诉你，等到永信当上方丈，他就会利用‘关系’，从省政府手里把少林寺的管理权夺过来。”

这倒是个好主意。众所周知，河南旅游机构将旅游门票的全部收益大把大把地往自己腰包里放，少林寺只能得到一点分红，这引起了民愤，同时，这也是少林寺生活水平如此之低的主要原因。

“你能帮我安排吗？”我问他。

“要是我不能安排的话就不会跟你提这事儿了。”

达成一致的那天，我去了少林寺，但被门口的警卫拦住了。

“你们俩的票呢？”

“我是永信的弟子。”云飞说道。

警卫摆摆手，让我们进去了。

永信住在寺庙后面，几个年轻的弟子在他住所的门口踱来踱去。

“武术小兄弟，”云飞跟一名高个弟子搭讪，他是我见过的少林寺中唯一身高超过一米八的和尚，“麻烦跟永信师父报个信，说他的美国弟子来拜见他了。”

高个敲敲门，颔首低眉地进去了，过了一会儿，他挥手示意我们进去。

永信的住所有两间屋子：一间是会客的客厅，另一间是卧室，中间用窗帘隔开，我们坐在客厅的两把椅子上，远处靠墙的桌子上摆着一个佛龛，地上还有供人拜佛用的禅垫。不一会儿，永信进来了。

我曾远远地见过他，他陪着中国人民解放军的上将参观寺庙，进入武术中心看表演。这是我最近距离地看到他了。永信肥头大耳，长着跟佛祖一样的大肚子。

我站起身，拱手作揖，向他鞠了一躬。

“阿弥陀佛。”

他请我坐下，我按照云飞的指示，事先准备了一个红包（里面装着钱的纸包）。云飞告诉过我，新弟子要给师父红包以表敬意，钱的数目随意，但中国的迷信观念认为一些特殊数字预示大吉大利，特别是 888 和 1 111，然而云飞却让我自个儿决定是给美元，还是给人民币。我不禁有些窘迫，以前一直认为一块钱人民币就等于一美元，但现在我在中国这么久了，知道一美元可以换八块人民币，于是我便在红包里装了 1 111 元人民币（约合一百四十美元）。

永信接过红包，往桌子上一扔，好像红包是令人不快的多此一举。传言说他腰缠万贯，等打开红包时，他肯定会觉得这点小钱微不足道。

云飞作为中介人，给我们斟了茶。

“您答应见我，我真是荣幸之至，”我说道，“我不配当您的弟子。”

永信跟我说了些什么，但是，他的乡音太重，我听不懂他的话，只好转向云飞。

云飞翻译道：“永信大师说，他听说过你，你做过很多好事，是个风趣幽默的老外。”

“哪里？哪里？哪里？”我说道，“您过誉了。”

永信又说话了，云飞接着翻译道：“你为人谦逊，这点难能可贵，我听说你是个作家。”

以前有和尚看到我往笔记本电脑上打字，于是就有人传言说我是个志向高远的作家。

“我不是作家，但我想当作家，我希望通过勤学苦练，成为一名作家。”

“我听说你正在给一部电影写剧本。”

“刚开始写，”我说道，“这是我第一次写剧本，水平有限。”

“或许你可以为好莱坞写一部关于少林寺的电影，记录你的所见所闻，描绘少林寺的现代生活，让少林在美国盛名远播。你们美国实力强大，我去参观时印象很深刻，美国人待我们很亲和。”

“师父，我想请教您个问题。您听没听说有两个和尚在第一次去美国之后就一直留在了美国，您知道他们的命运怎样了吗？”我说道。我指的是严明和郭林，这两个和尚背叛了少林，去美国巡演时留在了美国。

“现在他们过得还不是很好，但他们的生活正在改善。”

“但他们就这样叛离了少林寺，您不觉得有点尴尬吗？”我问道。

他见我问得这么谨慎，便笑了笑。其中一个变节的和尚郭林，正是永信的弟子。

“是有点说不过去，但依我看，这也是在向全世界传播少林的名声。少林的种子扎根在这个国家，又扎根在那个国家，不久，少林就会扎根于全世界的。”

“我明白了。”

“我们可以开始拜师仪式了吗？”

永信让我跪在供桌前。他翻开一本古经，把它放在书架上，点上香，右手拿起个小铃铛。

永信念经念了有一刻钟，还不时晃晃手中的铃铛。我只听懂了几个字，经文全是古文，让当代中国人看古文就像是让意大利人看拉丁文一样，和看天书没什么两样。好多术语都是从梵文翻译成中文的，再加上永信那含糊不清的口音，就更让人费解了。

我听到的经文如下：佛（什么，什么，什么），佛家和尚（什么，什么），佛（什么），佛教（什么，什么，什么），佛……

他念到最后，才清楚了些。

“你起誓长奉佛祖吗？”他问道。

“我起誓。”

之后，我磕了几个头，云飞教过我准确的磕头方法：先把右手放在地上，然后把左手也放在地上，之后右手再次放在地上，接下来把左手掌心翻转朝上，然后把右手掌心也翻转朝上，双手对握成拳头，再用头碰地面。

永信晃晃铃铛。

“你起誓献身于少林寺吗？”

“我起誓。”说着，我又磕了个头。

永信晃了晃铃铛。

“你起誓侍奉新师父吗？”

“我起誓。”我磕了最后一下。

永信又开始念经了：（什么，什么，什么），佛（什么，什么），佛教。

永信晃了三下铃铛，拜师仪式大功告成。

我站起来，“阿弥陀佛，师父。”

“阿弥陀佛。”他说道。

就这样，我成了一名少林寺弟子，成为大家公认的第一个老外弟子。

3 锦标赛

我们乘小客车前往郑州参赛，同行的有德清、承教练、成浩、我的队友兼散打陪练宝通、兴明和尚、小虎和其他一些随行人员。只要再来几个啦啦队队长，这场比赛就会像是一场高中橄榄球赛了。

大家十分热情，他们感觉我是全队最不堪一击的，于是都设法让我振作精神，告诉我如何打败武汉体育大学的金牌选手，也就是中国70公斤级的散打冠军。

“出拳击打他的头部时要掌握先机，”宝通道，“他防守、低头闪避时，再将他从腰部提起抛出去。”

“踢腿时用胯部发力，”承教练道，“他速度飞快，你没有多少空当，因此出手要准，要让你的每一击都实实在在地打到对方。”

成浩早就听说过散打狂人——那个叫迈克尔的芬兰人。他含笑道：“踩住他的前脚，以拳相击，这是李小龙的绝技，势不可挡。”

“实在不行，你可以求他饶了你，”德清道，“你跟他说：‘求求你，别打我了，我实在受不了了。’”

我转向兴明，“佛祖会有什么建议？”

“佛祖教给我们众生博爱的原则，”兴明和尚回答道，“你可以试着去爱他，但佛祖武艺平平。”

就在这时，我们的司机躲过了一起多车连环相撞的事故，好险！这远比参赛更让我心惊胆战。一路上，大家你一言我一语地为我出谋划策，我却紧紧抓住头顶上的行李架不敢松手，没太听清他们说了些什么。

在郑州国际酒店，我们度过了焦躁不安的一夜。次日，我们集体出发，前去参加郑州国际武术节。来自二十六个国家的武术家，成群结队地走过河南省会的主干道，气氛很热烈：队列一边是彩车，车上有很多女孩，不住地向路旁的群众挥手致意；另一边是中国传统装扮的功夫大家，摆出交手的架势。尽管队列看起来像个喜气洋洋的返乡团，而实际上却类似于一场陈列着米格式战斗机和洲际弹道导弹的苏维埃五月一日劳动人民的庆典。这就相当于河南省在高声呐喊：“看看我们的功夫实力吧。”

每队都有一名举牌的女孩，她们个个青春靓丽，身着短款连衣裙，手持队牌，牌上写着中文队名和拼错的英文名。最庞大的队伍当属中国国家队了，然而其规模却没有想象中那么庞大。如果这是一场国际竞赛的话，队员们为了争金夺银，每个级别定是高手如云。然而，这是武术节，就像宣传单页上所说的那样，是一场促进“友谊和旅游业”的盛会，因此，每场武术和散打（跆拳道）各重量级别的比赛中，中国队只有一名武术家参赛。引人注目的是，每名参赛的中国队员都是他这一技艺或重量级别里的全国冠军，也几乎全都是世界锦标赛的冠军。中国人想要展现自己慷慨的东道主风范，也愿意看到外国人满载着银牌和铜牌回家，但金牌是绝对没门的，这是面子问题。

最后，一直在领导与我之间充当调解人的严教练告诉我，我身为外国人，既不能代表少林寺，也不能代表武术中心参赛。对此我大为恼火，坚持认为自己既有能力代表少林寺参加挑战赛，也可以当之无愧地代表我的学校参赛。严教练支支吾吾地道出了好些煞有介事的借口，让我真假难辨，也就没法再针对哪个借口进行争辩。在比赛登记处，我发明了自己的队伍：普林斯顿大学少林武术队。我走在方队里，跟在举牌女孩身后，她身穿粉色连衣裙，手持队牌，上面写着“美国普林斯顿大学少林武术队”。承教练和德清抽空去会老朋友了，没有出席方队。

德清撇下了我，让我一个人走方队，这让我有点生气。但回到房间，发现他原来是在拜访两位面容姣好的女子，这时我便觉得情有可原。坐在德清身边的女孩挨德清很近，就好像在宣布德清是她的私有财产似的，显然，他是德清的众多粉丝之一。另一个女孩是她的朋友，略显紧张地看着我。她们计划赛前称重之后包饺子，庆祝我开斋。这两个星期以来，我瘦了将近六斤，才将体重控制在了一百三十五斤左右，对于我将近一米九的个头来说，这两周几乎就是在斋戒。我们俩一个是禁欲的佛家弟子，另一个是潜在的艾滋病感染老外——半夜时分，该老外只消轻轻地碰一个中国女子，按照中国法律，就能让这个良家妇女沦为妓女。此时此刻的情景，若不是我们俩这些身份的话，本来可以是两对男女的约会。可不管怎么说，我已经不用再受斋戒之苦了。要知道，斋戒期间还包含以下内容：在那所巨大的寺院里，我的朋友们轮番上阵，对我拳打脚踢，每天陪我苦练六小时，让我作好迎战国家冠军的准备。

我下午要去称重，于是大家约好下午五点在粉丝俱乐部碰头。

由于外国人都住在郑州国际酒店，所以称重的环节也设在了那儿。我走出电梯进了走廊，那儿站满了来自世界各地的男人，都只穿着内衣，真像是现实版的贝纳通①内衣服装广告的真人秀。

我们按照体重分类，其中70公斤级的参赛者只有五位，人数比其他重量级别的人都要少。这五位一个是身材矮胖的三十五岁左右的韩国人，一个是瘦长结实的日本武士，还不满二十岁，一个长相难看的二十五岁左右的俄罗斯人，一位中国冠军，还有骨瘦如柴的我。

比赛开始前，对手们都半裸地站在那儿，无所事事，场面十分尴尬，我明白为何专业的拳手们都带着他们的团队来了。赛前称重算是大赛的第一回合，打的是心理战，我真后悔自己没让德清或承教练跟我一块儿来。孤身一人半裸地站在那儿，还真是有些不知所措。

那位冠军也同样不知所措，明显感觉有些不自在——他习惯跟真正的对手较量，而不是跟一群高价请来的外国人站在一起。但随后，中国队的教练走了过来，跟我搭讪，说我功夫到家，人品也好，他做了一番自我介绍，说自己是塔沟的教练，听说我很棒，能吃苦，而且还能吃更多的苦。

"噢不，不，不，你太客气了。"我以中国人惯用的方式

---

① 贝纳通（Benetton）是发源于意大利的服装品牌，目前在全世界一百多个国家有四千多家商店。——译者

答道。

“那么，你觉得自己会赢吗?”他奉承地笑道，“你会打败我的队员吗?”

他脸上笑着，眼里却暗含嘲讽，我立刻开始讨厌他了。他很狡诈，油嘴滑舌，用言语刺激我，要么是想让我口出狂言，激发他徒弟的斗志；要么就是想让我过分谦虚，从而为他徒弟增加夺冠的信心。

“我哪敢妄想打败你的队员啊?”我笑着说道。

我不假思索地学着中国人的样子，极尽谦卑之能事。颔首低眉，举起双臂，仿佛恳求似的，提着嗓门，以高八度的音阶相答。

“我只是个小毛孩罢了，”我说道，“一个卑微的老外，对功夫一窍不通，甚至不敢想能打败任何中国的武术选手，更别说要打败全国冠军了。”

这番话并不是他所期待的，他收回笑容，向后退了一步，冠军看起来很不自在，于是我继续大肆吹捧。

“你们都是在塔沟训练的选手，而我在武术中心学武，我们柔韧，你们刚强；我们在室内地毯上学武，你们在户外泥土上练功；瞧瞧你徒弟皮肤让太阳晒得黑成什么样了，再看看我有多白。他肯定会赢，能败在他手下我倍感荣幸。”

说完，我深深鞠了一躬，傻子似的痴笑着。那个教练一怒之下走了。我知道自己的武功无法跟冠军相提并论，但显然，至少第一回合我赢了。

那晚跟女孩们吃完饺子之后，我把这个故事讲给德清听。讲到最后，我名义上的约会对象表情变了，从漠不关心变得兴趣盎然。一名受人尊敬的年轻勇士即将踏上征程，前去作战。那么，抓住时机，将他的DNA遗传信息延续到下一代身上，从生物学角度来讲，就是她义不容辞的责任，不然就来不及了。

怪不得年轻力壮的男人们总是愚蠢透顶、心甘情愿地踏入生死攸关的险境，并且前仆后继、乐此不疲，原来这是与女孩们谈情说爱最好的催情药。

那顿饭到后来到底是怎么吃完的，我已经记不清了，她的表情让我欲火中烧。我表面上故作专注，其实满脑子都在想操作上的困难和各种各样战略上的选择：我得让两位女士跟我们一起回酒店，可德清跟我住一间房。不管怎样，我得把德清和她的粉丝丢在承教练房间，然后找个借口走开，和我的约会对象——她的名字我实在记不起来，惭愧——进入我的房间，绝不能让其他人跟着。我要在承教练或德清产生怀疑、并且来敲门之前，快速诱她上床（这不太容易，虽然她的表情也很迷离），并速战速决（这倒很容易，但太不幸了）。这些都要在午夜之前完成，因为每一楼层上负责开门的钥匙女孩可能会发现端倪并报警，如果我的约会对象到那时还没离开的话。

第一环节进行得很顺利，我跟她说想去看看承教练。我们在承教练屋里坐下聊了一会儿，几分钟后，我问她想不想看看她之前问过我的那个“东西”，她一脸疑惑，不明就里，但还是点了点头。我带她来到我的房间，拿出我跟和尚们在少林寺拍的照片，照片上我们摆着各种功夫的动作，但她还是有点儿迷惑，我靠着她，指着照片，悄悄搂住她的后背，彼此依偎在一起。

我们正渐入佳境，刚开始有些实际接触，就听到了敲门声。我抱住她，让她别怕，承教练和德清都没有钥匙，他们进不来，我们默不作声，装作房间里没有人，希望他们敲一会儿就走开。

门锁转动了，惊慌之下，我们赶紧分开。德清、她的粉丝、承教练和他的女朋友“收听”，站在那个负责开门的钥匙女孩身后。我骂自己太笨，居然忘了还有开门的钥匙女孩——她还有一把备用钥匙。

笨拙的尴尬瞬间过后，我又使眼色又朝门的方向努嘴，希望承教练能帮我这个大忙，带着大家离开，成全我一桩好事。承教练不好意思地笑了，原来这家伙是在故意搅局。他一直待到很晚，离开时已经接近午夜十二点了，德清的粉丝和我的约会对象只能走了。我们把她们送上电梯，回到房间门口时，我看到承教练在他门外等我。

“你为什么要这样做？”我吼道，徒弟一般都不敢这么无礼地跟师父说话。

“比赛之后方可随性，赛前切忌纵欲。”

“为什么？”

“那会让你双腿无力。”

这时，我才忽然意识到，我这是在跟师父说话，不该如此无礼，否则后果很严重。我赶紧赔礼道歉，承教练并没有追究，摆摆手让我走了。

郑州体育场是我进过的最大的室内运动场。里面感觉好像能容纳五万人，而实际到场的不会超过一万人，但这儿仍比托皮卡城的任何建筑都要大十倍，令人望而生畏。地板上根据不同的武术比赛铺着各种垫子，还有三个散打擂台。

竞技场外是间大房子，选手们都在这里聚集，换衣服。各重量级别的比赛单出来了，由于 70 公斤级的选手只有五人，所以有两人要打一场外卡赛，在韩国选手和日本选手间展开，获胜者将拿到进入半决赛的入场券，跟我对决。上届的冠军和俄罗斯人将在另一场半决赛中相逢，两场半决赛的获胜者将在决赛中一决高下，上午举行外卡赛，下午举行半决赛，明天举行决赛。

我们虽出场次序不同，但一早都穿上了武术服，大家都脱下了跆拳道短裤和 T 恤。我们人手两套护具——相同的材质，一黑一红，我首场比赛戴了红色护具。昨晚的约会对象也到场了，她很喜欢我，帮我戴上护具。短裤外佩戴护膝，外加两片薄垫防止胫骨擦伤，戴上这些，腿就像充气包一样粗；还有两片薄脚垫防止脚背受伤；一片护胸；只有四两重的轻质手套；一个牙垫和一个业余拳手戴的头盔。

当我的约会对象给我从后背系紧护胸时，我孩子气地咧嘴一笑。九个月来，我日日夜夜期待着这次比赛，已经急不可耐了。

从选手休息室望去，一条长长的走廊通往比赛大厅。韩国和日本选手比赛开场时，我站在走廊一端，冠军就在我身旁，我们都在观察他们的弱点。

日本武士迈出左脚向前，抬起右脚，来了个大弧度的右摆拳。恰在此时，韩国武者屈膝一蹲，来了个右前扫腿，他的右脚背钩住了日本武者的左腿——那是日本武者唯一一条着地的腿，这样一来，日本人左摇右晃地颠了几下，倒在地上。

冠军和我对视着，都觉得有点难以置信——几乎无人使用右前扫腿这一招。要用这一招时，需要先曲左膝下蹲，双手着地保持平衡，再伸直右腿，如同扫地一般逆时针旋转划地，目的就是要绊倒对手。但由于扫腿的力量并不强，所以一般来说只有在空中抓住对手一条腿时，这一招才管用。显然，时机是关键。然而，这并不是一般不用右前扫腿的根本原因。真正的问题是，屈膝下蹲、双手着地时，你会将自己的面部暴露于对方的腰际，这就像把一个南瓜放在很矮的篱笆杆上。如果对方出手时瞄准你的头部攻击，他很可能因出手太高而扑个空，但如果他想要攻击你的腰部，那就会刚好打在你毫无保护的脸上。

韩国选手很幸运，因为日本武士瞄准的是他的头部，因此没打中，韩国选手这一招反而造成日本选手下盘不稳，失足倒地。首局打得很险，只因为韩国选手这一招太过出其不意，像是橄榄球比赛一开场就用跳蚤传球战术①一样，虽然很有进攻性，但毕竟太过冒险。

第二局比赛时，韩国选手又使用了这一招，这次，日本选手并没有倒地。

冠军问我："看见了吗?"

"看见了。"

"真是个笨蛋，"他拍着我的肩膀道，"你运气很好。"

韩国选手唯一还算体面的招数就是前扫腿，此外就只剩一招了——缩着头用双拳向前猛击。从远处看，他就像个还

---

① 又称为跳蚤式转向传球或掷球，或称为摇摆式进攻（flea-flicker）。美国橄榄球的一种进攻打法，通常是在逆封双杀中，然后将球扔回四分卫，由四分卫抛球进行长传。这种打法进攻性很强，但非常冒险，一般很少在开局中使用。——译者

流着鼻涕的十岁小孩在运动场上硬着头皮打架一样。

这个韩国人只会两招，一招极度冒险，简直相当于在自杀，而另一招毫无威胁，就像是小毛孩在打架。这真让人不可思议，而更让我吃惊的是，这两招居然很有用！他的前扫腿将日本人绊倒了三四次；他那毫无章法、横冲直撞的出拳又逼得日本对手步步后退。我一直期待着日本人能调整战术，与韩国人抗衡，但遗憾的是没有。最终韩国人连胜两局，以 2 比 0 的比分战胜了日本人，赢得了比赛。

下午，我作好了准备。尽管这是我第一次站上擂台（少林寺没有擂台），我登上擂台时仍然全神贯注，无暇顾及其他事。我跟韩国人各据擂台两头，摆出格斗架势。我用余光瞥着韩国人，发现他灵活自如，双腿自然分开一米左右，而我则双腿僵硬，笔直地站在台上。虽然他要想踢到我的脸肯定很困难，但我还是劝自己不要高兴得太早。

裁判吹响口哨，让我们站到擂台中央。按照散打比赛的惯例，为体现互相尊重的原则，我们握了握手，互相拥抱。韩国人穿上鞋身高也不过一米七，我比他高二十多公分。他身材矮胖，我却瘦得像根棍似的，一高一矮，一胖一瘦。我们就像两个不同民族的艾伯特和科斯特洛①。我跟他拥抱时，故意夸张地使劲弯着身子，撅着屁股，肘部向外伸，好像要蹲下来抱个孩子似的，引得观众爆发出一阵大笑。我成

① 艾伯特（Abbott，1896—1974）和科斯特洛（Costello，1908—1959），美国的两位喜剧演员，后来成为了喜剧组合，在 1940、1950 年代创作了很多喜剧电影而享誉美国，成为喜剧组合的代名词。——译者

功地按计划恐吓了他，让他感到难堪，只好低头向后退去。（第二天，郑州报纸上，如果记者聪明的话，应该会这么写："他们的拥抱就好像一根电线杆戳进了一只布绒玩具熊。"）

比赛的哨声吹响了。

我一开始的战术是根据经验来的，即习武之人在开赛之初几乎总是要使出自己最强悍的绝技——也就是前面说过的，他们已经练习了一万遍的某种腿法。对这位韩国选手来说，那就是他的前扫腿。

我向前一步，站稳左脚，抬起右膝，好像瞄准了他的头部。如我所料，韩国人果然曲左膝下蹲，右脚横扫而出，想绊倒我的支撑脚。这时，我弯曲膝盖到腰际，瞄准他毫无防备的头部踢了过去。赛前我在心里就已经实践过这种情形了，我知道问题的关键在于时机的掌握：我要在他扫到我的左支撑腿之前踢到他的脸，但之前我没想到自己会那么紧张。我用力摆腿，却没有用胯部发力，所以那一踢软绵绵的。

他的扫腿击中我的支撑左脚之前，我的右踢腿——与他的头部高度相当——正中他的侧脸。我看着他翻了翻白眼，倒在擂台上。可是没有人喝彩，我听见身后有人厉声喊道："你是在用腿踢他，一定要扭臀，用胯部发力！"

我转身看着承教练，他扭着身子给我作示范，喊道："用胯部发力！"

我转过身子，看到韩国人正挣扎着站起来，裁判在他旁边数着："……四，五，六……"我虽然只是踢了他一脚，但还是结结实实地踢到了他的头，而且当时他的头毫无保护，高度上恰好在我的腰际。他站起来时，我还是对他有了些许敬意。他真的长了个铁下巴，这一脚本可以让大多数人起不来的。

锦标赛跟拳击冠军争夺赛不同。在冠军争夺赛中，拳手在半年左右的时间里只需要打一场比赛，一共十到十二轮。在那种情况下，你应该拼尽全力迎战，因为你有时间恢复体力；而在锦标赛中，前几局应该尽可能少耗费体力，只要保证能赢就万事大吉。除了输掉比赛之外，参赛负伤或是体力透支就是最大的危险。因为倘若真的这样，要想在接下来的比赛中获胜，希望就十分渺茫了。

要是能在五秒之内将对手击倒的话，就堪称完美了，但我并没有做到。我退后一想，韩国人现在站都站不稳，肯定不敢再使出前扫腿，这样一来，他的独门绝技就得不到发挥，我应该能打败他，但我可不想冒险。因此，在接下来的两局中，我利用自己的身高优势，频频得分，使他无从下手。我一见他低头摇着身子向我撞过来，就一边后退，一边寻找时机。在他用勾拳时，我会用闪电般的刺拳点到他的脸上，或者用前膝击中他的胸口，将他打退。我尽量让自己出腿时的高度不高于胸部，每次出拳都是直刺拳，打到他头上，这一套动作招式不华丽，也引不起观众的喝彩，但却是得分的好办法，我连胜两局，拿下了这场比赛。

后来，承教练总是在向我强调用摆腿回旋踢时如何用胯部发力。

“你应该直接把他打倒的。”他说。

下一场比赛在冠军和俄国人之间展开，我留下来观赛。这场比赛真是惊心动魄，冠军打俄罗斯人就像打鼓一样容易，他把他从擂台的一端打到另一端，还有几次直接把他打下了擂台。擂台距地面将近一米高，周围用厚厚的泡沫围起来，那种泡沫在表演特技高空摔下时经常用到。那是一场一边倒的比赛。

第二局的前三十秒钟，冠军用了一个左腿低回旋，踢在了俄国人的右膝后部，并扣在了对手大小腿之间的连接处，俄国人右膝一弯，顿时矮了下来，防守也跟着下移。冠军接着又使出一个右腿高回旋，俄国人的身体颓然向前倒了下来，两人之间的距离就很近了。冠军本来在右腿高回旋踢出之后，是要用左腿着地的，可俄国人的身体正在往前倒，这样一来，他的左膝盖刚好撞到俄国人脸上，这是犯规动作（跆拳道比赛中可以用膝盖和肘部进攻，而散打不可以）。裁判认定这属于非故意犯规，所以没有判罚。但这已经无所谓了，他的膝盖撞破了俄国人的鼻子，他平躺在地上，咳出了血，医师们急忙跑上去，用担架把俄国人抬走了。

“该死！”我对德清说道。

“别担心，”德清道，“他们不会用担架把你抬走的。”

“不会吗？”

“你太高了，中国的担架放不开，他们会直接把你丢在擂台上。”

“谢谢。”

“不用谢。”

一顿丰盛的晚餐后（反正无需再次赛前称重了），承教练、“收听”、我的约会对象和我回房间休息，德清提前离开去见别人了。大约一小时后，他带着一个比他年长的男人和一个十七八岁的男孩回来了。德清耷拉着脑袋，看来有人逼他做他不愿做的事，他靠近承教练低声对他说了什么。

“当然不行。”承教练答道。

德清站起身，朝那个男人耸了耸肩。

“只是场挑战赛，”男人道，“不会耽误多少时间。”

我过去问德清发生了什么事。

“他是一位武术指导，也是我师父的同学，”德清跟我说道，“那位是他徒弟。他们今天看了你的比赛，这位师父想让他徒弟长点经验，跟你打一场。”

我一定面露惧色了，承教练见状赶紧过来。

“你胡思乱想什么？老包明天要参加冠军争霸赛。”

德清耸了耸肩，他也很无奈，他师父的同学提出了请求，出于道义他只能尽量满足对方。

我感到自己好像成了名人，其实，我只不过是打败了一个二流的韩国选手。如果明天我能成功打败冠军的话，他们可要排着队向我挑战了。这种荒谬的情势会拖住我前进的脚步，一直紧紧尾随。刚打完上一场比赛，我早已疲惫不堪，伤口作痛，左脚脚背也肿了，得敷上冰块才能消下去。我对这场挑战赛半点兴趣也没有。

多亏承教练几次三番明确地说：“老包不会跟他打。”

大家都默不作声，类似的情况在中国谈话中很常见，有人提出了荒唐的要求，但各种各样道义交织的网络又让你不得不照做，所以最终必须找到一个各方面都能满意、能下得来台的解决方案。

这就得看对方的师父是怎么要求的了：“我的徒弟需要这次机会，他要通过挑战赛测测自身水平。”

“我的学生明天还有比赛。”承教练回答道，“万一他受伤了呢？你徒弟能代替他比赛吗？”

大家更安静了。

老师父身子向前一倾，“换个人打怎么样？”

承教练考虑了一会儿。

“好吧，”他最终说道，“我替老包打。”

本来，我决赛前的那个夜晚很放松，并且可以静静地思考，这样一来就不行了。不管情形多么有利，至少那会是一个不平静的夜晚。这时，“收听”大怒。

“不行！不要这样！万一警察来了怎么办？”

她朝摆开架势准备开战的承教练走了过来，推搡着他。承教练抓住她的手腕，苦笑着，所有男人在众好友面前稳住一个歇斯底里的女人时都会用那样一种表情。

“没事，没事，没事，”承教练一边说着，一边眉梢挑起歉意地看着我，脸上的表情仿佛在说：有这样一个女人，我该怎么办啊？

“我跟你分手！”“收听”喊着，她声音都变得嘶哑了，好像是在警告屋里的男人们，她马上就要开始嚎哭了。

承教练后退一步，这时德清恰好挤进了他们中间。

“别担心，”他说道，“这很正常，不会有警察来的。”

一屋人从我房间里走出来，来到郑州国际酒店第十二层的走廊上，那儿很窄，站在走廊中间，我都能用手指碰到两边的墙壁。我们一行人各自找位置站好，那师徒二人和德清背朝电梯，面向我们。承教练、“收听”、我的约会对象和我背朝走廊另一端的窗户，站在门厅的最边上——不知怎么的，从房间出去时，德清巧妙又敏捷地跟我换了位置，本来挡住撒泼的“收听”是他的责任，而现在，就该由我来安抚，乃至用身体拦住“收听”了。谢天谢地，她终于不想再打承教练了，只是不停地咒骂，并且以结束他们将来的关系相威胁。我感觉自己就像个警察，站在抗议者面前。我的约会对象被这一架势惊得目瞪口呆。

走廊两侧那么多门，竟然没有一扇打开——难道那些胆小的老外都畏畏缩缩地躲在屋里通过门上的窥视孔偷偷观战吗？——可这么人的动静还是把十二层楼上的钥匙女孩从她办公桌那儿招来了，她跑到电梯前一探究竟。

“你们干什么呢？”她问道。

离她最近的德清赶紧拦住她。

“没什么，玩玩儿而已。”德清尽力让自己笑得光芒四射，魅力十足。

钥匙女孩想走到近前探究一番，而德清却温柔地挡住了她的去路。

“他们在打架吗？”她问道。

“不，这不是打架，只是切磋切磋。”

女孩一头雾水，她分不清什么是打架，什么是切磋，其实两者的差别确实很微妙。

“你们不能在这儿，我们还有很多客人呢。”

“放心吧，他们都是武术大师，就喜欢切磋。”

“我要报警了。”

这时，德清温柔又坚定地抓住了她的胳膊，依旧面带笑容地恳求：“别别别，没有必要啊，一会儿就好了，你们不是有很多外宾吗？你肯定不想让警察打搅到他们，否则你的老板会生你气的。”

这一番话使她安静了下来。

这时，徒弟和承教练都准备好了。

先是片刻让人头皮发紧的停顿，紧接着，徒弟就开始进攻了，他打的是传统功夫，我却看不出是什么派别。他先是左侧身体向前滑动，速度很快，紧接着又换成右侧身体在前，在进入被攻击的范围之后，他开始用双臂交替防守。这时，承教练依旧站在那里稳如泰山，岿然不动。待到徒弟近身时，承教练忽然飞身使出一记超音速的右腿回旋踢，徒弟赶快把头往回撤，他速度也很快，时间刚好还来得及，没有踢到他的头，否则这一记重腿就能把他踢倒，并直接结束比赛——承教练可不像我，他记得踢腿时用胯部发力。但这一腿还是踢到了徒弟的鼻尖。

徒弟退了下来，一股细细的血流从他鼻子里淌出来，流到脸上。幸亏他及时抽身，哪怕再稍慢一点，他的鼻子可能就会被撕裂了。我以为这样就可以结束了，可他师父却从口袋里拿出胶布给徒弟贴了贴，固定了一下他的鼻子。

比赛又开始了，两人面对面，徒弟采用与原先相同的招式向前逼近，但速度比刚才更快了，先是右侧身向前，很快又转换为左侧身向前。待他进入攻击范围，承教练用了一招他自己发明的左前侧摆腿，踢向他的胸膛，他想以此阻断徒弟的进攻路线，然后再出拳相击。

然而徒弟的速度实在太快了，在他身体的冲击下，承教练的踢腿变了形。同时，承教练身子前倾，也进入了徒弟的进攻范围。徒弟发动了反手的掌击，就好像要用反手一巴掌打到别人脸上。承教练以传统散打招式相迎，他低头避开徒弟的掌击，抓住了徒弟的腰，按照这一招的既定动作，下一步就是将对手离地拔起，狠狠地摔出去。但徒弟向前的冲力势头很猛，推得承教练往后滑。徒弟穿着跑步服和胶底武术鞋；而糟糕的是，承教练却身着一套华丽服装——一件系扣衬衫、黑色宽松长裤、硬质塑料底的黑皮鞋。他的鞋没有摩擦力，当徒弟的冲力推着承教练时，鞋子便沿着地毯打滑。承教练双膝着地倒了下去，但双臂还是紧紧地抓住了徒弟的腰，把徒弟也拽倒在地。

徒弟上半身高于承教练，承教练的头对着他的右胯骨，双臂绕在他的腰上，背部露出空门，双手又腾不出来，压根儿没法防守。徒弟打红了眼，嚎叫着握拳朝承教练背部肾脏的位置打了下去。

在正规的散打比赛或挑战赛中，格斗双方倒下去后，就应该立即分开，站起来再战。承教练既然先双膝着地，那么在这次交锋中就等于输了，散打的关键是看选手谁站着打更厉害，倒地之后的表现在散打中并不是重点。

然而，这个徒弟肾上腺素一高，便激动不已，就是不停手。他拳头紧握，不停地打在承教练的后背上，这当然不仅是犯规了，而且是绝对不能接受的。承教练双臂用力，想让他失去平衡，这样就可以把他摔个四脚朝天。但这样一来，徒弟为防止被摔倒，就更加探身压住承教练的背，他的拳头够到了承教练的屁股，又是一通乱打。

这也就是几秒钟的事。可徒弟还不停手，大家眼睁睁地看着承教练被人打屁股，终于有了动作。第一个看不下去的当然是“收听”。她推开我，噌地跑出去，跳到徒弟身上，几巴掌扇在他头上。

“你打他的屁股！操你妈的！你敢打他的屁股！”她

吼道。

我赶紧过去抱住“收听”的腰，把她从徒弟身上拽下来。德清和师父又拉住被打懵了的徒弟，把他和承教练分开了。

承教练站了起来，看着我，有点儿哆嗦，也有点儿尴尬，“我鞋子太滑了，应该把鞋脱了，那是双皮鞋，在地毯上打滑。”

我说：“嗯，我知道，没事儿。”

“收听”还在喊着，“这算什么挑战赛？我日你娘的，你敢捶他的屁股，你喜欢打人屁股啊？咱俩打，你来打我屁股试试，你知道他是谁吗？他可是承教练，1988 年全国散打冠军。”

听了这话，那位师父的脸白了。

“噢，原来是承教练，在下有眼不识泰山，我们这就走。”

他抓住徒弟的胳膊，从看得目瞪口呆的钥匙女孩身旁掠过，猛地拉着他走出走廊，去了电梯间。

承教练还是一脸尴尬，刚才那一轮算他输了，正闷闷不乐呢，根本不甘心就这样让他们走。于是他笑容可掬又心平气和地说道：“请留步，我们再比一局，没事儿，不用急着走，再来一局吧。”

师父一边推搡着徒弟走到大厅，一边回头道歉。“收听”挣开我，对徒弟又是咒骂又是挑衅，承教练则好言相劝，极力想挽留他们再来一局。

“你不是愿意打人屁股吗？我跟你打！”“收听”喊道，“你知道承教练是我什么人吗？你敢打我屁股，看他不打死你！”

“别走，留下来吧，”承教练镇定地说，“再来一局就行。”

“真抱歉，我不知道是您啊，承教练，”师父说道，“让我们走吧，求您了。”

“你喜欢打屁股，打我!”

“别走。”

“来打我的屁股!”

“见谅，见谅，见谅，实在对不起啊。”

“别走啊。”

“不好意思了，承教练。”

整个场面来来回回重复着这几句话，最后我们终于来到了电梯口。

电梯门开了，师徒二人溜了进去，这时，承教练把手搭在师父肩上。

“我们可以出去比，”他说道，“只是再来一局，没关系的。”

师父左手忙着推承教练，不让他进电梯，右手疯狂地按着到楼底大厅的按钮。就在电梯门关闭的那一刹那，我的约会对象一头冲进电梯里——她完全有理由觉得我们都疯了，所以迫不及待地逃离了这场灾难。

她耸耸肩表示歉意，电梯门关上了。

我们走回房间，承教练拍拍我的肩膀。

“这样也好，至少你明天不会腿软。”他说道。

比赛开场前三十分钟，我待在运动员休息室里，听到体育场内观众的讲话声。他们正在看低重量级别的决赛。讨论声愈演愈烈，我终于受不了了，踮着脚尖穿过门厅溜进体育场，偷偷瞥了一眼观众席，只见场内坐满了一万名中国观众，他们正等着冠军把我送上那个不够长的担架呢。

我感到恐惧一直都温柔地环绕在我的五脏六腑周围，伺机狠狠地抓住我里面残存的勇气，把它捏得粉碎，我知道，最后一定会是这样的。我是严重怯场的受害者，更别提这么一场擂台上的打斗了，我对此早就深有体会。我感觉自己的一切都要立即喷涌而出，反正是要通过某种方式溢出来。我向厕所冲去，虽然是那种典型的“地上有个坑”式的厕所，但好歹比登封医院里的那个厕所干净多了。另外，早来厕所解决问题还有一个好处——这也是我掌握的一个小窍门——免得你待会儿全副武装戴上各种护具之后再来厕所，要知道，那时候很容易滑倒摔跤哦。

返回休息室时，就剩下十五分钟时间了，承教练和德清很为我担心。我紧张得汗如雨下，脸色苍白，教练问我是否感觉 OK。我刚要说是，忽然又一阵恐惧袭来，这次不像第一次那么难受。我伸出一根手指，示意只需一分钟，然后扭头就跑，又回了厕所。

当第二次蹲在厕所里时，时间正滴答滴答地过去。恐惧时而袭来，让我心悸，时而又阵阵散去，我感到泪水顺着脸颊淌了下来。我想回家，我想永远蹲在厕所里不出去，只要别让我站在台上面对一万名中国观众迎战冠军，让我干什么事都可以。我脑海里设计着各种逃跑的可能性，但却想不出一个天衣无缝的借口，这可事关颜面啊。这时候我自己丢点脸倒没什么，但我不能给德清和承教练丢脸。我开始胡思乱想，脑子里乱哄哄的，我这个乱七八糟的大脑又开始脱离我的指挥，四处聚焦，想找点什么把自己填充起来。我忽然明白为何军队总是要分成一组一组的了：孤身一人时，我们总会为懦弱胆怯找到借口；只有在面对自己的同胞时，我们才能知耻而后勇。人类毕竟是群居动物。

厕所里的一番沉思之后，我忽然意识到我真的吓得屁滚尿流啊，这可以说是绞刑架下的幽默了吧。我不禁格格地笑了起来，这么一笑也就轻松自在多了。经过了这样一番考验，我又精神焕发了。

回来时，我发现承教练和一名裁判吵了起来。承教练紧抓着裁判的胳膊不放，一见我就松了手。承教练非常恼火，但又尽量压制，不想表现出来。

"现在好了吗？"他问道。

"没事，没事，没事，"我说，"我好啦。"

"如果你还想去厕所的话，"他说，"就在裤子里解决吧。"

我笑了，感到轻松愉悦，蹦跶着走过门厅，心想：有什么好紧张的？不就是一场散打比赛吗？没什么大不了的。这里面有什么真正的挑战吗？直接来一场真正的打斗吧。想到这里，我热血澎湃，每一根血管都充满了勇气。我想象着自己要誓死保卫阿登高地，向盖利博卢半岛上的土耳其军队发起冲锋，捍卫塞莫皮来平原，抵御入侵[1]。我的感情与理智正在做激烈的斗争，不知道哪个更强，而与此同时，我的自我反而成了局外人，在旁观者的位置上呐喊助威。承教练以前见过别的选手也陷入过这种疯狂，所以他抓住我的肩膀，

① 均为电脑游戏《文明》里的用语，往往是一些基于史实的杜撰。——译者

确定我还没崩溃。

冠军站在赛场一边等待开赛，我走过去，站在他身旁。

“你昨天很棒。”我说。

“你也一样。”

之后我们俩陷入了沉默，我感到很尴尬，倒不是因为即将登台对战，而是因为我明明喜欢他，却要彼此拼个胜负。在我之前参加过的每场比赛中，都有些很恼人的事发生，或者至少是对手身上有我不喜欢的地方，但我却喜欢这位冠军。他很老实，少林寺附近闲言碎语很多，可我从来没听过关于他的负面新闻，他就是那种实实在在、品性率真的农民子弟，从父母的田间地头来到少林，经过十年的刻苦训练，如今在自己所从事的领域内成为了世界最佳。我确信他也喜欢我，尽管我并无法确定。

“我祝你成功。”我用中文说道。

对于一个参赛选手来说，人人在赛前都会对他说这句话——但他的对手不会，因为如果他的对手也这么说，就等于说希望自己失败了。

冠军刚才一直双眉紧皱，听了这句话，他顿了一下，然后笑了。

“不，不，不，”他说道，“我希望你能成功。”

“不，不，不，我希望你成功。”我按照中国人自谦的说法，毕恭毕敬地说道。

“不，不，不，我希望你成功。”

主裁挥手示意，我们俩咧嘴笑着进入赛场——按照散打比赛的惯例，选手们要一块儿跑出来，以示热情与尊敬。我们开始跑时，冠军握住了我的手，这是一种表示团结的方式，极为罕见——我以前从未见过，更不用说亲身经历了，观众们高声喝彩。现在回顾那一刻，我突发奇想，要是我们当时在群情激昂的环境下欢呼雀跃的话，那一定会是竞技运动史上最欢快的选手入场。

上了高台，我们各据一头，开始舒展身体。冠军的劈叉打得很开，堪称完美，因此，即便我比他高十几公分，他还是有可能直接踢到我的头。我没有再观察他的热身运动。

我们走近擂台中央时，观众们开始高喊口号。各种呼喊声交汇，逐渐形成一股强势的吼声，有节奏地一遍遍重复着：

杀了他！

打死老外！

我看了承教练一眼。

作为我唯一的依靠，他抱歉似的耸耸肩。

阿弥陀佛。

说句公道话，观众并不知道我会中文。我确定，如果他们知道我会中文，就一定不会喊出让我死的口号了，而且会非常自觉。但正是由于不知道我能听懂他们的话，所以他们一直在重复着：打死老外！杀了他！

裁判员向我们解释比赛规则，冠军和我相互鞠躬致意，然后拥抱，这次我的背一直挺得笔直。

比赛打响了，观众席安静了下来。

站在擂台中央，我们俩都是死一般的沉寂，没有谁想轻举妄动，也都没有露出激动的神色。我感到无形的压力，被迫动了起来。我前前后后地跳动着，又佯装进攻，看他是否会有所反应。他还是纹丝不动。我只好继续装模作样，左腿向前迈了一大步，我们俩已经很近了，处在攻击范围之内，我准备使一招右腿回旋踢。

冠军就等着我先出腿。他早已正确地预料到我的这一踢，他的动作没有半点拖泥带水，更没有犹疑，他直接用双手绊住了我的腿，含胸低头，这样一来，踢腿之后我的重拳就无法打到他的脸了。冠军左腿迅速后撤，身子压低，压着我的腿往后拖——这一连串动作速度之快，是我以前从未见过的，还没反应过来是怎么回事，我就已经四脚朝天倒在了他的脚下。

2 比 0。

他一抓一撤步就把我摔倒了，干净利索，无懈可击，不禁让我有点胆怯。我改变策略，由进攻转向防守，争取在他出腿时也抓住他的腿把他扳倒。

他拖脚前行，对准我前胸一个左侧踢，腿的高度大约跟他脖子一样高。我眼睁睁地看着他的脚向我踢来，但由于速度太快，根本抓不住，在我的大脑还没来得及精确测定他那一脚到底会踢到我什么位置，那一击已经势如破竹地击中了我。

4 比 0。

我踉踉跄跄地后退一步，从来没有人——甚至就连宝通也算在内——这么重地踢过我。我记得当时的我十分惊讶，因为那一脚真是疼得要命。并且我看着他重复使用了这一招。我还是尽量想绊住他的脚，但是太晚了。他的侧摆腿踢到了我的胸部，简直让我喘不上气来。

6 比 0。

我们俩在跳跃中对峙，我快要输了，得赶紧进攻。我侧摆腿出击，他右前臂一挡，我感到腿上一阵刺骨的剧痛。他身体后撤，退到安全的距离。

一定要打组合拳！

我见侧摆腿不成，便立即使出一个右腿回旋踢。他让这一击踢在他左胳膊上，然后勾住我的右腿，拽到身体一侧，我的身体紧张起来，预备再次被摔倒在地。我们面对面站着，他把右手放在我前胸上，然后开始向前推着跑。我只有一只脚着地，只能向后跳着保持身体平衡。他就这样推着我，就像推一架独轮车。他想把我打下擂台。

当我被推到擂台边缘时，他放开我的腿，手掌朝我前胸一推。我飘在半空中时心想：这不公平，为了防止成为摔跤比赛，看到这种你推我拉的情况持续两秒以上时，裁判应该上去拉开两人，而他推我的时间远远超过两秒，本土的裁判就是向着自家人！

空气没有永远地承载我的身体，我还是跌在了擂台下的泡沫垫上，仰面盯着三十多米高的屋顶，我觉得自己可能要花一辈子时间才能站起来。

10 比 0。

我惊恐地知道这一局我输了，情绪也萎靡低落下来。把对手扔下擂台给裁判造成的心理震撼很大，远比官方所设计的得到四分更有价值。除非我也能在剩下的一分半钟之内把他打下擂台，要不我就得在后两局比赛中都打败他才能获胜。

我站上擂台，一想到他能在三十秒之内就把我打倒在地一次、踢到我两次，还把我扔下了擂台，就倍感压力，感觉身上可能有千钧重担。我当然知道他比我强太多了，过于强大，我是不可能赢的。我们再次面对面时，我脑海中回荡着这样几个字眼：尊严。过于强大。脸面。承教练。尊严。他太强大。尊严。你现在是在为尊严而战。

我又开始跳跃，拖着脚步，向后倒退。我一边围着台子转圈，一边利用胳膊和腿的长度优势与他保持距离。他并不是拳王阿里，但我一直在跳跃中保持身体的活跃，拖步，出拳，后撤，再拖步，踢腿。我暂时控制住了台上的局面，尽管这段时间并不长。在我的想象中，我的步伐好像比实际中要快，但在这局比赛剩下的时间里，我一直没再让冠军近身，我缩小了比分差距，但还是远远落后——估计最好也就是 20 比 10。

五位裁判举起评分牌，他们都举了黑牌，判定这一局我的对手获胜①。

我输掉了这一局，但总算挽回了一点儿尊严。

中场休息时，承教练和德清在休息处等我，我向我那把金属椅子走过去，脑子里已经累得什么东西都没有了。我坐下时，才真正感觉到疲惫如排山倒海般涌来，我觉得自己永远都站不起来了。

承教练把我的腿搭在他膝盖上揉搓着。德清把水倒进我的嘴里。

“别停下，你一定要动起来。”承教练冲我喊道。

观众的呼喊声太大，我耳朵嗡嗡作响，几乎听不见他

---

① 根据散打比赛规则，场下五位裁判计分评判，每场比赛结束后宣布比赛结果，同时亮出胜方的色别牌。也就是说在最后一场比赛当中，作者所穿的是红色护具，而冠军穿的是黑色护具，所以五位裁判一致出示黑牌，说明黑方获胜。——译者

的话。

“我的腿。”我小声说。

“怎么了?”

“我的腿像灌了铅一样沉。”

“没事，一定要动起来。出拳，踢腿，移动。”

“我做不到，我的腿太沉了。”

“没事儿，”承教练接着道，“你没问题。”

他的话让我很生气，我希望听到他对我说，这就很好了，我已经尽力了，我现在可以退出比赛了。但我没有听到。

“我太累了，”我说，“我从没感到这么累过。”

德清抓着我的脸，“记着我以前跟你说的，‘绝望时方见真勇气’。”

我点了点头，可我还是不相信他的话。

承教练和德清两人一块才把我从椅子上拽了起来。我真恨他们这么做，难道他们就看不出来我有多疲惫吗?

走向擂台的路那么漫长，仿佛是我人生中走过的最长的路，就像在水中行走那么吃力。

我耷拉着脑袋，灰溜溜地从椅子处蹒跚着走了三四米，迈进了擂台。

我力气不够，没法再跳跃了，刚才的自尊心也不知到哪里去了。裁判哨声一响，我就主动出击。先是一脚侧摆腿，接着右拳出击。冠军低头闪避，我们在台中央你一拳我一拳，打得难分难解。他用手搂住我的腰，我抱住了他的头。他想把我提起来，我按照承教练教我的样子，想象着双脚扎根在泥土之中，凝聚真气，牢牢地钉在地上，我不能让他把我从地上提起来。他使劲搬我，但我纹丝不动。裁判吹哨，把我俩分开。

我又立即出击，有如受伤的野兽发出狂野的最后一击。我左摆腿直击他的左腿，右摆腿直击他的头部，我必须完成这一连环动作。

他把我的右腿举到肩上，可我的脚踢在他脸上——我得了两分——却被他绊住了。他像扛着木头那样抬着我的腿，右拳顶住我的胸膛，又开始往前跑。这是一场无休止重复的噩梦。我向后一歪，又被他扔了下去。

已经超过两秒钟了！

我勃然大怒。从实际情形看，这场打斗比赛到现在已经结束了，而这并不是我生气的原因，我的怒火是因为他这么做让我很难堪，伤害了我的自尊。我气得双眼发红，如果说剩下的时间里我还有什么事要做的话，那就是把那个他妈的冠军不顾一切打下这该死的擂台。

一找到机会，我就缩着头朝他冲去，像个孤注一掷的橄榄球后卫一样——他们往往不是冲着球去的，而是冲着人去的——我避开他的攻击，搂住他的腰，铆足了劲儿向前冲。

他俯身抱住了我的腰，这是经典的防守方式。如果你把对手扔到台下，而自己仍在台上，你就能得四分，但如果两人一起倒下去，则两人都不得分，不管谁先着地。我知道他想把我一块儿拽到台下，我无所谓，反正他先着地，我压在他上面。

我大吼一声，推着他冲到了擂台边缘，他步步后退，但一直死死地拽着我。我竭力想站在台上，但没有成功。在我也掉下去的那一刻，我使劲一跳，这样等他跌在泡沫垫上时，我落下来的冲劲会更大，对他有更大的打击。我甚至侧了下右肩，这样我掉落在他身上时就会呈现更尖利的角度。

他脸上没有一丝疼痛的样子，一如既往地平静。裁判吹响口哨，谁都没得分，但冠军摔了个仰面朝天，我压在他的身上，这对我来说足以算是胜利了。

这一局比赛的最后三十秒钟，我们在相互跳跃中对峙。他出击次数比我多，多得了几分，但也只是例行公事。我知道，裁判早已在评分卡上算出最终得分了，而且在我的意识中，比赛也已经结束了。

郑州武术节快报的封面照是我正站在奖台上，带着银牌，兴高采烈地跟冠军握手。很明显，言外之意是："老外有幸败在中国冠军手下，瞧他的得意样儿。"

实际上，那一刻，我脑海中突然又闪现出列着我缺点的那张清单。

马修的毛病：

1. 胆小懦弱（已搞定！）

2. 仍旧是个男孩，还没有成为男人

我今生最勇敢的壮举就是——能在一场毫无希望的比赛中一再鼓起勇气站到台上。虽然失败，但我已经赢了，在这一过程中，我实现了自己最初来少林寺时设定好要完成的目标。我冲冠军笑了，因为我终于找回了勇气。

4　一切都已搞定

锦标赛结束之后，约翰·李跟我学坏了。他也辍了一年学，骗父亲的借口是想去北京的清华大学提高普通话水平，对一个台湾制造业的家庭来说，这个借口合情合理。而对我，他则说自己要创办新公司、赚取上百万钱财，他在我面前打着这样的幌子，其实是另有图谋。他总跟我说，对于企业家来说，中国就像美国的西部，物产丰富，极具潜力，却又还没有开发。这就是我们的黄金时刻，要抓住机会，趁热打铁，去开发、探寻宝藏。但他来中国真正的原因是为了叶丽，这位郑州舞者用长长的套索捕获了他的心，并将绳索的另一头扣在了她戴婚戒的手指上。

夏天过去，秋季开学时，约翰去清华了，而我待在少林继续训练，学习后空翻。

一个周日的清晨，鱼同志把我从沉睡中唤醒，让我接电话。这是我一年多来接的第一个电话。全村里只有一部国际长途电话，而且难得有好用的时候，虽然我知道号码，但我没把电话号码告诉过任何人。睡眼惺忪的我恍惚间仿佛回到了堪萨斯，无论怎么也搞不明白为何一个牙齿褐黄的中国人会在我的卧室里。鱼同志重复了好多次，我才记起来自己在哪儿。等我回过神来，看到他又一次侵犯我的私人空间，我一下子非常恼火。

“你打开我的门，要干什么？”我问他。

“真不好意思，有人打电话找你。”

“真的？是谁？”

“强尼。”

他把约翰唤作强尼。约翰有中文名字，但当地人却不叫他的中文名字，喜欢叫他的英文名字。我想这是因为当地人想把他跟别人区分开，中国大陆人对华侨的情感有点复杂。

鱼同志不知道约翰在那个点找我有什么事，他只说有重要的事情要告诉我。约翰去北京已经有一个多月了。

“什么事儿，约翰？”

“马修，”他低声道，“是你吗？”

“约翰，我听不清楚你在说什么。”

“我麻烦大了，兄弟。”他小声说道。

“怎么了，兄弟？”

“叶丽跟我在一块儿呢。”

“跟你在一块儿？这是什么时候的事，我还不知道呢。”我说。我和叶丽互相不说话。我年幼无知却又傻气十足，觉得作为哥们，有责任告诉约翰，叶丽跟他并不合适（我记得我形容她是“拜金女”）。而约翰跟我一样年幼无知，傻气十足，由于他在跟叶丽谈恋爱，觉得要对她诚实，于是又把我的话一五一十地告诉了她。

“是啊，对不起我没早告诉你。”

“那又怎么了？”我问道。

“她的前男友。”

“她还有个前男友?”我问道。

叶丽芳龄十八，中国的乖女孩们这个年龄应该刚刚开始谈恋爱，我还以为约翰是她第一个男朋友呢。

“约翰，我就跟你说过别跟跳舞的谈恋爱。”

“马修，听我说，她的前男友就在这儿。”

“他是北京人?”

“不，他是郑州人，他听说叶丽跟我一块儿住，就带着他的一帮兄弟要把她带走。”

“他的兄弟?”

“马修，你先听我说，她的前男友是黑社会，”他说。

黑社会就是中国的黑手党，或是三合会。

“黑手党?约翰，这可不是香港，这是在中国大陆北方。在中国大陆就这点儿好处，一般应该没有黑手党。”

“我不知道，叶丽说他和黑社会有关系。他三天前就往我们这儿打电话，当时他就在我们的住所外面，拿着大哥大，让叶丽必须跟他回郑州。叶丽不同意，他就骂她是妓女，说她跟我在一起是为了钱。”

我差点儿想说：他曾经是她的男朋友，可能知道叶丽不为人知的一面，但还是克制住了自己。

“我简直无法冷静下来，你知道吗?”

“嗯，约翰，我明白。”

“我出去准备狠狠地把那小子揍一顿，但不知从哪儿冒出来十几个家伙把我围住了，我该怎么办啊?我勉强从人堆中挣脱出来，又灰溜溜地回到了屋里，但他们把整栋楼围了起来，还喊个不停。”

“负责管理外来学生的人怎么不报警?”

“他们不想管闲事，把自己也掺和进来。马修，我很害怕。”

他又小声说了一遍。我能想象，约翰现在一定关着灯，拉着窗帘，恐惧地蹲在窗台下。

“别怕，约翰，我过去陪你。”我毫不犹豫地说。

“谢谢你，马修。”

“明天赶到郑州后，我会连夜坐火车去北京，你能等到那个时候吗？”

“嗯，我在这儿结识了几个非洲朋友，他们能给我们提供饮食。”

“好，大概再过二十四个小时，我就能见到你了。”

那天早上晚些时候，我去成浩和德清的房间，问他们该怎么办，我该怎样对付那个醋意大发、气得快要发疯的中国黑手党成员？我对三合会的全部印象都是从香港影星周润发那儿得来的，要是按电影里的场景，我需要两把枪，在慢动作中一边横起跳跃飞在空中，一边在受惊的白鸽飞向天空的间隙巧妙地瞄准目标，开枪射击。

我把自己想象的这一切告诉了德清和成浩，两人彼此对视了一眼。

“这事儿听起来怪怪的，”成浩道，“真奇怪。”

他在地上熄灭了烟头，接着又点了支烟，静静地考虑着这件事，表情十分冷峻。

德清转向我道：“老包，中国有句古语说得好，‘大事化小，小事化了’。”

“哦。”

“但我也有句话，”他接着道，“如果小题大做，酿成大祸的话，就要真刀真枪地解决问题了。”

德清从床上跳下来，在床底下翻找。他拿出一把他们在街上向游人兜售的武士剑，剑锋已钝，却很重。他又让成浩去拿一条九节鞭。成浩拿了一条沉重的九节鞭递给我，我把它折叠起来，放进口袋，德清又给了我一把锋利的匕首。

“你可以把这个藏在裤子后面。”他说。

有了武器和他们的名言警句固然很好，但我到他们这儿其实是想要带几个人跟我一道过去。我又待了一小时，不断地讨论这个问题，等他们主动开口说要帮我。如果我开口要他们帮我的话，出于义气，他们会答应，但我不能为自己朋友的事让他们再一起搅进来，而且这还有可能难以善终，让他们一起跟着丢脸。我一直等着，直到我看出来他们显然不会主动帮忙了。我知道他们多次避免打架并不是因为害怕。他们肯定认为我一个人有能力解决这件事。其实，事到如今，我倒希望他们别这么高估我的水平。

我打车从少林寺到郑州，花了四个小时。在郑州火车站待了六个小时，又在郑州开往北京的硬座火车上待了十多个小时，期间一直没有睡着。可恨的是，北京堵车又花了我两个多小时，而这一切都是叶丽造成的。我现在一想到她就气得上火，这事全怪她。这个轻浮的拜金女甩了那个神经质的三合会男友，傍上了个多金的台湾裔美国人，现在又害得我仅靠一口剑、一把匕首、一条九节鞭对抗她前男友和那一伙人。我早就跟约翰说了她一点也不好，我告诉过他不要痴迷于一个舞女，看看现在都成什么样了。

尽管我历经千辛万苦、千里迢迢赶到这里，最终走进了约翰的房间，可叶丽对我的态度依然没有任何缓和，她背对着我，一句话也不说，完全无视我的存在。对我而言，这简直太无礼了，对一个中国人来说，这么做就等于直接朝我脸上吐唾沫那么无礼。

“她怎么回事儿?”我用英语问约翰。

约翰耸耸肩，想让我消消气，“她心情不好。”

“心情不好？约翰，我长途奔波了二十二个小时，就是为了应付她那个该死的三合会前男友，而她见了我，连句招呼都不打?”

“马修，真抱歉，她心情不好，真抱歉，谢谢你能来帮我，兄弟，见到你真好。”

“见到你我也很高兴。他们在哪儿？在外面我一个都没看到。”

“他们昨晚走了，他打电话来，说他在阳光宾馆等着她。”

“他留下房间号了吗?”

“813。”

“这家伙叫什么?”

“李和泰。”

“好吧。”我环顾了一下整个房间，看了看地板上绿色的地毯和未整理的床垫，目光停留在壁橱门上。约翰早已用他的方式标明了他的领地。壁橱门的胶合板上有几个拳头大小的洞。“约翰……”

“嗯?”

“你随时都可以把她送回去，现在就了结这一切，避免有人受伤。”

约翰紧盯着地板。我在愤怒之下将他置于两难的境地：继续爱他的女人还是保障他兄弟的安全。他不敢直视我的眼睛，最终说道，“我做不到，马修，”他带着哭腔说道，“我爱她。”

他就这样决定了。爱情毕竟是爱情，即使爱错了人。我清楚地记得曾经的那种感受——想要抓住一切，却又没有任何希望。

“那好吧，这样我们就必须处理一下这件事，”我站起身，“尽快把事情解决掉。”

“嗯。”约翰还是盯着地面，意思是不想跟我一起去。我也知道带他一起去多有不便——让情绪失控的约翰跟醋意大发的三合会前男友共处一室，那简直糟糕透顶。但我仍希望他能主动提出来，帮忙一起搞定。我就好像是美国电影《正午》中加里·库伯饰演的那个西部小镇的警长一样，只身面对很多前来寻仇的恶徒，却又没有任何帮手。

我照照镜子，确保裤子后面的匕首不会被人发现。我重新折叠了九节鞭，放进右边口袋里。我想把剑放在旅行包里，可背着旅行包太惹人注目，但也实在没有别的地方能放将近一米长的武士剑了。我想干脆用手拿着去算了，但这样就不像是要大事化小、小事化了的样子，而且看来会让人啼笑皆非——这简直是个从国际外交学校中跑出来的疯狂功夫老外。最终，我决定不带剑。

临行前，我跟约翰默默地拥抱在一起，叶丽没跟我说再见。

我也全当她不存在。

清华大学外来学生的宿舍坐落在新校区，是个二层小楼。楼外有个鹅卵石铺成的停车场，出租车在这儿等待要打车的外国人（清华大学坐落在北京城区外围）。我告诉出租车司机去阳光宾馆。

“你是哪儿人？”司机问道。

“美国人。”

“美国是个强国，很富。”

“中国要多长时间才能赶上美国？”

“中国还不行，”他说，“至少还要五十年吧。”

我笑了笑。

“到宾馆之前，请先在商店门口停一停，我买包烟。”

我点燃一支红色的万宝路，站在阳光宾馆门外，宾馆坐落在北京旧城区，是个十层高的破楼。我并不想抽烟，但为了恐吓别人，我装成了中国通的样子。我要给对方递烟，这样就显得我想要和平谈判，顾及对方的面子，但我得确保点烟时手不能发抖。

我抽了一口烟，脑子里想着解决办法，把事情的来龙去脉捋了一遍：我对功夫和禅宗很感兴趣，前来少林习武，之后结识了美籍华人约翰。他爱上了当地的女孩，而这个女孩有一段情史。A 导致 B，B 导致 C，直到有一天下午，我忽然发现自己身处北京，裤子后面藏着一把匕首，要勇敢地面对一个怒气冲冲想讨回女友的三合会成员。

我抽了一分多钟的烟，然后深呼吸，极力抑制恐惧，至少不能让别人看出我吓得发抖。我熄灭烟头，动动肩膀，提提下巴，气运丹田，驱除一切胆怯，走进宾馆。

我敲敲 813 房间的门，一个戴着黑框厚镜片眼镜、二十出头的年轻男人给我开了门。

“李先生在吗?”我极力控制自己的声调、彬彬有礼地问道。

眼镜男吓了一跳，一个又瘦又高的白人来敲门还是很少见的。

“你是谁?”眼镜男问道。

“抱歉打扰您了，我有事找李先生。”

“他不在。”

“他什么时候回来?”

“请进，有什么事儿可以告诉我。”

“噢，不不不，那就不浪费你的时间了。”我嘴上客套着，还是让他把我拉进了屋里。

单调的宾馆房间里摆着两张单人床，两张桌子，上面是破旧的冒牌 IBM 电脑。一个二十来岁的女孩，戴着同样的黑框厚镜片眼镜，坐在一张桌子前面。两人皮肤光滑，都有点婴儿肥，他们看起来很和善，没有半点儿坏人的样子，就像一对研究某项特别课题的毕业生。北京公共用地面积有限，好多宾馆房间都租给了做小生意的人。

“你们在这儿做生意?”

“嗯，跟李先生合伙做生意。”

我拿出万宝路。

“来来来，抽根烟。”我说。

“不用，不用，不用。”

“请请请，好烟，美国货。”

眼镜男接过烟，女孩儿过来给我们倒茶。

“李先生呢?”我问道。

“他今早回郑州了，你要跟他谈什么？”

有道侧门通向另一间房，我怀疑有黑手党的眼线在那间房里偷听。

“好像他跟我的朋友有点小摩擦，我的朋友现在正跟他的前女友交往。”

眼镜男点点头，他知道我要说什么。

“她现任男友是我少林学艺的兄弟。”我接着道。

女孩儿开口道，“你学武术的师弟？”

眼镜男瞥了她一眼，让她别说话。

“是的，我是少林寺弟子，和我一起习武的小师弟给我打电话，说他在北京遇到麻烦了。”

“你从少林一路到这儿？不是骗我？”女孩问道，“真的没骗我？”

“我为什么要骗你？”我厉声回答。

眼镜男瞪了女孩一眼，她马上垂下了眼睑。他扭头看着我：“真抱歉，请继续。”

我极力保持语调柔和友好，“是的，我刚从少林寺赶过来，我俩都在那儿学艺，他是我师弟。如果李先生跟他过不去，就是跟我过不去，但吾师有言，‘大事化小，小事化了’。我想让你告诉李先生，别跟我兄弟过不去，再逼我回北京的话，恐怕就不是我一个人来了。”——我稍微一顿，马上继续道——“真到了那一步，小事就要酿成大祸了。”

我向前侧侧身，压低嗓门道：“你懂我的意思了吗？”

“我懂了。”

我掐断烟头，盯着眼镜男。眼前突然出现一幅我杀死他的画面：一层薄薄的皮下脂肪让他的脖子看起来肥胖而又虚弱。我可以将匕首从他的下巴推上他的头部。他的女伴坐在沙发后。我纵身一跃跳过沙发，在她逃出去之前抓住她。她的脖子纤细脆弱，极易拧断。温度骤降，连时间都慢了下来。

我打断自己的想象，重新收回心神，盯着眼镜男，这才发现他鼻子旁边长着颗痣。

“这事儿就这样了，”我说，“没必要再啰嗦了。”

眼镜男开始浑身发抖，过了几秒我才反应过来自己做了什么。他从我眼里看到了恶魔。我刚才激动过度，没锁住心中的恶魔，让它得以在我心头危险地徘徊。现在，我也害怕了。

我赶紧平心静气，避免行为失控，做出什么让大家都后悔的事来（至少他们会比我更后悔）。我说道：“你们对我这么客气，可我还是不得不跟你们谈这事儿，真是抱歉。请转告李先生我来过了。”

我站了起来。

“别忙着走。”眼镜男松了口气，说道。他声音颤抖，毫无自信。

“谢谢，可是我必须得走了。”

我走出阳光宾馆，感觉跟进去时大不相同。这次我点烟的时候，手止不住地发抖。

从此之后，李先生再也没找过约翰麻烦，但他却打电话给叶丽，埋怨她派个老外去对付他，也就是说他知道我去找过他。事情也就这样结束了。

5 洋枪

作为回报，约翰请我到他最喜欢的北京餐馆吃饭——波林酒馆，位于德资的燕莎友谊商城里（还有额外的好处，那就是叶丽拒绝参加）。这儿的饭菜很美味——椒盐脆饼干搭配黄油、新鲜土豆，还有炸猪腿肉——但我却更醉心于貌美如花的女服务员，文青。

我第一眼见到她，就被她的美征服了，醉心于她瓷釉一般的面庞和窈窕的身材。她一头乌黑亮泽的直发垂到腰际（噢，她的腰肢是多么纤细），笑靥如花，模样俏丽，眼波流转。我不惜一切代价想要得到她：我愿出卖国家机密；我愿带领蒙古游牧部落从北方草原南下，洗劫特洛伊城；我愿为她上刀山、下火海，但我唯一做不到的就是跟她搭讪。我想试着跟她说话，但每次都结结巴巴。约翰正处于甜蜜的恋爱中，他对我这个光棍死党深感同情，于是决定撮合我们俩。他一连五天坚持带我来这儿吃晚饭。到了第三天晚上，文青觉得很有趣，“你们又来了？”

“我们喜欢在这儿吃饭。”约翰说。

她就像美丽女子对待滑稽的追求者那样对待我，含笑目视别处，抚弄她的长发，假装不知道我来这儿的真正意图。

我和约翰在饭桌上的对话如下：

“和她说说话。”

“我不行。”

“拿出点勇气来。”

“她不喜欢我。”

“她喜欢你。”

“真的?”

“你问问她喜不喜欢。”

“我问不出口。”

我痛苦地发现赛场上的勇气跟情场上的勇气根本就是两码事。

到了第五天晚上，我几乎绝望了，文青也失去了兴趣。当害羞变成可怜时就不再惹人爱了。约翰也逐渐失去了信心。就连猪腿肉也不再色香味俱全。我发现她还有个工作，就是在饭店里巡视，点亮灭掉的蜡烛。绝望中，我沮丧地吹灭餐桌上的蜡烛。她点亮后走开了，我再次吹灭蜡烛，她微笑着走了过来。

“你的蜡烛怎么回事儿呀?”她问我。

“小姐，它好像要断了。”我终于开口说话了。

第三次走过来时，她笑了：“你真淘气。”

“这不怪我，都怪蜡烛，是德国造的吗？做工真差。”

“不，质量很好。”

“他们造的汽车还可以，蜡烛就不行了。”

第四趟时，她佯装生气，“再灭我就不管了，你太顽皮了。”

“这不是你的工作吗?”

“待会儿你肯定又要吹灭了。”

“不会的。”

“你保证?”

“嗯，但你必须先答应我一件事。”

“什么事儿?”

“给我你的电话号码。”

她转过身子，掩嘴窃笑。绝望之后我终于开始转运了，虽然这种搭讪方法很蠢，但也算蠢得可爱了。

她走过来，把电话号码写在一张纸条上。她把纸条靠近蜡烛的火焰，好像要把它烧掉，见状，我赶紧吹灭蜡烛。

“你骗我，我不给你电话号码了。”她说着走开了。

但当她再次过来点亮蜡烛时，把号码放在了桌上。

第二天，我给她打电话。她说话拐弯抹角，兜了好几圈之后，终于答应明晚见我。

约会进行得很顺利，跟中国女孩散步谈心而不引来众人的目光真不是件容易事儿，而那天我竟然做到了，真是奇迹。一路上，只有几名当地的青年向我投来鄙视的目光。

文青穿了她最好看的连衣裙，还特意涂了口红。她一路上拉着我的胳膊，目不转睛地看着我，一副想让我事事都依着她的样子。我信心满满，邀她去了我在清华大学外国学生公寓租的房子。

从我们吃晚饭的市中心坐车到清华大学要五十分钟。车开到一半时，她才发现天黑了，离她家已经很远了。

“把我送回去。”

“为什么?”

“太远了。”

“我可没想过。”

她笑着说：“你真滑头。”

清华大学外来学生宿舍有宿舍管理员，监督外国学生，防止他们跟当地人交往过于亲密。但工作这么多年，他们也清楚，其实想管也管不了，还要顾忌面子呢，中国人都这样。以前，我跟清华大学非洲毕业生谈话时了解到——他们跟当地人交往时，比白人跟当地人交往受到的歧视要多得多——最好的办法就是让女孩先进，然后我待会再进去，这样，管理员就看不出我们俩是一起的了。在河南人眼中，我一定是个放荡不羁的登徒子。

约翰早已为我们安排好了房间。我跟文青坐在床边上，给她倒了杯红尊尼获加。她浅啜了一小口，摇摇头，还给我了。

“太烈了。”她说。

我坐到她身旁，把手放到了她的腰上，但她躲开了，好像我烫着她似的。

“好吧，好吧，好吧。”我收回手道。

她突然站起身：“给我打个车，我要回家。”

我也站起来：“好好好，我会的。”

我靠近她，她双膝一弯，跌进了我的怀里。

“来，再坐一会儿吧。”我说道。

坐下之后，我们好久好久都没有再站起来。

到底有多久呢？我自己也不知道。

大约到第二天午餐时，体能的饥饿感终于战胜了我们似乎无法满足的性欲。她目不转睛地盯着我，仿佛辨别不出我是否真的存在，不敢相信所发生的一切似的。终于，她开口了：

“你知道中国人把跟老外做爱叫什么吗？”

“不知道，大学里没教这个。”

“被开洋枪，”文青说道，“就是被一支西方的长矛打开。”

我低头看着她，她汗湿的秀发披散在枕头上，脸上焕发出鱼水之欢的幸福，眼带敬畏，这是一个女孩蜕变成女人后最美的表情，欲望若隐若现。我心想，此时此刻，我对中国文化的热爱远胜于一切。

开洋枪！怪不得马可·波罗不愿离开中国。

6 结局

比赛之后，我训练的时间逐渐少了，在山中静悟的时间多了。置身嵩山峰顶，忙碌的生活节奏和少林村里不怎么雅致的情景都变得虚无缥缈。登高望远，我能看到农场星罗棋布、点缀于山谷之间。这里能让人静心思考，真是个悟道的胜地。

我曾经总是幻想着报复那些儿时在运动场上欺负过我的人，这一想法萦绕心间多年。一天，在我自省时，忽然发现这一想法已经奇迹般地消失了。一旦你知道自己能战胜某人时，只要想象一下这一场景就足够了。而且，我觉得有必要用一些限制条文来控制孩子们之间的欺凌行为。爱尔兰裔天主教信徒[①]竟然会主动放弃怨恨，我想这应该是史上第一次吧。

我学武这么久，时至今日，功夫提升的空间已经越来越小，超越多数人容易，超越所有人就难了。而武术生涯往往是短暂的，我虽不是世界上最差的学徒，但也够差的了。显然，我几乎实现了少林之行想要完成的所有梦想，只有一件除外。

马修的毛病

1. 胆小懦弱（已搞定!）

2. 思想迷茫，不知自己要走向何方（已搞定!）

3. 对异性没有吸引力（已搞定!）

4. 仍旧是个男孩，还没有成为男人

一天，我正潜心钻研宗教的统一场论，突然洞察到，对于人死后的灵魂去向，各宗教见解各不相同。西方宗教（包括犹太教、天主教和伊斯兰教）认为，人死后，灵魂趋于永恒（去往天堂、地狱、炼狱或阴间）；东方宗教（包括印度教和佛教）则认为，人死后，灵魂转世，投胎他物，除非获得证悟，灵魂才能从生死循环中解脱出来。但东西方的宗教有一个相同点，那就是我们此生只有一次机会将肉体和灵魂结合到一起，即使投胎他物，也会丧失前世的记忆（除非你是雪莉·麦克雷恩②）。因此，就算灵魂得以幸存，也会丧失本我。生命犹如东流之水，一去则永不复返。霎时，我犹如醍醐灌顶，茅塞顿开，仿佛看到了智慧之星。我只能做一回马修，即便有来世，那也已经不再是我自己。

一周后，我来到山顶打坐沉思，脑海中又闪现出那张列表。

马修的毛病

1. 仍旧是个男孩，还没有成为男人

---

① 按照美国人刻板僵化的看法，爱尔兰裔天主教信徒，或者爱尔兰裔美国人（两者基本相等，因为几乎所有爱尔兰裔美国人都是天主教信徒）最喜欢记仇，并且永远会找机会报复。——译者

② 雪莉·麦克雷恩（Shirley MacLaine），美国著名女演员，获得过奥斯卡、金球奖、威尼斯电影节、柏林电影节等多次大奖。麦克雷恩相信，她对自己的诸多前世都有记忆。该女演员在自己的网站中辟出专栏大谈她的前世记忆，并引发不少对前世有记忆的美国人在她网站上披露各自的前世今生。——译者

2. 没钱，没事业

3. 没老婆，没家庭

我不禁自嘲，并且终于明白，我一旦删去一条毛病，就会有更多的不足等着我。

我终于懂得，为何人们选择信教。现在，我知道自己不愿终生皈依寺院，我出生于资本主义社会，是资产阶级，我要有老婆孩子，想在社会上占取一席之地。但倘若我当时就想明白要实现这些目标有多难的话，或许我就会重新考虑了。

我要完成的事务清单上又加入了新的内容，这意味着我将继续踏上征途，我开始花更多的时间待在北京了。中国资本市场的狂热完全感染了约翰，他坚信我们可以利用少林的关系进行商业运作，并取得成功。我们规划了好多方案，再三探讨，最终决定举办一场少林夏令营。我们要建立旅游公司，让美国武师来少林寺训练。

我快要离开中国了，而且又和文青在北京处于热恋中，这样一来，和一万名中国男孩在深山里吃苦就变得越来越没有吸引力了。然而，爱情最初的快乐时光过去后，我们之间关系就变得混乱紧张了。她哭过很多次，我们也和解过很多次。根本原因是她坚信，我会改变这会儿还不想结婚的想法，但我确定我不会。大约半年后，她终于承认，看来我的确不会改变自己的想法了。她离开了我，找了个澳大利亚男友，在我看来，那个家伙是“南半球射来的暗箭”。

回美国前，我最后一次见到和尚们是在北京，他们要去欧洲巡演，期间在北京短停两天。他们让我和约翰带他们去昆仑饭店，那儿有全城最受欢迎的迪斯科舞厅。那些老外外交官、北京企业家和他们各自的女伴围成圈，德清、成浩、承教练和其他人夸张地摆出各种功夫和舞蹈的姿势，做着后空翻、飞腿踢、霹雳舞，大家玩得很嗨。晚上分手时，我们彼此交换了地址，答应保持联系。

飞机着陆了，终于踏上了美国国土，我如释重负。但于我而言，美国好像变了，我发现全国人民都在热切地关注着橄榄球明星O·J·辛普森一案，到处都是高蛋白的餐饮食品和没完没了的邮件。我一直都很想念那种生活——全村只有一部国际长途电话，一日三餐你所能吃到的都是同一种碳水化合物，以及百分之百的定罪率，审判只是做做样子。直到几个月过后，我才逐步适应了美国的生活，不再怀念过去的那两年。那年秋天，我回到普林斯顿大学，为大四的论文准备了好多材料。我的朋友们都早已毕业，开始了他们各自的生活。我觉得自己非常孤独，卡在了两个不同的世界之间。

那年我在老家堪萨斯州过圣诞节，老妈为她的浪子举办了聚会，庆祝我回家。她把托皮卡城内所有能跟中国扯上点关系的人都叫来了。中国现在今非昔比，跟两年前我去时的情形有了很大的差别，新闻媒体对中国的态度也有了一百八十度的转变。日本公司渐趋衰落，亚洲强国新加坡、泰国也变得微不足道了。1994年后，东方巨龙就要飞黄腾达，《新闻周刊》和《时代》杂志首页都刊登了中国的照片。全国的报纸杂志都在引用拿破仑的名言："中国是一个沉睡的巨人。让她睡吧，因为她一旦醒来，整个世界都会为之震颤。"

维纶鞋业的副总裁在聚会中专门找到了我。他最近在中国开了家公司，他很担心，因为要请客人吃饭，而自己却不会喝白酒，这好像对客人是一种冒犯。我告诉他，应该带个陪酒的，给他解围。

“他们不会怪你不喝白酒的，”我说道，“但你要让手下代你敬酒。”

他说：“你的中文在找工作时很有优势。毕业时，发一份简历给我吧。”

随着聚会的继续展开，显然可以看出，我以往辍学、奔向中国的“错误”现在变成家人对未来的希望，我妈妈最终也因为我去了中国而高兴。

客人们离开后，我给爸爸来了个熊抱。自打我进入青春期后，这就成了老规矩，我会搂住他的腰，尽量把他抱起来。作为反攻，他会用手掌压住我的前额，使劲地推。爸爸年轻时整日在田间劳作，力气很大，之后当了骨外科医生，整日矫正脱臼的骨头，因此，他总是能把我细细的脖子扳得后仰，让我面朝天花板，根本无法把他抱起来。但那天晚上今非昔比，毕竟我在少林寺练了两年功夫，脖子上都长出肌肉来了。我感觉自己就是大力神赫拉克勒斯，一把提起力士安泰①，让他脚不着地，像布偶一样手舞足蹈地悬在半空摇摆。

---

① 安泰（Antaeus），古代希腊神话里的一位巨人，他的力量来源于大地，所以只要身体不离开大地，他就会有源源不绝的力量来助他打胜仗。后来，大力神赫拉克勒斯（Hercules）识破这个弱点，就在两军的对阵当中，用计将安泰举至半空中，脱离地面，就此把他掐死，从而赢得胜利。——译者

爸爸扭头看着妈妈，难为情地笑了笑，笑声既骄傲又有点遗憾，“儿子太强壮了，当爹的再也打不过他了，他现在是个男子汉了。”

那张清单在我脑海中闪现，从此我又少了一条缺点。

阿弥陀佛。

尾　声

2003年7月

“有朋自远方来，不亦乐乎？”

——孔子《论语》

“朋友，你得回来看看，”约翰在电话那头对我说，“一切都不一样了。”

我和约翰多年未见。我刚刚告诉他，我终于开始写关于自己少林寺生涯的书了。较之于我上一次见他时的样子，他变化很大，不仅变得像他父亲了，甚至要更胜一筹，他变成了他的父亲——奉子成婚，并且子承父业，坐上了家族企业的头把交椅。为了实地监督公司的运作，他已经搬到北京居住了。

中国人把从海外归国，利用所学的西方知识积极投身于祖国高速建设发展中的同胞称为“海龟”(谐音海归)，因为海龟的习性便是回归家园养儿育女。约翰对潮流十分在行，只要被他发现，就一定会跟上，并且极其善于把握。大学毕业后，他做过咨询师、兼职操盘手、新型网络公司的头头，还有一段时间无业，而现在，他也加入了“海龟”的行列。美籍华人和大陆的海外交换生都回到了中国大陆。他们纷纷用实际行动表明态度——这生动地证明了中国持续的发展和成功。

2003 年的 11 月，距离我曾经参加过的郑州锦标赛十年整。是时候了，我决定再次踏上中国的土地，与故人重聚，去看看那儿的旧貌新颜。

幸好美国和北京现在有直飞航班，我们不再需要在价格欺诈成风的东京成田机场中途停留八小时了，谢天谢地。我觉得报纸上的内容似曾相识，不禁一阵战栗。1992 年我第一次来中国时，老布什是当时的美国总统，在他执政期间，美国经济陷入混乱，面临严重的赤字和失业问题；而现任美国总统是小布什，当前的经济依然还是不景气，只是老布什指责给美国带来经济问题的亚洲国家是日本，而小布什指责给美国带来经济问题的亚洲国家时，目标不再是日本，而是中国。他认为，中国出口了太多廉价的商品（纺织品、电子产品、胸罩）。但他遗漏了一种，那就是女婴。通过对机舱内乘客的观察，我发现，许多白人夫妇带着他们领养的年幼的中国女儿，要回中国再领养另外一个女儿。一路上，这些过来人都在给初次去中国领养女婴的年轻白人夫妇一些建议。

在中国的入境检疫的申明卡上，传染性非典型肺炎已经取代艾滋病成为了重点检查对象。“发热、咳嗽、呼吸困难”均被列入检查的详细目录——“如果您有以下症状或疾病，请在项目前的方框内打勾”。当看到“精神病”仍被列入其中时，我被逗乐了。这让我想起了那个芬兰人迈克尔和他的第六人种、法国摄影记者皮埃尔和他的靴子、西班牙功夫教练卡洛斯和耶稣在夜间对他的“造访”，还有我的男子汉气的自我探索。长居少林，的确需要一点儿疯狂。

一下飞机，北京的机场首先让我大为惊讶，我的头脑里一下子全是惊叹号。那里有自动提款机！隔音板！马桶！扶手电梯式的高效人行道！还有总是彬彬有礼的海关人员。伴随着近期的翻新，北京机场已经远远超越了纽约的拉瓜迪亚国际机场和肯尼迪国际机场。

但令我最感兴奋的是，我终于有机会可以和北京的哥交流了。对话一般总是由相同的套路开始。他先夸我中文讲得好，我则谦虚一下说不是很好。接着他会问我从哪里来，我说来自美国。然后他称赞美国是个伟大的（强大的或是富裕的）国家——是全球的老大。我则说并不真是这样。他会再次说，哦，是，是的。我会说，嗯，中国正在飞速发展。他则会有些沮丧地说，哦，不，中国的发展太慢了（或者还不太够）。我说正一天一天变得更好呢。他会面露疑虑地对我说，恐怕要等上个五十年（六十年甚至一百年）中国的发展才能令人满意。

我想看看，这种对话模式是否有所改变。

于是，我一屁股坐进一辆出租车，让司机带我到喜来登长城饭店。

“嘿，你的中文讲得很好。”司机对我说。

“噢，您客气了，客气了。”

“不，是真的说得很好。您住在北京吗？”

“不，我是来旅游的，”我回答，“已经十年没来中国了。”

“感觉怎么样？”

“变化太大了，中国正在迅猛发展。”

就是从这里开始，司机不再用老一套同我说话了。

“是啊，”他表示赞同，“中国确实发生了很大的变化。”

这让我又惊又喜，一时不知如何接话。

难道他不想知道我是从哪国来的吗？

“啊，是的，看看这飞机场，”我开始转移话题，“比以前好太多了。”

“不，还是不够好，”他结束了那些溢美之词，“其实2008北京奥运之前，他们准备在这条路上建一座更好的。”

“哦，对了，奥运会。我还记得92年来北京时，这里每个人都很失望，因为悉尼获得了2000年奥运会的主办权，北京与奥运会擦肩而过。”我带着一颗忐忑不安的心说完这句话。因为中国人仍然认为，是因为美国在最后时刻将本该投给中国的一票转投给了澳大利亚，才造成了中国的遗憾。

“是啊，我们当时确实不开心，”司机说，“但是这样也好，多了八年的准备时间。现在国内条件更好了，当我们向世界介绍自己的时候，世界人民也都会尊重我们。”

“全世界都会给中国面子，”我说完他就笑了。

“您从哪个国家来？”他问道。

终于听到了那个熟悉的问题了。

“美国。”

“美国是个很富裕的国家。”

“这几年情况不太好，国内的经济环境不太好。”

“是啊，我看过相关的报道，”他说，“但这件事儿也可以这么看：美国已经到达了巅峰状态，想继续往上爬就困难了。”

这样的回答让我大吃一惊，真要是这样的话，是不是很遗憾？

片刻的安静之后，他继续说，“不过美国上一季度的经济报告还是很强势的，也许美国经济要开始升温了吧。”

我笑了，他们还是像从前一样密切关注我们呢。

“您认为多少年后中美两国会实力相当呢?”我接着问。

“永远不会吧。”他大笑，仿佛刚才说的都是无心话。

“预测一下嘛。”

“五十年。”他依然大笑。

中国梦还是没有变——赶上美国，而且这是一场马拉松，仍需要几代人的共同努力。但是中国人比以前更有自信了。看看他们已经跨越的里程碑吧：加入世贸组织，载人飞船上天，还有即将到来的北京奥运会。赶超我们似乎不再是遥不可及的梦想了。

我第一次来郑州时住过的绿屋旅店不见了，取而代之的是一家超市。而郑州国际酒店正在装修。

“属于它的时代早就过去了。”在去四星级的苏菲特酒店的路上，出租车司机常师父指着郑州国际酒店对我说。

他向我介绍郑州的新变化，但说实话，郑州变化得不大。中国的变化是个细水长流的过程。外国巨量的资金流涌入，重塑着北京、上海之类的大城市。等这股资金流渗入内部时，影响就不那么明显了。虽然现在马路上汽车多了，自行车少了，而且也看不见牛了，但它还是我记忆中的那座城市。

常师父三十多岁，大腹便便，满头黑发，留着刺猬头。他曾在部队当兵四年，退役后在一家国营单位工作。后来单位破产了——因为政府不再扶持落魄的国营企业。单位领导卷款潜逃去了美国，有传闻说他在美国买下了整整一条街。现在，常师父靠开出租车养活妻儿。

常师父坚持说可以带我去任何地方。我问他去少林要多少钱，他说没关系，我们已经是朋友了，而且我中文说得这么好，就算只是开车带我到处转转也够荣幸的了。他说价钱随我定，甚至不给钱都行，给多给少随便。

其实，我知道，他说这些话就是想榨出我身上的每一块人民币。

我不介意他这么做。毕竟，我在纽约住了六年，已经很久没有人因为觉得我很有钱，而想尽办法耗费时间来让我多掏点儿钱了。

常帅父知道很多非法信息。黑市上能买到枪吗？答案是肯定的，花五百美元，他就可以给我弄把德式手枪。真的吗，以前一般都是只能买到自制的小手枪啊。那是十年前的事儿了。

但最吸引我的还是他在部队服役的经历。

我一直等着，直到快要到少林之前才问他，“你还在部队的时候，长官教导你们训练，要对付的敌人是谁?”

刚开始他没上钩。

“噢，哪儿有什么敌人，”他回答，“我们只是训练。你知道的——行军啦，操练啦——这就是部队的生活。”

我没有回应他的话，车内安静了一会儿。过了有一刻钟，他终于“上钩”了。

“我没有冒犯的意思，您认为，中美开战的话，美国能打败中国吗?”他问。

“这个问题可不好回答。”

“噢，是啊，当然了，不过没关系，”他说，“战争是政府之间的事情，跟我们普通人没关系。”

这是讨论任何政治敏感话题时的标准开场白。

“一打仗，饱受战争之苦的总是普通人，”他接着说，“我们现在只是在聊天——两个好朋友，都是普通人，随便聊。”

“对，对，我们现在只是两个朋友之间的聊天，我们都是普通人，”我说，“我想，答案取决于您对赢的看法。若是在海上，美国很可能会赢，但是到了中国的土地上，那可未必。”

“是呀，即使美国拥有世界上最先进的武器，美国也无法占领中国。”

“这点我同意，中国人太多了。”

我最后这句话让他亢奋起来。

“虽然只是两个朋友之间的聊天，”他自豪地说，“但这是事实。中国的人口数量是美国的五倍。就算美国能占领某个城市，我们还是会把你们团团围住。”

“是的。还有个小问题，就是我们两国都拥有核武器。”

“刚才只是说说而已，这种事是不会发生的。中国和美国是好朋友。”

我同意他说的话。但在他说那番话的同时，我想到了在“9·11”事件之前，许多主要的新保守主义分子——就是那些有拿破仑征服情结的书呆子——他们正在搜寻美国的下一个敌人，而中国是首位候选人。2001 年 4 月，美国侦察机降落在中国领土上，但中国政府迟迟不肯放人。随后，《旗帜周刊》[①] 主编威廉·克里斯托尔做客 4 月 15 日的“与媒体见面”节目，并说道，“嗯，我认为，美国正陷入与中国的冷战之中。我想，采取施压和劝诱相结合的手段，应该可以

---

① 《旗帜周刊》（*The Weekly Standard*）是美国的一份政治周刊，为默多克的新闻集团所有。刊物的总编辑是威廉·克里斯托尔（William Kristol）和弗雷德·巴恩斯（Fred Barnes）。该周刊被认为是美国新保守主义运动的先锋杂志，以强烈的亲以色列和支持美伊战争的立场而闻名。——译者

从根本上推翻中国的政权。美国政策的目标应该如此，而不是与它们为伍。”

我好像觉得自己忽然又回到了那一刻——看完那个节目，我站在自己的公寓里对着电视机大喊：“你疯了吧？在中国，即便那些同性恋和尚都会站在自己国家这一边，和我们决一死战！”

虽然约翰·李告诉过我很多情况，让我心理上有所准备，但全新的少林寺还是让我震惊。常师父转了个弯，车子由大路驶进了一条不足一公里的小路，这是通往少林村唯一的一条路，尽头就是我们的目的地，此时我屏住了呼吸。这才是我初来乍到时想象中少林的模样，也是无数功夫电影中的样子：一座荒凉的庙宇隐于山谷，被五座山峰环绕。

除了寺庙，几乎所有的一切都消失了——所有为游客提供餐饮的搭建建筑、所有屋顶用铁瓦楞搭起来并销售功夫主题小玩意的棚户，以及几乎所有的私立学校，都已不复存在。甚至连那些极度荒诞的景点设施都被移走了，包括一架二战期间的货运飞机，上面挂一个牌子说那是毛主席乘坐的第一架飞机。还有可以带游客到峰顶上去开机关枪的上山缆车，以及那具有两千年历史的木乃伊，虽然最后证实它只不过是裹着布条的猿猴骨架。

功夫世界已经不再。

1999年，极富传奇色彩的代理方丈苏西最终因病离世。如众人所预料，我的师父永信接替了他的位置。永信住持认可当地人的想法——少林的名誉（更别提少林精神了）深受旅游业所害。市场经济当然比计划经济更适合少林寺，但也太过俗气。与其他人不同，永信有独断的决心和密集的关系网来进行必要的革新。在过去几年中，他从军警系统内招来一些人做他的标靶兵（有传闻说他们是花重金请来的），这些人只听命于永信一个，他们来到村子里，强行驱赶当地的商人，拆除他们的房产。

我沿街而行，像是在参观一座鬼城，或者说，连鬼影子都不见一个。向街道的左边走去，可以看见一座电影院，紧挨着它的是一个露天体育场。那里以前不是少林功夫大学吗？人都到哪儿去了？

自从我离开后，这里的人口数量从大约一万人跌至千人以下。以前楼挨着楼的地方，现在是大片的空地，上面断壁残垣，净是煤渣块。汽车驶过，尘土飞扬。草再长出来的时候，这儿就更适合让人沉思了。看情形，好像是要改建成大型的停车场。这是大伙儿从前一直向往的，我们常常谈到，但当我亲眼见到时，却开始有些怀念旧日里那个俗气的村庄。那里有生命，有活力。现在，这里让人感觉回到了家，面对的却是一座空房。

唯一保留着的重大建筑就是寺庙本身和塔林，它们建于1980年代旅游业复兴之前。除此之外，还有一些“关系”够硬、足以抵抗永信住持钢铁改造意志的机构：少林武术中心（我之前的“家”）、散打培训地塔沟武术学校（散打的核心机构）和票务中心（你还是要买票进村，再买一张票进寺）。

我在少林武术中心的餐厅下车吃午餐。这是小镇里三座仍然保留的餐厅之一，也是我在那两年的习武生涯中，每天都来吃早餐的地方。除了崭新的窗帘和地板，其他摆设还是老样子，大而无当。餐厅经理是我唯一还认得出来的人。他穿得还和十年前一样——黑色长裤，灰色衬衫，绿色休闲夹克。经理陪我坐了一会儿，把武术中心的最新消息告诉了我。

刘主任被调去另一个政府部门高就了。“他真不是少林的人，”餐厅经理说。焦副主任后来接替他坐上了第一把交椅——和我猜想的一样。这样一个人自然有办法攫取权力，他要是当不上一把手反而奇怪了。他此刻正在日本，洽谈一场巡演事宜。我的划拳老师——严教练，现在是四个武僧表演队中一队的总教练。

“四个表演队?”我问道。

“他们之间互相比拼，”餐厅经理答道，“轮流进行日常表演，但是只有一支队伍可以到国外去表演。”

这种做法很狡猾，简直是马基雅弗利主义的翻版——也就只有焦副主任能想得出这种招，我应该能料想到这一切。原先队里最棒的表演队员——德清、礼鹏、成浩和其他人，都拒绝成为领导们所期望成为的那种一声不吭的傀儡。在武术中心干得不顺心，他们也都一个个移民去了国外。

成浩移民去了休斯敦，在那里开了一家武术工作室。原先队里的另外两个稍逊他一筹的队员和他一起，成了他的左膀右臂。在这三个少林和尚的努力下，休斯敦成为可以与纽约相媲美的少林文化的代表城市。1992 年叛逃的严明和郭林两个和尚，在纽约曼哈顿的闹市区和纽约皇后区的法拉盛①

① 法拉盛（Flushing）是美国纽约皇后区境内的一个区域；近年来逐渐成为亚洲裔移民，特别是来自中国台湾、韩国、中国大陆等地的移民聚居的地方，并发展出具有浓厚东亚风味的商圈。自“9·11”袭击事件破坏后，住在曼哈顿的华人纷纷迁到法拉盛，所以法拉盛唐人区的规模已超越曼哈顿的华埠。——译者

分别开了各自的武术学校。礼鹏也在纽约做武术教练。他原本去了荷兰，并在那里建了一座很大的学校，但后来与纽约布鲁克林区的一位女士结了婚，便来了美国。

“她年纪比他大很多吧？”经理问我。

“确实如此。”我说。少林寺作为流言蜚语的大本营，在八卦这方面还真是很有效率。

“竟然娶了一个比他大的美国女人……乖乖，”他摇了摇头，感叹地说，“真奇怪。”

“他们已经有一个孩子了。”我又告诉他。

德清的故事最为与众不同。因为签证规定的变化莫测，他移民时，用尽浑身解数，只移民到了匈牙利，在那里为特种部队做功夫指导。两年前，我曾在拉斯维加斯见过他——竟然是在美国赌城与他再聚首，真是造化。美国公共广播公司的一个纪录片团队正在拍摄一部关于海外少林和尚的专题片。他们花钱请来了德清，并允许他带两位嘉宾。德清带着他母亲，身边还跟着一个看上去死气沉沉的斯拉夫突击兵，他对风靡世界的赌场游戏二十一点极度痴迷。德清曾梦想靠拍香港电影赚钱，用这些钱为母亲盖一座房子，时至今日，也许这个梦想难以实现，但能带母亲来拉斯维加斯免费待上一周，多少也算是不坏的慰藉了。

至于其他人，有一些进军北京，想成为内地的功夫明星；有一个想去香港碰碰运气；还有几个在登封办起了功夫学校。登封练武学生的数量从几千人曾猛增至四万人。最终的结果是，少林的人我几乎一个也不认识了。

中国人忙于拆房建房，对翻新不太上心。武术中心是我见到的第一个既保留了外部结构又进行了彻底翻新的地方。原来摆满传统训练器材的院子里，铺上了大理石石子路。沿着小路走，你会看到雕刻着中国象棋棋盘的石桌，旁边围着几张石凳。这样的布置很可爱。走进主楼时，我不得不驻足观察。满是裂纹的油地毡变成了大理石地面，混凝土柱子也由大理石柱取代了。楼梯两旁是木制的（木制的!）扶手。我走到楼梯下方，那里曾经是礼鹏的父亲（也就是“医生”）和母亲居住的地方。现在那里是一间储藏室，有墙壁也有门，就像你在公园大道的毗连式公寓里看到的储藏室一样。

改变最大的当属表演大厅。以前，它主要是训练室：地上铺着一张大红毯，被一排排木凳围住。现在这里俨然变成了“百老汇”剧场，有看台座席、升降舞台和背景幕布，幕布上呈现的是与实物一样尺寸的少林寺大门。

我悄悄溜进场地，看了一场下午的演出。尽管里面并没有我认识的武僧，但他们的功夫还是和以前一样好，也许比以前更专业。环绕立体声的音效呼应精妙绝伦的舞台灯光，无疑也为他们的演出增色不少。原先的表演队，也就是我所在的那支队伍，大家都首先认为自己是武僧，其次——当然也是非常必要的——才是一名表演者。就好像演员服侍人们进餐，这么做只是为了谋生，以便支持自己对艺术的追求。而现在的表演队似乎更重视表演者的身份，他们更精准地用脑袋碎砖，手臂断木，但缺乏感情。他们活力四射地完成一套表演（醉剑、猴拳、少林小洪拳），但来去匆匆。少林一直很特别，因为有两种僧人：文化或者佛教僧人（文僧）及习武僧人（武僧）。而现在好像又出现了第三种僧人——表演僧人（表演僧）。

看完演出，我漫步到以前的训练大厅。在少林寺的那两年，我曾经在这块场地上流血流汗。那里还是老样子：依然是破旧的绿垫子，依然是有些破裂的镜墙，也依然是布满了手印脚印的白墙（我们过去常常对着墙拳打脚踢，让手脚更坚实有力）。

场地上，一支武僧队伍开始训练。他们的教练坐在一旁，脚上打着石膏。我向他介绍自己，多少希望他能记起老包这个名字，希望自己的传奇经历依然流传（挑战赛、锦标赛等）。然而，事与愿违。于是，我开始给他讲起这些故事，告诉他我曾于92至94年在这里训练，并且还参加了国际锦标赛，名列第二。对了，我刚才有没有提到，就在这儿，我跟一位天津大师比武的事儿？教练礼貌地点点头，尽量表现出很感兴趣的样子。

我的大脑里传来一个声音——你现在已经是正式的凄凉老校友了，重返校园给现在的学子讲自己曾经的光荣事迹，而这些其实让他们感觉很无聊。

经过了大约一分钟的思想斗争，我终于不再继续讲述自己无比怀念的陈年往事和自负的心路历程，开始问一些关于他和他团队的问题。

正如我之前所想，这些新生代的表演僧果然跟少林寺几乎没有关系。他们只是技艺精湛的武术家，通过努力赢得了在音乐剧《少林武僧》中的表演机会。这部音乐剧长期上演，非常受欢迎。

在武术中心后面，是职工公寓。我在那里偶遇两位曾经同队的武僧——小王和提伟。他们都已结婚生子，在登封经营着自己的功夫学校。登封是就近的一座城市，武术学校在那里陆续开张——都是被少林寺取缔之后迁移过去的。

“你结婚了吗?”小王问。

“没有。”我说。那张“现状问题清单”突然闪现在我的脑海中：

马修的毛病：

1. 没有妻子，也没有家庭

2. 不够有钱

“俺必须得结婚生子，”小王笑着说，“不然俺娘会杀了俺的。”

我向他打听我的散打教练承师父的消息。我们失去了联系，我一直希望能找到他。小王告诉我，承教练现在给他哥哥大王（此人因殴打一位广东省高官的侄子而外逃）打工，就在登封开的新学校里做事。明天，一场传统武术比赛将在登封市举行。我可以在那里找到承教练。

少林寺的大门仍然让我激动不已。只要站在少林寺的院子里，我就会觉得自己身处一部功夫电影之中。相对于寺庙里的其他地方，这儿的风格还是十分低调的，尽管也有些现代化翻新的痕迹。在大多数团队旅游的项目中，少林寺依然经常因竞争力不强而没有被列入来中国旅游的首选。

在寺庙前的庭院里，我无意中遇到那个大高个儿——永信住持的大徒弟，便问他师父在不在。

“住持人在北京，”他告诉我说。

我们一边漫步于寺庙，一边谈论着少林寺的变化。接近晚餐时分，“一日游”的游客们纷纷离去。寺庙里，我发现一群僧人聚在一起做晚课。他们中有很多人来自其他寺院，因为此时少林寺正在举办佛教会议。据高个子透露，永信住持投入了大量时间和资金来重建文僧队伍，这是个受人欢迎的新举措。现在，甚至允许外国人跟随和尚在“寺庙里”研习佛法，而不只是在“武术中心”习武。目前在寺庙里，有一位非裔美国人在此学习了一年，还有一个德国人破了我的记录——修行了将近八年。当他告诉我这一切时，我想表现出禅宗波澜不惊的样子，可惜根本没能做到。

大高个儿揶揄似的问我，要不要上达摩洞看看，凭吊过去的时光。我说不了。达摩洞位于寺庙后山，上山路途漫长，且山路陡峭。教练们经常让徒弟跑到达摩洞再跑回来作为惩罚。我们总是开玩笑，说达摩在洞里修炼冥想了九年，是因为到那里之后，他就已经筋疲力尽，没劲儿再下来了，所以一直待在那儿。

我回到武术中心宾馆的原址。按照规划，明年就会把宾馆拆掉。这很有必要，我离开之后，那儿就再也没人清理整修过。

夜幕降临，92 年初访少林时的孤寂感扑面而来，重重敲击着我的胸口。我怎么会在这儿待了这么久？然后我记起了原因，一切都是为了学习功夫——那辉煌绚烂的中国功夫。在中国群山中这个狭小的山谷里，万人大军共同操练，像是被包裹在蚕茧之中，为心中共同的目标而努力。关键就是为了强身健体。习武操练时，我感觉一切都好。只有在受伤不能练武时，我才会倍感孤独，意识到自己住在离家千万里的世界的另一端。

不幸的是，现在我不能和少林寺的和尚一起练武了，因为在这次出行前我受伤了——以一种最混账王八蛋的方式。因为担心承教练见到我的第一句话会是:“老包,胖了不少嘛!”于是,我生平第一次参加了《男士健康》[①]举办的“六周塑造完美腹肌”的活动。(中国人对几乎一切事物都很讲礼数,唯独外形上例外。说别人胖竟然被认为是亲切的表示。)

在跑步机上跑步时,我把膝盖后面的筋伤到了。我怀疑这种伤病是心理作用:潜意识里,我的自我还想在少林证明一下,时光虽匆匆而过,但我依然是那个十年前熬成钢筋铁骨、一身功夫的我。所以,为了不让我再受更严重的伤,潜意识故意让自己先受点小伤。

甭管原因是什么,反正第二天我在登封见到承教练时,他对我说的第一句话就是:“老包,胖了不少嘛。”

“是啊,师父,你从前一直说我太瘦,攻击力道不够。”我说。

“我的意思是让你长点分量,不是让你变胖。我差点儿认不出你了。现在还练吗?”

“练点儿,但不多,也不够。”

“看得出来。练功的时候你必须不怕吃苦,但你现在看起来学得爱吃甜了。”

上帝啊,我真想念他啊。

他依然留着他那看上去不咋地的小胡子,走路时还是耸着肩膀,仍然可以用有力的手肘击退对方——这项技能从他

---

① 《男士健康》(*Men's health*),美国的一本以男性健康为主题的男士时尚生活杂志,涵盖健身、保养、时尚和性方面的内容。——译者

获得国际散打冠军起就一直如此，至今也没什么变化。

承教练带我逛了逛大王的学校，这是一个少林武术专门学院。学校坐落于通往少林的高速公路一旁，是这儿的五大功夫学校之一。这五所学校均有数千青年在校学习功夫，建筑都是山寨版的欧洲风格，圆屋顶，大柱子。这是拉斯维加斯派的美学特点——伪洛可可风格。

但这已经是巨大的进步了。

学生们早上在教室里学习数学和语文。曾经，大家也讨论过在少林寺安排这类教学，并且一直想要确保实施，但迫于时间、金钱、地点，或者说还是因为没有特别强烈的愿望，此事在当时最终还是搁浅了。我一直很担心原先那种训练的后果，教出来的都是一批只会挥舞棍棒、没有文化知识的青年，因为他们中的很多人最后都去了部队或者警察局工作。（当你只有一把锤子时，在你眼里什么东西都像钉子。）

我在小镇里走着，对登封市心生几许歉意。十年前，这座城市在我的眼里是中国一个无药可救的龌龊之地，我甚至认为即便这儿发生大规模自杀事件也不足为奇。但随着功夫学校纷纷从少林迁至登封，政府宣布把这座城市建设成为特色旅游经济区，这里也正如政府承诺的那样，发生了巨大的转变。甚至连那座陈旧的、令人厌恶的医院（它曾尽其所能地想要我的命）也被拆除了，取而代之的是一座五层楼的新医院——地面干净而平整，职工工作效率很高，都穿着罩衫白大褂，而且不在室内吸烟了。改变如此惊人，近乎奇迹。我按动手中的相机，"啪啪"地拍照，被拍到的人都很惊讶。

大王和承教练专门设宴，欢迎浪子归来。宴会上，少不了举杯祝酒和划拳。我的"拳技"已经生疏了，所以总是输。

“你那几招都被我看穿了。”承教练说。

“您结婚了吗?”我问道。

“结了，有一个六岁的女儿。”

“结婚对象是——”

在我说出“收听”这个名字之前，他赶紧摇了摇头，仿佛这个名字很不吉利。

“是别人。”他回答。

我没有再追问下去。

白酒慢慢开始上头了，承教练的语气也柔和下来。我们回忆起他一踢制胜日本挑战者的事，以及我几个踢腿就击倒塔沟教练的经历。他提起我曾在登封医院里昏迷的事，我则说起他在国际酒店走廊里挑战赛时脚下打滑的事。我们也会随意说起几个有关大王的故事，不冷落了他，让他感觉他是这桌上最重要的人。

晚宴过后，我们全都跑去看传统武术比赛。参赛者几乎都是年轻的学生，但比赛也设有资深组——在功夫世界里，就是指年龄在四十岁以上的习武者。多数资深习武者都是来自不同学校的功夫教练。他们一上场，就得到了各自学生们由衷的热烈欢呼。然而，让我印象最深刻的是一位七十多岁的农民。他花白的头发上只有零星几缕黑丝。他没有穿功夫比赛常用的那种飘逸的丝绸服装，而是穿着平时下地干活时穿的衣服：一件厚厚的蓝色棉背心，灰色棉裤，还有传统的黑色功夫鞋。他的武器是一把朴刀——一头是厚重的大刀，另一头是尖尖的矛头。通常，表演时用的朴刀都是用空心木头制作，刀刃部分以锡为材料，这样更加轻便，可以增加持刀者的灵活性。而老人手中的是一把传统朴刀，木头十分厚重，钢质的刀刃已经生锈，看起来是那种祖辈相传的传家宝。

他的武艺并不纯熟——很显然无法跻身三甲——但他的动作却散发出某种从容优雅的魅力。看着他转动刀身，调整朴刀，在垫子上来回踱步、弯腰起身，我突然想到，在过去的六十个春夏秋冬里，他肯定一直都在坚持练习。这意味着他的训练历经了抗日战争、解放战争、功夫禁令、“文化大革命”以及如今资本爆炸的时代。老人双手粗糙，棕褐色的脸上满是深深的皱纹，可以想到，他这一辈子要么是个农民，要么是个体力劳动者，一生都困苦辛劳、起早贪黑、艰辛疲惫。但不知何故，他竟能抽出时间坚持练习武艺至今。

所有这一切出乎意料地汇聚成了一股感情的激流，席卷了我，我发现自己不得不把相机放在脸上来掩盖满面的眼泪，这种感情与再次见到承教练的激动心情交织在一起，在白酒的作用下释放出来，一发不可收拾。

我二十一岁时，最崇拜的是武僧们炉火纯青的武艺。我也想练好点什么，达到那种境界，练什么都行。但当我看着这位老者时，让我印象最深刻的却是他虔诚的专注。就是这种精神让佛教武术文化得以传承延续下去——到现在发扬光大——尽管也伤痕累累。随着老汉舞完了刀，我也坚定了自己的想法，我要热爱某样东西，什么都行，一定要强烈地爱，就像那位老者热爱少林功夫一样爱得轰轰烈烈、天长地久。

阿弥陀佛。

作者说明

本书讲述了作者在少林寺生活期间的经历，精确度取决于他大脑逐渐老化以及被白酒侵损的程度。但为保护无辜者，书中的部分人名为化名。而且作者坦言，他很愿意承认，为记叙需要，书中所述事件偶有重新组织的情况。他也承认，现实生活中，他远没有书中所描述的自己那样迷人和聪慧。

致　谢

“吃水不忘掘井人。”

——中国传统谚语

“曾几何时，在少林寺”——大概是我第一百次使用这样的结构作为我跟周围任何人说话（或是插话）的开头了吧，好像我患上了谈论乐队集训营①的强迫症一样，次数多到布兰登都想让我闭嘴。布兰登·卡荷尔——我的朋友兼该书编辑，他受不了我绕来绕去、最终总是会喋喋不休地扯到我少林寺的那段岁月，正是因为这个原因，他第一个提出，让我写一本书描述那一切，省得我总在他面前聒噪。他只用了五年时间就成功说服我动笔，又用了两年哄我给此书结尾。实际上，写完这本书更像花了三年时间。好吧，是四年，但问题的关键是，要不是布兰登的“教唆”，我这几年的生活就不会如此艰苦，而是截然不同，大为改观。所以，坦白说，既然他如此“作恶”，我是绝不会“原谅”他的。

还有许多朋友和同事也给予我重要的帮助。有的帮我优化文章结构，有的帮我修缮平淡的语言，还有的帮助我修改文中的错误。蒂姆·莫尔帮我重新梳理故事情节并斟酌结尾。艾蕾娜·泽德则向我提供了一些紧跟潮流的时尚建议。（比如，橙色是一种新颖的黑色。）德鲁·汉森帮我润色了词句，并在前期提供了大量精神上的支持。安德里亚·费斯勒拯救了书中一些无法归属的章节，在我过分沉浸在作家情绪中、想信马由缰地编故事时，他替我把握了该书的尺度。

在美国继承发扬少林事业的金常恩，告诉了我不少近年来的事件细节，并在此过程中帮我避免了很多重大错误。陈静静回答了我多得数不清的问题，帮我纠正了一些触目惊心的拼音错误，并给我很多关键性的建议——主要是在如何尽可能少地冒犯十多亿中国人这一方面。不幸的是，我对这些建议置若罔闻。马勒·格拉温和地告诉我是时候放手交稿了，并且坐在我胸膛上让我动弹不得，任由哥谭出版社的帕特里克·穆里根和威廉·申克从我冰冷、僵硬的手中撬出了该书的手稿。

我从不惊慌的代理人乔·维尔特不仅擅长编辑工作，还很会谈生意。从这一点上来说，从我的这本书获益的人都欠他一个很大的人情——和欠我的人情一样大，你们都应该好好地感谢他，当然也包括我。他们还应该感谢联合艺人经纪公司②的

① 美国电影《美国派》中的一个女性角色很喜欢跟别人讲她在乐队集训营里的经历，或是在别人谈论任何话题时插话进去。她的话和前面讨论的话题没有任何关联，她只是想无休止地向任何人一遍又一遍地重复讲述自己乐队集训营的经历。——译者

② 联合艺人经纪公司（UTA，全称 United Talent Agency），美国好莱坞最著名的经纪公司之一，作为经纪人代理着好莱坞众多影视明星的业务。——译者

豪伊·山德士，他巧妙地与伊丽莎白·盖布勒①、卡拉·哈肯、杜鲁·里德等人做了拍摄电影的各种安排。当然也不能忘记20世纪福克斯电影公司的其他卓越员工。我有最终剪辑的决定权，对吧？

看完了我早期的文稿，母亲教给我一种新的功夫招式：母老虎怒洗幼兽之骂人脏口。这本书中的骂人“恶语”少了几百个，都要归功于母亲坚持不懈的净化。姐姐香农的编辑功夫一流。父亲则在我写作期间仁慈地住了口，一次也没在我面前提起法学院的事。

最后，我必须得感谢少林寺的恩师和好友，他们不仅与我分享他们的知识，也和我共同度过了许多美好的时光。我真心希望这本书能充分反映出他们对我的慷慨大度。

---

① 伊丽莎白·盖布勒（Elizabeth Gabler），从1999年起担任20世纪福克斯影片公司主席。——译者

图书在版编目(CIP)数据

少林很忙/(美)波利(Polly, M.)著;陈元飞译.
—上海:上海译文出版社,2014.5(2025.9重印)
(译文纪实)
书名原文:American Shaolin
ISBN 978-7-5327-6566-9

Ⅰ.①少… Ⅱ.①波…②陈… Ⅲ.①纪实文学—美国—现代 Ⅳ.①I712.55

中国版本图书馆CIP数据核字(2014)第056038号

少林很忙
[美]马修·波利 著 陈元飞 译
责任编辑/张吉人 装帧设计/邵旻 未氓设计工作室

上海译文出版社有限公司出版、发行
网址:www.yiwen.com.cn
201101 上海市闵行区号景路159弄B座
上海市崇明县裕安印刷厂印刷

开本 890×1240 1/32 印张14 插页6 字数220,000
2014年5月第1版 2025年9月第8次印刷
印数:20,001—25,000册

ISBN 978-7-5327-6566-9
定价:55.00元

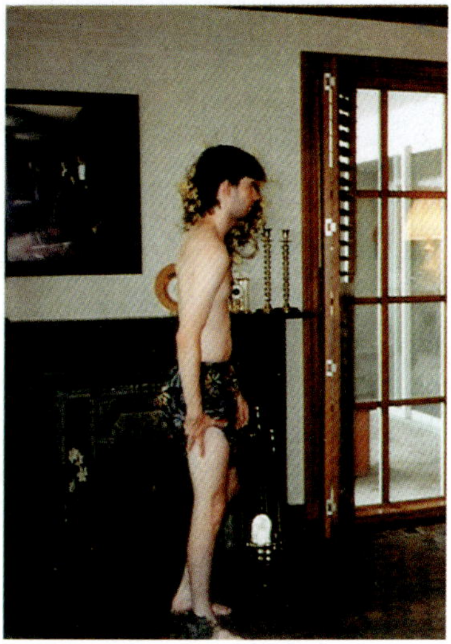

作者曾经的样子：身高一米九二，体重不足九十斤，身体羸弱。

陈和尚、作者、严教练。

德清和尚向作者展示高踢腿的反击技巧，背景为当时作者在少林寺所住的宾馆房间。

作者和高踢腿的德清和尚在少林寺里。

成浩和尚是作者的第一个武术教练，他精通鹰爪功。

礼鹏和尚展示二指禅的绝技。

这就是传说中少林寺的入口，图中的几位都是资深的长老。

承教练在少林寺内飞身侧踢，对方是一位在少林习武的“老外”学生。

承教练是中国散打的专家，更是少林寺里的全国散打冠军。

铁裆功专家董和尚正拖着一个四五百斤重的石质滚轴往前走。是的，你没有看错，绳子确实是系在他的“家伙”上。

由于“某种”原因，董和尚非常受女士们的欢迎。

礼鹏和尚在武术中心向游客展示铁腹功，他把一只大碗吸在自己的腹部，请若干游客上台来把那只大碗拽下来，但游客们都失败了。

严教练，少林武术中心武僧教练团队的总教练。

焦副主任，曾为少林和尚，现为中国共产党党员，少林武术中心的二把手。

和尚们在武术中心的表演大厅里练武。

宝通，作者的散打搭档。看看这张照片吧，无需多说，如果让他踢到，真的很疼很疼。

在少林武术中心的大院里，和尚们正各自操练。

作者在郑州国际武术锦标赛的开幕式上入场。

回到家乡堪萨斯之后，作者展示自己获得的银牌。

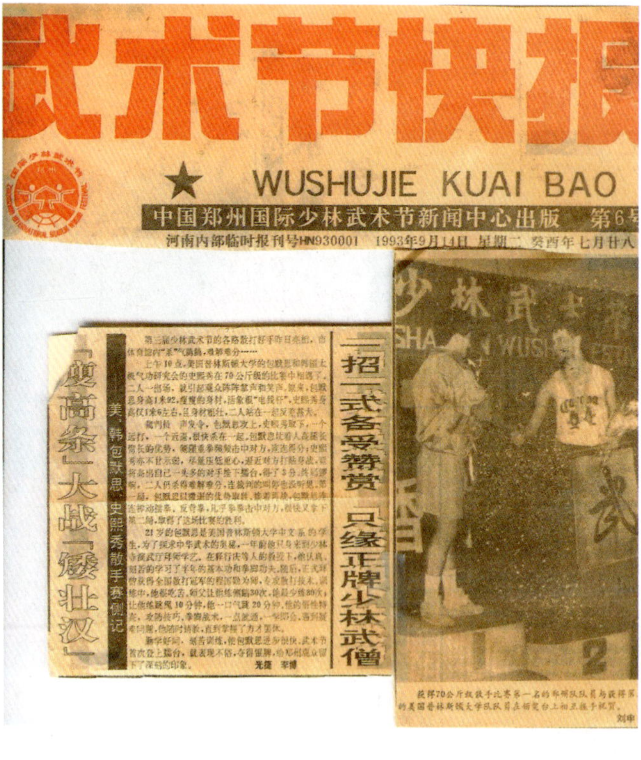

武术节快报

★ WUSHUJIE KUAI BAO

中国郑州国际少林武术节新闻中心出版 第6号

河南内部临时报刊号HN930001 1993年9月14日 星期二 癸酉年七月廿八

「瘦高条」大战「矮壮汉」

美、韩包默思、史熙秀散手赛侧记

第三届少林武术节的各路散打好手昨日亮相，市体育馆内"杀"气腾腾，难解难分……

上午10点，美国普林斯顿大学的包默思和韩国太极气功研究会的史熙秀在70公斤级的比赛中相遇了。二人一出场，就引起观众阵阵掌声和笑声。原来，包默思身高1米92，瘦瘦的身材，活象根"电线杆"，史熙秀身高仅1米6左右，且身材粗壮，二人站在一起反差甚大。

裁判员一声令下，包默思攻上，史熙秀取下，一个远打，一个近逼，很快杀在一起。包默思仗着人高腿长臂长的优势，频频重拳击中对方，连连得分；史熙秀亦不甘示弱，尽量压低重心，逼近对方打贴身战，更将高出自己一头多的对手推下擂台，得了3分。二人仍杀得难解难分，连裁判的叫停也没听见。第二局，包默思以娴熟的优势取胜，包默思连续踢腿，反背拳，几乎拳拳击中对方，很快又拿下第二局，取得了这场比赛的胜利。

21岁的包默思是美国普林斯顿大学中文系的学生，为了探求中华武术的奥秘，一年前他只身来到少林寺演武厅拜师学艺。在释行洪等人的教授下，他认真、刻苦的学习了半年的基本功和拳脚功夫。随后，正式拜曾获得全国散打冠军的程国勋为师，专攻散打技术。训练中，他都吃苦。师父让他练侧踹30次，他最少练80次，让他练跳绳10分钟，他一口气跳20分钟。他的悟性特高，攻防技巧，拳脚战术，一点就透，一学即会。遇到疑难问题，他随时请教，直到掌握了方才罢休。

勤学好问，刻苦训练，使包默思进步很快，武术节首次登上擂台，就表现不俗，夺得银牌，给郑州观众留下了深刻的印象。

光强 李博

「一招一式备受赞赏」只缘「正牌」少林武僧

获得70公斤级散手比赛第一名的郑州队队员与获得第二名的美国普林斯顿大学队队员在领奖台上相互握手祝贺。

刘申

武术节快报：70公斤级冠军获得者和作者（亚军）在领奖台上。